浦汉明　彭书麟　整理

浦江清

中国文学史讲义

（明清部分）

浦江清（1904—1957）

著名文学史家、诗人、学者

1922年入南京东南大学西洋文学系

1926年毕业后入清华学校研究院国学门

后在清华大学中国文学系、西南联合大学中文系任教

1952年起在北京大学中文系任教

曾任天津《大公报·文学副刊》编辑；与朱自清等创办《国文月刊》

著有《浦江清文录》《清华园日记·西行日记》《浦江清文史杂文集》《无涯集》《浦江清中国文学史讲义（宋元部分）》等

图书在版编目（CIP）数据

浦江清中国文学史讲义．明清部分／浦江清著．—天津：天津古籍出版社，2008．9
（名师讲义）
ISBN 978-7-80696-524-5

Ⅰ．浦… Ⅱ．浦… Ⅲ．文学史—中国—明清时代 Ⅳ．I209

中国版本图书馆CIP数据核字（2008）第092665号

浦江清中国文学史讲义（明清部分）

浦江清／著

出版人／刘文君

*

天津古籍出版社出版
（天津市西康路35号　邮编300051）
http://www.tjabc.net
E-mail:tjgj@tjabc.net
唐山市天意印刷有限公司印刷
全国新华书店发行
开本880×1230毫米　1/32　印张10.5　字数270千字
2009年1月第1版　2009年1月第1次印刷
印数 1—4000

ISBN 978-7-80696-524-5
定　价：27.00元

浦江清

浦江清先生20世纪50年代于北京大学

序

天津古籍出版社拟出版一套《名师讲义》丛书。从书名看，意思很清楚。他们来征求我的意见，我很赞成。

这些位名师，都是20世纪执教于中国各著名大学的知名学者，他们的学术地位早有定评。如闻一多、朱自清等位先生，都是一代人师；再如游国恩、雷海宗、周祖谟等位先生，也都是各自学术领域中的权威。他们虽都已去世多年，但薪尽火传，其衣被学人，早非一代。他们虽有许多传世之作，但也有大量当年以讲义形式行世的作品，不甚被人注意保存，极有流失之虞。据我看，其中蕴藏的精金美玉决不会少。

今天常常听到“抢救文化遗产”之类的呼声。天津古籍出版社要出版的这一套书，不正是此种功德之举的具体体现么？我认为，这些讲义是弥足珍贵的寿世之作，把它们成批整理出版，嘉惠学林，是做了一件大好事。

我听说此事正在进行，十分高兴。但因病中医嘱不宜长时间执笔，只写此短序，聊当前军旗鼓云耳。

季羡林

题记

先师浦江清先生的《中国文学史讲义》明清部分,继宋元部分之后,也由汉明师妹和书麟先生精心整理完稿而即将付印了。我有幸预先读到了清样,不仅重温了浦先生当年所讲的课程,而且还补上了好多没听过的课。1952 年院系调整后,中国文学史的课,改为四段(第四段是现代文学史),浦先生从 1954 年开始讲第三段的宋元明清文学史,把作品选读和文学史合为一门课,分量很重。浦先生开这门新课,备课非常辛苦。我们听的是第一遍,第二年又讲了一遍,讲义有所增订,第三年教育部发布了新拟订的教学大纲,讲义自然又有修改。可是 1957 年春季应该开讲明清文学部分时,浦先生却病情日重,不得不到北戴河去休假疗养,谁知竟一去不返了。所以这第三次编订的明清文学史讲义,并没有人听讲过。我们 1955 年春季听讲明清文学部分时,因为内容太丰富,进度一再延迟,讲到清代中期，已经快放暑假了，最后赶进度，不得不草草收场。这是当时学习前苏联一条龙式的文学史教学大纲所决定的。据我所知，中国文学史的讲稿，往往都是讲不完的。后来接着浦先生讲授宋元明清文学史的吴组缃师，就在《宋元文学史稿》的前言里说明了这种困境，不妨引以参证：“当时，宋代至清代的文学，每周三次课，一年必须讲完，无论如何是做不到的。所以计划虽然庞大，讲稿虽然详细，课堂上却无法兑现，只能挑一点讲。”（北京大学出版社1989年版）

明清文学的重点是戏曲小说，有许多长篇巨著。那时我们同学多半未曾读过，作品选读只能挑一点讲，课外阅读怎么也赶不上教学的进度。我作为班上的课代表，经常向先生汇报这种情况。浦先生了解到学生的要求，讲课时总要复述一下作品的故事内容，提示情节要点，然后分析人物形象，归纳主题思想，把文学史和文学赏析融为一体了。当时的学习方法确有偏重文艺批评的风气，因此浦先生早在1952年准备讲小说戏曲选时曾向胡士莹先生诉说：“弟对于‘戏曲选’较有把握，而‘小说选’一无经验（不是小说史，也不重考据，重在思想批判、人物分析等），不知《水浒》、《红楼梦》搬上讲台如何讲也。”浦先生编写讲稿时十分认真，努力加强了“思想批判、人物分析”的内容，同时也不忽视文学史源流变迁的概述，这在讲稿里可以看得很清楚。可是材料太多，课堂上讲不完，学生自习跟不上，有些内容就只能省略了。现在读到先生多年积累的讲稿，才知道还有许多东西没有听到过。尤其是讲《红楼梦》那部分，讲稿里写了三十多页，既有关于作者生平家世的考证，也有书名版本的介绍，又有人物分析和思想内容、艺术特点的评论，大多是我没有听到的。我特别赞赏汉明师妹能把先生早年所写的《读红札记》找出来附录于后，使我们知道先生几十年来对《红楼梦》至少精读了四遍，反复地深入钻研，有不少精辟独到的见解，对我来说还是耳目一新的。课堂上厚积薄发，只能讲一部分，而限于进度，又不得不舍弃了一部分，后来还由于批判胡适和俞平伯《红楼梦》考证的影响，把一些文献考核的知识也避而不谈了。今天读了讲稿，才知道当年课堂上所听的课，只是先生备课讲稿的大河一瓢，更觉得这份讲义确有整理出版的价值了。我读后深受教益，好像又上了一门选修的专题课。

附录之一的《北大中文系邀请校内外专家讨论〈红楼梦〉的座谈记录》，也是一份很有价值的历史文献。座谈会大概开于1953（或1952）年浦先生讲"元明清戏曲小说选"的课程时，出席的除了系内的杨晦、吴组缃、林庚、季镇淮先生，还有校外的冯至、何其芳、徐士年先生。这是在批判俞平伯红学之前的一次红学讨论会，学术空气较为宽松，大家各抒所见，畅所欲言，有不少好的见解，也有一些争鸣，基本上还是学术性的讨论。现在看来是解放后《红楼梦》研究的一次新探索，很有历史意义。拿来和吴组缃、何其芳两位先生后来的《红楼梦》专论相比较，可见其学术思想的轨迹。

明清文学史以小说戏曲为重点，正是浦师的特长。他讲戏曲文学时总是把戏曲作为综合艺术来讲，把它和音乐、舞台表演结合起来讲中国戏剧的特点。因此对李渔的戏剧理论给予了充分的关注。我印象最深的是他讲到《长生殿》时在堂上清唱了一段《小宴惊变》，"天淡云闲，列长空数行飞雁。"至今还是馀音缭绕，在我耳边，也是我仅记得的唯一一句《长生殿》曲词。明清文学史上讲小说的课时最多，除了《三国演义》等五大名著，也着重讲了《金瓶梅》，这在当时还是有点风险的。我们只要看一下在《红楼梦》座谈会上系主任杨晦先生说的："一般青年人读《红楼梦》，易受不好的影响。……由于作者写得好，艺术性高，因此许多腐烂的生活也被写得有诱惑性了，这一点必须明确认识。"（285页）就知道《红楼梦》尚且如此可怕，《金瓶梅》又怎么讲呢？但浦先生大胆地讲了《金瓶梅》的许多优点及其文学史上的地位，当然也必须明确指出它的缺点。当然，今天看来自然是不足为奇了。讲义里还重点讲了《聊斋志异》。浦先生对它有不少独到的见解，在相对不重视文言小说的时代，用了很多篇幅来讲《聊斋志异》，先明确指出在清代“文言笔记小说，并未没落”，继而论述：“中国以文言写故事有悠久的历史与优秀的传统，《左传》——《史记》——唐人传奇。”他把唐人传奇和《左传》、《史记》联系起来，看作一个历史传统，这是一个很新的提法。又说：“蒲松龄继承了这方面的传统，他以高度的文艺创作才能总结了志怪小说的成就，在唐人传奇外别立一帜，《聊斋志异》可谓集笔记小说之大成。”“《聊斋志异》总结文言小说的优点，是空前的，而且是绝后的。正如杜甫于诗。”（219页）这是多么高的评价！至今还对我指点了新的门径。浦先生从蒲松龄《与诸弟侄》书论作文的方法，发现他以避实击虚为法：“盖意乘间则巧，笔翻空则奇，局逆振则险，词旁搜曲引则畅。”“避实击虚”是中国传统文艺理论中的一个重要法则，浦先生不仅用来分析《聊斋志异》的笔法，而且也用以分析其他小说的艺术特色，提出了许多独创的观点。这又给予我更多的启发。

戏曲小说是明清文学的重点，讲义中关于诗词散文的讲述也富有特色，时见新义。第二章《拟古运动及其反响》和第五章《正统文学的馀响》，讲得很精炼，又非常精辟。作为文学史，这两章倒是集中讲了史的源流演变，作出了点面结合、史论兼备的概括。如第二章里对公安派和晚明文风的论述，就有非常新颖全面的观点，把张岱称为“兼公安、竟陵两派之长”的晚明代表作家，评价相当高。记得当时选读作品中就有《陶庵梦忆序》等，先生也作了详细的讲述，可惜在讲义里还没有写出。第五章里给纳兰性德以较多的篇幅，主要是从他的艺术成就着眼的，最后说：“可以肯定的是，纳兰性德的词比之王士禛、沈德潜等毫无现实感的作品要高。”这也是独具慧眼的论断。明清文学偏重于小说戏曲，而诗词散文只能简单扼要地介绍一些概况，这是历史发展的结果，也是“五四”以来文学史研究的新潮。而在当时，更有一种倾向性的理论导向，似乎小说戏曲接近民间文学，“人民性”就强一些，相当于人民的文学了。这当然是误解。浦先生虽然按照规定的教学大纲和学生的迫切要求，对小说戏曲讲得多些，但是他还是坚持了两点论，对作家作品作了全面的分析，没有绝对化、片面化的评价。例如对李渔的戏曲理论作了详细的评介，充分肯定他注重技巧，在戏剧艺术上有所创新，同时又批判了他“太落轻薄，且涉猥亵”的缺点。

这部讲义是浦先生不断修订的讲稿，只有部分内容印发过讲义，因此我们读了更觉得可贵。稿中有些论述或详或略，评论或多或少，都有他的用意和见解在内，值得我们仔细探索和体会。我觉得，正因为他按当时教育部定的教学大纲正在进行修改，尚未完全定稿，最后一稿还没有来得及上堂讲授，我们可以从中看到浦先生的某些独到的见地和个性化的论点，使我重温这一段文学史时有不少新的收获。

浦先生在不断修订讲稿的时候，努力学习马克思列宁主义及文艺理论，努力做到理论与实际相结合。我们在讲义里可以看到这种努力。不过这个过程是相当艰难的。这部讲义是五十多年前的遗稿，必然会带着那个时代的印记，而且讲稿并未完全写成。今天的读者，可能会有某些不满足的感觉。陈寅恪先生在《王静安先生遗书序》中说：“神州之外，更有九州。今世之后，更有来世。其间倘亦有能读先生之书者乎？如果有之，则其人于先生之书，钻味既深，神理相接，不但能想见先生之人，想见先生之世。……”(《金明馆丛稿二编》，上海古籍出版社 1980 年 1 版，220 页）浦先生曾是王国维的助手，或多或少受到过王国维学术思想的影响，如陈寅恪先生所揭示的治学方法之一：“取外来之观念，与固有之材料互相参证。”我们读他的遗书，多少也能想见先生之人，想见先生之世。我重温了这一段中国文学史，也重温了这一段知识分子学术思想改造的历史，这也是我读浦师遗稿的一点感想。相信今天还是会有不少能读先生遗书的读者的。

2008 年 8 月门人程毅中谨记

目录

【第一章】

章回小说的成长[①]

有明三百年天下(1368—1644)正值西洋文艺复兴时代,但在中国文学史上却是一个沉闷黯淡的时代。诗与古文继承唐宋,无新发展。戏曲则由北曲传递于南曲,由民间白话文学转入词藻繁缛之剧本。即以南曲而论,除汤若士“四梦”异军特起外,其余作者虽多,均不能比《琵琶》、《拜月》、《荆钗》等元明间之南戏。惟昆腔之兴,及曲律之讲究整理,不可不谓曲学之进步耳。小说则由宋元旧本发展成文人之作,由短篇以成长篇巨构,尚可观焉。

明代文学所以衰敝,其故不外下列诸种原因:(一)蒙元入主,文化受到摧残,骤然低落。文人逃避现实,养成颓废及追求小趣味之风气。元明发展文人画、书法、园亭布置、小品文、散曲、戏

① 本书是浦先生在北大中文系讲授“中国文学史第三段(宋元明清)”一课讲稿的后半部分。有关明清时期文学的特点、社会政治经济概况、小说、戏曲的起源与发展等问题,请参看《浦江清中国文学史讲义(宋元部分)》一书。

曲、小说，无雄伟气象及深刻之思想家（王阳明除外）。（二）科举功名观念浓厚，八股文束缚人心（八股文之结构类戏曲，焦循已言之）。（三）时值太平，无大动荡以激起人心。（四）无外来文化可资吸引，如唐代融合南北朝文化，实融胡汉诸族之文化。同时唐代之艺术，如绘画、音乐等继续不断受中亚影响。由唐入宋，胡汉文化乃至佛道儒家等之思想已融合无间。明代虽亦有外来文化，如耶教徒之东来，于天文、历算方面有改革，但中西交通于文学方面毫无影响。耶教徒未以希腊、拉丁、意大利文学以及当时文艺复兴时代之文学作品翻译成汉文，此真可惜也。

第一节　章回小说的产生

章回小说这个名称习惯上是用于中国民族形式的长篇小说，如《水浒传》、《红楼梦》等都是一百几十回的大部小说，采用回目。习惯上不用于每篇单立的短篇小说。章回小说的名称，可以泛指古典长篇小说，这儿指长篇话本小说而言。本章讲《三国演义》、《水浒传》、《西游记》几部大书。

中国小说史有三个不同的阶段：民间说书的话本阶段；话本的加工成为阅读文艺的阶段（短篇早于长篇，在戏曲方面也是杂剧先于南戏）；个人创作的阶段。后面的一个阶段在十六世纪以后，资本主义萌芽的时期，第一阶段无名氏作，第二阶段有作家而取材于民间、汇集前代无名氏的创作，第三阶段个别作家的作品。

在这一章里，我们叙述元明之际长篇小说的发展，是文学史宋元部分第八章《宋元话本》的继续。在《宋元话本》一章里，我们叙述了白话小说的起源以及宋元时代小说家、讲史家的话本，内中小说家的话本已经是十分细致的，但都是短篇；而讲史家的话本是长篇的，但比较粗糙，只具故事轮廓，没有细致的描写，也没有清楚地分出回目来。有一个共同点，无论是小说家或讲史家的话本，作者都是无名氏。元明之际到明代中叶这一时期的《三国演义》、《水浒传》、《西游记》三部大书，奠定了中国民族形式的长篇小说的基础。它们都有作者姓名，这是有所区别于前一时期的。从人民口头创作到有文学修养的天才作家加工编集修订写成定稿，是小说发展史上一个重要环节。这阶段非常重要，因为不通过天才的文艺家是不容易把那些零碎的片断的故事组织成一部文学的巨制的。《三国志平话》和《三国演义》的不同之点是前者只是粗略记录了人民口头流传的三国故事的面貌，而后者乃是天才的文艺作家罗贯中所加工编写的长篇历史小说。丰富的民间文学遗产得到整理与加工，创造出巨型的文学作品。它们作为阅读文学的出现，使文学得到普及与提高。比之前一时期，讲史与小说的界线已不分划，互吸所长。如《三国演义》尚是演史家的话本，《水浒传》与《西游记》出于小说家，采取长篇的结构。这个时期的长篇小说也有所区别于《金瓶梅》以后的长篇小说。明代中叶以后，有个人创作的长篇小说与短篇小说，摹拟话本体裁，可以称为拟话本，而并不是吸收通俗说书业所说的小说材料、每部书都有悠长的历史渊源的。

《三国演义》、《水浒传》的作者罗贯中和施耐庵是元末明初人，《西游记》的作者吴承恩是明代中叶人。时代虽不大相同，而作品性质有类似之处。章回小说的成长从十四世纪中叶到十六世纪，时间跨二百多年。《三国演义》、《水浒传》的作者虽是元末明初人，但作品最早的刊刻本也只有明代中叶的。此时是明代工商业繁荣，资本主义萌芽的时期，书店大量刊印小说、戏曲书籍，满足市民阶层的阅读要求。

这一章我们重点地只讲这三部书。三部长篇小说产生的时代，同于南戏兴盛四大传奇的那个时代。文人加工写编南戏的时代与文人加工写编长篇小说的时代是相同的。就推动长篇小说发展的社会因素来看，元末阶级矛盾十分尖锐，各地农民起义，蒙古贵族统治政权崩溃，因此，具体描写争王图霸的政治斗争、军事战争策略的《三国演义》和具体反映农民起义的《水浒传》，在这个时期产生。到明代统治政权巩固,汉族文化重新发扬,但是,诗歌和散文走向复古摹拟,十分低落,而通俗文学有进一步的发展。在前个时期,讲史和小说截然分为二家,到这个时期互吸所长,已经合流。《三国演义》是讲史,人物描写趋于细致,也夹上诗词;《水浒传》是朴刀赶棒派小说的扩大和连续;《西游记》也是巨型小说。此即小说采取长篇章回形式,而演史也夹诗词。讲史与小说合流而奠定中国长篇形式。

第二节 《三国演义》

一、罗贯中与《三国志通俗演义》

《三国演义》的作者罗贯中(约 1330—1400),抄本贾仲明《续录鬼簿》云:“罗贯中,太原人,号湖海散人。与人寡合。乐府、隐语,极为清新。与余为忘年交。遭时多故,天各一方。至正甲辰复会,别来又六十余年,竟不知其所终。”一说罗氏是钱塘人,或谓罗氏曾参加张士诚起义。《续录鬼簿》载罗贯中剧目有《赵太祖龙虎风云会》、《三平章死哭蜚(飞)虎子》、《忠正(臣)孝子连环谏》三种。

至正甲辰是 1364 年,离元朝亡国不过四年。此后六十年为 1424 年,即永乐二十二年(永乐末年)。知贾仲明卒于永乐以后。贾与罗为忘年交,必罗比贾年长得多。罗当卒在 1400 年以前,即洪武年间也。又明王圻《稗史汇编》云:“文至院本、说书,其变极矣。然非绝世轶材,自不妄作。如宗秀、罗贯中、国初葛可久,皆有志图王者,乃遇真主,而葛寄神医工,罗传神稗史。”可见罗贯中志气不凡。王圻提到《水浒传》,没有提及《三国演义》。《三国演义》也是一部详细分析政治矛盾战争策略的书,与有志图王的旨趣相合。罗贯中所作的《赵太祖龙虎风云会》(见《元明杂剧》),比较平庸,主题思想是君臣际遇,和《三国演义》的题材也有相同之处。

罗贯中所编通俗小说极多，除《三国演义》外，还有《水浒传》，相传是施、罗两公的作品。还有《隋唐演义》、《平妖传》、《粉妆楼》等，甚至有他编过《十七史通俗演义》之说。这是因为后来编通俗演义的人、或者是书坊中人，要托名于他，以便流传的缘故。

《三国志通俗演义》有明刊本，前列弘治甲寅(1494)年庸愚子序，称“东原罗贯中以平阳陈寿传，考诸国史，自汉灵帝中平元年，终于晋太康元年之事，留心损益，目之曰《三国志通俗演义》。文不甚深，言不甚俗，事纪其实，亦庶几乎史，盖欲读诵者，人人得而知之。若诗所谓里巷歌谣之义也”。这里说明了明代文人对于通俗史书的看法。此本据版本家考订实为嘉靖(1522)刊本，不过有此弘治甲寅(1494)的序(商务影印本据此本)。

《三国演义》是把三国时代的战争作为题材的历史小说。我们可以把《三国演义》称为历史小说；它是中国古典的民族形式的历史小说，和世界文学里的所谓历史小说有性质上的差别。欧洲的长篇小说产生在资本主义社会，是个别作家的文艺作品，内中有把某一个历史时期作为背景，用大部分虚构的人物故事来充实描写这个时期的社会生活的，叫做历史小说。我国的历史小说产生在封建时代。有通俗说书业者，约略根据史书，对人民大众讲说历史上的战争故事和英雄人物，讲说某一个朝代的兴亡始末；原来是口头的文艺创作，从他们的累代相传的讲说底本称为“话本”的东西，通过文艺作家的加工编写，产生了大批演义小说。《东周列国志》、《三国演义》、《隋唐演义》等等，都属于这一类。向来被称为演义小说的，按照它们的内容，可以叫做历史小说。它们是民族形式的历史小说，像欧洲中世纪的英雄传说、编年纪、年代纪那类介乎历史与小说之间的东西，同样渊源于人民口头创作，同样是封建时代的文艺作品。《三国演义》的作者罗贯中，生活在元末明初，是一位伟大的通俗文艺作家。三国故事流传到了他的时代已经有五百年的历史。他继承了丰富的民间文学遗产，比照正史，除陈寿《三国志》外，兼采裴松之注、《后汉书》等等，取其有趣的故事、可写入小说者,取其有利于他的拥刘反曹的立场的材料,编写成这部历史和文艺融合得恰到好处的天才杰作,在演义小说中是一部典范的、最成功的作品。

晚唐诗人杜牧有一首绝句《赤壁》:

折戟沉沙铁未销,自将磨洗认前朝。
东风不与周郎便,铜雀春深锁二乔。

赤壁之战是历史上有名的一仗,这首短短的绝句也是唐诗中间有名的。"铜雀春深锁二乔"这样一个鲜明的形象,把当时东吴的危机和周郎侥幸成功的这个历史事实着重表现出来。同是晚唐诗人的李商隐在《骄儿诗》里描摹他小孩的淘气情况,有"或谑张飞胡,或笑邓艾吃"两句诗,可见在晚唐时代三国故事已经普遍流行了。《东京梦华录》记载北宋首都汴京(今开封)的"京瓦伎艺"中间有"霍四究说三分,尹常卖五代史"。京瓦是京城的瓦市,热闹的人民市场,活跃着各色各样的大众化的娱乐杂伎。霍四究不知是何等样人。"常卖"是京都的俗语,指在街头叫卖小商品的,大概讲五代史的尹先生曾经是这样一个行当出身的。由此推想,霍四究也不会是怎样博雅的人物吧?据记载,北宋的汴都和南宋的都城临安(今杭州),演说史书的名家有孙宽、李孝祥、乔万卷、许贡士、张解元、张小娘子、宋小娘子等。这里贡士、解元等称呼不是真的科举上的身份,乃是社会上对于一般读书人的美称。演史家要按照史书编造故事,其中尽有些有相当学问的读书人,不过这班读书人必定是穷得可以的,在科举上断了念头,不想往统治阶级里爬了,他们转向为人民大众服务,坐在茶馆里说古书了。这样他们把掌握在封建统治阶级手里的历史知识搬运给人民,同时结合人民的道德标准批评了历史人物,结合人民大众的艺术创造能力把历史事件越发故事化了。在说书界中还有和演史家并立的"小说"家,讲说传奇、鬼怪和反映社会现实生活的短篇小说。这派的说书艺人捏合故事的本领更高,不像演史家的一定要依据史书,带点书卷气的。这派的有名艺人中,有故衣毛三,枣儿徐荣等。从他们的称号可以推想他们的阶级出身,大概是卖过旧衣服,开过枣儿铺的。总之无论读书人也好,做小买卖出身的也好,他们现在同属于一个阶层,就是在市场里说书讲故事的伎艺人。讲说的是他们,编造话本的也是他们。他们属于小市民阶层,处在社会下层,是被压迫者,是老百姓。他们的口头文艺创作,主要反映市民阶层的思想意识。不过在都城里活跃的说书业者,原是从各个城市里集中来的,说书业普遍于全国,普遍于城市,也深入到农村。说书的是走江湖卖伎艺的,他们接近广泛的人民大众,所以他们的文艺创作是合乎人民大众的口味、反映人民大众的愿望的。封建时代有两种文化,一种是封建统治者的文化,一种是人民大众所创造的文化。说书艺人的口头创作集中表现了人民大众的文艺创作才能,从这里成长出民族形式的小说,替施耐庵、罗贯中、吴承恩、吴敬梓、曹雪芹的文艺天才开辟了广阔的道路。

宋代说三分的话本可惜没有能够流传下来。我们所看到的最古的三国故事的话本是元刊本《三国志平话》。书分三卷,上面是连环图画式的插图,下面是话本的本文。我们可以看到老百姓所创造的三国故事,是生动灵活的,可是但具轮廓,缺乏细致的描写。三国故事经过多少人的讲说,若干代的创造,面貌未必相同,这不过是某一时期的某一种本子罢了。那些话本本来是简陋的,留出供说书者铺张增饰的余地。从师傅传徒弟,徒弟再传徒弟,各有巧妙,各有创造,不可能完全记录下来。《三国志平话》可以见到元代说话家所说三国故事的面目。有的说得很野,如司马仲相断狱的一个楔子和刘关张到太行山落草,汉献帝诛十常侍,以首级招安他们等等。这是人民口头流传野史的面貌。在元代戏曲文学里,涌现出好些三国故事的剧本,这些剧本帮助增加三国故事的情节和三国人物的性格刻划。罗贯中总结了这笔丰富的文艺遗产,重新创造,重新考订史实,在不违背历史事实的原则下进行文艺创造的工作。三国故事到了他的手里,才成为完整的杰出文艺读物,比之元刊本《三国志平话》大不相同了。

宋人笔记说:“讲史书者,谓讲说《通鉴》、汉、唐历代书史文传兴废战争之事。”“讲史”一称“演史”,各人标榜一部正史,有讲《汉书》的,有讲《三国志》的,尽管讲得很野。“演义”,就是根据正史演说大意,铺叙发挥的意思。讲史家的话本,叫做“平话”或者“演义”(在当时,它们不叫做“小说”,“小说”指短篇故事)。《三国演义》的正名应该是《三国志通俗演义》,或者《三国志演义》。说《三国演义》是简称。嘉靖刊本三国演义题书名作《三国志通俗演义》,里面标题:“晋平阳侯陈寿史传,后学罗本贯中编次”。陈寿的《三国志》就是二十四史里的正史,其实《三国演义》和陈寿《三国志》根本是两部书,性质完全不同。所以这样标题的原因,一是说明这部小说的史料依据,一是还要抬出正史来希望见重于知识阶级。还有一个重要的原因是罗贯中确实在史书里用过一番功夫,做了史书材料和人民口头创作双方融合统一的重编工作。他把向来话本中间离开历史事实太远的部分删去了,并且根据史实的轮廓添加文艺性的描绘。因此《三国演义》获得了“雅俗共赏”的优点。《三国演义》是讲史家话本小说的优秀代表作品,本来是演史家的书,不应称为小说。不过元末明初,演史与小说两家的分界已经混泯。我们今天称它为历史小说,一半是历史,一半是小说。不离乎史实,又有文艺创造,“文不甚深,言不甚俗”。《三国演义》的雅俗共赏在乎此。

章学诚《丙辰札记》说《三国演义》七分实事,三分虚构。其实,与其说七实三虚,不如说三实七虚。人物是历史上所有的,人物性格与故事大部分是小说家的创造。三实七虚,在不违背历史事实的原则下大量吸取元代平话家的文艺创造。比较《三国志平话》来看,罗贯中删去了司马仲相断狱的有因果报应思想的一段入话,删去了刘关张太行山落草的一段不合史实的故事(纯出于民间传说)。他把“平话”中只有简单情节的故事,用细致的描写作了加工。例如三顾茅庐一段,“平话”只有三顾茅庐与孔明下山两段共不过一千字,到罗本扩充到五六千字,原甚简陋粗糙,今则成为艺术杰构，引人入胜。“平话”中张飞很活跃，而《三国演义》保存之，突出地写了孔明与关羽。罗贯中自己为一知识分子，处在元末乱世，有权谋策略而不曾施展，也是有抱负而不遇明主的人，所以对于诸葛亮的才能与际遇，尤其向往。诸葛亮在《三国演义》中几乎成为最重要的主角，是一般知识分子的理想人物。罗氏喜欢读史，写通俗演义，对于读《春秋》、明大义的关羽这类智勇双全的人物也加以突出的塑造。总之，《三国演义》三实七虚，文艺的部分多于历史；是文艺，不是历史，是通俗小说而非历史教本，小说书与历史书应该区别开来。尤其在今天，必须分开，否则会纠缠到孰为进步的问题。

罗贯中《三国志通俗演义》分二十四卷，每卷十节。到了清初毛宗岗（序始），把罗本《三国演义》加上评赞，改为一百二十回。原来罗本每节用七言一句标目，毛本每回用七言或八言两句对偶诗作为回目。毛本对罗本稍有细节的修改、语义上的润饰，大体均一仍原文。我们通行本所见的《三国演义》是毛宗岗本（一名《第一才子书》，并且假托了金圣叹的一篇序文）。毛本基本上与罗本没有多少出入的。

二、《三国演义》的思想性与人民性

罗贯中《三国演义》和陈寿《三国志》立场、观点和方法绝然不同。陈氏《三国志》以曹魏为正统，列《魏书》在前，《蜀书》、《吴书》在后。《三国演义》以刘备为正统，蜀汉继承后汉。原因是陈寿为西晋文人，虽撰私史，后来作为官书。西晋司马氏的帝位，从曹魏来。不承认曹魏正统，即不承认西晋的合法统治政权。到东晋时代，汉族的统治政权偏安在南方了。习凿齿作《汉晋春秋》，即以蜀汉继承后汉，不承认曹魏的伪朝。据说习凿齿为桓温的别驾，桓温有篡窃帝位的思想，习凿齿痛抑曹操、曹丕，为了纠正这个思想。此事亦不尽然。把曹魏作为正统，自是西晋统治阶级的思想。当时的历史事实是后汉末年，天下分裂，鼎足而三，谁也不曾统一。为什么一定要挑选一个王朝作为正统呢？正统论，产生于统一的要求，分清敌我，以为斗争的目标。正统思想反映人民要求统一的愿望，不单纯是统治阶级的思想。假定中国分裂，每个国家都认为是合法的政府，那么就没有要求统一的斗争。所以历史家有正与闰、正统与窃伪的分别。秦汉是统一的，两晋也是统一的，他们都是正统。三国是分裂的，因而引起帝魏帝蜀的争论。《三国志》于《魏书》称帝，《蜀书》称先主、后主，《吴书》径称孙权等姓名。南北朝是分裂的，南宋和金是分裂的，汉族的历史家只承认南朝和南宋为正统王朝，而以北朝和金为窃据。

统治阶级的历史家向来以曹魏作为正统，其原因是因为从曹魏以后，统治政权的转移都用禅让的方式，汉—魏—晋—(东晋)—宋—齐—梁—陈。隋灭陈后得到正统。隋禅让给唐(李唐虽然利用隋末农民大起义得天下，但取得合法帝位还用禅让方式。李渊受隋恭帝禅让)。在北朝，东魏—齐，西魏—周，周—隋，也都是禅代。北宋赵匡胤受军人拥戴自立为帝，但也用从周帝禅代的仪式。为统治阶级服务的史臣，一直到司马光的《资治通鉴》不能不以曹魏为正统(到司马光时已有争论，不过他仍以魏年号纪年)。因为，魏受汉禅是后来一系列禅代的祖本，不承认它，即不承认本朝的合法地位。

正史家如此，人民的演说史书者却从人民的角度来看问题。这一系列的禅代方式是丑恶的、残酷的、没有正义的，所以要批驳。说三分的人就开始拥刘反曹了。为了忠奸之辨，为了爱憎，为了真伪，为了是非。以刘备为正统是比较民主的，反统治的。北宋说话人已经是这样说了，毫无顾忌。虽然赵匡胤得天下也用禅代方式。这里证明认为《三国演义》宣传正统思想是统治阶级思想的这个说法是不对的。事实上是批判了历代开国皇帝的丑恶行为的。《三国演义》着重描写曹操专权，挟天子以令诸侯，名为汉相，实为汉贼。逼宫杀伏皇后(六十六回)(见《后汉书·伏皇后纪》)、曹丕废帝(八十回)、司马昭杀曹髦(一百十四回)、司马炎废曹奂(一百十九回)，种种事端的描写，使读者有分明的同情和憎恶。这两代篡夺禅代的黑幕，残酷的史实，《三国志》作者陈寿都把它们隐蔽起来了。《三国演义》的材料从《后汉书》、《魏略》、《汉晋春秋》来。不一定是罗贯中参考了这些书，乃是历代相传说《三国志》者都愤愤不平，把真相揭露。

民间三国故事在南宋和元蒙统治时期，把刘备作为正统，拥刘反曹，更有深刻的意义，反映了汉族人民的民族意识，忠于汉室，尊汉的思想。南宋偏安在江南，中原为异族割据。这时朱熹的《通鉴纲目》也以刘备为正统，以蜀汉纪年继承后汉了。陆游"得建业倅郑觉民书，言虏乱，自淮以北，民苦征调，皆望王师之至"一诗云："邦命中兴汉，天心大讨曹。"把金虏、张邦昌、刘豫等比之曹魏，把宋高宗比之刘备。汉成为汉族的汉，因此，刘、关、张、诸葛亮的斗争取得了民族意义。岳飞常常写诸葛亮的《出师表》，以抒他的忠义抗战的决心。元末农民大起义，反抗蒙古贵族的统治，忠汉的思想更其重要。

《三国演义》有其人民性、积极斗争的一面。文天祥在公元1277年从梅州出兵江西时，吉赣两州农民响应者有十几万人。张世杰支持南宋流亡政府于1279年遁守崖山时，民兵追随的有三十万人(参见王丹岑《中国革命史话》)。元末农民起义领袖刘福通推韩山童为明王(利用宗教)，并宣称韩山童为宋徽宗八世孙，其后立韩林儿为小明王，即以宋为国号。这是利用正统思想，以忠于大宋旧主为号召。《三国演义》和《水浒传》在明代有合刊的本子，称为《汉宋奇书》。一汉一宋，都是反元蒙的。这两部书在元末明初出现，而在明代大为流行有其历史背景。是对元蒙统治的斗争，而和朱明统治利益不冲突的(指政治上，非经济上)。因为朱元璋出身农民，是农民起义军的领袖，同时也曾拥戴过小明王韩林儿，用大宋龙凤年号，起义成功后重新建立了汉族统一政权。他就成为刘备、宋江的合身，且又斗争胜利的人物。

因此，《三国演义》的正统思想，在《三国演义》产生的历史时期是有人民性的，并非反动的。

这是《三国演义》的主题思想之一。

有人认为《水浒传》反映农民起义，描写人民向统治阶级的斗争，《三国演义》不然，所歌颂的是刘、关、张和诸葛亮，也是统治阶级的人物，刘备等曾镇压过黄巾起义而立功，不是反人民的人物吗？

这里我们要辨别全书的主题思想和其枝节部分。《三国演义》以蜀魏吴三国斗争为主题，黄巾起义一段，只在开始部分。抽象地写，对读者爱憎影响有限。在正史上看刘备参加镇压黄巾起义与否，还成疑问。曹操曾经参加过。主要镇压黄巾起义的是皇甫嵩和朱儁。

《三国演义》不是历史课本而是文艺，是人民口传的英雄故事。无可否认的是在封建时代的某一时期，文艺作品中歌颂过帝王将相。不过这些帝王将相是人民所塑造的形象，赋予了人民的优秀品质的。

《三国演义》中写刘备出身是“幼孤，事母至孝，家贫，贩履织席为业”（其父刘弘，曾举孝廉，亦尝作吏，早丧。刘备虽为中山靖王之后，但住在楼桑村，接近农民）。张飞，颇有庄田，卖酒屠猪。关羽出现时推一辆车子，是流浪汉（杀一势豪，逃难江湖者）。诸葛亮隐居卧龙岗。这几位英雄都可以说是平民出身，和袁绍、曹操等出于贵族官僚者大不同。刘、关、张和诸葛的出身与《水浒传》中宋江、晁盖、吴用、卢俊义等距离不远。

勤王锄奸是《三国演义》前部分的主题思想，其中心部分是三国斗争，龙争虎斗，争天下的思想。所谓有志图王者的书。刘备、曹操、孙权三人都是有大志争霸业的人物，同《水浒传》有类似之处。假如没有《三国演义》刻划诸葛亮这个典型人物，便不会有《水浒传》中的吴用（加亮先生）。《三国演义》决不为残暴的统治阶级服务。在封建时代，农民起义成功，也不过是改朝换代。《三国演义》所写的故事是三国时代，其实三国人物具有典型性格，已脱离三国时期的真实历史人物。《三国演义》所写的政治斗争和军事斗争也有概括性，这部书能教给人民政治斗争和军事斗争知识，因此，这部书成为张献忠、李自成、洪秀全等所喜爱的书。(鲁迅先生《小说旧闻钞》引黄摩西《小说小话》云，张献忠、李自成及近世张格尔、洪秀全等初起……闻其皆以《三国演义》中战案为玉帐唯一之秘本)。清代带有民族革命色彩的洪门会中，新会员入会必须敬三炷半香，其中第二炷就是敬桃园结义刘、关、张。足见《三国演义》对农民起义、人民团结影响之大(至今海外侨胞做买卖的崇拜刘、关、张。西南兄弟民族崇拜诸葛亮)。

《三国演义》倡导争王霸之业、独立建国、争取统一的思想。刘备、曹操、孙权都有大志。刘备幼时，与乡中小儿戏于树下，曰："我为天子，当乘此车盖。"这里写他从小就有做皇帝的思想了。在《三国演义》第七十三回"玄德进位汉中王"，孔明引法正等入见时说："今曹操专权，百姓无主；主公仁义著于天下，今已抚有两川之地，可以应天顺人，即皇帝位，名正言顺，以讨国贼。"玄德大惊曰："刘备虽然汉之宗室，乃臣子也；若为此事，是反汉矣。"孔明曰："非也。方今天下分崩，英雄并起，各霸一方，四海才德之士，舍死亡生而事其上者，皆欲攀龙附凤，建立功名也。今主公避嫌守义，恐失众人之望。愿主公熟思之。"玄德曰："要吾僭居尊位，吾必不敢。可再商议长策。"诸将齐言曰："主公若只推却，众心解矣。"后来孔明请玄德暂为汉中王，玄德还要待天子明诏，孔明认为可以从权。张飞大叫曰："异姓之人，皆欲为君，何况哥哥乃汉朝宗派！莫说汉中王，就称皇帝，有何不可！"张飞的声音，很像《水浒传》里的李逵。反映农民起义拥戴农民领袖的思想。

《三国演义》八十回写"曹丕废帝篡炎刘，汉王正位续大统"。这回是史家笔法。诸葛亮托病不出，计与群臣拥刘备称帝。诸葛亮说："名不正，则言不顺。""天与弗取，反受其咎。"这情景令人想到赵匡胤黄袍加身的一段历史。这是政治史的形象概括。《三国演义》第四十三回与四十四回，写东吴降战未决，鲁肃力排众议，周瑜接见文臣，文臣一致主张降；接见武将，武将一致主张战，令人想到南宋的局面。尤其是诸葛亮舌战群儒的描写,更显出小说家传神写照之笔。《三国演义》写曹魏方面,虚伪欺诈残酷。写东吴也有贬辞,无能、屈服、贪小便宜。如八十二回“孙权降魏受九锡”,即大有贬意。

这种争王图霸的中国历史现实,是各个时代所共同的。演史家的小说从《东周列国志》到《隋唐演义》等都写的是这样一个内容。不过《三国演义》写得特别好。所暴露的政治斗争和军事斗争的情况,有现实意义,并不局限于三国故事,有典型的概括性。

《三国演义》倡导斗争到底,反对投降主义。赤壁之战、诸葛亮六出祁山、姜维伐魏,都加以煊赫描写和歌颂。反之,如张昭等的投降政策、孙权的降魏受九锡、刘禅孙皓失德亡国,使读者憎恨和惋惜。诸葛亮的鞠躬尽瘁、死而后已、知其不可为而为之,尤为后代忠心耿耿为国家、为人民图生存的典范。

《三国演义》所歌颂的是义气,并不突出宣传忠。如上面所说,刘、孙、曹都是图王霸之业的,事实上汉末的政治已经很腐败,然后有农民起义,统治力量已经动摇。所以曹操挟天子以令诸侯,刘、孙以讨曹忠汉的名义,那都是有名无实的。为了增加刘备的正面人物的描写,把奉衣带诏的情节特别加以宣扬。这是次要的。进步的方面,也是人民性的方面,是歌颂他的义。

刘、关、张桃园三结义,以后明为君臣,实同手足,完全平等的(正史上,刘备在,羽常侧侍)。“不求同年同月同日生,但愿同年同月同日死。皇天后土,实鉴此心。背义忘恩,天人共戮。”梁山泊英雄们的誓言“生不同生,死为同死。”朱武对史进说:“虽不及关张刘备的义气,其心则同。”《三国演义》第五十三回“关云长义释黄汉升”、第六十三回“张翼德义释严颜”,英雄爱惜英雄,临阵打仗,还讲义气。至于“关云长义释曹操”(第五十回)、刘备为报关、张之仇,兴兵伐吴,虽都为了义气,但在政治上是失算的。《三国演义》这样写值得读者同情。吕思勉说,从史实上看,曹操从华容道遁走,守将未必是关羽。而刘备之伐吴,也未必单为报关、张之仇，其企图有先吞吴以广地盘之意。《三国志·魏书·曹操纪》裴松之注引《山阳公载记》曰：“公船舰为备所烧，引军从华容道步归。”《蜀书·关羽传》无在华容道放走曹操事。因此，曹操何以能遁走，诸葛亮何以不守华容道，特为关羽报恩仗义一节，此乃小说家的巧关目。

《三国演义》歌颂仁爱。刘备的仁爱与曹操、曹丕等的残暴相对比。第四十一回写“刘玄德携民渡江”，众将皆曰：“今拥民众数万，日行十余里，似此几时得至江陵？倘曹兵到，如何迎敌？不如暂弃百姓，先行为上。”玄德泣曰：“举大事者必以人为本。今人归我，奈何弃之？”充分表现了他的人本主义的思想。

《三国演义》揭示了得人者昌、失人者亡的规律。袁绍、袁术、吕布均失人。刘、孙、曹三方面都拥有足够的人才，所以能鼎足三分。刘备三顾茅庐求贤若渴，爱赵云甚于爱其子。君臣际遇，将相得人，是以能兴。

《三国演义》教育人民分清敌我。曹魏是敌国，蜀汉是我邦，东吴必须联合，以伐曹魏。诸葛亮隆中决策如此。不幸关羽轻视东吴，贪功冒进，造成大错。刘备报仇伐吴，以致大败。

《三国演义》并不歌颂愚忠愚孝的人，赞赏识时务者以为俊杰。第三十七回写徐庶至孝，闻曹操囚禁其母，将欲加害，母手书唤其北去。庶遂辞备奔操。岂知母书是伪造的。见到母亲，庶母骂曰：“辱子飘荡江湖数年，吾以为汝学业有进，何其反不如初也！汝既读书，须知忠孝不能两全。岂不识曹操欺君罔上之贼？刘玄德仁义布于四海，况又汉室之胄，汝既事之，得其主矣。今凭一纸伪书，更不详察，遂弃明投暗，自取恶名，真愚夫也！……汝玷辱祖宗，空生于天地间耳！”后来庶母自缢而死。庶遂终身不为曹操出一计谋。此节虽小小短文，却有极大教育意义。政治立场第一，为投明主，家庭孝道可以牺牲。这样才是聪明的人，有为的人，而且是全忠全孝的人，才对得起祖宗。徐母是这样解释忠孝的。

至于刘备方面，当徐庶要求北归时，众人认为不可放走。如果庶不去，操必杀其母，徐庶母死，那必定为了报仇，力攻曹操。玄德曰："不可。使人杀其母，而吾用其子，不仁也；留之不使去，以绝其子母之道，不义也。吾宁死，不为不仁不义之事。"此书以仁义教人。仁义是为了人民，是人民的道德，也是人民所要求于统治阶级的。

弃暗投明，《三国演义》中着重提出。文人武将不一其主，不以为非，看他所投靠者是谁。如第三十回，袁绍手下谋臣有田丰、沮授、许攸等，绍皆不用其谋。田、沮被囚，许攸投曹操。此谓弃暗投明，在许攸实不得已，读者不以为非（袁曹相比，曹明袁暗）。张松、法正原在刘璋部下，投刘备。黄权、王累则为刘璋尽忠。《三国演义》对黄权、王累亦为表扬。于法正不以为非，于张松略有微词。因此"忠"在《三国演义》中不是一个固定的道德标准。

《三国演义》是人才主义，歌颂智与勇。智勇双全，最为高贵。有勇无谋如吕布。智勇双全如关羽。机智的集中表现是诸葛亮的典型人格。周瑜有智谋而气量狭小。

《三国演义》尽量写曹操的奸诈。以曹操奸诈的极端表现，比照刘备的仁厚。但是，兵不厌诈，行军杀敌，尽量出奇谋制胜。诸葛亮、周瑜屡屡用诈计、伏兵、反间计等。这和曹操的奸诈又区别开来。

《三国演义》歌颂的英雄人物都赋予了中国人民的优秀品质。刘、关、张和诸葛亮论出身地位是属于人民阶层的。袁绍、袁术、刘表等是贵族，曹操出身于官僚家庭。和这些人不同，刘、关、张和诸葛亮不是统治阶级，而是人民所热爱的人物。他们和《水浒传》中宋江、吴用、卢俊义、鲁智深等有类似之处。作者都赋予他们优秀的品质。《三国演义》写刘备在东吴结婚的一段，甘露寺相亲等，是传奇式的故事，极富人情味。是人民所创造，人民所喜欢听的故事。

《三国演义》的故事和人物不单是因为罗贯中的这部书而普

及于中国人民大众的，主要靠连续不断的民间说书和三国戏。由于罗贯中的天才创作和丰富的民间文艺遗产相结合，产生这部文艺杰作。它的人民性，决不在《水浒传》之下，以往论文学史者低估了这部书。

列宁说："艺术是属于人民的。重要的还不是把艺术给予那千千万万的国民当中为数只有几万、甚至几千的国民。艺术是属于人民的。它应当使自己最深的根深入到广大劳动群众当中去。它应当为这些群众所理解并为他们所喜爱。它应当把这些群众的感情、思想、意愿结合起来，鼓舞他们。它应当唤醒群众中的艺术家，使他们得到发展。"古典小说中，在广大的劳动群众当中扎根的，《三国演义》毫无疑问是数一数二的。

三、《三国演义》的艺术性

1. 叙史事从建宁二年(公元169年)，至孙皓出降(公元280年)为止，共计111年。比"编年"、"史传"、"纪事本末"体都有进步。错综复杂的关系，作全面的叙述与分析；人物不孤立，事件不孤立。年代有前后，按历史事实发生而叙述的。以历史书而论，是很好的体制，通史性质。不过所叙的史实偏重在政治军事，加入人物小故事，医卜杂技之类，此为正史、野史材料所限(当时社会经济情况是不详的)。《三国演义》本是文艺作品，非历史教科书，文学的宣传力强。在信史上，曹操也是一位英雄，有进步性，是说三国故事的加深了他的丑恶奸诈方面，作为反面人物。《东坡志林》卷一《涂巷小儿听说三国语》一文云："王彭尝云：涂巷中小儿薄劣，其家所厌苦，辄与钱，令聚坐听说古话。至说三国事，闻刘玄德败，颦蹙有出涕者；闻曹操败，即喜唱快。以是知君子小人之泽，百世不斩。"民间说三国故事，老早就歌颂刘备，反对曹操。罗贯中《三国演义》的文艺感染力量就在于使读者的同情完全寄托在蜀汉方面。不管真实的历史曹、刘二人孰是孰非，文学宣传应该有是非，有爱憎。这就是文学的倾向性。歌颂光明，反对黑暗；歌颂仁义，反对残暴与欺诈。艺术性与思想性是一致的。

2.《三国演义》的写作方法，在历史小说中，也是完美的。作者用虚实相生法。章学诚认为“七实三虚，惑乱观者”，是把《三国演义》作为历史著作来批评，这是不公允的。《三国演义》是文艺创作，妙处正在虚而不在实。但既是历史小说，那决不能太野，子虚乌有。作者所用是虚实相生法（《东周列国志》较实，《隋唐演义》较虚，这两书还是好的，其余或失之实，或失之虚）。

以赤壁之战一段文章来论，《通鉴》赤壁之战写得已经很精彩，而《三国演义》用了足足八回（四十三回至五十回）书写赤壁一战，写得如火如荼，非常活跃，是全书中最精彩部分。这本来也是三国鼎足三分的决定性的战争，历史上有名的大战争。民间文艺家的笔法，超过了《通鉴》，超过了《史记》，超过了《左传》。只有希腊史诗《伊利亚特》所写可以比拟。对证历史按究起来，其中三实七虚，并非七实三虚。照我们看来，虚构的部分绝不止三分，就是连真人真事的部分也是经过文艺性改造的。越是虚构的部分，文艺价值越高。诸葛亮说孙权拒曹是实事，见《三国志·诸葛亮传》；“诸议者皆望风畏惧，多劝权迎之”，见于《三国志·吴主传》。可是诸葛亮舌战群儒，完全是渲染的笔墨。鲁肃、周瑜正史上说是决定拒曹的，诸葛亮用智激周瑜是虚，刻划了两人的典型性格。《铜雀台赋》（《登台赋》）是曹植的作品，“揽二乔于东南兮，乐朝夕之与共”，是诸葛亮所捏造，此意从杜牧《赤壁》怀古诗启发而出来的。黄盖献诈降计是实事，苦肉受刑是增设的；阚泽实有其人，密献诈降书是虚。小说需要一个献书的人，于是在正史上找到阚泽这个人；东吴定下火攻计是实，主要出于黄盖的计谋；诸葛亮和周瑜斗智是虚，诸葛亮借箭、借东风更是虚构的，但最为生动，出于人民的创造，人民的智慧。蒋干盗书和庞统献连环计，正史上均无其事。人物都是真的，情节是添设的、虚构的。苏东坡《赤壁赋》说曹孟德“横槊赋诗，固一世之雄也”，这是形象化的语言，概括了曹操的精神面貌，可是赋什么诗，怎样横槊，没有交代。《三国演义》加以渲染,更为形象化了。具体描写曹操正在唱他的得意的“对酒当歌,人生几何”的那篇《短歌行》(诗是真实的),而且一横槊便把个刘馥刺死了。刘馥实有其人,确实死在建安十三年,正是赤壁之战的那一年,可是谁知道他死在曹孟德横槊赋诗的当儿呢?小说家信手拈来,不可相信,但也无法批驳。妙在虚中有实,实中有虚,捏合得情景逼真。是文艺作品的上乘,是历史小说的高度艺术化。

曹操从华容道败走,见《三国志·魏书·武帝纪》建安十三年下引《山阳公载记》:“公曰:‘刘备,吾俦也,但得计少晚;向使早放火,吾徒无类矣。’备寻亦放火而无所及。”很简单。《三国演义》讲到这一段,听众要问曹操何以能逃脱呢?从哪条路上逃脱呢?足智多谋的诸葛亮何以算不正确,让他逃脱呢?因而添造出第五十回“诸葛亮智算华容,关云长义释曹操”这一回书。使得诸葛亮神机妙算的形象更其完整,而关云长的重义气的性格也得到突出表现。书中说到关云长是个义重如山的人,说云长见众将皆下马,哭拜于地,愈加不忍,又说他见了张辽动故旧之情,长叹而去。内心的矛盾冲突,寥寥几笔,暴露无遗。今天的读者批评关羽立场不稳,事实上,历史上的史实是曹操原不曾在赤壁一战里死亡的,说三国故事的不能不使曹操在华容道上逃脱。那么何以能够逃脱,岂不是诸葛亮没有算定了吗?说书的人说诸葛亮算定曹操必走华容道,而且特地派一员大将关羽去,而是关羽把他放走了。情节服务于人物性格,人物性格服务于情节,都不矛盾,入情入理。这一回书也是很精彩动人的。并且前回书说诸葛亮故意先不用关羽,后来派他守华容道,并且让他立下军令状。读者要问,明知关羽可能要为故旧之情而把曹操放走,为什么不派别将?岂不是诸葛亮算定曹操还命不该绝,算定关羽要把他放走,故意如此做吧?在作者确乎有宿命论的思想因素,这是说话人对于历史的一种普遍的认识论。

第九十五回“马谡拒谏失街亭,武侯弹琴退仲达”也是精彩紧张的。据《三国志·诸葛亮传》裴松之注引“郭冲三事”:“亮屯于阳平,遣魏延诸军并兵东下,亮唯留万人守城。晋宣帝率二十万众拒亮,而与延军错道,径至前,当亮六十里所,侦候白宣帝说亮在城中兵少力弱。亮亦知宣帝垂至,已与相逼,欲前赴延军,相去又远,回迹反追,势不相及,将士失色,莫知其计。亮意气自若,敕军中皆卧旗息鼓,不得妄出庵幔。又令大开四城门,扫地却洒。宣帝常谓亮持重,而猥见势弱,疑其有伏兵,于是引军北趣山。明日食时,亮谓参佐拊手大笑曰:‘司马懿必谓吾怯,将有强伏,循山走矣。’候逻还白,如亮所言。宣帝后知,深以为恨。”以上为郭冲三事文,注下有难者曰云云,驳此事之非实,加以论断曰“故知此书,举引皆虚”。又马谡与张郃战于街亭,谡违亮节度,举动失宜,大为郃所破。此文在前注引“郭冲三事”之后。从此可知,《三国演义》第九十五回:“马谡拒谏失街亭,武侯弹琴退仲达”这一回,马谡失街亭是实,弹琴退仲达是有所本的,但所本也未为属实,原本为无根之谈。且《三国演义》将此无本之事移至马谡失街亭之后。两事不在一个时间,全出捏合。

虚实相生,虚构故事为刻划典型人物,且描写栩栩欲生。

此外,《三国演义》有大结构,中心人物贯穿全书,不比《水浒传》由各人的故事串连。同时全书故事有顶点,有段落,此同《水浒传》。

《三国演义》的文学语言是半文半白、通俗化、大众化的,同于戏剧中的道白。历史小说不能不如此。

四、曹操、关羽的典型性格

(一)曹操的典型性格

必须分别历史和小说。分别历史上的曹操和《三国演义》中的曹操。

1.《三国演义》中否定曹操,其典型性格表现在以下方面:

(1)作为统治阶级的阶级本质在曹操身上的体现

①虚伪　割发代首(第十七回)。

②权诈(阴险)　梦中杀近侍(第二十三回);少年时就欺骗叔父;借刀杀祢衡(第二十三回);杀粮官王垕(第十七回)。

③忌才(忌刻)　杀杨修(第七十二回)。

④多疑　杀吕伯奢(第四回);杀华佗(第七十八回)。

⑤僭妄　许田射猎(第二十回);逼令荀彧自尽,使荀攸忧愤而卒,见其篡夺本心(第六十一回,第六十六回)。

⑥残暴　残戮百姓,发掘坟墓(攻陶谦,第十回);杀董妃(第二十四回);杀伏后(第六十六回);杀吉平(第二十三回);杀陈宫(不义);嘲关羽的头(不义)。

(2)作为憎恨、指摘、暴露的对象来描写

①突出上述恶行的恶劣本质。

②夸大描写曹操的失败:战濮阳(第十一回),战宛城(第十六回),写曹操极为狼狈。

赤壁之战,败走华容(屡屡中计,犹自己得意)。

割须弃袍(第五十八回)。

③嗜酒好色。

(3)比袁绍、袁术、刘表、吕布等高明,但不放过否定他的机会

2. 作为实力派、得势派、当权派的典型来攻击,来憎恨(刘备是弱者,在野失势的)。

3. 处理曹操与处理别的否定人物不同,他不是无才智、无眼光的,而是有心计城府的。他的才智、眼光助长了他的罪恶。曹操是奸雄的典型:

作者一开始就借许劭之口说他是"治世之能臣,乱世之奸雄也"。

"宁教我负天下人,休教天下人负我。"曹操杀吕伯奢后说的话,足见其残忍。

表现他的机智之处:孟德献刀(第四回);吕布战曹操,危难之际,曹操一句"前面骑黄马者是他",骗过吕布,险里逃生(第十二回)。

假仁假义，以忠义号召人："力扶社稷"、"以忠义讨卓"；同卫弘的谈话。

笼络人才：哭典韦、哭郭嘉。褒奖为敌人尽忠而死者，看不起庸俗的投降他的人。青梅煮酒论英雄。笼络关羽，让他走，还赞扬他。招降庞德。

中计，觉悟以后，偏不肯认错(杀蔡瑁、张允)。

曹操笼络人才是功利主义的；刘备三顾茅庐，尊贤下士。曹操囚徐庶母，以伪书骗徐庶北来，其行为与刘备恰成对比。

自以为能，实出人下(如赤壁败走时之屡屡大笑)。

操平生多疑，疑多则败(第七十二回)。

(二)关羽的典型性格

关羽是忠义的典型，而与忠义不可分的是信、礼、智、勇。

云长曰："关某素知文远忠义之士，愿以性命保之。"(第二十回)

公曰："吾仗忠义而死，安得为天下笑?"(谓张辽语)(第二十五回)

操曰："素慕云长忠义，今日幸得相见，足慰平生之望。"(第二十五回)

复刘备信："窃闻义不负心，忠不顾死。羽自幼读书，粗知礼义，观羊角哀、左伯桃之事，未尝不三叹而流涕也。"(第二十六回)

1. 忠

(1)忠于汉室

第二十回"曹阿瞒许田打围"，见曹操失君臣之礼，"云长大怒……提刀拍马便出，要斩曹操。"此处实重在礼。

第二十五回"屯土山关公约三事"，关公曰："一者，吾与皇叔设誓，共扶汉室，吾今只降汉帝，不降曹操。"

关羽的忠于汉室，比较抽象，其忠义对于刘皇叔则很具体。

(2)忠于刘备

忠于刘备，比较具体。因刘备忠于汉室，所以关羽也忠于汉室。前面引其“只降汉帝”的话，他原可不出山，对于汉帝也只说降。

他对于刘备是“朋友而兄弟，兄弟而主臣者也”（第二十六回）。

挂印封金，去曹求备（第二十六回）。

2. 义

第五十回“华容道义释曹操”。曹操兵败势危，走投无路之时，竟向关羽提出“大丈夫以信义为重”，而被放走。文中说“云长是个义重如山之人”。

第五十三回“关云长义释黄汉升”。黄忠原为长沙太守韩玄部下，关羽取长沙，与战，忠马蹄有疏失，羽不忍杀之，唤其换马再来作战。

第七十四回：杀庞德，怜而葬之。

3. 信

关公约三事（第二十五回）。

挂印封金（第二十六回）。

单刀赴会（不失信于吴，“既已许诺，不可失信”，略无畏惧之心。第六十六回）。

4. 礼

对待二嫂（第二十七回）。

许田射猎，愤怒曹操的僭妄（第二十回）。

5. 勇

勇猛：温酒斩华雄（第五回）。（据正史，华雄非关羽斩。）

斩颜良、文丑、五关斩将（据正史，文丑非关羽斩）。

智勇：单刀赴会（第六十六回）。“昔战国时赵人蔺相如，无缚鸡之力，于渑池会上，觑秦国君臣如无物；况吾曾学万人敌者乎！既已许诺，不可失信。”

满宠曰：“吾素知云长勇而有谋，未可轻敌。”（第七十三回）

曹操曰：“关某智勇双全，切不可轻敌。”

水淹七军,擒于禁。

刮骨疗毒(忍受力)。

6. 傲慢:

欲与马超比武(好胜,因孔明之阻而罢)。

闻五虎将之称谓,曰:“黄忠何等人,敢与吾同列?大丈夫终不与老卒为伍!”(第七十三回)

向诸葛瑾大怒曰:“吾虎女安肯嫁犬子乎!”拒绝东吴说亲(第七十三回)。

7. 疏失:轻视东吴,失去荆州。

王甫谏糜芳、傅士仁恐不竭力,必须再得一人以总督荆州,举赵累。羽谓曰,已派潘濬,不必更改(第七十三回)。

与庞德作战,恃勇轻敌,被庞德射中一箭(第七十四回)。

攻打樊城,为弩箭所伤(第七十四回)。

关羽不备东吴,因吕在陆口时,曾致书两家约好,共诛操贼。吕蒙偷袭,是背盟背信义;关羽重信义,初不料人不能以信义待之。君子为小人所算。《三国演义》于写关羽疏失处,仍加回护,使读者同情而惋惜之。

至于关羽之性格,则为完整的,前后一致。刚毅坚韧,勇而有谋。

作者写疏失、傲慢,于歌颂中指出其缺点,这种笔法,含有批判意。华容道的失去立场,亦非全用褒笔,有批判。凡此皆含有教育意义。

孔明曰:“关公平日刚而自矜,故今日有此祸。”作者借孔明之口评论关公的缺点。

誓死不降东吴,此其忠义坚贞处。

在《三国演义》中,关羽出场时,推一辆车子,自言为了杀死本地势豪,因而逃难江湖。他抱不平,义侠性格,接近人民,逃难江湖。他的善良的个性是从人民队伍中成长出来的。

或曰，前半部关公似有偶像化，不太现实；或曰，关公令人敬，张飞令人爱，性格不同；或曰，关公作为武圣，把他偶像化，是统治阶级利用人民口头所流传的英雄。罗贯中不负此责任。罗氏所写是有血有肉的。

《三国演义》的作者属市民阶层，小说保留了人民口头创作所流传的所塑造的典型性格。《三国演义》所歌颂的人物性格是合乎小市民的劳动人民的道德标准的，当然也融合着部分统治阶级的道德观念。

信义和忠诚都是美德。尤其是信义为商人、手工业者所恃重的。智勇是军人的道德。

《三国演义》的听众多数是商人、手工艺者、军人。

或曰，关羽为义气的典型。《三国演义》所给予关羽的性格，是属于劳动人民的、民族的优秀品德。

第三节 《水浒传》

一、北宋末年的腐朽政治和宋江故事的流传

北宋末年宋徽宗统治的时代（即十二世纪初 1101—1125）的二十多年、尤其是最后十年，是政治最腐朽、阶级矛盾最尖锐的时期。徽宗赵佶是一个昏庸荒淫的皇帝，正如《宣和遗事》所描绘的，私游倡家李师师。自己又是书画家，他一味只图享乐，过其风流艺术家的生活。建造宫苑花园，搜刮天下奇花异石，奉命者骚扰百姓，无所不至。他不务政治，任用六贼（六贼是陈东所称呼的），搜刮财物。六贼者，蔡京、王黼做宰相，巧立法令，刻剥人命；阉人童贯做上将，虚夸军功，浪费犒赏；阉人梁师成掌代写御笔号令，出卖官爵；阉人李彦掌括公田，任意指民田良田为荒地，充作公田；朱勔掌花石纲，专搜东南（江浙）奇花异石，运往东京。六贼累积大量私有赃物，豪富惊人。人民遭受的痛苦无处申诉。宣和

时京西一带饥荒,人相食。李彦不顾饥荒,在京东西照旧括田,发民夫运奇物进贡,民夫多自缢车辕下。朝廷视民命系草芥那样微贱,人民也就对朝廷痛心疾首,像仇雠那样怨恨。

在这样残酷的剥削下,人民纷纷起义。据《中国通史简编》记载:“有方腊在睦州,攻陷六州五十二县;张万仙在东京,有众五万;贾进在山东,有众十万;高托天在河北,有众十余万;宋江在淮南,转掠十郡。”

宋江是北宋末年一支农民起义军的领袖。这支军队是流动的武装部队。宋江三十六人的根据地是苏北(最大的可能是由一个贩私盐的集团扩大而成的)。流动打夺山东、河南一带城池(转掠十郡)。宋江和梁山泊没有关系。

梁山泊(泺)在山东济州、郓州一带,乃黄河决口汇而成泊。自后晋开运初(944 年)至北宋熙宁十年(1077)共 130 余年,黄河凡三次决口,遂使汴、曹、单、濮、郓、澶、济、徐所灌之水汇而为一,梁山泊面积乃至周围达八百里。其地本渔民所出没。《宋史·任谅传》载,徽宗时,眉山任谅“提点京东刑狱。梁山泺渔者习为盗,荡无名籍。”《宋史·许几传》:“郓州梁山泺多盗,皆渔者窟穴也。”李彦掌括公田,任意指民田良田为荒地,充作公田,起初行于京东西,后来推行到山东。《宋史·杨戬传》载,杨戬在政和四年(1114)为侵夺公田,设立“西城所”,也把梁山泊收为“公有”,向来济、郓数州的人民,本是赖蒲鱼之利以为生的,这时要出很高的税额,漏税者以盗处罚。对于沿湖各县的剥削,在经常赋税之外,每县增租年十余万贯,水旱皆不得免。《水浒传》中三阮所谈,乃是当时真实的情况。

梁山泊在宋徽宗时代前后,为渔民聚义的地点,但是否为宋江等三十六人的根据地,史无明文。

北宋后期,全国垦田的六分之五是官田和官僚大地主的田,不负担赋税的。全部田赋的负担落在耕种不到六分之一的垦田的贫苦农民肩上。全国人口的三分之二以上是佃农。各州县“以衙前主官物，以里正、户长、乡书手课督赋税，以耆长、弓手、壮丁逐捕盗贼。……县曹司至押录，州曹司至孔目官，下至杂职虞候、拣掐等人，各以乡户等第定差。”“役之重者，自里正、乡户，为衙前，主典府库，或辇运官物，往往破产”（《宋史·食货志》）。诸县以第一等户为里正，第二等户为户长（有力赔负之故）。如役户逃亡，官府迫使里正户长赔累，轻则倾家荡产，流配远方，重则丧失性命。这说明《水浒传》中晁盖、宋江之辈如不劫生辰纲、不杀阎婆惜，也只有跟逃亡户一起，参加起义队伍。朱仝、雷横等则为逐捕盗贼的弓手之长。

正史及野史记载宋江材料不多，零碎片断，且有矛盾冲突之点，约略言之：

宋江被称为淮南盗，同时又被称为河北剧贼、京东贼，又有“宋江起河朔”、“山东盗”的说法，可知宋江横行在河朔、山东、京东、淮南，地点并不固定，乃是流动性的武装部队，官军对他没有办法。

《宋史·侯蒙传》：“宋江寇京东，蒙上书言江以三十六人，横行齐魏，官军数万，无敢抗者，其才必过人。今清溪盗起，不如赦江，使讨方腊以自赎。”

《宋史·徽宗纪》：宣和三年（1121）二月，“方腊陷处州，淮南盗宋江等犯淮阳军，遣将讨捕，又犯京东、江北，入楚海州界，命知州张叔夜招降之。”

张叔夜招降，是伏兵诱战。宣和三年春夏间，宋江等由沭阳将至海州。海州守张叔夜遣人侦察其所向，见其径趋海滨。“劫巨舟十余，载卤获，于是募死士，得千人，设伏近城，而出轻兵距海诱（一作使）之战。先匿壮卒海旁，伺兵合，举火焚其舟。贼闻之皆无斗志，伏兵乘之，擒其贼副（一作副贼），江乃降。”（《宋史·张叔夜传》）同年十二月十九日，宋徽宗有一道御笔诏书说：“河北群贼自呼赛保义等，昨与大名府界往来作过。”（《宋会要辑稿》兵十二卷二十七页）既称“赛保义”，或与宋江有关，是否宋江余党未全捕获?

睦州方腊起义在宣和二年(1120)。宣和三年四月,被讨平。宋江有没有参与征讨方腊之役,历史家尚未论定。根据《三朝北盟会编》五十二引《中兴姓氏奸邪录》有“以贯为江浙宣抚使,领刘延庆、刘光世、辛企宗、宋江等军二十余万,往讨之”之文;根据《东都事略十一·徽宗纪》,宣和三年四月,童贯以其将辛兴宗,与方腊战于清溪,擒之,五月,宋江就擒。

1939年陕西省府谷县出土了一块折可存的墓志铭(宋故武功大夫河东第二将折公墓志铭,华阳范杰书撰)云:

> 公讳可存……宣和初……方腊之叛,用第四将从军。诸人藉方玄以推公,公遂兼率三将兵,奋然先登,士皆用命。腊贼就擒(1121年4月),迁武节大夫。班师过国门,奉御笔捕草寇宋江,不逾月继获,迁武功大夫。

折可存《宋史》无传。《杨震传》中谓可存问计于震,生得吕师囊等。另据《泊宅编》,吕师囊、陈十四公等略温、台诸县,四年三月,讨平之。

是则可存班师过国门当在宣和四年(1122)之五、六月,其不逾月继获宋江,更应在此以后。此说与《张叔夜传》显相牴牾,莫知所从。

最大的可能性是:宋江为张叔夜诱降后,加入征讨方腊队伍,使立功自赎,而方腊平后,即用阴谋擒杀之。

宋江的史事,因史料缺乏,尚未能下正确之结论。但《水浒传》所写是取材于人民口头所流传的宋江故事,同正史上的宋江又当分别开来看的。

宋江横行齐魏,其才过人。在北宋末期,人民不堪腐朽、黑暗的统治势力,他领导着一支反抗贪官污吏、为老百姓抱不平的武装部队,冲州撞府,官军无可奈何。最后他归降朝廷,并且“立了功”,为童贯所暗害而擒杀。这三十六人的英雄故事,流传于人口。不但故事流传，并且形于像赞。

周密《癸辛杂识续集》记南宋画家兼文学家龚开作《宋江三十六人赞并序》云："宋江事见于街谈巷语，不足采著。虽有高如、李嵩辈传写，士大夫亦不见黜。余年少时壮其人，欲存之画赞。"传写指临摹，高如、李嵩乃画家。

南宋时期，太行山是汉族人民自卫抗金的游击部队、称为忠义军的一个根据地。《三国志平话》把刘备、关羽、张飞说成曾经到太行山落草，所以宋江等英雄故事在南宋说书人的口头流传下，也有了三十六人出没于太行山、梁山泊两地的这个说法。龚开的"赞"，称卢俊义"风尘太行"、张横"太行好汉"、穆弘"出没太行"等等。据龚开"画赞"，似英雄活动的地区在太行山。

熊克《中兴小记》说：自靖康以来，中原之民不从金者，于太行山相保聚。初，太原张横者，有众二万，往来岚宪之境，岚宪知州、同知领兵一千五百人入山捕之，为横所败。两同知俱被执。

李心传《建炎以来系年要录》：贼史斌据兴州，僭号称帝。斌本宋江之党，至是作乱。

《三朝北盟会编》引《靖康小雅》：招安巨寇杨志为边锋，首不战，由间道径归。

王象春《齐音》：金人薄济南，有勇将关胜者，善用大刀，屡陷虏阵。及金人贿通刘豫，许以帝齐，豫诳胜出战，遂缚胜于西郊，送虏营，百计说之不降，骂贼见杀，且自啖其睛。

《宣和遗事》抄录若干小说成文，显得很凌乱，说"晁盖等八个劫了生辰纲，同杨志等十二人，共有二十个结为兄弟，前往太行山梁山泊去了"。太行山与梁山泊距离很远，实在是南宋人口头所流传的宋江故事，是多种方式而没有得到整理统一的现象。但是《宣和遗事》的短短记录，显出了水浒故事在南宋时期流传着的一个轮廓。

后来太行山英雄与梁山泊英雄合流。李玄伯百回本《水浒传序》上说明此事。聂绀弩《水浒是怎样写成的》一论文(《人民文

学》1953年6月)推演此说。他说把宋江和梁山泊结合怕是元代的事。元陈泰《所安遗集补遗·江南曲序》云:

余童丱时,闻长老言宋江事,未究其详。至治癸亥秋九月十六日,舟过梁山泊,遥见一峰,嵽嵲雄跨。问之篙师,曰,此安山也。昔宋江□事处,绝湖为池,阔九十里,皆蕖荷菱芡。相传以为宋妻所植。宋之为人,勇悍狂狭,其党如宋者三十六人。至今山下有分赃台,置石座三十六所。俗所谓来时三十六,归时十八双,意其自誓之辞也。始予过此,荷花弥望,今无复存者,唯残香相送耳。因记王荆公诗云:"三十六陂春水,白首相见江南。"味其词,作《江南曲》以叙游历,且以慰宋妻植荷之意云。

宋江起义本为流动性的武装力量。人民口头传说把他结合到太行山。因为在北宋末年和南宋初年,太行山是抗金武装民兵的根据地。

据《中国通史简编》说:太行山民兵为表示对国家的血诚,面上自刻"赤心报国,誓杀金贼"八字。因此王彦部都号"八字军"(据《三朝北盟会编》,王彦,河内人。部下面刺八字,招集忠义民兵。未提太行山)。

《宋史·岳飞传》:"六年,太行忠义军梁兴等百余人慕飞义,率众来归。"

《三国志平话》有刘关张在太行山落草、受招安事。皆受北宋末年、南宋初年忠义军以太行山为根据地的影响。《忠义水浒传》的名称也有受此影响的因素。

《宋史》有忠义军、忠义社、忠义巡社等名称,这是人民武装勤王御侮、民族意识的表现。

但是,宋江的故事原是一个阶级斗争的故事,虽然在某一时期与民族抗争意识结合,而它的本来的阶级斗争的内容仍不可湮没。把淮南、齐鲁、楚海州的流动武装力量硬说成在太行山,于地理亦不合。参《宋史》任谅、杨戬、蔡居厚传,梁山人民有英勇抗争,反抗统治者的严刑峻法。一定有人民口头流传的梁山泊英雄,或系三阮、杜迁、宋万等,与宋江故事又相结合。

《宣和遗事》这部书的写作年代,应该是宋末元初。它是抄录若干种野史与小说成书的。其中所保存的有杨志卖刀、晁盖智取生辰纲、宋江杀死阎婆惜、受玄女天书、收呼延绰、三十六人聚义、受招安、平方腊。这一段书,有些地方叙述较详,有些几句话带过。给我们一个《水浒传》的轮廓,是南宋人街谈巷语宋江传的大略。

《醉翁谈录》载:"言石头孙立、戴嗣宗,此乃谓之公案。青面兽,此乃为朴刀局段。言花和尚、武行者,此为杆棒之序头"。《醉翁谈录》所记的公案、朴刀、杆棒中的水浒人物的故事是小说家所说,说明后来的《水浒传》数十万言乃至一百余万言,是由小说家话本的朴刀、杆棒、公案一派演化发展而来,非出讲史。除了南宋人讲说外,北方金人统治下,亦必有之。到了元代,演说水浒故事的话本,应该是存在着的。不过没有保存下来。而元人杂剧中,却有近三十种的水浒戏,有关于李逵、宋江、鲁智深、武松、燕青、花荣、杨雄、张顺、王矮虎等人的戏剧情节,尤以李逵戏为多,塑造他的性格尤为突出。今保存有十种(可能有明初人撰作在内),加上周宪王两种,共十二种。这是水浒故事的一大发展(有闹元宵、劫法场等大情节)。

南宋国势很弱,人民口头流传着宋江故事。到了元代,阶级矛盾十分尖锐,人民歌颂梁山泊英雄,说梁山泊英雄的保境安民、替天行道。人民遭受迫害,希望跑到梁山去诉说,有梁山英雄替他们报仇,尤其喜欢李逵那样见义勇为的人物,都有其特殊的原因。

这充分说明水浒故事在宋元社会里得到发展生长的缘由。

二、《水浒传》的作者问题与繁简各本

综前所述,宋江故事在南宋时代即为人民所乐道,见于街谈巷语。说话人的公案小说、朴刀杆棒小说中讲说了孙立、戴嗣宗、青面兽、花和尚、武行者的零碎片断故事。到宋元之间的《宣和遗事》，有杨志卖刀、晁盖等取生辰纲、宋江杀阎婆惜，三十六人聚义的故事。元剧中有黑旋风、燕青、杨雄、武松、花荣等零碎片断故事。有闹元宵、劫法场、征方腊等大关目。在元代，宋江故事结合了太行山与梁山泊，有"三十六大伙，七十二小伙"的说法。

民间的英雄传说得到文人的加工整理，编成《水浒传》这样一部大书。成书的年代在元末明初，时间距离北宋末年有二百五十年之久。

《水浒传》称"传"，而不称"平话"或"演义"，因为集合小说材料所编，非敷衍正史的。古本的《水浒传》，每回书前，各以妖异语引其首，为致语或入话，也夹杂许多诗词，是小说词话体。是话本，不过采取了长篇形式。

《水浒传》的作者，相传为二人。一为施耐庵，一为罗贯中。

明代所刊一百十五回本《忠义水浒传》，题东原罗贯中编辑（东原在今山东东平、泰安两县地方，贾仲名《续录鬼簿》称罗为太原人，或为东原之误）。

高儒《百川书志》："《忠义水浒传》一百卷，钱塘施耐庵的本。罗贯中编次。"

胡应麟曾见一小说序云耐庵"尝入市肆细阅故书，于敝楮中得宋张叔夜擒贼招语一通，备悉其一百八人所由起，因润饰成此编"（《笔丛》四十一）。

胡应麟谓罗贯中为施耐庵门人，施为罗之师。

明·郎瑛《七修类稿》二二："《三国》、《宋江》二书，乃杭人罗本贯中所编，予意旧必有本，故曰编。《宋江》又曰钱塘施耐庵的本。"

凡此皆明万历年间及万历以后人所说。《水浒传》之有刻本及流传亦在嘉靖万历年间。

李卓吾（万历年间人）《忠义水浒传序》云："施、罗二公，身在元，心在宋；虽生元日，实愤宋事。是故愤二帝之北狩，则称大破辽以泄其愤；愤南渡之苟安，则称灭方腊以泄其愤。”

周亮工《书影》：“故老传闻罗氏为《水浒传》一百回”，“又传为元人施耐庵作”。

一百二十回本新镌李氏藏本《忠义水浒传全书》引首下题“施耐庵集撰，罗贯中纂修。”

是施在罗前。

鲁迅先生相信简本在繁本前，作者应为罗贯中，说施“名及事迹，皆不可考，或者实无其人，乃撰作百回本（繁本）所依托”。

施罗二人同为元时人。郑振铎所藏天都外臣序百回本《水浒传》（不曰“忠义”）序文云：“洪武初，越人罗氏，诙诡多智，为此书，共一百回，各以妖异之语，引于其首，以为之艳。嘉靖时，郭武定重刻其书，削去致语，独存本传”云云。则但称罗。

《水浒传》与《三国演义》笔调作风大异，出罗贯中一人手笔未必可信。而施耐庵的为人又隐约难明。

这样伟大的小说，作者是谁，竟不能论定。作家出版社以《三国演义》归罗，而以《水浒传》归施。

明本题施耐庵为钱塘人。民国初年胡瑞亭作《施耐庵世籍考》，说施耐庵是兴化县人。

《文艺报》74 期（1952 年）载有《施耐庵与〈水浒传〉》（刘冬、黄清江作）及《施耐庵生平调查报告》（丁正华、苏从麟作）两文。谓苏北兴化县、大丰县曾有施耐庵的坟墓和祠堂。大丰县白驹镇有施家舍，村上人云是施耐庵的后代。祭祖神主书云：“元辛未进士始祖考耐庵府君之位。”《兴化县续志》载：淮安王道生作施耐庵墓志，谓公讳子安，字耐庵，生于元贞丙申岁，为至顺辛未进士，曾官钱塘二载，以不合当道权贵，弃官归里，闭门著述。殁于明洪武庚戌岁，享年七十有五。公之著作，有《志余》、《三国演义》、《隋唐志传》、《三遂平妖传》、《江湖豪客传》（即《水浒传》）。每成一稿，必与门人校对，以正亥鱼，其得力于罗贯中者尤多。

《兴化县续志·文苑》中尚有传，谓耐庵名耳，白驹人。元至顺辛未进士，与张士诚部下卞元亨友善，卞荐之士诚，屡聘不至。士诚造其家，耐庵正在邻为文，作《江湖豪客传》。士诚促驾，施以母老辞。

调查得些材料，但均不能证实。其中颇多矛盾冲突之点。耐庵为元辛未进士，尤属难信。一般的小说话本是书会中人所编，如《水浒传》一百二十回本一百十四回云："看官听说，这回话都是散沙一般。先人书会留传，一个个都要说到，只是难做一时说。"又四十六回，记石秀杀奸僧事，有《临江仙》一调，白云："后来书会们备知了这件事，拿起笔来，又做了这支《临江仙》词。"（此段百二十回无之，见李玄伯百回本，孙楷第引）施、罗二人当为书会中人物。

总结上面所说，宋江以三十六人横行于淮南、山东、京东、河北，领导着一支农民起义军，是北宋末年的史实。十二世纪初，在南宋时代，南北两方都有宋江等英雄传说，为小说家所乐道，传诵人口。到了元蒙时期，出现了许多水浒英雄的剧本，可能还有小说话本，不止一种，没有统一成一部大著作。到了元末明初，有施耐庵与罗贯中两位通俗文艺作家，对流传的水浒故事，加以整理、安排，创造性地写成《水浒传》这样一部长篇章回小说。这二人都住在杭州，是同时代人，照旧本所题，施前而罗后。作为施创作于前，罗重编于后较为妥当。

施罗原本今虽不得见，内容可以推测。从误走妖魔起至一百零八人聚义于梁山泊、英雄排座次止为一段。受招安后，征辽、征方腊，至水浒英雄或死亡、或归隐，而宋江为宋朝廷所毒死，以魂聚蓼儿洼作结。施罗原本，每回书前往往有致语（即入话）（以妖异语引其首），中间加入诗词亦多。为小说体而演成长篇者。于是人民口头流传的水浒故事，经过天才的文艺作家的加工创作，给予一个完整的结构与突出的人物描写。我们认为征辽一段是施罗所加的，根据是李卓吾所作《忠义水浒传序》，也有《水浒传》

中内在的证据。施罗增插征辽一段,是提高水浒英雄的地位的,在元代统治下,表现了一定的反抗意识。他们写宋江等为朝廷出力而被谋害,比之《宣和遗事》写宋江封节度使的结局,更合于现实主义的精神。

十四世纪的原本《水浒传》没有传下来。我们所说各本均出于十六世纪以后。

现存《水浒传》版本共有四类:(1)简本,有一百十五回、一百十回、一百二十四回等各本;(2)繁本一百回本;(3)繁本一百二十回本;(4)繁本七十回本(即金圣叹删节本)。内中繁本一百回本的内容与施罗原本合,语言上有润饰加工。简本一一五回或一二四回等刊本较后,增插征田虎、王庆二段,恐非施罗所原有(乃是据《宣和遗事》的"因此三路之寇悉得平定"一句而敷演者。《宣和遗事》所谓"三路"指上文淮阳、京西、河北三路,皆在宋江指挥之下者)。论到繁简两类《水浒传》,何者为先,很难论定。论增插征二寇则百回本在前,惟简本亦有接近原本处。如一一五回本云董将士将高俅荐于苏学士;繁本则为小苏学士。苏轼为是,苏辙非。如简本只是节录繁本,俗人所作,恐不易作如此的改订。杨定见一二〇回最后出,亦增田、王,而于简本又不同(一二〇回本刊行于十七世纪,简本亦刊于十七世纪中)。乃是施罗以后,增加部分多而定为定本的。金圣叹腰斩水浒,只存七十回。其所割部分,别有《征四寇》一书流传。

《水浒传》繁本有百回本与一百二十回本两种。另有七十回删本。

百回本出明嘉靖年间郭勋家。郭为明世宗朝武定侯,号好文多艺。今新安所刻《水浒传》善本,即其家所传云。前有汪道昆(字伯玉,号太函、南溟。万历时徽州人)序,托名天都外臣。有梁山聚义及征辽、征方腊。

李卓吾批本,百回本。已有征辽。惟未移置阎婆惜事,书存日本。王古鲁有照片。“天都外臣序”本已移阎婆惜事。

所谓移置阎婆惜事，李卓吾批本百回本和一百十五回本，刘唐下书别宋江回梁山去后，接着宋江遇见王婆和阎婆子，阎婆子因阎公死了，要宋江施一具棺材。宋江便取五两银子与了阎婆。宋江娶阎婆惜事在刘唐下书以后。郭武定本移置此事，刘唐下书后紧接宋江杀阎婆惜事。宋江娶阎婆惜在刘唐下书前，如此更为合理。因为从宋江周济阎婆，娶阎婆惜，到杀阎婆惜，其间至少有几个月，晁盖的书信不应该常留在招文袋内。施罗原本所以如此，因为一个故事情节完了，接写另一个故事，中间联络尚欠周密之故。

又周亮工《书影》云：“故老传闻，罗氏为《水浒传》一百回，各以妖异语引其首。嘉靖时，郭武定重刻其书，削其致语，独存本传。金坛王氏小品中亦云此书每回前各有楔子，今俱不传。”

可见罗氏原本当为说话人作为底本用处，因而有“入话”。郭氏定本删去此类枝节。其他必当有改动处。

郭勋卒于嘉靖二十八年(1549)，而天都外臣序本刊于万历十七年(1589)，在郭氏死后四十年。

王古鲁云，他所见日本藏百回本是李卓吾批本之真本，未移阎婆惜事，应为最古之本。此本亦为繁本。而一百十五回本(《英雄谱》本)现未移阎婆惜事，则简本之来源亦古。

巴黎图书馆尚藏有钟伯敬批评《忠义水浒传》一百回本。序文有云：“嘻，世无李逵，令哈赤猖獗辽东，每诵秋风思猛士，为之狂呼叫绝。安得张、韩、岳、刘五六辈，扫清辽蜀妖氛，剪灭此而后朝食也。”此类文章触清人忌讳，故钟本少传于后。李玄伯本应同钟本。阎婆惜事已移置，则亦出郭本。(按：钟伯敬死于 1624 年，未及见李自成、张献忠事，不知辽蜀之蜀，抑何所指，疑钟序亦明末时人所伪托也。)

百回繁本，有此三种不同之刊本。

繁本之一百二十回本，为新刊李氏藏本《忠义水浒传全书》。

招安后有征辽,征田虎、王庆,征方腊。为《水浒》全本。盖与简本各本内容相同,而文章细腻同百回本,加征田虎、王庆。杨定见所定,托名李贽。杨自称为李氏弟子云。

删本。金圣叹批本(贯华堂本),只楔子加七十回,为七十一回本。有卢俊义噩梦。

《征四寇》本。以金氏所删者单列成书。

简本有以下五种:

(1)《新刊京本全像忠义水浒传》,明万历年间书林余氏(余象斗)双峰堂刊本,增插征田虎、王庆。全书约为二十四卷,一百二十回。巴黎图书馆藏残本。

(2)五湖老人评刻三十卷本,繁简斟酌,合郭本与余本。

(3)一百十五回本,《英雄谱》本,不分回,只分卷,明崇祯年间熊飞作序,与《三国》合刊,又名《汉宋奇书》。

(4)一百十回本,《英雄谱》本,同上。日本有传本。

(5)一百二十回本,光绪坊间重刊。

胡应麟《少室山房笔丛》四十一:“余二十年前所见《水浒传》本,尚极足寻味。十数载来,为闽中坊贾刊落,止录事实;中间游词余韵,神情寄寓处,一概删之,遂几不堪覆瓿。复数十年,无原本印证,此书将永废。”

据胡氏则繁本在简本前。惟鲁迅先生则认为简本应在繁本前。如百十五回简本,其成当先于繁本,以其用字造句多有差违,倘是删存,无烦改作也。

又鲁迅先生疑《水浒》旧本招安后即接征方腊,同《宣和遗事》。而加入征辽,亦非郭本所加。又他疑简本近罗贯中原本。

今作家出版社印行两本:

(1)七十一回本。用金本而校回其所改坏者,删噩梦。

(2)百二十回本。用杨定见本，而前百回用天都外臣序本校改。

我们认为施罗二公之原本《水浒传》大致轮廓应为水浒英雄出身经历至梁山泊英雄聚义排座位为顶点，下接受招安，征方腊，遇害为收结。至征辽，征田虎、王庆，有无，则不可知。文章应比今本为简略。惟主题思想、人物性格则均已决定。

三、《水浒传》是反映农民起义的小说

《水浒传》是以描写北宋末年的一次农民起义为主题的长篇小说。尽管《水浒传》里所写的宋江和北宋末年的宋江出入很大，不过作者所描写的北宋末年的社会生活是真实的。《水浒传》直接描写当时的现实政治，直接描写当时的社会生活，直接描写当时的阶级斗争。《水浒传》以火一般的愤怒之情揭露了当时封建统治阶级怎样欺压良民、迫害人民的暗无天日的罪行。

《三国演义》是作家根据演史家的话本对证正史及野史材料编写的。虚实相生，真人真事还是比较多的；而《水浒传》则是根据人民口头所传的宋江等水浒英雄的故事，正史的材料很少，更允许小说家的自由创造。

在正史上有“淮南盗宋江，转掠十郡”、“宋江以三十六人横行齐魏，官军莫敢撄其锋”的史实。宋江所代表的武装力量，是农民反抗地主阶级残酷剥削的力量，并不是其他的力量。是因为北宋末年有李彦、杨戬、朱勔等攘农民的田地作为公田，把湖荡的蒲鱼之利收归统治阶级所有，无限制地搜刮民财，以致民不聊生，起而为“盗”为“寇”。封建时代的基本矛盾是农民阶级和地主阶级的矛盾。尽管宋江和梁山泊英雄的一部分不是农民阶级出身的，这些英雄人物和起义的农民群众是不能割裂开来看的。这些英雄人物只要是和农民群众在一起举行起义，只要他们的斗争是属于农民阶级的革命斗争，那么，写这些英雄人物的这种斗争，也就是写农民群众的斗争。在元曲里提到“三十六大伙，七十二小伙”，在《水浒传》里也说到各个山头，除梁山泊外，绿林好汉所聚会的地方有少华山(第二回)、桃花山(第五回)、二龙山(第十七回)、清风山(第三十三回)、对影山(三十五回)、饮马川(四十四回)、登云山(四十九回)、白虎山(五十七回)、芒砀山(第五十九回)等。聚义地点的基本群众是没有土地的农民。《水浒传》着重描写了几个英雄人物,为官司所逼,上山落草。他们加入了农民队伍,为了农民利益而斗争。劫富济贫,替天行道,消除阶级的不平,主要是为了农民的利益的。所以《水浒传》真实地反映农民起义的情况。把宋江故事作为材料,人民口头创作和文艺家的加工制造的这一部大书,带有典型性和概括性。不是个别的一次农民起义,乃是历史上农民起义的概括描写。

《水浒传》第十五回,阮小五道:“如今那官司,一处处动弹便害百姓。但一声下乡村来,倒先把好百姓家养的猪、羊、鸡、鹅尽都吃了,又要盘缠打发他。如今也好教这伙人奈何。那捕盗官司的人,那里敢下乡村来。若是那上司官员差他们缉捕人来,都吓得尿屎齐流,怎敢正眼儿看他。”阮小二道:“我虽然不打得大鱼,也省了若干科差。”阮小五道:“他们不怕天,不怕地,不怕官司。论秤分金银,异样穿绸锦。成瓮吃酒,大块吃肉。如何不快活!我们弟兄三个,空有一身本事,怎地学得他们?”这里说出了统治政权的苛捐杂税,压迫人民,使人民不得不反抗,因而上山落草,入湖聚义。三阮是渔民,属于农民阶级,代表劳动人民的思想感情。第十六回,白胜挑着酒桶唱:“赤日炎炎似火烧,野田禾稻半枯焦。农夫心内如汤煮,公子王孙把扇摇。”这首民歌道出了劳动人民与剥削阶级的苦乐悬殊,深刻地指出阶级矛盾和阶级不平。第四十九回描写了地主阶级分子毛太公讹诈猎户解珍、解宝的情景。《水浒传》写梁山英雄三打祝家庄,祝家庄代表大地主的武装势力。

水浒英雄属于农民阶级出身的有李俊(梢公),阮小二、阮小五、阮小七(渔户),石秀(卖柴的),解珍、解宝(猎户),燕青(奴仆),王英(车脚夫),童威、童猛(贩私盐),陶宗旺(田户),邹渊、邹润(闲汉),白胜(闲汉);手工艺者有雷横(铁匠),凌振(炮手),金大坚(刻碑匠),孟康(打船匠),侯健(裁缝),郑天寿(银匠),汤隆(铁匠);小商人有燕顺(贩羊马),吕方(贩生药),郭盛(贩水银),曹正(屠户、酒家),朱富(酒家),孙新(酒家),顾大嫂(酒家);其他如安道全(太医),皇甫端(马医),公孙胜(云游道士);其他军官、衙吏、押狱、刽子手等。总之,出于社会下层占十之八九。只有卢俊义、柴进等极少数人属于富贵的阶级。

在历代农民起义群众中允许有非农民成分的人参加在内,这也是事实。这些人的共同之处是有武艺、有义气,紧密的团结。农民起义的领袖人物,除了有武艺以外,还需要有智谋,有魄力。《水浒传》的领袖人物是为人公正的晁天王晁盖,江湖上知名的及时雨、呼保义宋公明,智多星吴用,入云龙公孙胜,玉麒麟卢俊义等。第三十九回浔阳楼宋江吟反诗,《西江月》云:"他年若得报冤仇,血染浔阳江口。"又有诗云:"他时若遂凌云志,敢笑黄巢不丈夫。"隐然以农民起义领袖自居。这些人中,不乏知识分子。没有知识分子参加,农民起义不会成功。

《水浒传》描写了市民阶层人物和农民阶层人物的大团结。被压迫者的大团结,展开了对统治者的武装斗争。具体地描写了"官逼民反",英雄好汉逼上梁山,以及"盗亦有道","劫富济贫",专杀滥官污吏,扫除地方上的恶霸,保护善良的人们。乃至于自己组织一个社会,竖立起"替天行道"的旗帜,反对奸臣,反对朝廷,乃至于"兀自要和大宋皇帝做个对头"(三十九回)。在政府统治区进行了好多次游击战争,不止一次地打退了官兵,最后还粉碎了童贯率领的十万人和高俅率领的十三万人的围剿大军(第七十六回至八十回)。

《水浒传》的主要部分,它的精华是在前边的七十一回,到梁山泊英雄排座次为止。《水浒传》的理想社会,是乌托邦的平等社会。梁山泊实际上已成为一个初级性的农民政权。梁山泊的纪律严明,在自己统治范围内,已经开始"保境安民"。例如扬子江边一个老人(王六定的父亲)说:“他山上宋头领,不劫来往客人,又不杀害人性命,只是替天行道。”“老汉听得说,宋江这伙端的仁义。只是救贫济老,那里似我这里草贼。若得他来这里,百姓都快活,不吃这伙滥污官吏蒿恼。”听了王定六父亲的话,张顺道:“宋头领专以忠义为主,不害良民,只怪滥官污吏。”一席对话,道出了梁山农民政权的真实情况(第六十五回)。

《水浒传》概括地写出了在封建社会里——在特定的宋元社会这一个历史阶段,当时市民阶层已经有力量,同时又是被压迫者——农民起义的真实情况,也为后来的被压迫阶层指点了出路,树立农民起义的良好组织的典范。也是积极的浪漫主义和写实主义手法融合的结晶。

至于小说里直接写农村生活和农村面貌的地方,确乎很少。精彩的部分是写社会各阶层的人物如何被逼到梁山聚义的过程。作者自己以及宋元说话人的出身是市民阶层,所以对于市民生活最熟悉。

宋元白话话本小说,是平民文学,属于人民的文艺。它们的根深入群众当中,为群众所理解,并为他们所喜爱,但是内中最富于人民性的是《水浒传》,它代表了人民的爱和憎。演史一派的《五代史》、《三国演义》等故事也能引人入胜,但是先代故事,不够接触现实和人民的思想感情;小说一派说烟粉、灵怪、传奇、公案、朴刀、杆棒,接触人民的现实生活,但篇幅短,力量不足,而且捏合故事,以消遣为主,以情节离奇、曲折,娓娓动听为主,属浪漫传奇性质。《水浒传》合演史、小说两家之长,都是人的故事,不是鬼的故事;不谈爱情,只谈英雄。所写都是路见不平拔刀相助的英雄好汉故事。他们有组织地反抗朝廷,专杀官兵,保护老百姓。他们是锄奸扶善、劫富济贫、替天行道的一班好汉。他们身上寄托着人民的理想。《水浒传》暴露统治阶级的种种罪恶,有强烈的反抗性。

聂绀弩在《论〈水浒〉的思想性和艺术性是逐渐提高的》(《人

民文学》1954年5月)一文中说:“差不多两千年前,《史记》的作者司马迁,如火如荼地描写过陈涉、吴广等揭木斩竿的起义,把下层的朱家、郭家等游侠之士捧上了历史舞台,以无限同情塑造了一个起义失败的英雄巨像——项羽,给以后人民作家开辟了广阔的道路。但司马迁以后,这样的英雄们常常被埋没,被抹煞,被歪曲或者被写得奄奄无生气了。《水浒传》直接上承司马迁的人民性的传统,又打破了史书真人真事的局限性,把从北宋末年起两百多年间在民间传说着的各种起义的人物和故事,汇集成为一部大书,一个整体。它不止是北宋末年一次农民起义的反映,也不止是北宋末年以后两百多年的起义人物和故事的汇集,而是历史上的人民,现代人民祖先反抗压迫者的战斗史,是司马迁以后差不多两千年间无数农民起义的缩影,是那些起义的唯一的、高级意义的忠实和正确的反映。”

聂绀弩说明了《水浒传》这部小说的基本性质,说明了文艺作品的概括性,也说明了像《水浒传》这样一部伟大的作品是承继着司马迁那样一位大史家的优良的现实主义文学的传统的。可以补充说明的是,文艺作品的概括性和特殊性是辩证的统一的。《水浒传》是通过北宋末年的一次农民起义,通过宋江故事,梁山泊英雄聚义的这一个人民口头相传的故事来表现在封建时代的屡次农民起义的真实性的。有其特殊性和概括性。宋江起义和陈涉起义有共同之点也有特殊不同之点。水浒人物活动在一个特定的社会环境里。《水浒传》写出了典型环境中的典型人物。通过《水浒》的人物形象,我们认识了宋代的社会,也认识了封建社会的本质。现实主义的文艺作品是反映社会发展道路和规律的。

司马迁的《史记》固然是伟大的著作,但是他的主要部分是写了帝王将相统治阶级的生活。《水浒传》不然,主要是写了下层社会的生活,下层阶级的人们的思想感情。读《水浒传》比读《陈涉世家》、《游侠列传》、《刺客列传》,觉得内容更其充实,描写更其详细，更能激动、鼓舞人民的感情。《水浒传》的语言是宋元社会的人民语言，从中看到了从宋代以来说话人的伟大成就，也看到了施耐庵、罗贯中那样的天才文艺作家的伟大成就。

四、《水浒传》所描写的宋代社会

现在我们讨论到《水浒传》的现实主义风格。《水浒传》具体地真实地描写了宋代社会。我们读这部小说，比之读有关宋代的历史书更其能够认识、了解宋代社会的真实面貌，人民生活的细节。在这一点上，它们的真实性超过了《三国演义》。

《水浒传》以北宋末年的社会为背景，说话人及作者生活在南宋以后到元末明初的一个时代里，距离故事发生已经有二百五十年左右。但由于说书艺术的进步和作者的知识广博，不脱离历史真实。例如第八回写林冲发配，酒保称董超为董端公。书上说"原来宋时的公人都称呼端公。"这等于史学上的小考据，说明说书人和小说作者具备历史知识。故老传闻，书会流传，都不马虎的。当然在《水浒传》里，地理方面有点乱，主要由于故事传说的不统一，由分散而总合，所以有些缺点。个别缺点是有的，但总的看来，反映宋代的社会情况，极为真实。

《水浒传》描写了京都（七十二回宋江看灯、李逵闹东京），大名府（北京）、延安府，州县（沧州、江州、青州、郓城县、阳谷县、清河县等），地主庄园（祝家庄、孔家庄、毛太公庄等），农村（史家村、东溪村、碣石村等），山岭（少华山、五台山、桃花山、二龙山、登云山、对影山等），山岗（景阳岗、翠屏山等），山道水边（赤松林、十字坡、孟州道、飞云浦等），寺院（五台山文殊院），道观（瓦罐寺、二仙山紫虚观），妓院（李师师家），酒楼，茶坊，旅店，黑店，囚狱，天王堂，渔船，军寨（清风寨等）。

《水浒传》写风俗有农村聚族而居、抢亲、火葬等。

《水浒传》反映出民间的尚武精神。下层社会人都有些武艺，女性也有武艺高强的。宋代重文轻武，一般说来武人是被压迫者，英雄好汉空有一身本事，不得出头。

小说所指出的主要矛盾是阶级矛盾,着重写贪官污吏官逼民反的社会现实。

《水浒传》写统治阶级的腐朽。上自徽宗、蔡京、童贯、高俅、蔡京的女婿梁中书(非梁师成)下至蔡九知府、阳谷县知县等一批贪官污吏,以及和贪官污吏勾结一起的恶霸和土豪,如高衙内、殷天锡、西门庆、蒋门神、郑屠等,以及这些官僚地主大大小小的爪牙,如黄文炳、陆谦、富安、董超、薛霸等,构成极其凶恶、极其残酷的封建统治力量。徽宗的昏庸、荒淫(从地道游幸李师师家)。蔡京、高俅,揽权纳贿,梁中书是蔡京女婿,为庆贺蔡京生辰,一笔礼物是十万贯金珠宝贝。小小一个阳谷县,到任二年半多,赚得好些金银,要使人送上东京去,谋个升转。阳谷县知县纳西门庆的贿,不准武松所告。高俅为了袒护高衙内的为非作恶,设下白虎堂的毒计陷害林冲。蔡京的儿子蔡九知府"为官贪滥,作事骄奢",帮凶帮闲的有无为军通判黄文炳。清风寨两个官,文官刘知寨,武官花知寨花荣。武官是条好汉,那文官刘高就是个卑鄙的人物。不但刘高卑鄙,连刘高的老婆被宋江救了,还反咬一口,陷害宋江,写出了官吏们的阶级本质。花荣对宋江说:"这个穷酸饿醋来做个正知寨,这厮又是文官,又没本事。自从到任,把此乡间些少上户诈骗,乱行法度,无所不为。小弟是个武官副知寨,每每被这厮殴气,恨不得杀了这滥污贼禽兽。兄长却如何救了这厮的妇人?打紧这婆娘极不贤,只是调拨他丈夫行不仁的事,残害良民,贪图贿赂,正好叫那贱人受些玷辱。兄长错救了这等不才的人!"这里说明了宋朝官场情况,重文轻武。

在《水浒传》里描写了不少恶霸,如高衙内、郑屠、西门庆、蒋门神、殷天锡(高唐州知府高廉的内弟,强占柴进叔父柴皇城的花园,为李逵所打死)都是为非作恶、强凶霸道的人。帮凶帮闲小人有为高衙内为虎作伥的富安,出卖朋友的虞候(陆谦)。恶诈的地主有毛太公。不法和尚生铁佛崔道成,不法道人飞天夜叉丘小乙(二人皆为鲁智深所杀),好色僧裴如海(为石秀所杀)。凌州曾头市曾长者及曾家五虎,是大金国人,原是敌人。祝家庄是地主武装力量,与梁山英雄作对头的。《水浒传》也写了官军将领,如关胜、秦明、呼延灼等皆是好汉,而封建朝廷不能重用,为文官或上司所制,终于投向宋江方面来。《水浒传》爱憎是分明的。

即如小偷时迁、闲汉白胜、悭吝的打虎将李忠、好色的王矮虎,虽有缺点,皆得列于好汉之列,因为他们同样有义气。无容人之量、不自量力的王伦便被林冲火并结果了。

《水浒传》写出了众多英雄与种种恶势力的斗争,并且宣扬了阶级道德即江湖上的义气。武松、鲁智深、李逵、石秀,一味打抱不平,是一类人物;晁盖、宋江、柴进,仗义疏财,结交天下好汉是一类人物。

从来没有一部小说能够这样全面地真实地深刻地暴露封建社会上层统治势力的黑暗面的。而《水浒传》的可贵之点,在于更其积极的一面,是以描写被压迫者怎样从各个不同的环境里、各种不同的遭遇中团结起来,与统治势力斗争,进行顽强的反抗,竖立起杀尽贪官污吏、替天行道的旗帜,击破统治政权几十万大军,取得光辉的胜利。

《水浒传》肯定了正史史家所谓的"盗贼",指出了"官逼民反"的社会现实。《水浒传》的作者是完全站在人民的立场来观察、批评这个社会的,最有鲜明的倾向性。通过艺术形象,我们完全可以理解封建社会的本质。《水浒传》歌颂了农民起义的英雄,他们是中国历史上有正义感、路见不平拔刀相助、毫不为个人利益着想、有阶级友爱的侠义人物的集中表现。虽然最后的结局是一个悲剧,但是这些英雄形象,为中国人民所热爱。《水浒传》这部书对于后代人民的斗争起到了极大的鼓舞作用。

《水浒传》的前半部是光辉的,后半部是黯淡的。征辽,没有多少现实内容,征方腊是人民内部自相残杀,造成悲惨的结局。作者受了流传的宋江故事的影响,但是作者并非没有批判的,那就是说对于宋江的作为已经不完全同情了。这是很显然的。脱离了反映宋代社会主要矛盾的题材,文艺作品便暗然无光了。

这部反映农民起义的小说,有其概括性,反映了历代的阶级矛盾和农民起义情况;也有其特殊性,它反映了北宋末年特定的历史阶段的社会环境。

有人认为学习古典文学是为了学习生活、扩大知识领域,例如读《水浒传》便得到宋代社会的各方面的知识。这样把文艺作品当作历史课本来读了,是不够的,也是不对的。有考据癖的人便把小说当社会史料读,抽去了它的思想性和教育意义。现代作品能够用工人阶级高度的道德理想教育人民,而古典文学、古典艺术则能给我们关于生活真理的知识,并以人道主义、爱国主义以及其他的高尚的道德原则和精神教育读者和观众。《水浒传》的艺术成就,现实主义的创作精神在于写出了正面人物和反面人物的剧烈斗争,而反映了那个社会的主要矛盾。

五、《水浒传》的典型性格描写和结构特点

《三国演义》所歌颂的是历史上的英雄,帝王将相型的人物。《水浒传》描写了现实社会生活,歌颂的是下层社会有勇气反抗上层统治阶级恶势力的人物,所谓江湖上的英雄,绿林好汉。

《水浒传》是典型的。所反映的社会现象,不只是北宋末年,乃是宋元社会所共同的。

《水浒传》的高度现实主义尚存在于善于描写典型环境中的典型人物,各有各的性格面貌。

如林冲、杨志、鲁达三个军官,性格不同,如茅盾的分析①,善于从阶级意识去描写人物的立身行事,是《水浒传》人物描写的一大特点。这三个人都是军官,起初都没有想到要落草,大概都是想往上爬建立一番事业的。三个人阶级出身不同,杨志是“三代将门之后,五侯杨令公之孙”,所以一心不忘做官,封妻荫子的念

① 见茅盾《谈〈水浒〉的人物和结构》(《文艺报》1950年4月10日),以下分析参照和引用茅盾的文章。

头是不断的。第一次为了花石纲失事而丢官,复职不成,落魄卖刀,无意中杀了泼皮,因此充军。不料因祸得福,又在梁中书门下做了军官(只要有官做,梁中书也是他的好上司)。终于又因为失陷了生辰纲,只得亡命江湖,落草了事。(按:杨志先打梁山经过,王伦劝其落草,不肯答应。此时他还热衷于复职。又,押送生辰纲时,一味鞭打下人,不团结群众,显出他自高自大性格)林冲出自枪棒教师的家庭,是属于小资产阶级的技术人员,他有正义感,但苟安于现状。遭到压迫陷害,只是逆来顺受。所以在野猪林中,鲁达要杀两个解差,反被林冲劝止。到了沧州以后,安心做囚犯了,直到高衙内又派人来害他性命,这才杀人报仇,走上了落草的路。(按:林冲知道人家欺侮他的妻,心中不忿,及至见了高衙内,手就软了,“不怕官,只怕管”。对上司无可如何。不料高俅设下白虎堂的圈套陷害他。林冲有家产,有妻子,多所顾虑。但到沧州后,火烧草料场,方知敌人步步逼紧,无可脱逃。)鲁达,一无顾虑,敢作敢为,也就不曾吃过亏。无亲无故,一条光棍,也没有产业。光景是贫农或手艺匠出身而由行伍提升的军官。我们对于杨志,虽可怜其遭遇,却鄙薄其为人。对于林冲,既寄以满腔的同情,却又深惜其认识不够。对于鲁达,除了赞叹,别无可言。《水浒传》描写人物于相同之中,有不同。从三个人物的思想意识上说明三人出于不同的阶层。描写三个人的性格,处处都扣紧了他们的阶级成分。鲁达与李逵在粗率、单纯、没有心机方面是相同的,但是李逵比之鲁达显得更有较多的农民性格的特征。鲁达比李逵用心较细些,这是做军官生活的经验的体现。因此,可以说善于从阶级意识去描写人物的立身行事,是《水浒》人物描写的一个特点。

《水浒传》写出了典型环境中的典型性格,《水浒传》的人物形象又有着作为个人特征的鲜明个性。人物个性和他所代表的社会力量,在生活的真实的洪流中完全统一了起来。徐士年说:“在这样一个封建统治昏天黑地的时代里,人民的反抗也如火如荼。

这是一个阶级矛盾极其尖锐,人民痛苦水深火热的环境。《水浒传》通过活生生的形象,深刻地表现了这个环境。”①

武松是住在城里的下层市民,从他的哥哥武大在县城里卖炊饼可推知。下层市民实质上是失去了土地并且住在城里的农民。他们是被剥削、被压迫者,地位低微的。武松是下层市民里有积极反抗性的一个典型,他有自己的主张和办法。例如知道武大被毒死的事件后到县衙门里去告状。告状不准,他说:“既然相公不准所告,且却又理会。”就是说,由他自己想办法去报仇。接下来就演出了杀嫂杀西门庆的一幕。武松说过:“我从来只要打天下这等不明道德的人,我若路见不平,真得拔刀相助,我便死也不怕。”他为哥哥报仇,杀了西门庆;为施恩报仇,打了蒋门神;随后又杀了张都监一家。武松的几次复仇,直接原因是为他自己,但是在实际效果上也是为了广大被压迫人民。

武松的复仇行为是由他的性格所必然要产生的结果。在武松的性格里,最突出的是他的坚决、泼辣、把稳和不受羁绊。正是这些特征,构成他复仇行为的基础。《水浒传》中没有一个人的作风,有武松那样地泼辣、坚决;而这种作风,正是当时下层市民中有反抗性的人物所可能有的性格。

按:武松打虎以后,把一千贯赏赐散与众猎户,足见其仁德。他说“托赖相公的福荫,偶然侥幸,打死了这个大虫,非小人之能”,是其谦虚有礼。知县要他做个都头,他跪谢:“若蒙恩相抬举,小人终身受赐”,对于统治阶级认识不清,低头伏小。张都监设计陷害他,要他做个亲随,他说:“小人是个牢城营内囚徒。若蒙恩相抬举,小人当以执鞭随镫,伏侍恩相。”这都是武松的口吻,与鲁达迥不相同。此后他又为张都监捉贼。他不疑人家陷害他。(《水浒》此段,与高俅陷害林冲到白虎堂,计谋相似,同一圈套。)

---

① 徐士年:《谈〈水浒传〉的现实主义》(《长江文艺》1954 年 2 月号)。下面对武松性格的分析,参照了此文。

可见他心直不疑。直到认清敌人后,他的报仇,十分坚决、泼辣。

《水浒传》的人物性格通过行为来表现,而且人物性格通过故事情节的发展而发展。如林冲的步步被逼上梁山,由忍辱到坚决反抗;宋江的渐渐抛弃忍受做囚犯,到题反诗上梁山等。施耐庵、罗贯中时代,人物性格描写的艺术已到惊人成熟的地步。如宋元话本中短篇小说,以情节娓娓动人著,未必性格突出,而平话亦甚粗糙。他们一半也得力于说书的艺术大推进中,一半由于他们生活经验及观察。《水浒》人物是有生活气息的,是与他们的环境血肉相连的,是站起来的,立体的。

再从史实来看《水浒》人物生活的环境。李振铎在有关《水浒传》的报告中说,宋朝压迫和剥削农民的制度,分役户为三等。所有赋税皆出于中下等户,因为上等户都有免役。农民往往不堪负担而逃亡,不然就倾家荡产以还债。他们变为流动农民而起义。还有一种人是衙吏或里正,他们替官府催征赋税,役户既然逃跑,官府往往迫使他们赔累,重则丧失性命,轻则倾家荡产,流配远方。所以这等人受压迫也最深。他们成为起义军的有力分子。(按:李君所说,大致不错。)

《宋史·食货志》卷一百七十七:“役法。役出于民。州县皆有常数。宋因前代之制,以衙前主官物,以里正、户长、乡书手课督赋税,以耆长、弓手、壮丁逐捕盗贼。以承符人力手力散从官给使令。县曹司至押录,州曹司至孔目官,下至杂职虞候拣掐等人,各以乡户等第定差。”“淳化五年始令诸县以第一等户为里正,第二等户为户长。”“韩琦上疏曰:州县生民之苦,无重于里正衙前,有孀母改嫁,亲族分居,或弃田与人以免上等,或非命求死,以就单丁,规图百端,苟免沟壑之患。”“役之重者,自里正、乡户为衙前,主典府库,或辇运官物,往往破产。”“韩绛言:闻京东民有父子二丁将为衙前役者,其父告其子曰,吾当求死,使汝曹免于冻馁,遂自缢而死。”

《水浒传》中朱仝、雷横是弓手壮丁的都头,主逐捕盗贼者。

晁盖,祖上是本县本乡富户,就是农民中的一等户,可以作保正(即里正)(李君报告中所谓上等户免役者,乃指官僚地主之户)。富户可以仗义疏财,实际上是他爱护农民,不甚催逼役法赋税,常常自己赔出的意思,故得到农民爱戴。仗义疏财,专爱结识好汉,小说中之夸言也。所以宋江说:“晁盖这厮,奸顽役户,本县内上下人没一个不怪他”(第十八回)。意指他督责役户赋税不力。

小说说东溪村逼近梁山泊,梁山泊多盗,亦是说该地附近多逃亡户。晁盖做里正,其势无法责督赋税,必致自己赔累,非倾家荡产、自己逃亡不可。不劫生辰纲,也不免要上梁山。像吴用那样穷读书人,亦为赋税所逼。

宋江是押司。书上说他刀笔精通,吏道纯熟。他也出于农家。父亲宋太公在村中务农,守些田园过活。似乎是中农或富农。宋江为吏,也常有性命危险的。第二十二回写道:“且说宋江他是个庄农之家,如何有这地窨子?原来故宋时为官容易,做吏最难。为甚的为官容易?皆因那时朝廷奸臣当道,谗佞专权,非亲不用,非财不取。为甚做吏最难?那时做押司的,但凡罪责,轻则刺配远恶军州,重则抄扎家产,结果了残生性命。以此预先安排下这般去处躲身。又恐连累父母,教爹娘告了忤逆,出了籍册,各户另居,官给执凭公文存照,不相来往。却做家私在屋里,宋时有这般算的。”

这是宋代社会的真实。

可知里正和押司等职,是统治阶级剥削人民的工具。如果袒护百姓,那么自身不保;如果要讨好剥削者,则和人民为敌。难得中立。宋江、晁盖之被逼上梁山,有其必然性。劫生辰纲和放走晁盖、杀阎婆惜不是偶然发生的事。此所以《水浒传》写出了典型环境中的典型人物。

《水浒传》在人物描写上给我们树立了光辉的典范,使我们现实主义文学获得了前所未有的成就(即是简本中已经如此。简本与繁本的区别,不同于《三国志平话》与《三国演义》的区别。不过对话、描写繁本更加细致而已)。

《水浒传》的艺术性除人物描写外,还在于有一个大结构。有人认为《水浒传》是几个人物的中篇或短篇凑成的。此不尽然。源头是从公案、朴刀、赶棒小说来,到《水浒》中已有宏伟的结构。如误走妖魔的楔子,引出一部大书。宋江为全书主脑,不从第一回即出,而以高俅、王进、史进开始,从鲁智深到林冲,林冲到杨志,杨志到生辰纲,到四十回白龙庙英雄小聚义为一小结;七十一回,石碣受天文,英雄排座次为一大段落。前半部至此已完成了。此后则为后部,而以神聚蓼儿洼为归宿。每个重要人物皆以特写,往往叙到他上梁山后顿住,接住别人。而宋江是贯穿全书的。这些人起初是个别的故事,个别的斗争,聚合以后,从小斗争到大斗争。如对于地主武装祝家庄的大斗争,以及对童贯、高俅官军的大斗争。是有组织、有机的结构,也是不可分割离析的。他们各有关联,并不孤立。施、罗就流传故事有选择、有创造。例如元曲中许多剧未收入在内,如黑旋风戏的各个情节,《黄花峪》以及"杀淫妇"之类元曲中甚多,而《水浒传》的"两潘"和卢俊义一段,反是作者的创造,元曲中无有的。因此,把《水浒传》看成集体创作,只有演变而无作者创造,否定《水浒传》作者,是一种错误的结论。

附录:北大中文系学生课堂讨论小结

——宋江入伙以前的思想发展过程

(一)宋江的阶级出身

1. 小地主或富民——有庄园、庄客(宋清也参加农务,父亲宋太公也是务农的)。

2. 县吏——统治阶级的帮凶,同时本身也是受迫害者(如事先立下父子断绝关系书券,家中设暗窨等)。再,由于职业关系可以更多地接近江湖豪客，并可以利用职权对于江湖豪客加以救援和赒济。

以上是宋江和同样出身人物的共性（吏中一般分为两类，一类往上爬，一类同情革命）。

3. 性格

(1)仁义长厚　孝义黑三郎的一面。说明宋江的品质好，用封建社会的道德标准说，是正派人，是好人。这样，容易使得那个社会中的人们心服口服。是那个社会中的理想的领袖人物的品质。

(2)正因为是正派人，也很难造反。连正派人也要造反，可见封建统治者的残暴已达于顶点。对于封建时期的起义者起鼓舞作用和巩固作用。

及时雨、呼保义的外号可以说明。

(3)有见解，有才干，见义勇为，礼贤下士，有政治风度，有策略思想，是典型的农民起义的领袖。这样，在群众中才能树立很高的威信。

他从同情、倾向革命，自身被迫害，犹疑不决（思想斗争、矛盾），终于走向革命，并成为革命领袖的过程，才是真实可信的。

(二)英雄业绩

1. 放晁盖建立了革命根据地。

2. 组织了燕顺、郑天寿、王英、花荣、秦明、黄信、郭盛、吕方等上梁山。

组织了穆家庄、揭阳岭、浔阳江、李逵、张顺等梁山基本队伍大批入伙。这些业绩比其他英雄的个人业绩要丰伟得多。

(三)思想发展过程

1. 救晁盖——担着血海似的干系，救援反叛的盗寇。

2. 刘唐下书——迟疑不决。不甘心从同情者变为道地的山寇。

3. 杀阎婆惜，逃跑——因为个人的社会生活，初次陷于与统治阶级直接对立的地位。

4. 救刘高妻子，不肯在清风寨入伙——对统治阶级抱有幻想。阶级立场模糊。用一般人道主义代替了阶级感情，充分显露了宋江思想的封建道德观的浓厚。

5. 自食其果。被刘高擒住当贼办。被花荣救出，又被捉回。第一次通过切身经验，了解了统治阶级的忘恩负义、卑鄙阴冷的本质和手段，促使其更进一步倾向革命。

6. 在清风山聚义，又收取了花、秦、黄信、郭、吕等，由宋江指引同奔梁山——第一次“被逼落草”。

7. 见父亲假丧报，跑回郓城，被捕，发配——这一阶段是宋江思想发展中矛盾斗争最激烈的时期，也是动摇最烈的低潮时期。这一次封建道德观和本阶级思想占了上风。为了奔丧，宁愿放弃革命，脱离革命队伍。

8. 发配路过梁山，不肯留住，怕被“贼名”。

9. 路过揭阳岭，遇李俊，仍不肯留。

10. 到江州，浔阳楼题反诗。你不去寻找统治阶级，统治阶级也不会放过你。展开了剧烈的面对面的阶级斗争。

11. 几乎被杀，上法场，白龙庙聚义——迫害到了最尖锐阶段，矛盾急转直下，生死斗争。因此，原本由宋江组织的起义军，通过宋江这一事件，集中地对统治者展开了白刃战。

12. 智取无为军。宋江思想转变以后，不但认清了统治者的真面目，而且在思想感情上奠下了仇恨的基础。不但由同情变为直接参加者，由动摇变为坚定，由幻想变为实际仇恨，而且更进一步在这个基础上成为一个战斗的组织者、领导者和指挥者。……宋江主张杀回去，主张彻底复仇，并在实际上亲自布置和指挥了这场战斗。战斗胜利了，大家一起上梁山。宋江正式成为农民革命的参加者，以至成为一个领袖人物了。

六、《水浒传》中招安思想的解释

《水浒传》前半部是辉煌的、精彩的，后半部写招安以后，是暗淡的、次要的，并非重要的部分，但也还是属于农民起义的这个主题以内，也还是现实主义的。

历代的农民起义都是失败的。中国历史上的农民起义可以有几个结局：①起义成功，领袖做了皇帝；②起义失败，被统治者所镇压下去。这两种结局照旧的看法是成则为王，败者为寇；③统治者没有力量镇压下去而用收买政策，使起义者受招安，赦了他们造反的罪，替国家出力。这三个结局，在阶级斗争的意义上都是失败的。起义成功，改朝换代，暂时缓和阶级矛盾，开国时实施些有利于农民的措施，可是不久又加深剥削，依然是封建制度。推翻封建制度的资产阶级革命，不是农民起义，而能彻底解放农民的是无产阶级领导的社会主义革命。

在北宋末年，由于阶级矛盾的尖锐化，人民啸聚山林、占据水泊。到了金人入侵，民族矛盾处于主导地位，爱国人士如宗泽、李纲、岳飞等，就主张团结人民的武装力量一致抗金，把太行山、梁山泊变成抗金的根据地，所团结的群众改编为政府的军队，是符合于当时历史的要求、人民的愿望的。北宋末年方腊起义，南宋时期范汝为起义，为朝廷高压所消灭，如韩世忠、辛企宗等参与其中，是人民所反对的。人民要求招安他们，一致对外族的压迫。《水浒传》描写宋江等英雄都是善良的人民，他们是被逼上梁山的，一旦朝廷有招安的诚意，愿意为朝廷出力。这个善良的企图并没有歪曲历史事实。同时，小说也指出，他们受招安以后，陷入悲惨的命运。征辽一役，气概是激扬的，征方腊便是人民中间的自相残杀了。所以一百零八人，死了七十二人，只剩三十六人，损失大半。宋江回朝以后，又有若干结义的、誓愿同生死的英雄，不愿任朝廷的官职纷纷愿意回乡了。宋江、卢俊义的惨遭毒死，暴露了封建王朝的阴险与黑暗。

写农民起义成功而改朝换代的小说，势必像《英烈传》式的歌颂新王朝的帝王将相,不见得有很高的人民性。像方腊起义终于失败,宣传方腊起义的小说也不可能产生,社会环境不允许的。说话人不能说,小说作者也不能写。支持方腊起义的农民没有掌握文艺工具,起义的史料也被消灭、被歪曲。宋江等人的故事之所以流传,因为他们是农民起义的英雄,同时他们受招安,为国家出力,又为朝廷所谋害,有了悲剧的结果。人民同情这些失败的英雄。

《水浒传》的后半部远不及前半部重要,是次要的部分。但是,作者为什么要写宋江受招安以及受招安以后的故事呢?

(1)宋江故事的流传是这样的,没有后部分故事还不完全。历史上的宋江并没有像李逵所说的做了大宋皇帝,而是被张叔夜所招降,征过方腊,又为奸臣所害的(即使如张政烺先生所考证,他们没有征过方腊,那么也是被消灭了的)。小说不能完全违反历史事实。

(2)《水浒传》的时代背景是北宋末年,而宋江故事的流传在南宋时代,那个时代不但有阶级矛盾,并且有尖锐的民族矛盾,渐渐地民族矛盾更处于主要地位。当时人民还要拥护赵姓政权,而抗金的英雄们以忠义军、忠义社为号名。传说中的宋江不能不为既义且忠的人物。因而水浒英雄聚义之处,为“忠义堂”。他们的誓言有“但愿共存忠义于心,同著功勋于国。替天行道,保境安民。神天察鉴,报应昭彰。”他们一方面“兀自要与大宋皇帝作对头”,一方面也只要保护人民利益,锄奸报国,不坚持推翻赵姓统治,更能得到人民普遍的同情。

(3)《水浒传》的写定在元末明初。人民憎恨异族统治,想恢复汉族政权。在这里水浒故事添出了征辽一段,寄托了反抗外族的思想。元末农民起义,对外族统治的斗争,还不免以恢复宋朝为号召。如红巾军的刘福通,奉韩山童为领袖,宣称韩山童是宋徽宗的八世孙。后来又奉韩林儿为领袖,号小明王,以宋为国号。恢复宋朝,对反元代统治的斗争有号召力。《水浒传》产生在这个时代,因此在这部书里宋徽宗的形象比之《宣和遗事》反而好些(《宣和遗事》产生在宋末元初,写宋徽宗极其暴露)。似乎道君皇帝只是受了蔡京、童贯、高俅等人的蒙蔽。那时中原地区人民的感情,对于故宋反而有些留恋了。

《水浒传》十九回阮小五的歌:“打鱼一世蓼儿洼,不种青苗不种麻。酷吏赃官都杀尽,忠心报答赵官家。”阮小七的歌:“老爷生长石碣村,禀性生来要杀人。生斩何涛巡检首,京师献与赵王君。”一方面是对于贪官污吏的讽刺与嘲笑,一方面寄托了忠君的思想。而在元明之说话人或小说家来说,乃是一种遗民思想的表现。

当然,《水浒传》后半部的现实性比较差。写征辽,征田虎、王庆,征方腊,充满了非现实的成分。是凑热闹的,没有深刻感情的,像斗法、斗阵势,张清遇见琼英,戴宗碰到马灵,公孙胜遇见乔道清,鲁智深跌入地洞里等。足见这部文艺作品离开真正的斗争,内容就贫乏空虚了。缺点很多。

后部《水浒传》比之前部是减色的,但并非完全要不得。值得提及之处有:

(1)七十一回武松叫道:“今日也要招安,明日也要招安去,冷了弟兄们的心!”黑旋风睁圆怪眼,大叫道:“招安,招安! 招甚鸟安!”只一脚,把桌子踢起,攧做粉碎。

(2)写梁山泊英雄击败童贯、高俅的围剿,大获全胜。

(3)蔡、童、高诸人匿败不报。

(4)倒是李师师肯为梁山英雄出力诉说。

(5)奸臣们在宋江受招安后,千方百计还想消灭他们(指出统治者永远是敌人,但宿太尉那个形象无现实性)。

(6)宋江一投降,出兵征辽,即有军校与厢官冲突的事。宋江不得不把军校正法,以维持纪律。宋江哭道:“我自从上梁山泊以来,大小兄弟,不曾坏了一个,今日一身入官所管,寸步也由我不得。”这是沉痛的。没有起兵,先坏了自己的部下,这是在梁山泊自由的天地里所决不会发生的。宋江一入朝廷，做了命官，便失去了自由。

(7)辽国派官员来用贿赂说降，宋江与吴用定计，吴用已经露出了忠心大宋并非有好结果的动摇之意，宋江则坚表忠心，宁死不做背国的事。这是值得肯定的。

(8)李逵在梦中把四个奸臣杀死。

(9)征方腊一役，把梁山英雄断送了大半。而公孙胜就抱着云游四海之志，不愿跟从了。

(10)平方腊后，燕青劝卢俊义归隐，说："主公，你可寻思，临祸到头难走。"李俊与童威、童猛出到海外去暹罗国立业。阮小七重回梁山泊打鱼为生。这些都很明显地写出英雄们消极的情绪。作者虽然描写了招安一段事实，但对于招安思想是有所批判的。

(11)最后宋江、卢俊义被奸臣害死，宋江分药酒给李逵，也同归于尽，吴用与花荣自缢而死。都以悲剧作结束。作者没有把宋江写成一个做节度使、享受高官厚禄的人，指出受招安的末路，从而说明招安思想是错误的。

悲剧的结局有深刻的教育意义，是现实主义的。

尽管作者有"至今徽宗天子，至圣至明，长期致被奸臣当道，谗佞专权，屈害忠良，深可悯念"那些无聊的话(封建思想和统治阶级的思想。这可能不是施罗两公的笔墨，而是明代中叶人如杨定见等的笔墨了)。把一部反映农民起义的小说，阶级斗争的小说，变成了以锄奸为主题了。可是其结局的现实主义作风，仍旧能够达到革命性、反抗性的效果。

我们也不可能脱离历史条件要求《水浒传》写得像我们今天所理想的那样完善。

七、向来对于《水浒传》的歪曲看法

《水浒传》是一部有高度现实主义精神的古典文艺作品，水浒故事为中国人民喜闻乐见。这部书为明代具有进步思想的文人李贽(卓吾)所欣赏，加以评点，为之作序，题为《忠义水浒传》，认为是施罗二公在元蒙时代的泄愤之作，冲淡了它具体描写农民起义的意义与作用。到明末十七世纪，具有八股文头脑的金人瑞，再加批点论赞，于是更其歪曲了这部书的主题思想。金人瑞看到这部书势力之大，他自己批点了这部书，提升为第五才子书。他只是从文艺技巧方面赞扬这部书，认为庄周、屈平、马迁、杜甫、施耐庵、董解元（实为王实甫，指《西厢记》作者），文才之妙均有绝人者。他的批点，是以古文笔法为准绳的。“水浒”两字出于《诗经·大雅·绵》：“古公亶父，来朝走马，率西水浒，至于岐下。”作者用“水浒”只是水边的意思，并无褒贬。既非表示王业之兴，亦无斥诸水滨、放诸四海之意。金人瑞作《水浒传序二》曰：“施耐庵传宋江，而题其书曰《水浒》，恶之至，迸之至，不与同中国也。而后世不知何等好乱之徒，乃谬加以忠义之目。呜呼！忠义而在水浒乎哉！”真所谓深文周纳，硬以正统思想托于耐庵。独不知“水浒”两字出于《诗经》，乃示王业之兴，并无贬意。耐庵用此名词，原无褒贬。且恐亦非耐庵所题也，圣叹又于“楔子”总批中再发挥此意：“为此书者之胸中，吾不知其有何等冤苦，而必设言一百八人，而又远托之于水涯，吾闻‘率土之滨，莫非王臣；普天之下，莫非王土’也。……彼岂真欲以宛子城、蓼儿洼者，为非复赵宋之所覆载乎哉！吾读《孟子》，至‘伯夷避纣，居北海水滨’，‘太公避纣，居东海之滨’二语，未尝不叹纣虽不善，不可避也。海滨虽远，犹纣地也。二老倡众，去故就新，虽以圣人，非盛节也。彼孟子者，自言愿学孔子，实未离于战国游士之习，故犹有此言，未能满于后人之心。若孔子，其必不出于此。”此段议论，不单纯是迂腐，乃是完全站在统治阶级的立场与利益上，把《水浒传》的主题思想完全歪曲了。他认为，“为此书者，吾则不知其胸中有何等冤苦而为如此设言。然以贤如孟子，犹未免于大醇小疵之讥，其何责于稗官。后之君子，亦读其书，哀其心可也。”他还说过，“耐庵有忧之，于是奋笔作传，题曰《水浒》，意若以为之一百八人，即得逃于及身之诛僇，而必不得逃于身后之放逐者，君子之志也。”这样就使天下读者认为《水浒传》所写，乃是作者有所冤苦，同时又不过是“饱暖无事，又值心闲，不免伸纸弄笔，寻个题目，写出自家许多锦心绣口”而已。唯心论的文学批评，把文艺作品认为是个人创作，唯心的创造，或者是闲情的笔墨，无关宏旨，或者是有所冤苦，发发牢骚，但不得于圣人之旨，不过稗官小说，可以原谅而已。

一般正统思想的人，认为《水浒传》是诲盗之书，所以排斥它，劝人不要看它。而金圣叹呢，认为《水浒传》是可读的，应该大读特读的，但是要知道施耐庵写此一百八人，原是屏斥他们为盗贼的，并不许他们为忠义。这样他利用这部书，反过来宣传他的正统思想。他假托了古本，假托了施耐庵的序，假托了七十回后有卢俊义的噩梦，把《水浒传》后半部割去了，认为是罗贯中的续本，只把前半部捧出来，认为是施耐庵的原本。我们认为后半部是次要的部分，因为其中有非现实的部分，不如前半部有强烈的反抗性。我们同情于农民起义，认为在封建时代农民起义是推动社会发展的。金圣叹的立场同我们相反，认为宋江等不配有忠义的称号，他们完全是寇盗，他们不配受招安的，不能得到朝廷的宽恕的，这些英雄应该完全被杀掉，所以后半部的受招安是不应该有的。他割去了后半部，并且在七十一回添上了卢俊义的一个噩梦。梦中见到水浒英雄都被张叔夜所擒，“只见那人拍案骂道：‘万死狂贼，你等造下弥天大罪，朝廷屡次前来收捕，你等公然拒杀无数官军，今日却来摇尾乞怜，希图逃脱刀斧，我若今日赦免你们时，后日再以何法去治天下。况且狼子野心，正自信你不得，我那刽子手何在？’说时迟，那时快，只见一声令下，壁衣里蜂拥出行刑刽子手二百一十六人，两个伏侍一个，将宋江、卢俊义等一百单八个好汉，在于堂下草里，一齐处斩。卢俊义梦中吓得魂不附体，微微闪开眼看堂上时，却有一个牌额，大书‘天下太平’四个青字。”（下面金圣叹自批云：“真正吉祥文字，古本《水浒》如此，俗本妄肆改窜，真所谓‘愚而好自用也’。”）

金人瑞说：“由施耐庵之《水浒》言之，则如史氏之有《梼杌》是也。""以宋江为盗魁,故特来诛之,其余都可恕。"又说,太史公作《游侠传》等是有"一肚皮宿怨发挥出来",施耐庵"本无一肚皮宿怨要发挥出来",只能"写出自家许多锦心绣口"来。金人瑞捧《水浒传》为才子书,和把《西厢记》等捧为才子书一样,都视作为了作者的"锦心绣口"。他把人民文艺歪曲了,只欣赏其文笔。

金人瑞认为施耐庵有才,"提笔临纸之时,才以绕其前,才以绕其后"。"依古人之所谓才,则必文成于难者,才子也。……则必心绝气尽,面犹死人者,才子也。"又曰:"《水浒》所叙,叙一百八人,人有其性情,人有其气质,人有其形状,人有其声口。……以一心所运,而一百八人,各自入妙者,无他。十年格物,而一朝物格,斯以一笔而写百千万人,固不以为难也。"他认为《水浒传》一百八人皆耐庵"一心所运",此为唯心论的文艺创作说。其所谓"一朝物格",也是唯心论的实践论。不知道用生活实践来解释文艺创作。况且《水浒传》人物的典型性格也经过若干年代、若干口头文艺创作家所镕铸,并非耐庵一人之力。

人瑞认为,"侯蒙欲赦江使讨方腊,一语而八失焉。"说宋江决不可赦。并说:"何罗贯中不达,犹祖其说,而有续《水浒》之恶札也?"又说:"《水浒传》独恶宋江,亦是歼厥渠魁之意,其余便饶恕了。"人瑞既伪托古本以删后部《水浒》,而于前七十一回加以批改,以诛伐宋江,皆托之于施耐庵。

又云:"某尝道《水浒》胜似《史记》,人都不肯信,殊不知某却不是乱说,其实《史记》是以文运事,《水浒》是因文生事。以文运事,是先有事生成如此如此,却要算计出一篇文字来。虽是史公高才,也毕竟是吃苦事。因文生事即不然,只是顺着笔性去,削高补低都由我。"此说小说的创作比写史书容易,其实削高补低并非完全顺着"笔性",先要有大布局结构,其次要忠实于人物个性的发展,情节为个性服务。

到"五四"运动以后,新文艺运动蓬勃起来,提倡白话文学的胡适，也推崇了《水浒传》。胡适认为“金圣叹是十七世纪的一个大怪杰，他能在那个时代大胆宣言，说《水浒》与《史记》《国策》有同等的文学价值，说施耐庵、董解元与庄周、屈原、司马迁、杜甫在文学史上占同等位置……这是何等眼光！何等胆气！”胡适认为金圣叹的《水浒》评点，不但有八股选家气，还有理学先生气。把《春秋》的“微言大义”用到《水浒》上去，有许多极迂腐的议论，但圣叹不失为一清议派云云。胡适除不赞成他的评点作风外，对圣叹的反动立场，不加深论。

胡适自己认为“《水浒传》是一部奇书，在中国文学史上占的地位比《左传》、《史记》还要重大的多；这部书很当得起一个阎若璩来替他做一番考证的工夫，很当得起一个王念孙来替他做一番训诂的工夫。”他认为《水浒传》是部奇书，同时又认为他比《史记》、《左传》在文学史上的地位还要高。那么，在文学史上地位高的岂不都是些奇书和奇人，不可理解吗？胡适并不理解《水浒传》，尤其是不愿意谈它的社会意义。他只做了考证工夫，考《水浒》故事的演变(在考证上也有不少错误和主观的论断)。(训诂的工夫并没有做)。胡适派的文学史家就把考据代替了文学批评。

他把《水浒传》提升到与正统文学相提并论的位置，这是进步的，但同时他用文学演化、水浒故事的演变为例证明他的歪曲达尔文学说的进化论，抹杀作者的创造力，取消它的思想性，这是错误的。

胡适说：“这部七十回的《水浒传》不但是集四百年水浒故事的大成，并且是中国白话文学完全成立的一个大纪元。”胡适推重《水浒传》主要为了它是白话文学的重要作品。

胡适说：“施耐庵的《水浒传》是四百年文学进化的产儿，但《水浒传》的短处也就吃亏在这一点。倘使施耐庵当时能把那历史的梁山泊故事完全丢在脑背后，倘使他能忘了那‘三十六大伙，七十二小伙’的故事，倘使他用全副精神来单写鲁智深、林冲、武松、宋江、李逵、石秀等七八个人，他这部书一定格外有精彩，一定格外有价值。”他认为，施耐庵写一百零八人，一个人的文学技能是有限的，所以不能不杂凑、不潦草。他说：“这种杂凑的写法，实在幼稚得很。”

胡适要施耐庵把水浒故事割裂开来，把人民口头传说的梁山泊故事丢在脑后，然后单写几个人。那么，这部小说决不能反映农民起义，也不能有浩浩荡荡击破童贯、高俅们围剿的大气魄。把《水浒传》的主题完全抛弃了。胡适看不惯中国古典小说的人物众多，喜欢看欧美资本主义社会的小说，人物不多，技巧较高的。他看重小说技巧，不顾思想内容，是为艺术而艺术的文艺批评观点。这是形式主义的、唯心论的。同时也是错误的，不能认识《水浒》的伟大意义的。

八、《水浒传》的影响

《水浒传》反映农民起义，反映下层社会人们的生活和感情，对中国人民大众起了良好的教育作用，因而也为人民大众所热爱。它的普遍性不在《三国演义》之下。当然不完全靠施罗的《水浒传》，还靠人民口头流传、说书人的说讲和戏剧的演出。《水浒》提倡的侠义精神、平等友爱、替天行道的思想对后世影响很大。农民起义有摹仿梁山泊组织形式的，有用梁山英雄的绰号的。清代发生的教民起义、秘密结社等，多少与对于梁山泊的向往有关。例如光绪三十年为哥老会一系的、在湖南蜂起的马福益同仇会，头领组织便是三十六正龙头、七十二副龙头，与梁山泊之“三十六天罡，七十二地煞”相同。

在文学方面，《水浒传》的结构方式影响了《儒林外史》。《水浒传》流传海外，日本藏有各种不同的《水浒传》版本。有冈岛璞译的百回本《水浒传》，还有其他《水浒传》译本和训解本。日本江户时代的义侠小说受《水浒》的影响很大，直接以《水浒》题名的，有建部绫足的《本朝水浒传》、山东京传的《忠臣水浒传》。

清初有《水浒后传》四十回，云是古宋遗民著，雁宕山樵评，实乃陈忱所作。陈忱，浙江乌程人，明末遗民。乃是续百回本或百二十回本者。书言宋江既死，余人尚为宋御金，然无功。李俊遂率童威、童猛等出赴外国，为暹罗王事。柴进、燕青为其辅佐。书中述及关胜等抗金战斗，述及燕青等邀杀蔡京、童贯、高俅、蔡攸几个奸贼以祭宋江、卢俊义等，痛快淋漓。这是一位明末遗民寄托他的民族思想的书。文章远不如《水浒传》，而主题是好的。此书一开始用阮小七凭吊梁山泊忠义堂作起，叹息痛恨当初受招安之失策。结尾颇似《虬髯客传》。此书有申报馆排印本。

另一种《征四寇》，即保存金人瑞所割去的部分，叙宋江受招安以后征四寇事，出于简本。

《水浒传》对农民起义有示范效果，所以统治阶级认为是“诲盗”的书，禁止或者加以歪曲主题的批评和读法。金人瑞的七十一回本独得风行。同时，清道光年间文人俞万春(字仲华，山阴人)有《荡寇志》之作。把金人瑞所增加的卢俊义的一个噩梦，化为事实。以一百八人被张叔夜等所消灭为主题思想，是非常反动的作品。此书目的在扫灭人民的反抗统治以为“盗亦有道”的思想。《荡寇志》的产生足见正统派人物对于《水浒传》的仇视。然而《荡寇志》并没有起什么作用，人民所喜爱的依旧是《水浒传》和《征四寇》。

至于清代之侠义小说，如《三侠五义》、《小五义》等，这些小说在若干技巧和情节上有受《水浒传》影响之处，但在精神上恰恰相反。那些书是歌颂平盗寇、为统治阶级服务的好汉们的。尽管也在人民中间流传故事，但思想倾向是反动的。

九、作品选讲：“智取生辰纲”一段

《宣和遗事》的故事与《水浒传》的比较：

在《宣和遗事》里，载着这段故事，但是非常简短的，仅具轮廓。只说明这事件发生在宣和二年五月，北京留守梁师宝要为蔡京上寿。可见南宋时就有这故事，且必定还要详细，通过元代说书人以及施、罗的改造，故事增长，情节复杂。

(1)梁师宝等于梁世杰、梁中书，是蔡京的女婿。

(2)差县尉马安国,改为杨志押送,和《宣和遗事》前段杨志押送花石纲、卖刀杀人事捏合,都作为杨志的故事。

(3)五花营改为黄泥冈。

(4)八个大汉改为七星聚义加白胜。《宣和遗事》里有晁盖、吴加亮、刘唐、秦明、阮进、阮通、阮小七、燕青。《水浒传》去秦明、燕青,加上白胜、公孙胜。

(5)《宣和遗事》写晁盖住郓城县石碣村,《水浒传》改为东溪村,而三阮住在济州梁山泊附近石碣村。

(6)《宣和遗事》有遗失酒桶,上有"酒海花家"四字,依此线索郓城县知县尹大谅使王平拿问酒店主人花约破案,赖宋江报与晁盖,得以脱身。《水浒传》写何涛兄弟何清,在安乐村王家店中赌博,遇见了晁盖等人歇息,因此破案。

(7)《宣和遗事》写差董平去捉晁盖,《水浒传》里差雷横。

(8)《水浒传》里说"这个唤做智取生辰纲",与四十四回"这个叫做白龙庙小聚义",都是《水浒传》的大关目处,可见传说此故事已久,是说话人原有这个故事,而施、罗加以改造编写的。

《宣和遗事》说三十六人,主要是两批人。一批是运花石纲的,杨志、李进义、孙立等,为了救杨志,兄弟十二人同往太行山落草;一批是晁盖等劫取生辰纲,牵连宋江同往梁山泊落草,其余零星结合。所以,生辰纲是《水浒》故事的一个重要关目。花石纲扰民,生辰纲是不义之财。明草寇之兴皆系朝廷奸贼之故。朱勔、蔡京、梁世杰在六贼之内,乃是人民的仇敌。梁世杰在正史上实为梁师成,字守道,宦者,政和间见贵幸,窜名进士籍中,官至太尉。群奸谄附,目为隐相。钦宗立,诏暴其罪,贬之,于路缢杀之。小说以为蔡京婿,以讹传讹也。

"智取生辰纲"的主题是江湖上好汉劫到不义之财。第十五回诗云:"学究知书岂爱财,阮郎渔乐亦悠哉。只因不义金珠去,致使群雄聚义来。"第十六回诗云:"取非其有官皆盗,损彼盈余盗是公。计就只须安稳待,笑他宝担去匆匆。"第十五回云:"梁中书在北京害民，诈得钱物，却把去东京与蔡太师庆生辰。此一等正是不义之财。我等六人中，但有私意者，天地诛灭，神明鉴察。”这是“替天行道”的引子。《水浒传》全书主旨，也是阶级斗争，把人民财富夺回来。第十六回杨志说：“如今须不比太平时节。”说明处在阶级不平的乱世。而老都管却说：“你说这话，该剜口割舌。今日天下恁地不太平？”是统治阶级糊涂梦话，粉饰太平。不只宋徽宗时如此，历代都如此。

《水浒传》写生辰纲，从刘唐送信到黄泥冈劫取，正文是三回。前面从林冲遇见杨志，杨志卖刀，杨志到梁中书手下做事，又有两回。后面杨志上二龙山，晁盖上梁山，林冲火并王伦，又有三回。一共有八回文字，是杨志、晁盖、吴用、三阮、刘唐等的合传。

写石碣村三阮，侧写梁山泊。

这七人中，刘唐是重要的，首先打听得生辰纲事。公孙胜也打听得生辰纲事。晁盖是重要的，为七人之首。三阮也重要，非他们入伙，此后晁盖才有石碣村可避。而吴用尤其重要：(1)说三阮入伙；(2)定智取的计；(3)定出入梁山的出路，胸有成竹；(4)激林冲火并。吴用最为重要，智取生辰纲之在《水浒》等于《三国》的火烧赤壁，诸葛亮的一番计策。

火并王伦是必须的，王伦等三人不足以占有梁山(王伦实有其人，山东王伦是宋仁宗时之盗)。

三阮嗟叹官府生事，梁山泊为快乐自由的场所，是全书正文。三阮唱着“酷吏赃官都杀尽，忠心报答赵官家”也是正文。

话本小说的优点：(1)故事穿插而不失中心线索；(2)回与回相接，突起波澜；(3)插入诗词，描写人物，烘托背景，点明主题。

第四节 《西游记》

一、唐僧取经故事的流传与吴承恩的《西游记》

唐玄奘取经故事，大概在唐代就在人民中间流传。玄奘自己所著的《大唐西域记》是记述他经历西域到印度去求经的旅途见闻，是游记和地理书，也记载了西域各国的风俗以及佛教圣迹和故事。慧立、彦琮所写《慈恩法师传》记述玄奘生平及求法译经始末，中间写到玄奘经历沙漠，在沙漠中见到许多幻影，以及冒许多险难，到高昌国，高昌王信仰佛法，以玄奘为弟等等。这两部书是记实的书，属于史地类。唐代寺院俗讲，可能已把唐玄奘故事渲染得更其生动。

《慈恩法师传》说，法师在蜀，曾见一病人，身疮臭秽，衣服破污。玄奘施以饮食衣服，病者授以《般若心经》，因常诵习。及玄奘西游，过莫贺延碛，古曰沙河，上无飞鸟，下无走兽，复无水草。是时顾影唯一心念观音菩萨及《般若心经》。“逢诸恶鬼，奇状异类，绕人前后，虽念观音，不得全去，即诵此经，发声皆散。在危获济，实所凭焉。”至《太平广记》卷九十二，则谓玄奘西游，至罽宾国，道险多虎豹，不可过。玄奘见一老僧，头面疮痍，身体脓血，在房独坐，莫知来由。乃礼拜勤求，僧口授《多心经》一卷，令奘诵之，遂得山川平易，道路开辟，虎豹藏形，魔鬼潜迹，遂至佛国，取经六百余部而归云云。已加装点。又《太平广记》同卷，记玄奘在灵岩寺，手摩松枝，“曰：‘吾西去求佛教，汝可西长，若吾归，即却东回，使吾弟子知之。’及去，其枝年年西指，约长数丈，一年，忽东回。门人弟子曰：‘教主归矣。’乃西迎之，奘果还。至今众谓此松曰摩顶松。”今《西游记》第十九回有浮屠山乌巢禅师授法师《多心经》故事（《摩诃般若波罗蜜多心经》，本为《心经》，小说乃误为《多心经》）。又第一百回长安洪福寺僧见松枝一棵棵头俱向东，知法师东回。罽宾国变成浮屠山，灵岩寺变为洪福寺。这两个故事都是唐代和尚们讲经说佛所流传的。

欧阳修《于役志》记载扬州寿宁寺有南唐壁画。惟经藏院画玄奘取经一壁独在,尤为绝笔。此壁画是画玄奘取经故事的。

小说起于《大唐三藏取经诗话》。《大唐三藏取经诗话》,残卷,南宋临安瓦肆所刊行。今存在日本。分三卷十七段。文中多夹杂诗句,故曰“诗话”。另是一体,颇像变文的嫡派。而唱酬多诗,文白夹杂,文章雅洁,内容新鲜。散文多,韵文少。

《诗话》中有唐僧、猴行者、深沙神等。猴行者是一白衣秀才,遇到唐僧往西天取经,他说:“和尚前生两回到西天取经,中路遭难,此回若去,千死万死。”法师云:“你如何得知?”秀才曰:“我不是别人,是花果山紫云洞八万四千铜头铁额猕猴王。我今来助和尚取经。”当即改称猴行者。和尚藉行者神通,偕入大梵王宫去讲经,梵王赐隐形帽一顶,金环锡杖一条,钵盂一只,三件齐全。猴行者说:“此去百万程途,经过三十六国,多有祸难之处。”又有深沙神,原是流沙河边的妖怪,吃过几次取经人的。其后经大蛇岭、九龙池危地,都赖行者法力,安稳行进。王母池边蟠桃,食之可寿至数千岁,法师使猴行者取桃,猴行者到王母池偷桃。蟠桃入池化为小孩形,亦即人参果的故事(今《西游记》中把齐天大圣偷桃和在五庄观镇元仙处偷人参果分化为两个故事)。又有经历树人国、鬼子母国、女人国等种种险难怪异。

这是把玄奘取经这一不寻常的事件神话传说化了,是受了佛经中本来有的印度文学成分影响而产生的中印文化交流的民间文艺作品。

这本《大唐三藏取经诗话》是很可宝贵的,是从变文发展到话本的过渡东西。足见南宋时代有说唐三藏西天取经的故事,也许是和尚们讲的。不过这个本子很简洁,同《碾玉观音》等不同,是可以根据来讲话,而不是说话体的成熟的小说。

元代戏曲中有吴昌龄的《唐三藏西天取经》一个剧本,今佚;但存《纳书楹曲谱》中《回回》一出。明初戏剧家杨景贤作《西游记》杂剧六本,今存。第一本是唐僧出身,乃《西游记》第九回江流儿故事。第二本是唐僧登程求法,木叉送火龙马的情节。第三本是孙行者出身,在花果山紫云洞做通天大圣,摄着火轮金鼎国王女为妻。他偷了西王母的仙衣、银丝长春帽、仙桃百颗,要给王女。天上派李天王和哪吒来拿他,又派二十八宿天神天将包围防守。天王与哪吒不能降伏,结果是观音出场,把他压在花果山下,要待唐僧西天取经,随往西天。此后是唐僧从花果山下经过,揭字放出,观音传与紧箍咒,收伏了他。孙行者又降伏了沙和尚。扫除黄风山妖怪,又遇鬼子母红孩儿的难,观音救了他们。第四本是猪八戒的事。第五本女王逼配。以及到火焰山与铁扇公主战斗事。第六本参佛取经,归东土,唐僧上灵山会朝佛结束。此杂剧仍以唐僧取经为中心故事,孙行者、猪八戒故事已有特写,与唐僧鼎足而三。

杨景贤的《西游记》杂剧六本二十四出,《西游记》故事已见梗概。这个剧本在《纳书楹曲谱》里存有《撇子》、《认子》、《胖姑》、《伏虎》、《女还》、《借扇》(《续集》二)。又《饯行》、《定心》、《揭钵》、《女国》(《补遗》)。

西游故事在元代逐渐发展,比之《取经诗话》更显得丰富,多幻想。

《也是园藏书目》又有《二郎神锁齐天大圣》一本(今存《孤本元明杂剧》中)。

元代除了戏曲外,已有粗具规模的《西游记》小说。佚文见于《永乐大典》的一三一三九卷,系魏征梦斩泾河龙的一段。情节与今本《西游记》同,而文章比较朴素。

嘉靖、隆庆、万历三朝是明代文学发展的高潮时期。推翻元朝统治之后,明初减轻赋税,解放手工业的大量奴隶,生产力提高,同时海外贸易也大大发展。在南洋一带,三宝太监郑和下西洋,即为了国外贸易。而欧洲人环行全球,东西交通发展也在明代(哥伦布到美洲,1492 年;葡人至印度,1498 年;麦哲伦至腓力宾,1521年)。所以,在十六世纪里中国的商业资本很发达。在此情况下,刻书业也发达。明板书最多的是嘉靖、隆庆、万历刊本。文化出现高潮,古文家王世贞等后七子就活跃在这一时期,此后万历朝公安派、竟陵派抬头,笔记小说也发展起来。

《西游记》这类小说就产生于海外交通发达的时代,外国的珍闻异说,亦有如《天方夜谭》之类。

《西游记》故事的轮廓在元末明初已经完成。明代中叶同时有三种《西游记》小说出现。其一为杨志和的《西游记传》,四卷四十一回,题齐云杨志和编。(在明万历年间。余象斗合刊之《四游记》中之一。其余,《东游记》,写八仙故事,《南游记》即《华光天王南游志传》,《北游记》即《北方真武祖师玄天上帝出身志传》。)前九回写孙行者出身。孙悟空为石猴,寻得水源为猴王,就师得道,闹天宫,玉帝不得已封为齐天大圣。又扰蟠桃会,帝使二郎神与之战,为老君所暗算,遂被擒,如来压之五行山下。次四回,即魏征斩龙,太宗入冥,刘全进瓜,及玄奘受诏西行。十四回以后,玄奘道中收徒及遇难故事,灾难只三十余次。文字草率无味。鲁迅谓吴承恩书出于此简本而扩大的,胡适谓吴书在前,此是坊间删节本。

其二,为朱鼎臣之《唐三藏西游释厄传》十卷。隆万间(十六世纪七十年代,1570—1580)福建书商刘莲台所刻。有陈光蕊(即唐僧父)故事,其余同杨志和《西游记传》,但凌乱不及杨书。

其三,为今本《西游记》一百回,则为吴承恩(1500?—1582?)作。吴生于明孝宗弘治年间,卒于明神宗万历初年,书刊于其死后十年,金陵世德堂本,二十卷,每卷五回(刊于1592,万历二十年)。吴、杨《西游记》均无陈光蕊、江流儿事,而清乾隆间刊《新说西游记》一百回,补入此段。据近人考据推测,唐僧出身应为吴原本所有,世德堂刊本因其亵渎圣僧故将此故事删去,此论可信。

惟吴承恩作与朱、杨两作,孰为前后,则很难定,可能是三人都据元代话本改编,可能是吴氏取元话本大加创造,而朱、杨取吴本删节以就刊书之简便者。吴本文笔优美、诙谐，为艺术上的杰作，而朱、杨本为朴素故事，文艺价值不高，自然被淘汰了。

《西游记》是最重要的一部神话小说（鲁迅称之为“神魔小说”），是神话故事的大集合，包括：①古代神仙传说的成分；②佛经故事的成分；③海外奇谈，间接吸收印度、阿拉伯故事。在人民大众融合铸造中创造了一部伟大的神话寓言小说，带有童话意味的冒险小说。

印度史诗《Ramayana》（《罗摩衍那》）中有哈努曼（Hanu man），是猴子国大将，神通广大，能在空中飞行，一跳可以从印度到锡兰。又善变化，能忽大忽小，有一次魔把他吞入肚中，他把身体变大，那老魔不得已也跟着大，大到顶天立地；他忽然变小，从魔的耳朵里出来了。

在《大唐三藏取经诗话》里，猴行者还没有这些神通。而在《西游记》小说里，孙行者变成齐天大圣，有了不得的神通了。孙行者成为主角。这孙行者的故事，自然有多方的来源：①神猿，如唐人小说《江总白猿传》；②唐人传奇无支祁的故事；③《Ramayana》的哈努曼；④其它来源，如谭正璧说二郎神与美猴王斗法一段，颇似《天方夜谭》里《说妒》故事中皇后与魔的战争。

锡兰有女人区域（见《慈恩法师传》），此成为《西游记》女儿国所本。又《慈恩法师传》云，取经回程，风波翻船，经被打湿，此成为《西游记》白鼋负经过河，因唐僧忘了她的嘱托，经沉入水的根据。

总之，西游记故事的轮廓在元末明初已经完成。明代中叶嘉靖年间由杰出小说家编成《西游记》一百回小说，其中创造性部分很多。西游记故事受佛经中故事、印度故事的影响，但主要还是中国人的创造。

二、吴承恩的生平

小说不登大雅之堂，虽流传民间，作者为谁，生平如何，往往乏人研究。百回本《西游记》与《三国》、《水浒》同样为大众所喜爱。在某一时期,文人们把它作为元长春真人邱处机(元初道士)所作。此因邱处机有一《西游记》,为记述他到新疆一带游历而作之误。我们知道小说《西游记》实为明中叶文人吴承恩作,是根据天启《淮安府志》之《人物志》的。

吴承恩(1500? —1582?),字汝忠,号射阳山人,淮安山阳人(射阳,湖名,在今江苏淮安县东南七十里)。

天启《淮安府志》十六《人物志二·近代文苑》云:

> 吴承恩,性敏而多慧,博极群书,为诗文下笔立成。清雅流丽,有秦少游之风,复善谐剧,所著杂记数种,名震一时。数奇,竟以明经授县贰,未久,耻折腰,遂拂袖而归。放浪诗酒。卒,有文集存于家。丘少司徒汇而刻之。

又《淮安府志》十九《艺文志一·淮贤文目》载:"吴承恩:《射阳集》四册、《春秋列传序》、《西游记》"。

今《射阳存稿》四卷存。万历庚寅陈文烛序,万历己丑吴国荣跋。民国十九年故宫博物院重印排字本。

据同治《山阳县志》、光绪《山阳县志》:吴承恩为嘉靖中岁贡生,官长兴县丞。

吴国荣《射阳先生存稿跋》谓:"屡困场屋,为母屈就长兴倅。又不谐于长官。归田来,益以诗文自娱,十余年以寿终。"(按吴氏寿至八十余)

所谓《春秋列传序》,实为《射阳集》第二卷之首篇,乃一篇文章,为周某所作书之序文,非一书名。

集中有《花草新编》,乃吴氏所选词集之名称。

又有《禹鼎志序》。《禹鼎志》为吴氏所作仿唐人传奇志怪短篇十余篇之集。惜今不传。天启《淮安府志》所谓"所著杂记几种,名震一时"者也,《序》云:"余幼年即好奇闻,在童子社学时,每偷市野言稗史。惧为父师诃夺,私求隐处读之。……比长,好益甚,闻益奇。"又云:"吾书名为志怪,盖不专明鬼,时记人间变异,亦微有鉴戒寓焉。"此书如存,当可侔《聊斋志异》。

吴氏虽只为岁贡生，但为名流所重。

吴氏与明后七子中的徐中行友善，互相唱和。“平生不肯受人怜，喜笑悲歌气傲然。”(《赠沙星士》) 其诗如《金陵客窗对雪》、《二郎搜山图歌》、《后围棋歌》诸篇，才气纵横，有浓厚的浪漫气氛。

除诗外，尚有词百首左右。

吴氏的生活情况，与清代小说家蒲松龄有点相仿。他和施、罗不同。施、罗可能为书会中人，且有志图王者。吴氏则为岁贡生，赴考未中举。其做长兴县丞时年近六十，或六十以后矣。吴氏作书以自遣，寄其生活经验。《禹鼎志》应该是文言作品，《西游记》是白话小说。这部书并非创作而是改编。不过扩充到一百回，改编得大为改善，等于创作了。此书大概成于晚年，在1560年以后，即嘉靖、隆庆年间。这时是明代小说创作的高潮，《金瓶梅》也成于此时。

三、《西游记》的内容及其思想性

《西游记》为神话(或神魔)小说，它别开生面，内容丰富多彩，充满幻想，有极强的想象力。《西游记》虽演唐僧取经的故事，实际上以孙行者为全书的主角。

《西游记》可以分为三个部分：第一至七回写孙行者之出身及闹天宫，被镇压在五行山下，为热闹文字；第八至十二回，述唐僧出身及西游求法缘起，奉旨到西天取经事；第十三至一百回，书的主体，唐僧与孙行者、猪八戒、沙僧师徒四人，往西天去取经，路上经过八十一磨难，终于功德圆满，返长安事。八十一磨难至九十八回止，九十九至一百回，总结及回国。

(一)《西游记》中所包含的民间故事。八至十二回的内容及其思想性

《西游记》小说吸取民间故事，其叙述唐僧出身的江流儿故事、魏征梦斩泾河龙、唐太宗入冥、刘全进瓜，这几个故事是相连接的，成为一个结构，叙说唐僧西游的缘由。

1. 江流儿故事，说明唐僧出身的高贵，父为状元，母为宰相的女儿。这个出身，当然并非史实，而是民间说书人把唐僧说成那样一个出身。江流儿故事，在《西游记》杂剧中已完成，则在元人《西游记》小说中当已有之。杂剧云陈光蕊，淮阴海州弘农人，《西游记》云海州人。陈光蕊上京赴考，唐王御笔亲赐状元，跨马游街，丞相(杂剧则为将军)殷开山之女名温娇，又名满堂娇，正结彩楼，抛球招亲。球中陈光蕊，即为婚配。授官江州，夫妻二人并接母亲张氏上任。到旅店中，张氏病。陈光蕊买一鲤鱼，欲烹享母，见鲤鱼闪眼有异而放生之。其后母病未能行，暂留店中。夫妻雇船而行，稍子刘洪见殷氏美，起了不良之心，推光蕊江中。殷氏有身孕，强从贼。生下小孩后，刘洪逼之，乃弃之于江。咬去左脚一小指，以为记认。取汗衫包裹，并写血书记父母姓名。此儿在木板上流至金山寺，为法明和尚所收养。长大到十八岁，认母报仇。其父陈光蕊沉江中为龙王所救，尸身不坏，十八年后江边还魂复活。陈光蕊母张氏先在店中，久后无钱，叫化度日，双目已盲。玄奘与婆婆舔眼，须臾之间，双目舔开，仍复如初。殷丞相府亦父母与女重见。这个故事所褒扬的是孝道和戒杀生，是中印思想的结合。刘洪冒名上任，到光蕊报仇，又似一公案小说(《西游记》谓团圆后殷氏毕竟从容自尽，杂剧无此情节。此乃明人重贞操观念所添增之笔)。

江流儿故事写唐僧世俗出身之高，父为状元，母为宰相女，此乃民间传说所常用之套，极为天真。弃江及复仇表示唐僧一出世即蒙大难。父子慈爱救及鱼类，母之屈节从贼，弃其爱儿，皆于此见。尘世多难，逼出出家求法之心，佛教故事如此布局。

江流儿故事中写抛球招亲，好比《吕蒙正风雪破窑记》那样，富于人情味，根本离经叛道的。打破宗教故事的严肃性，而接近现实生活。上任遇盗，暴露社会的黑暗面。陈光蕊不忍杀生，把鲤鱼放生，因此遇救，是本于佛教戒杀生的教义的。此鲤鱼乃是龙王，有童话色彩。殷小姐与玄奘母子相会，说明母子的天性，是动人的。这故事说明，唐僧在出世前、刚出世时，其父母、其本人即遭到磨难，直到报仇为止，共有四个磨难，是在八十一磨难之中的。

这故事是天真的，有些地方不合情理。例如刘洪假冒陈光蕊上任，做官十八年，并未调动，殷小姐之父，身为宰相，其女儿女婿出外以后，十八年中不通消息，竟未查问。殷小姐从贼到任，何以与父母不通信，报告其遇难等等，都说不通。尽管不通，仍富于民间传说、民间故事的情味。

2. 魏征梦斩泾河龙的故事颇类唐人传奇小说，亦很奇妙，出神入化（《太平广记》卷四百一十八引《续玄怪录》有李靖代龙王行雨故事，与此性质不同）。一开始用渔樵对答诗词起，颇似入话。这个故事也可以单立，但是本身又为“唐太宗入冥”故事的引子。从渔樵对答，引起龙王对于袁守诚的忌刻，这故事有其积极性。我们不能把袁守诚的卜卦看成迷信，它反映一种思想，那便是天道也是可知的。在人与神的斗争中，人得到胜利。人的智慧可以掌握自然的规律，反映人有征服自然的愿望。龙王行雨，是农民们的迷信，但是雨量的多少服从自然的规律。龙王想陷害人，结果是害了自己，傲慢自私之所致。这个龙王是坏的龙王，与江流儿故事中的龙王知恩报恩又不同了。龙王好坏的评价，以对于人类有利有害与否为标准，即是否为人类服务为标准的。虽龙王亦须守法，可见天宫法律之严。它劝人守纪律，并有宿命论思想，一切皆天定。

3. 唐太宗入冥一段，来源很古。《太平广记》引张鷟《朝野佥载》有李淳风算定太宗当死又还魂，在冥府见判官，乃生人而判冥事者。情节非常简单，并无多少意义。又敦煌唐写本中有《唐太宗入冥记》小说残本，谓判官姓崔名子玉。

《西游记》小说此段文章里增加了许多深刻的讽刺。《西游记》一开始，就说南赡部洲（指中国境内）的人“都是为名为利之徒，更无一个为身命者”。这里特别把一个历史上有名的皇帝，作为讽刺的对象。

①唐太宗被龙王控诉,因为他失信,所以他要受谴责。

②不但阳世间官官相护,多通关节,即阴世亦然。阴间勾太宗生魂三曹对案,魏征作书与地下判官崔珏,道及交情有云:"辱爱弟魏征,顿首书拜……万祈俯念生日交情,方便一二。"替唐太宗说情。此是讽刺(崔府君,崔珏,为宋人所崇奉立庙的一个神,宋代崔府君庙极盛。见《梦粱录》等类书)。

③唐太宗一到阴间,即有其兄建成、弟元吉上前道:"世民来了!世民来了!"就来揪打索命。崔判官把唐太宗放走了,他走到枉死城边,见一伙拖腰折臂、有足无头的鬼魅,上前拦住,都叫道:"李世民来了!李世民来了!""还我命来!还我命来!"崔判官说,那些人都是那"六十四处烟尘,七十二处草寇",即被李世民扫荡杀害的隋末农民起义的人民。这里是对当时所谓英明君主有力的鞭挞!

④崔判官替他解围,要李世民拿出些钱钞来给他们,救济此类孤寒饿鬼。太宗道:"寡人空身到此,却那里得有钱钞?"足见贵为君王,富有四海,到了阴间,竟也一钱莫名了,这也是极大的讽刺!判官道:"陛下,阳间有一人,金银若干,在我这阴司里寄放。陛下可出名立一约,小判可作保,且借他一库,给散这些饿鬼,方得过去。"于是唐太宗借了河南开封府相良的银子。相良有十三库金银存在阴司。如此这般,太宗方得脱身,离了枉死城。临走时,判官道:"陛下到阳间,千万做个'水陆大会',超度那无主的冤魂,切勿忘了。若是阴司里无报怨之声,阳世间方得享太平之庆。"虽以神道设教,意在诫君王不要好杀,为官要理冤狱。包含的真理是有冤枉死亡的人多,国家便永不得太平。后来唐王差尉迟公到开封府觅相良还金银。相公、相婆二人乃是好善的穷人,是贩卖乌盆瓦器的,平日斋僧布施,买金银纸锭,故有此善果。唐王见他们苦辞金钱之赠,乃为敕建相国寺。这段故事说明了汴京相国寺的起源。当系民间传说,而有深刻的教育意义的。贵为天

子的,在阴间便不名一文,而穷如卖瓦盆的,可是积德,在阴间有莫大富贵。德和财富的对比,这是民间哲学。当然其中包含着劝人为善,斋僧布施思想。(相国寺为汴京名寺,其来历当然不是如此。此故事当为北宋时代小说家采用本地风光的寺院起源加以捏合了)

4. 刘全进瓜的故事。这也是民间所创造的故事。李世民对十殿阎王说:“朕回阳世,无物可酬谢,惟答瓜果而已。”十王喜曰:“我处颇有东瓜、西瓜,只少南瓜。”地府何以缺少南瓜,亦不可究诘。后来太宗还阳后,募一人肯到地府进瓜的,刘全应募。刘全,均州人,有万贯之财,因妻李翠莲在门首拔金钗斋僧,刘全骂她几句,说她不遵妇道,擅出闺门。李氏忍气不过,自缢而死。撇下一双儿女年幼,昼夜悲啼,刘全没有办法,情愿以死进瓜。刘全头顶一对南瓜,服毒而死。到阴府后,十王谢他厚意,检生死簿见夫妻都有登仙之寿,不但使刘全还阳,并且使李翠莲借了唐太宗御妹之尸还魂。因而太宗把御妹的妆奁衣物、首饰都赏给刘全。这个故事也是一个奇闻,但无甚深刻的意义。李翠莲借尸还魂,与宋人话本《快嘴李翠莲》故事有关而不相同。李翠莲当为讲佛教故事者所流传的一个角色。刘全进瓜故事,殊不知意义所在。

(第十二回玄奘临行时嘱咐徒弟说:我去之后,或三二年,或五七年,但看那山门里松林头向东,我即回来。此段神异,见《太平广记》九十二。又玄奘西游,原史事是未经太宗许可的,此小说中则改成为奉旨西游,太宗以玄奘为“御弟”)

上面几个故事,包含有戒杀生、轮回、冥报等思想,是说佛家的故事,但是极有趣味。江流儿故事中表扬了孝道;泾河龙故事中有神奇善卜的袁守诚。脱胎于佛经故事而中土化了,是中印文化交流的文艺创作。我们不觉得宣扬宗教,有现实意味(刘全进瓜一段,无甚意思)。作为儿童读物,也还健康。

(二)第一至七回写孙行者出身及其闹天宫的故事

孙悟空实际上是《西游记》的主角。这个英雄形象是《西游记》小说的独创,为中国人民所喜爱的,是一个不朽的创造。

据胡适等人考证,认为《西游记》的孙悟空与印度史诗《Ramayana》中的哈奴曼(猴子国王)有关,是从印度传来的。我们读《Ramayana》,觉得类似之点不多。《西游记》的孙悟空神通比哈奴曼又大得多。《Ramayana》一书,向来在中国没有翻译,而中国所译佛经,包含有不少故事,恰巧没有《Ramayana》书中故事的片段。所以,说《西游记》中孙悟空形象受外来影响可以,把孙悟空说成从哈奴曼脱胎而来,是好奇的无根之谈。孙悟空深深植根于中华民族传统文化中。

《大唐三藏取经诗话》中的猴行者有跟随唐僧西天取经一段,而未详叙其出身。《西游记》杂剧中有之,故事也不同,他摄着一个金鼎国王的女儿,也不像《西游记》故事中的孙行者来得正派,而且是被李天王、哪吒所围攻,观音把他收服。杂剧中的形象很简单,无特写。

然而孙行者在《西游记》杂剧中已经和《大唐三藏取经诗话》不同,成为一个叛逆性的形象,但是杂剧写他摄取国王女为妻,还带有妖魔性。在吴承恩笔下,加强了他的叛逆性,而减去他的妖魔性,成为一个完全正派的形象,一个英雄形象,成为《西游记》中实际的主角。

前七回的孙行者,表现他勇敢(开始寻水源时,独纵身入瀑布中)、谦虚,远游访道,对须菩提祖师的敬礼;机智,了解祖师的暗示;合群的精神,爱护小猴,结交七弟兄(七个魔王),善良天真(听太白金星招安的话)。他的信念是要求得道,免去生死轮回。他的反抗性,表现在闹龙宫、地府及天宫。

孙悟空是一个革命者的形象。最初他不过想做世外桃源中的一个国王,找寻安身之地,享乐天真。不过他想到暗中有阎王老子管着,便悲观起来,于是出去寻求长生不老之道。第一场战斗是报复混世魔王对他部下小猴的欺凌,过后想到需要兵器,教小猴练武,保卫水帘洞。他向龙王借兵器盔甲,到地府注销了生死簿。这样一来,龙宫地府联合上表章奏到玉帝那里,才引起后来一大段战斗。

在孙悟空闹天宫的故事里,玉皇大帝的朝廷是封建王朝朝廷的一个模本。孙行者闹天宫就是农民起义反叛朝廷的一个社会现实的反映。须菩提祖师把许多法力教给了孙悟空以后,对他说:“你这去,定生不良,凭你怎么惹祸行凶,却不许说是我的徒弟。”为什么这样呢?这是因为在封建时代,封建统治者用的是愚民政策,而社会上存在着统治者与被统治者的对立矛盾。所以有知识有能力的人,要出头便要反抗统治阶级,而统治阶级是构成一个体系的(官官相护的,例如龙宫、地府受了孙悟空的气,便联合上奏到玉皇大帝处),其结果非到反叛朝廷不可,这样便是因行凶而惹祸了。孙行者原来不过是要些兵器,要注销生死簿,最后就得反到天上去了。因为天宫实在很好,天上神仙所过的是快乐逍遥的生活,吃蟠桃、喝仙酒、下下棋。长生不老的享乐生活,谁不喜欢得到呢?孙行者也愿意有份,而且想做个统治者,他说:“皇帝轮流做,明年到我家。”这是孙行者的思想。

劳动人民一天到晚辛勤劳动,却过着牛马似的生活,他们要求解放自由,渴望享受神仙般的享乐生活。这也是神仙故事在劳动人民中间流传的一个原因。而封建统治者利用宗教把天界、地府构成一套封建秩序,构成阶级社会的体系,作为精神上压迫人民的工具。《西游记》塑造了孙悟空这个形象,他神通广大,敢于大闹龙宫、大闹地府、大闹天宫,虽然他没有做成玉皇大帝,但经他这么一闹,封建秩序是动摇了。这也是大快人心的。这是孙悟空所以得到人民喜爱的一个原因。他植根在阶级社会里,面对社会上种种不平等的现象,斗争是不可避免的。

吴承恩运用讽刺笔墨,嘲笑了地府、龙宫以及天神天将在孙悟空面前的无能。太白金星两次出招安的主意,玉帝给孙悟空弼马温这样一个官职,愚弄他。孙悟空一气之下,反下天去,说“不好说!不好说!活活的羞杀人,那玉帝不会用人,他见老孙这般模样，封我做个甚么‘弼马温’，原来是与他养马，未入流品之类。”因此，他自封为齐天大圣。玉帝派天神天将去收伏他，打不过，没有办法，只能再招安，就封他做齐天大圣，不过是加他个官衔，有官无禄罢了。这又是太白金星的主意，并且建造了齐天大圣府，府内设安静、宁神二司，希望他从此安静、宁神，再不胡为了。这些都刻画了封建王朝对于叛逆者无法收伏而用羁縻政策的手段。儿童们读《西游记》看见热闹有趣味的故事，成年人读《西游记》就看见其中有味的诙谐讽刺性，是针对那个时代的政治、社会现实的。

孙行者与二郎神一场恶斗，他并没有输，结果是被太上老君祭起法宝，来一个暗算，方始被擒的。但是太上老君收不伏他，放在八卦炉里炼，还是被他打出来了。最后是被如来佛收伏的。尽管他神通广大，但一个筋斗跳不出如来佛的手掌之中。这表明：①是因为《西游记》本身是说西天取经的事，因而显示佛法无边；②封建时代的人跳不出封建制度；③给自高自大的人一个教训。神话故事所反映的思想是多方面的，不能作简单的分析。

（三）西天取经故事

在西天取经故事中，孙行者是作为一个保护唐僧、扫荡妖魔的英雄形象出现的。师徒数人，同样为了追求一个理想而奋斗。这里面唐僧代表佛家的仁慈和平，具有坚定的信念，但是他不能分别善恶，常为妖魔所迷，看不清楚伪善者。而孙行者则不然，他机智、勇敢，能看清谁是妖魔。唐僧与孙行者的矛盾，造设了许多曲折的故事。那些妖魔并非人民的形象，而是剥削者的形象，恶霸地主之类。《西游记》中孙行者所扫落的妖魔，多数是凶恶残暴的、吃人的妖魔，也有迷惑人的，人面兽心的。例如第二十七回“尸魔三戏唐三藏”，孙行者所打死的白骨夫人。例如第四十四、四十五、四十六回车迟国的虎力大仙、鹿力大仙、羊力大仙，都是成精的山兽，欺骗国王、压迫和尚们做苦工的。其他吃人的妖魔很多，不一一列举。重要的一点是有些为非作恶的妖魔，实在是从上界降下来的。例如碗子山波月洞黄袍怪，摄了宝象国的百花公主。在宝象国宫中饮宴，把个弹琵琶的女子吃了。黄袍怪乃是天上的奎星（奎木狼，所以有狼子野心之说）偷跑下来的。金角大王、银角大王是太上老君看金银炉的童子，偷了五件宝贝，在下界作怪。乌鸡国魔王是文殊菩萨座下的狮子成精，比丘国王的丈人老道是寿星的白鹿下来成精作怪，其余尚有不少是与天界统治者有关系者。这种妖魔，并非正面形象，实在可以作为和最高统治者有关的皇亲国戚贪官恶霸之类的象征。

《西游记》第四十五回，借着孙行者使天神布雷时说："老邓！仔细替我看那贪赃坏法之官，忤逆不孝之子，多打死几个示众！"可见作者把妖魔和贪赃枉法之官一并看作应该扫荡的对象。

《西游记》特别赞美观音。观音是人民所信仰的救苦救难的菩萨。同别的菩萨不同，是最同情人民苦难的（张天翼认为是复仇之神，不很贴切，她并不站在统治阶级方面）。在《西游记》中作为慈爱、救苦救难的象征，法力也最大。例如，五庄观镇元仙的人参果树被孙行者推倒了，再无法力能使树复活。第二十六回孙悟空三岛求方，福禄寿三星的仙丹没用，东华帝君的九转太乙还丹也没用，九老也无方，只有观音菩萨的净瓶甘露水能起死回生。观音赦红孩儿（牛魔王之子）为善才童子。孙行者斗不过妖魔了，没法便求观音。《西游记》作者认为佛教为正法。固然因为《西游记》的中心主题为西天求法，也因为一般人民心目中认为佛法是代表慈爱平等的。观音可以作为和平之神的象征。

《西游记》寓意丰富，充满人情味。唐僧、孙行者、猪八戒性格刻划各有特点，是不同性格特点的典型人物。唐僧忠厚、无用、慈悲、大量。孙行者意志坚强、机警，但急躁是猴子性格。猪八戒憨直，但贪欲、懒惰，有猪的特点。

孙行者胸怀大志，忠心报主，而不为唐僧所了解，屡次被逐。他相信如果没有他，唐僧去不了西天。《西游记》写唐僧逐孙行者一段："你看他忍气别了师傅，纵筋斗云，径回花果山水帘洞去了。独自个凄凄惨惨，忽闻得水声聒耳。大圣在那半空里看时，原来是东洋大海潮发的声响。一见了，又想起唐僧，止不住腮边泪坠，停云住步，良久方去。"这反映在封建社会里有作为的人往往不得志，为人所误解。只有庸碌之辈，能够上升。但是当不平乱世，做事业的人就要用非常的人才，而这些人才处在庸人底下，憋得闷气。如唐僧，民间所谓福人，孙行者是能人，有才能的人为有福的人所用。最后取经回来，功成圆满，孙行者觉得从此英雄无用武之地了。

《西游记》是神话而有人情味的。好比希腊神话、史诗，印度、阿拉伯神怪故事。外来影响和中国固有的神仙变化说结合。可以作为儿童读物，也可以为成人所欣赏的。可是以前批评家把它当作证道书，称其含儒道释三教真理在内，牵强附会，有"新说"、"原旨"、"真诠"、"正旨"等名目(《西游记》有许多注释本，如《西游证道书》、《西游真诠》、《新说西游记》、《西游原旨》等，不是把《西游记》当文艺作品，而是附会许多儒释道的原理，不着痛痒，且多乱评之处）通行的如山阴悟一子陈士斌作的《西游真诠》。

四、《西游记》的主题思想

《西游记》的主题思想是反抗至高无上的势力，要求解放；追求慈爱、平等的"正法"，扫荡凶暴吃人的妖怪。

《西游记》演说唐三藏西天取经的故事。此故事到了吴承恩，或者在吴氏以前的元人平话《西游记》里，已经把以唐僧为主角的故事，转移到以孙行者为主角的小说了。整部《西游记》以孙行者为小说中的英雄主角，《西游记》的战斗性也表现在孙行者的形象塑造上。

《西游记》是神话小说(鲁迅谓是神魔小说)，是积极浪漫主义作品。神魔本来是非现实的，但《西游记》并不完全超现实。在神魔故事中作为寓有对现实社会的嘲讽，是它们现实主义的倾向性成分。

《西游记》的主题思想在开卷写孙行者出身故事和闹天宫一段表现得很明显。孙行者有强烈的反统治思想，其战斗精神是反对至高无上的统治权力的。

孙行者是东胜神洲感受日月精华的花果山上的一块仙石孕育的一个石猴。做了众猴之王，称为花果山水帘洞的美猴王。后来又到西牛贺洲的灵台方寸山、斜月三星洞，从须菩提祖师学道，得其特别传授心法，并题名为孙悟空，又得到七十二变化，勤修苦炼(灵台方寸、斜月三星都是“心”，所以孙悟空又名“心猿”)，因此神通广大。他是个捣乱分子，先闹四海龙王，到水晶宫取得武器，又闹十殿阎王，阎王取消了他的寿限，打出幽冥界。四海龙王和地藏王对他无可奈何，便拜本奏上玉帝，孙悟空遂又大闹天宫。这一段作者借题发挥，天宫自然是封建朝廷的投影。

许多天神天将打不过一个孙行者，表示统治阶级的无能。太白金星招安政策是迎合天帝意旨的，是不失朝廷尊严、一贯的羁縻手段的体现。可是用在孙行者身上是失败了。读者同情他的这种捣乱行为。

《西游记》反映的阶级斗争，前七回是很显著的。对于统治阶级的无能，用诙谐的笔触加以讽刺。孙行者是劳动人民的英雄形象。

从第十四回“心猿归正”以后，孙行者的战斗精神便用之于扫荡妖魔、保护唐僧西行取经上面了。张天翼认为书中的妖魔实在都很可爱，乃是被压迫者，这种看法是值得商榷的。

《西游记》神话故事反映现实，概括起来有以下方面：

1. 统治阶级的互相通连，官官相护，玉皇大帝为最高统治者，反抗者最后得与玉皇大帝作斗争。

2. 封建统治势力的软弱性，无能而要面子。如玉帝的听太白金星的话，用招安办法。历代统治者对农民起义的两面手法：镇压与招安。《西游记》里的孙行者的战斗性更强烈于《水浒传》里的宋江。

3. 统治者不能用人,对于才能之士只有羁縻而无诚意。明代政治尤其如此。

4. 孙行者被擒是遭老君暗算,虽败犹荣。

5. 对孙行者也有讽刺。他神通虽大,能千变万化,却不能藏住自己的尾巴。

6. 孙行者逃不出如来佛的掌心,逃不出五行山。暗示人类还不能征服自然,还不能摆脱封建时代宗教的约束。神话中表现其时代思想、历史条件。

7. 孙行者对如来说,"他虽年幼修长,也不应久占在此。常言道:'皇帝轮流做,明年到我家。'只教他搬出去,将天宫让与我,便罢了;如若不让,定要搅攘,永不清平!"这是很大胆的,也是很幽默诙谐的。

《西游记》有追求解放的思想和平等观念。对于封建社会看得深刻,作者有生活经验和识别、表达能力,将这些巧妙地表达在文艺作品中。内里所包含的思想是丰富深刻的,所以儿童读它有味,成年人读它也有味。

[附论]作者的思想

作者所写是文艺作品,并非宣扬佛教哲学,或者作为悟道之书(如有些批注家所误会)。不过《西游记》小说既以西天取经为题材,不可避免地有散布些佛教思想和颂扬佛法之处:

1. 唯心哲学。如第十三回三藏曰:"心生,种种魔生;心灭,种种魔灭。"

2. 扬佛抑道。前举惟有观音能救人参树是一例。虎力大王、鹿力大王、羊力大王,与唐三藏、孙行者斗法,僧胜而道败。此类全真道士皆为妖怪,非人类。此外,书中不少魔怪变为全真道士,如比丘国王丈人是老道,教国王吃小儿心肝,实是寿星的鹿成精的。书中写孙行者等把三清像丢下茅厕,假扮三清受供,恶作剧。又如灭法国虐杀和尚九千九百九十六名,孙行者施法使国王、后妃、宫女、大臣、百姓们一夜都剃光头变为和尚,灭法国遂改为钦法国。凡此皆崇佛抑道之例。因为在吴承恩时代,道教成为一个恶势力,与朝廷统治者勾结,失去民间道教的进步意义。道士们在明代中叶已到了腐朽不堪的地步,为人民所鄙视。如嘉靖年间,道士陶仲文被封为少保、礼部尚书,以治病、除妖、炼丹、祈祷取得皇帝宠幸,和宦官崔文、奸臣严嵩勾结弄权。嘉靖年间,曾明令兴道灭佛,下诏没收能仁寺资财,撵出宫殿中的释迦像,后又取消宫内佛殿。嘉靖年间,还大兴土木,建造三清宫,大搞斋醮活动。人民受劳役之苦,国库空虚。吴承恩借《西游记》特为讽刺。

五、《西游记》的优缺点和风格

1.《西游记》的优点:

(1)对于冒险精神的鼓励

《西游记》小说适宜于作儿童读物。在古典文学之中,缺乏童话。《西游记》的神魔故事,接近童话色彩,并不像有些神怪小说的多含迷信及恐怖色彩。玄奘到印度求经在中国史上是突出的有冒险勇往的精神的。他的故事可以激励冒险精神。孙行者的形象是鼓励勇敢的战斗精神的。整个故事,包括孙行者闹龙宫、地府、天宫的故事和西天取经的故事,鼓励冒险和进取精神。有这种精神,可以克服困难,知难而进,不是知难而退。像猪八戒那样,一遇困难,便提议散伙,分包裹行李,是取笑的对象。此类冒险小说,影响及于《西洋记》及《镜花缘》。

(2)神魔小说的人情味

唐僧、孙行者、猪八戒等几个形象都极近人情。《西游记》虽描写非现实的神魔,但优点在于赋予神魔以人情味。如猪八戒懒惰、好色、自私,还偷偷地积了银钱,小说作了善意的讽刺,猪八戒也有优良的一面,如请孙行者下山等。

2.《西游记》的缺点:

(1)磨难太多,大同小异,贪多务得,不比《水浒传》的写同类事件,绝然不同;

(2)妖魔都没有什么个性,像牛魔王、铁扇公主这样较有特点的人物比较少;

(3)一遇困难,就求观音菩萨来解除,显得无能。

3.《西游记》的风格

《西游记》体现了吴承恩创作的特别风格:诙谐与讽刺。在作品中到处都有。神通广大的孙悟空,在与二郎神斗法时变成一座土地庙,无奈变成旗杆的尾巴竖在庙后被对方识破;在莲花洞得了妖魔的宝物,因为不会使用以致被幌金绳拴住。写得诙谐、机趣。对唐僧的不辨善恶,固执与私心,也多有讽刺。而对于猪八戒的种种缺点的讽刺,前已提及。

《西游记》运用深刻的讽刺手法,能从现实社会中抓题目。前文谈及吴承恩有扬佛抑道的思想,因而对道士们的讽刺是辛辣的,假扮三清受供的恶作剧是突出事例。但对佛教,甚至如来佛也是有讽刺的,就连西天也是收受贿赂的。

六、《西游记》的影响

《西游记》长期以来为人民所喜爱,其他如《东游记》的八仙故事、《西洋记》的海外奇闻,也产生在同时代,却没有《西游记》的魔力。受《西游记》的影响,明代还出现了《后西游记》四十回、《续西游记》一百回一类续写书,无甚价值。

较之它书,最有意义的是明末遗老董说撰的《西游补》。董说(1620—1686),字若雨,号西庵,乌程人。明亡弃诸生,改姓名曰林蹇。顺治十三年丙申作《焚砚》誓、辞,削发从灵岩继起诸禅师游,法名南潜,字月涵。康熙二十五年丙寅五月卒于吴之夕香庵,年六十七。其事迹见范锴《南浔纪事诗》引温斐忱《蓬窝杂稿》中《董若雨先生传》。董说有志经世,为学务博览深思,礼乐易象洪范六书以至天文律历壬遁,皆有究心。其文极奇倔,杂以诸子佛理,辩驳恣肆,不受羁勒,诗不名一家,才思所至,穷极幽窈,以寓其空阮崖海之思。今存《丰草庵全集》四十一卷(参见邓之诚《清诗纪事》稿本第五册)。

《西游补》显然是文人笔墨,个人的创作,有些部分凌乱,莫明其意义所在,远不及《西游记》原书。但文笔变幻,讽刺幽默。

《西游补》共十六回,有说库本。十六回补在原书第六十一回“三调芭蕉扇”之后。试举几回之片断以见一斑:

第四回写“孙行者呵呵大笑道:‘老孙五百年前曾在八卦炉中,听得老君对玉史仙人说着文章气数,尧舜到孔子是纯天运,谓之大盛;孟子到李斯是纯地运,谓之中盛;此后五百年该是水雷运,文章气短而身长,谓之小衰;又八百年,轮到山水运上,便坏了!便坏了!当时玉史仙人便问如何大坏。老君道:哀哉!一班无耳无目、无舌无鼻、无手无脚、无心无肺、无骨无筋、无血无气的人,名曰秀才。’”

第六、第七回,孙行者变成了虞美人,在古人世界里见到了项羽。孙行者把个真的虞美人弄死了,项羽把孙行者(假虞美人)邀入帐中,项羽对他夸说一生得意事迹,有声有色。这是段精彩的文章。项羽说,他入关后,诸侯来朝贺,“忽然辕门大开,只见天下的诸侯王个个短了一段,俺大惊失色,暗想一伙英雄,为何只剩得半截的身子。细细儿看一看,原来他把两膝当了他的脚板,一步一步挨上阶来。”

第九、第十回,孙行者做了阎罗天子,审秦桧一案,把秦桧千剐百碓,最后放在葫芦里,化为脓血,叫岳飞喝这杯血酒。岳将军不肯饮,他说:“徒弟,你不晓得,那乱臣贼子的血肉,为人在世,便吃他半口,肚皮儿也要臭一万年。”

出《西游记》之后,还有《封神传》一百回本,许仲琳所作,约为万历年间刊行。

【第二章】

拟古运动及其反响

（明代诗歌与散文）

第一节 明代社会的基本情况

明代的诗文是在怎样的社会历史条件下发展的呢？明代社会的发展对于诗文的发展有着什么影响呢？我们要了解明代诗文发展的特点，我们要正确地估计它的思想和艺术的成就，要正确地理解它在中国古典现实主义文学中的地位和意义，就必须对明代的社会情况有一个基本的了解。

一、经　济

公元 1368 年，朱元璋在灭掉了陈友谅和张士诚以后，就在金陵（南京）称帝，建立大明帝国。然后又赶走了蒙古族贵族，结束了元代的统治，并且基本上完成了中国的统一。

当时的具体情况是，人民久经战乱需要安定的生活；生产受到摧残,需要从速地恢复。朱元璋出身贫农,又成长于元末农民起义的队伍之中。他充分了解到,要巩固政权,必须发展生产,而要发展生产,就要相对地减轻人民的负担。因此,在明初,对人民实行了一些让步。在消极方面,如蠲免租税,赈济灾荒,减轻徭役;在积极方面,还采取了一系列的发展生产的措施。如:元末久经战乱,又加以水旱饥馑,人民流浪各处,土地大量荒芜。洪武初年,为了把劳动力重新编制在土地上,下令无主的土地,听民开垦,作为已业,得田的数目,亦以劳动力多寡为定。开垦荒地,皆免三年租税,还由官给以牛、种。与开垦同时,政府实行了屯田。屯田有军屯和民屯二种。这样,元末以来的大量荒地逐渐开辟,农业生产也有了迅速的提高。同时朱元璋因为出身贫民,了解民间疾苦,因此最恨贪官污吏,并对豪强大地主也有一定的打击。明初的政治还相当清明,这促进了农业的恢复与发展。

其次是大力扶植工商业。元朝时,手工业受到很大的破坏,最主要是勒令民间的工匠从事于官工业和少数贵族消费品的制造。这样一方面工匠丧失了劳动的兴趣,不能在工作中发挥创造性,另一方面严重地破坏了民间手工业的经营,窒塞了商品经济的发展。朱元璋建国,解放了工匠,给工匠一定的自由。明代的商税很轻,一般是三十税一,到明代中叶,生产力已经提高,税率仍然照旧。据《明史·食货志》所载,永乐时曾规定,民间的一些日用品一律免税,这对于手工业品和农业副产品的生产和推销,有很大的促进作用。

于是经过洪武、永乐到正德初年,封建经济已逐步恢复,并且得到高度的发展。

明代的社会经济与前不同的,是在明代中叶时,在高度发展了的商品经济基础上,出现了资本主义因素的萌芽。产生了资本主义的生产关系。资本主义生产关系,一方面是货币、生产资料和生活资料的占有者,一方面是不出卖自己的劳动力便不能生活的"自由"的劳动者。毛主席说过:"中国封建社会内的商品经济的发展,已经孕育着资本主义的萌芽。”据现在一般历史家的研究,这个萌芽是在明代中叶万历年间正式出现的。

由于明代农业经济的迅速恢复和发展,农业技术的提高,商品市场的扩大,工匠的得到解放,给手工业的发展提供了有利的条件。明代手工业的各种部门,继承了前代的基础,在产量和制作技术上都有所提高。尤其是江南的纺织业,不但在技术上有很大进步,而且已具有资本主义手工业工场的原始形态。在纺织业中,有机户和机工。《明实录》记苏州的纺织业工场,“机户出资,机工出力”,“浮食奇民,朝不谋食。得业则生,失业则死”。纺织业扩大再生产的规模也是相当大的。如《醒世恒言·施润泽滩阙遇友》一篇,谈到苏州的施复夫妇,十年之中由一张小织机的小户扩展成为三四十张织机的大户,而且资本扩大到数千金。

应当说明,中国在明代时,商品经济的发展表现是不平衡的,一般地讲东南的工商业比较发达,然而自给自足的自然经济还是占支配地位。而且这种孕育着的资本主义萌芽,一开始就受到封建统治者的严重阻碍,得不到充分的、正常的发展。但是无论如何,它对于社会生活还是起了很大的影响。明朝的土地兼并就和这分不开。同时,也表明了中国封建主义已进入到它的末期了。

二、政　治

朱元璋在推翻元代政权以后,所面临的具体情况是:社会生产破坏不堪;一切元代留下来的弊政需要肃清,蒙古贵族残余势力在北方的威胁需要继续解除;特别是一个新的社会秩序需要建立。正如朱元璋自己所说,治天下如理乱丝,一丝不理,则众绪棼乱(《洪武实录》)。因此,为了巩固新政权的统治,为了适应这种复杂的社会情况,更有效地解决上述一些问题,朱元璋总结了历代统治的经验教训,实行高度的中央集权专制主义的政治。

具体措施,如提高六部地位,各属皇帝;废除丞相(胡惟庸),各官分权;加强中央和地方的联系。

在明太祖(朱元璋)、成祖(燕王)时期,中央集权对于当时社会经济的恢复和发展还起了一些良好作用。正德以后，随着土地兼并和政治腐败，中央集权又暴露了它的反动性，导致了社会上复杂尖锐的矛盾。当时社会的矛盾斗争主要分三个方面。

第一，农民与地主阶级的矛盾。这是明代社会的主要矛盾。明代中叶以后，皇帝大都非常腐败，实际的政权掌握在宦官手中，他们与权臣勾结，欺压人民，迫害正直的官员，贪污风气盛行。太监常常作监军、税监，掌握军事、政治和财政大权。土地兼并，孝宗时官田已相当私田的七分之一。明代皇庄所占田都达数百万顷。工商业的发达更刺激了统治阶级的享受欲。人民苦痛很深，不断爆发农民起义。如叶宗留、邓茂七的起义，刘六、刘七的起义，都很沉重地打击了明代统治者。后来又汇合成明末农民大起义。

第二，市民阶层与封建统治者的矛盾。随着商品经济的发展，明代城市中的市民阶层形成了一个有力的经济力量。这个新兴的社会力量在它发展的同时，遭到了封建统治者的压迫，因此和封建统治者展开激烈的斗争。

明中叶后，商税增加(因为统治者生活腐化奢侈)，对城市工商业者的财富进行掠夺，于是发生了“民变”。这就是以手工业工人为领导的市民起义。如1601年(万历二十九年)，税监孙隆到苏州增税，“织机一张，税银三钱”，机户反对，机工响应；同年，湖北反对税监陈奉；1603年，京西煤矿工人反对税监王朝。这都表现了以工业劳动者为主体的反对封建压迫的斗争。

但这种斗争还只是自发性的，仅仅是反对封建统治者的压迫，反对宦官的压迫，没有一定的政治目标和方向。

第三，统治阶级内部中小地主阶级与贵族、官僚、宦官的斗争。明代社会经济的发展工商业的发展与土地兼并的激烈，一方面促使了统治阶级对财富的掠夺，一方面加深了统治阶级内部的矛盾。明朝统治阶级内部的矛盾是异常复杂的，特别是在万历天启年间，在官僚集团中展开了激烈的党争，这说明了明代官僚统治机构的腐朽,也说明了中央专制主义的集权政治,已到了穷途末路的地步。

由十六世纪中期开始,明代皇帝都极端昏庸,如明世宗相信道教,长期不上朝;明神宗吸鸦片,诸臣的奏章,从不审阅;熹宗只专心于木匠活的嬉戏,于是主要行政权落在宦官和大臣手中。这时候,严嵩和张居正在嘉靖和万历年间,先后执政,权势独重。严嵩卖官受贿,党徒遍天下,其子严世蕃尝屈指历数天下富人十七家,其中尽是严党的官僚和宦官。正派的官吏多被迫害。如南京刑部员外郎杨继盛因疏劾严嵩,即被害死(参见王世贞《鸣凤记》)。于是在野的地主阶级知识分子就起来攻击,成为党争,愈来愈激烈。在万历年间是东林党与非东林党(浙、齐、楚等党)的矛盾,天启时期是阉党与东林党的矛盾。

万历、天启时期的斗争,是官僚地主阶级内部的矛盾和斗争。在这一斗争中,一部分东林党人,如李三才、顾宪成等坚决反对宦官、反对黑暗势力和不良的政治,应该说是正义的。他们代表中小地主阶级、新兴工商业者以及一般人民的利益。他们的矛盾斗争,是当时社会基本矛盾在统治阶级内部的反映和表现。

与此同时,文人集团形成宗派,互相标榜,构成一种力量。这是政治党派复杂的反映。正派文人想与阉党斗争。如前七子领袖李梦阳,虽然他的文学主张未必正确,但政治上在和阉党作斗争这一点上,是可以肯定的。

三、文化思想

除了经济和政治外,我们再来看一下明代的文化思想。因为这一方面比起经济、政治来,对文学的发展有更直接的影响。

哲学方面:程朱理学成为官方哲学。程朱理学宣扬理气二元论,属于客观唯心论范畴内的。程朱理学的一个著名的公式是“性即理也”。他们所说的理即是封建道德的标准。把封建道德的标准看成世界的根源和基础,把封建伦理秩序客观化、永恒化和绝对化,顽强地为封建秩序服务。明代也有许多程朱学派的代表。除此之外,在唯心论阵营内还有王阳明的主观唯心论。王学也是为封建统治服务的。但在他的思想中有合理的因素,即反传统、反权威的思想,这对当时思想界影响很大。李贽就是一个有代表性的人物。公安派所领导的文学革新运动与王学的思想也是有一定的关系的。

明代也有唯物论学说,并且和唯心论进行斗争,但势力不大,也没有什么创造。明代唯心论有一个特点,就是不讲宇宙观问题,纯粹讲道德修养。这反映封建制度逐渐没落,唯心论思想想用尽全力来维持封建道德、封建伦理秩序的没落、败坏。

明代科学也没有宋代活跃,只医学(李时珍《本草纲目》)和工艺学(宋应星《天工开物》)有某些发展。

这很大原因是当时八股文的兴盛。八股文对文学影响很大,所以必须对它加以剖析。科举是一种选拔人才的考试制度,隋唐以来就有,但到了明代,科举就得用八股取士。八股取士在内容上专以四书五经为题,朱元璋与刘基议定:“其文略仿宋经义,然代古人语气为之。”(《明史·选举志》)即所谓代圣人立言,不必有自己的思想。形式上,“体用俳偶”,起承转合,有一定的格式。明代八股文和程朱理学结合起来(读朱熹的《四书集注》),对社会影响很大。艾南英说:“非是途也,虽孔孟无由得进。”(《应试文自序》)它对知识分子也起了很大的麻醉作用,使得知识分子不再有自己的思想意识,空疏不学,思想见解都很庸俗。代圣人立言,其实也不是照孔孟说话,乃是揣摩当时统治者的利益而说话,因此贯穿着整个明代正统文学的是复古倾向,不一定限于前后七子。只有王阳明派的左派有新的要求。八股文风行不多久,宋濂就提出批评:“自贡举法行,学者知以摘经拟题为志,其所最切者,惟四子一经之笺,是钻是窥,余则漫不加省。与之交谈,两目瞪然视,舌木强不能对。”(《礼部侍郎曾公神道碑铭》)顾炎武《日知录》说:“秀才不知史册名目,朝代先后,字书偏旁。”“欲通旁经而涉古书,则父师交相谯诃。”他还指出:八股文皆杜撰无根之语。这就造成知识分子虚伪浮夸、空谈不切实际的毛病。只追求形式，不重视内容，甚至做文字游戏，自然影响到当时文学的形式和内容的脱离。黄宗羲认为明文不及前代的原因，说："此无他，二百年人士之精神，专注于场屋之业。"(《南雷文约·明文案序》)《儒林外史》对八股秀才们刻划尽致，《醒世姻缘》中也有许多对秀才考试作弊的描写。

总之，明代中叶以后为封建社会末期，正统文学是统治阶级的上层建筑，封建社会走向没落，正统文学必然要走向衰微。

第二节　明初诗文

一、金元时期文学

金、元两朝在诗和古文方面也有若干作家。

金时最大的作家是元好问，字裕之，太原人，兴定五年(1221)进士。生晚于南宋的陆游、辛弃疾，而早于关汉卿、白仁甫。在金仕至行尚书省左司员外郎，金亡不仕。有诗文集，曰《元遗山集》，又有所选金人诗，曰《中州集》。为诗学苏轼，诗风与东坡相似，才气奔放，豪放雄壮。沈德潜说他："裕之七言古诗，气畅神行，平芜一望时，常得峰峦高插、涛澜动地之概，又东坡后一能手也。"(《说诗晬语》) 诗中有遗民思想，诗的艺术也好。又有《论诗绝句三十首》，仿杜甫《戏为六绝句》之体，属于文学批评的诗。

元好问有志于著金史，记录金代史事至百余万言，并在家乡筑亭曰野史亭。所著史传文不传。

金代文人还有赵秉文、王若虚等。王若虚，号滹南遗老，也是金亡不仕，是文学批评家。

元代戏剧是中国古典戏剧的一个高峰。诗与古文没有太大成就。古文家及诗人，有若干位，而以虞集、姚燧、杨维桢为著名。虞集(伯生)，仕元为翰林直学士，兼国子祭酒，其诗文集名《道园学古录》五十卷。姚燧有《牧庵集》，除古文、诗外，亦有散曲。杨维桢，号铁崖，是元末诗人入明尚存者。喜作乐府诗，学李白、李贺，名《铁崖乐府》。

二、元末明初寓言文学的发达

元代蒙古贵族入主中原，对汉族时时保持着防范心理，思想控制很严。明初时，在极端的中央专制政治下，对一般人也压制得很厉害。朱元璋对知识分子采取两个办法，一是屠杀，一是笼络。明初就有文字狱。朝廷对士大夫可任意侮辱，可以廷杖，思想统治也很严厉。像刘基、宋濂、高启都是朝廷硬请出来的，结局却也不好。在无法直言的情况下，寓言作品发展了起来。

元末明初的时候，寓言很发达，也比较有生命力。作家在寓言的小形式中，用简练的文笔多方面地暴露了社会的黑暗，抒写对现实的不满。寓言的兴起，一方面是社会的黑暗，一方面是政治压力的结果。因为黑暗的统治势力，知识分子的舆论受到箝制，不能畅所欲言，因而托寓言文学的体制以为讽刺，再加上进步的文人吸收了市民文学优秀的品质和风格，这就是寓言发达的社会因素。

中国寓言有历史传统。先秦诸子论文中的寓言常常含有哲学意味，能引起人们的想象力。东汉时有邯郸淳的《笑林》。唐宋以来，寓言不发达。到了这时，又重新发展起来。

刘基有《郁离子》(元时写)，收杂文一百九十五则，分为十八篇，其中多为寓言。宋濂有《燕书》，马中锡有《中山狼传》。这些寓言用先秦文体，托古讽今，对现实有多方面的讽刺，清新而幽默。

《郁离子》中的《狙公失狙》的故事，是元末农民起义的反映，是在说明利用权势进行剥削必将招致自身灭亡的后果。宋濂《燕书》是对官吏的讽刺与攻击。《中山狼传》是据古代传说写成的篇幅宏大的寓言故事，它告诫人们认识狼的阴险、凶残、忘恩负义的吃人本性；同时也批评了东郭先生的迂腐和温情。

此后，寓言没有得到发展，走到笑话的路上去了。

三、刘基和宋濂的散文

刘基(1311—1375),字伯温,浙江青田人。元末进士。

据行状,刘基在元时应进士举,授江西高安县丞。揭曼硕见之,谓此魏征之流。有廉直声。为复检人命案得实,初检官罢职得罪,乃欲陷害之,遂投劾归。隐居力课。方国珍反,省宪举公为浙东元帅府都事。公与元帅纳邻哈剌谋,筑庆元等城,贼不敢犯。及帖里帖木耳左丞招谕方寇,复辟公为行省都事,议收复,而公以为方氏兄弟首乱不可赦,宜捕而斩之,余党可招抚。方氏兄弟闻之惧,请重赂公,公悉却不受。其后朝廷得赂,招安方氏,并授之官。羁管公于绍兴。

公在绍兴,放浪山水,以诗文自娱。行省复以都事起公,招安山寇吴成七等,使自募义兵。贼拒命不服者,辄擒诛之,略定其地,后以为行枢密院经历。与行院判石末宜孙守处州,安集本郡。后授行省郎中。

经略使李谷凤巡抚江南诸道,采守臣功绩,奏于朝。时执政者皆右方氏,遂置公军功不录,乃弃官归田里。时义从者俱畏方氏残虐,遂从公居青田山中。乃著《郁离子》。

客或说公曰:“今天下扰扰,以公才略,据括苍,并金华,明越可折简而定,方氏将浮海避公矣。因画江守之,此勾践之业也。”公笑曰:“吾平生忿方国珍、张士诚辈所为,今用子计,与彼何殊耶?且天命将有归,子姑待之。”

会上(指明太祖)下金华,定括苍。公乃大置酒,指乾象谓所亲曰:“此天命也,岂人力能之耳。”……公决计趋金陵。……适总判官孙炎以上命遣使来聘公,遂由间道诣金陵,陈时务一十八款,上从之。

(最后)胡惟庸挟旧忿欲构陷公……为成案以奏,赖上素知公直,置不问。省部欲逮公长子狱,上时已赦琏归(琏当是公长子名)。

其后胡惟庸为相,公遂忧愤,而旧疾愈增。洪武八年,胡丞相以医来视疾，饮其药二服，有物积腹中，如卷石。公遂白于上，上亦未之省也，自是疾遂笃。上以公久不出，遣使问之，知其不能起也，特御制为文一通，遣使驰驿，送公还乡里。居家一月而薨。公生于至大辛亥六月十五日，薨于洪武乙卯四月十六日。

刘基佐太祖定天下，授太史令，累迁御史中丞。封诚意伯，以弘文馆学士致仕。但从朱元璋称帝前后给刘基的函件和诏书里，可以看出二人之间的微妙关系：

据首卷御书，则朱元璋未帝时手书数通。一通是刘基母丧有思归意，元璋留之，以徐庶比之。谓徐庶母在曹操处，故方寸乱。今“先生老母任逍遥之路，踏更生之境，有何不可，先生当宽容加餐，以养怀才抱道之体，助我成功”云云。一通云：“顿首奉书伯温老先生阁下，愚与先生自江西别后，屡有不祥，皆应先生前教之言，幸获殄灭奸党”云云。又一通：“专望先生早为起程前来，万幸。”

至登帝位后即不同了。诏书一云：“前太史令御史中丞刘基，世居括苍，怀先圣道，天下初乱，闻朕亲将金华旋师建业，尔曾别闾里，忘丘垅，弃妻子，从朕于群雄未定之秋。……今天下一家，尔当疾至，同盟勋册，庶不负昔者之多难。……但着鞭一来，朕心悦矣。”（洪武元年十一月）

至御赐归老青田诏书，则极为不客气。首即云：“朕闻古人有云，君子绝交，恶言不出，忠臣去国，不洁其名。尔刘基括苍之士，少有英名，海内闻之。及元末群雄鼎峙，孰辨真伪者谁。岁在戊戌(1358年)，天下正当扰乱之秋。朕亲帅六军，下双溪，而有浙左。独尔括苍未附，惟知尔名耳。吾将谓白面书生，不识时务，不久而括苍附，朕已还京，何期仰观俯察，独断无疑。千里之余，兼程而至，谒朕陈情，百无不当。至如用征四方，摧坚抚顺，尔亦助焉。不数年间，天下一统，当定功行赏之时，朕不忘尔”云云；中云：“卿今年迈，居官数载，近闻老病日侵，不以筋力自强，朕当悯之”云云；末云：“今也老病未笃，可速往括苍，共语儿孙，以尽孝终之道，岂不君臣两尽者欤。”

据此，可见天威之怒，刘基为太祖所驱逐，美其名为“送归田里”而已。其为胡惟庸所蛊，抑太祖之意，不可知。

据刘基次子刘仲璟《遇恩录》，则太祖杀胡惟庸后，又以刘仲璟为阁门使，召见他说：“刘伯温他在这里时，满朝都是党，只是他一个不从，他吃他每蛊了。他大的儿子这小的也厉害，不从，他也吃他每害了。这起反臣都吃我废了，坟墓发掘了。”又说：“刘伯温他父子两人都吃那歹臣每害了。我只道他老病，原来吃蛊了。你老子虽然吃些苦么，你如今恰光荣。”

是太祖明知刘伯温为胡惟庸所害死，而假装不知。全篇文章均是笔录，极可见朱元璋说话口气。

明初诸大典制皆刘基与宋濂等所定。正德中追谥文成。有《诚意伯集》二十卷。基于太祖前论文，推宋濂为第一，而自拟第二。《四库提要》谓基之文闳深肃杀，亦宋濂、王祎之亚。《四库提要》还云：基文神锋四出，如千金骏足，飞腾飘瞥，蓦涧注坡。

《明史·刘基传》称，“基所为文章，气昌而奇”。

按，《四部丛刊·诚意伯文集》二十卷，其中行状、御书、颂表一卷；《郁离子》十八篇（每篇有若干条）三卷；序记、跋说、碑铭、连珠等四卷；赋、骚、古辞一卷；古乐府、歌行、五七言古、律诗、绝句共八卷；词二百二十三首一卷；《春秋明经》二卷（内容是《春秋》中史事议论文，体裁如《东莱博议》），合共二十卷。有隆庆壬申巡按浙江监察御史谢廷杰序，及隆庆六年建安陈烈所作《重刻诚意伯刘公文集后序》。此为隆庆年间刊本也。

文集前有《写情集序》，叶蕃作；《郁离子序》，徐一夔作；《郁离子序》，吴从善作；《翊运录序》，王景作；《覆瓿集序》，罗汝敬作；《犁眉公集序》，李时勉作。皆洪武、永乐、宣德年间所作，是刘基原来几编的名称。

隆庆六年何镗《重刻刘公文集序》称，“刘公故有《翊运录》一卷，《覆瓿集》十四卷，《郁离子》四卷，《写情集》二卷，《犁眉公集》

二卷,《春秋明经》二卷,国初尝梓行”云云。

《写情集》即是词集,《覆瓿集》是诗文集,《翊运录》是御书、诏诰、表颂、行状,即此本之首卷。《犁眉公集》是其晚年既老所著,“优游闲雅,托兴微婉”的,大概原来的诗文分编在此本中已不可区别了。

观此集实元代所作多,入明以后作品少。

刘基不仅是诗文兼长的作家,且在为故交诗文集所写序跋中,对于为文作诗的理念多有表述。他主张“文以理为主,而气以摅之”,强调诗歌要继承《诗经》传统,提倡质直、雄豪的诗文风格。摘录《诚意伯文集》卷五几篇序文片段,以见其观点:

> 卷五《苏平仲文集序》:“文以理为主,而气以摅之。理不明为虚文,气不足则理无所驾。文之盛衰,实关时之泰否,是故先王以诗观民风,而知其国之兴废,岂苟然哉!文与诗同生于人心,体制虽殊,而其造意出辞,规矩绳墨,固无异也。唐虞三代之文,诚于中而形为言,不矫揉以为工,不虚声而强聒也,故理明而气昌。”
>
> 卷五《送高生序》:称高生,燕南人。不知是否即燕山高栻。序中有云:“国朝兴科目,燕南人屡尝为举首矣。”此不知云元代抑为明初。疑以元代为近似(后面有《沙班子中兴义塾诗序》,题至正十一年,则此卷皆元时作也)。
>
> 卷五《王元章诗集序》:“予在杭时,闻会稽王元章善为诗,士大夫之工诗者多称道之。恨不能识也。至正甲午,盗起瓯括间,予避地之会稽,始得尽观元章所为诗。盖直而不绞,质而不俚,豪而不诞,奇而不怪,博而不滥,有忠君爱民之情,去恶拨邪之志。恳恳悃悃,见于词意之表,非徒作也。因大敬焉。”
>
> 曰:“圣人恶居下而讪上者,今王子在下位而挟其诗以弄是非之权,不几于讪乎?”曰:“吁!是何言哉!三百篇惟《颂》为宗庙乐章,有美而无刺,二《雅》为公卿大夫之言,而《国风》

多出于草茅闾巷贱夫怨女之口,咸采录而不遗也。变风、变雅大抵多于论刺,至有直指其事斥责人而明言之者,《节南山》、《十月之交》之类是也。使其有讪上之嫌,仲尼不当存之以为训。后世之论,去取仍不以圣人为轨范,而自私以为好恶,难可与言诗矣。”

卷五《唱和集序》:“是皆以天下为己忧,而卒遂其志。故见诸行事,而不形于言。若其发为歌诗,流而为咏叹,则必其所有沉埋抑挫,郁不得展,故假是以摅其怀,岂得已哉!……故曰:在心为志,发言为诗。”

“予至正十六年以承省檄,与元帅石末公谋栝寇,因为诗相往来,凡有所感,辄形诸篇。虽不得达诸大廷,以讹君子之心,而亦岂敢以疏远自外,而忘君臣之情义也哉?”按:石末公当指石末宜孙。《元史》列传第七十五:“宜孙性警敏,嗜学问,于书务博览而长于诗歌。”又刘基自言不忘君臣之义,则元末时实矢忠于元。

卷五中还有《宋景濂学士文集序》等,兹不摘录。

宋濂(1310—1381),字景濂,其先金华人,徙居浦江。元至正中荐授翰林院编修,以亲老辞不赴。明初,以书币征,除江南儒学提举,命授太子经。修元史。累官至翰林学士,知制诰。以老致仕。为长孙慎犯罪连累,太祖欲处之死,幸皇后、皇太子力救,以免。举家谪茂州(四川茂县),至夔州卒。有《宋学士全集》三十六卷。

濂家贫,幼年刻苦用功。多借书他家,手自抄录。读书青萝山中,得郑氏所藏书数万卷,无不尽阅。元末古文家有号称大儒的吴莱、柳贯、黄溍。濂初从吴莱学,又学于柳贯、黄溍,古文得其渊源。

其文有《潜溪集》《后集》二种,元末已行世。洪武以后作,刘基选定为《文粹》十卷,门人方孝孺又选《续文粹》十卷。

变,明一代礼乐宪章,多濂所裁定。

文名远播异域,外国使臣来,都问“宋先生安否?”高丽、日本、安南出重价购其文集。

宋濂文集中有《燕书》、《龙门子凝道记》,皆寓言体。刘基、宋濂的共同之点,均写寓言。作品写于元末,用先秦诸子文体,简练古朴,托古讽今,有一定的思想内容。到明初,他们成为复古运动的开导者。

刘基的思想比较复杂,道、法、墨各家兼有,他又是政治家。宋濂则为史家,他的文章写得较好,文集中有很多隐士、侠客、草莽英雄的传记。《王冕传》、《李疑传》可为其代表。李疑为明初一个有正义感的商人,可见宋濂也反映市民生活,有市民意识。

四、王冕和高启的诗歌

元代的文风很衰敝,一方面是统治者对知识分子思想的严厉控制,一方面是由于许多士大夫软弱、无耻,写不出好诗和散文来。到了元明之际,才有一些与人民接近的隐士,他们思想上表现了对现实政治的不满,在一定程度上同情人民的生活,产生出比较好的作品来。在古文方面像前面举出的刘基、宋濂等人,诗歌方面有王冕和高启。

王冕,浙江诸暨人。童年时很穷,曾为人放牛,但很爱读书,“父命牧牛陇上,窃入学舍,听诸生诵书。听已,辄默记。”母思还故里,冕买白牛驾母车,自被古冠服随车后,乡里小儿,竞遮道讪笑。著作郎李孝光欲荐之为官,冕骂曰:“吾有田可耕,有书可读,肯朝夕抱案立庭下备奴使哉?”北游燕都。后携孥隐于九里山,自己耕种。善画梅。皇帝取婺州,将攻越,物色得冕。置幕府,授以谘议参军。一夕,以病死。冕状貌魁伟,磊落有大志,不得少试以死,君子惜之。

王冕的诗学杜甫,沉郁顿挫。他接近人民生活,知道民间疾苦,不满于元代现实社会,在诗歌中反映了人民的生活和痛苦,同情人民,对官吏给以强烈鞭挞。他的诗歌是元末农民起义时人民情绪的深刻反映。诗的艺术性也较强,不像元代一般诗歌流于纤弱秾艳,而是雄壮阔大,对生活表现得很真切。如《伤亭户》写盐民的痛苦,为官税所逼,上吊而死,情景很凄惨,很有杜甫"三吏三别"的风味。《冀州道中》流露出浓厚的人道主义精神。《虾蟆山》有强烈的讽刺性:"如今虾蟆处处有,天官何不夷其族?""黄童白叟相引悲,田中更有蝌蚪儿。"《秋夜雨》像杜甫的《茅屋为秋风所破歌》,《悲苦行》像杜甫的《兵车行》。

元末明初时最大的、最杰出的诗人是高启。高启(1336—1374),字季迪,江苏吴县长洲人。他生长在元末农民起义大动乱的时代。元末张士诚据吴,他依外家居吴淞之青丘,因自号青丘子。张士诚部下有个叫饶介的,很赏识他,高启对饶介也有知遇之感。但始终未出仕于张士诚。洪武初,朱元璋征召其修《元史》,授翰林院国史编修,寻擢户部侍郎,固辞,放还田里,授书自给。苏州知府魏观亦爱诗,为移其家城中,旦夕延见,诗文酬答甚欢。观以改修府治获罪被诛,高启曾为观撰府治《上梁文》,帝见之大怒,并逮至京,腰斩于市,年仅三十九岁。今无《上梁文》,但有《上梁诗》,也没什么可罪至死的问题。有说因《宫女图》诗致死的,似乎对后宫有所讽刺。但这诗的意思亦不很明确,无法证实。《明史·高启传》载:"启尝赋诗,有所讽刺,帝嗛之未发也。"朱元璋早已对他不满,这次只是借口而已。高青丘的诗作现存二千余首,今集中殊不见有何露骨的讽刺朝廷语。要读的话,可以看清人金坛辑注的《青丘诗集注》,有《四库备要》本。高启诗集曾被列为禁书,因此散佚的很多。《儒林外史》三十五回便写了庄绍光在元武湖,官兵来抓他的朋友卢信侯,因为他藏有《高青丘文集》。

高启是明代最大的诗人之一,在中国古代诗人中,也应占一个重要的位置。以前的人不喜欢明诗,把高诗也淹没了,这是不对的。

高启是一位少年天才,才情很高。他的诗像李白,带有狂士的色彩。他说:“不肯折腰为五斗米,不肯掉舌下七十城。”(《青丘子歌》)以陶潜、鲁仲连自况。启为诗人,极为傲世。其诗集中,流露出对统治者始终对立的情感。

他的诗反映元明之际的战乱,人民生活的痛苦,官税的逼迫。如“猛虎虽猛犹可喜,横行只在深山里。”(《猛虎行》)他的《筑城词》说:“去年筑城卒,霜压城下骨。今年筑城卒,汗洒城下尘。大家举杵莫住手,城高不用官军守。”这诗是讽刺张士诚拉浙西民夫筑杭州城的。再看一首《牧牛词》:

> 尔牛角弯环,我牛尾秃速,共拈短笛与长鞭,南陇东冈去相逐。日斜草远牛行迟,牛劳牛饥唯我知。牛上唱歌牛下坐,夜归还向牛边卧。长年牧牛百不忧,但恐输租卖我牛。

“输租卖我牛”反映出租税剥削的残酷。

高启诗暴露了统治者残暴,并且指明了达官贵族生活的无常,如《废宅行》。《卖花词》中“买花朱门几回改,不如担上花长在”,也是一种鲜明的对比。

他在农村住得很长久,因此他的诗真切地描写了人民的劳动生活。他以清新自然的抒情诗的笔调描绘了人民平凡素朴而又美好的劳动。如《采茶词》、《牧牛词》、《养蚕词》、《伐木词》、《打麦词》等。且看《养蚕词》:

> 东家西家罢来往,晴日深窗风雨响。三眠蚕起食叶多,陌头桑树空枝柯。新妇守箔女执筐,头发不梳一月忙。三姑祭后今年好,满簇如云茧成早。檐前缫车急作丝,又是夏税相催时。

再看一首《采茶词》:

> 云过溪山碧云暖,幽丛半吐枪旗短。银钗女儿相应歌,筐中摘得谁最多。归来清香犹在手,高品先将呈太守。竹篮新焙未得尝,笼盛贩与湖南商。山家不解种禾黍,衣食年年在春雨。

山村妇女养蚕、采茶劳动繁忙而又有生趣。诗情画意的描写中也透露出对“夏税相催”和“高品先将呈太守”的担忧和不满。这些诗也让我们看到，在浊恶的社会环境中，诗人倾心于纯朴的乡村生活，这种心境是可以理解的。这也是他的诗歌思想性所体现的一个方面。

高启诗的另一方面是对于家人骨肉之情的描写。即使在朝做官时，他也不愿被名教（忠孝等）所束缚，而把家人的亲情放在君臣之上，颠倒了封建伦理秩序。如他的《梦姊》、《喜家人至京》、《客中忆二女》、《客越夜得家书》等。

高启对于前人诗歌的学习，《四库提要》说：“其于诗拟汉魏似汉魏，拟六朝似六朝，拟唐似唐，拟宋似宋，凡古人之所长，无不兼之。振元末纤秾、缛丽之习，而返之于古，启实为有力。然行世太早，殒折太速，未能镕铸变化，自为一家。……特其摹仿古调之中，自有精神意象存乎其间。”

汪瑞明《三十家诗选》称高启“众长咸备，学无常师”。

高启诗能兼收众长，虽未及镕铸，然“自有精神意象存乎其间”，还是有较高艺术性的。各种体裁都能写，且都取得艺术成就。在诗歌的形象化、通俗化方面，特点也很突出。因此，王达《听雨楼诸贤记》中评价道：“季迪诗得唐人体裁，语精而意圆，句稳而情畅，虽前辈有所不及焉。”

高启也学习民歌，他写的《竹枝歌》也颇有情趣：

蜀山消雪蜀江深，郎来妾去斗歌吟。
峡中自古多情地，楚王神女在山阴。

江水出峡过夔州，长流直到东海头。
郎行若有思家日，应教江水复西流。

黄宗羲说：“有明文莫盛于国初。……当大乱之后，士皆无意于功名，埋身读书，而光气卒不可掩。”（《明文案序》）陈田《明诗纪事叙》也说：“且明初诗家，各抒心得，隽旨名篇，自在流出。无前后七子相矜相轧之习。”

这有助于我们理解明初诗文的现实主义精神。

第三节　明代中期文学

一、台阁体和茶陵诗派

明朝从成祖永乐到宪宗成化（1403—1487）的八十年间，政治比较平稳，经济也在恢复时期，称为“盛世”。没有优秀的文学作品，所谓“台阁体”的诗文，盛行一时，他们的文风是雍容平易。

台阁体的代表作家是“三杨”：杨士奇（1365—1444）、杨荣（1371—1440）、杨溥（1372—1446），都是大官。三杨并称，杨士奇的文章较优。仁宗极喜欢欧阳修的文章，杨士奇的文章亦平正纡余，得其仿佛。《四库提要》说，“其文虽乏新裁而不失古格”。台阁体的文章有福泽富贵之气，是官僚士大夫粉饰太平的文学。平正有余而精劲不足，肤廓冗长，平庸空泛。这也因为永乐时有文字狱，士大夫不敢作有风骨的文章。

台阁体的文章千篇一律，陈陈相因，于是有人起而反对。从成化到弘治正德年间有茶陵诗派兴起。

茶陵诗派的领袖是李东阳（1447—1516），字宾之，号西涯，湖南茶陵人。官至谨身殿大学士，有《怀麓堂集》一百卷。他在孝宗朝，参预机务，多所匡正。立朝五十年，清节不渝，高才绝识，独步一时，奖掖后进，天下翕然宗之，称“茶陵诗派”。明兴以来，宰臣以文章领袖者，杨士奇之后，一人而已。然他和刘瑾同朝，颇为时人所责难，他的门生罗玘甚至寄书相责，请削门生之籍。

他反对台阁体，主张复古，他的一些比较好的诗文尚雄浑有力，但大部分流于平庸肤廓。反对台阁体是好的，但是以形式主义反对形式主义，没有生活，创作没有基础，内容仍然是空洞的。

他有《怀麓堂诗话》，是他的文学批评作品。论诗主张法度音调。虽然反对摹拟，但他的创作实践仍然是摹拟古人，没有什么创造。他的文学批评的主张，对前后七子很有影响。王世贞说：“东阳之与李、何，犹陈涉之启汉高矣。”

属于茶陵诗派的有二人可提，王鏊与马中锡。皆以散文为胜。王鏊有寓言，马中锡有《中山狼传》。

二、前后七子的文学理论

台阁体空洞无物的作品遭到了茶陵诗派攻击，但是茶陵诗派并没有提出系统的理论，而在他们的一些文学见解中仍然不免有形式主义的毛病，他们的作品还不免萎弱。这个时候，八股文已经发生了影响。同时，弘治、正德(1488—1520)年间，内外渐渐多事，宦官渐渐掌握了政权，迫害一部分正直的官员和知识分子。在这样的情况下，政治上为了讥议时政，互相声援，文学上为了反对当时文化的萎靡不振，出现了几个文人集团。在他们之中，比较著名的，在文学上产生过一定影响的，有“前后七子”、“唐宋古文派”、“公安派”、“竟陵派”等。

“前七子”活动在十五世纪末、十六世纪初，“后七子”晚二十年光景。

前七子即：李梦阳、何景明、边贡、康海、王九思、徐祯卿、王廷相。前七子的领袖是李梦阳、何景明。

李梦阳(1472—1529)，字献吉，弘治六年(1493)进士，授户部主事，迁郎中。曾因代人劾刘瑾，下狱。瑾诛，起故官，出为江西提学副使。有《空同集》六十六卷。又传说他下狱时，康海为了救他，曾去见过刘瑾。后来刘瑾被诛，康海被当作刘党削职为民，李梦阳不去救他，反而讥议康海，故马中锡作《中山狼传》斥责。

何景明(1483—1521)，字仲默。曾为吏部员外郎、陕西提学副使。正德初，刘瑾乱政，遂谢病归。瑾诛，复出。诗文有《大复集》三十八卷。

前七子形成正派官僚集团，与阉党(刘瑾等)对抗。李梦阳为李东阳弟子，因提倡复古与东阳矛盾。梦阳甚为武断，与康海、何景明后均不和。

李、何之间意见不一致，也有辩论答难，但在一些基本问题上是一致的，因此我们把他们放在一起来讲。

（一）以形式主义态度对待古典遗产

李、何认为，当时文风的衰敝在于没有向古典遗产学习，因此，“卓然以复古自命”，“倡言文必秦汉，诗必盛唐，非是者弗道”（《明史·李梦阳传》）。就古文而言，李梦阳说：“西京以后，作者勿论矣。”在诗歌方面，古体宗汉魏，近体宗盛唐，而又古则兼及初唐。他对宋代文学很看不起，认为“宋儒兴而古之文废”，“宋人主理不主调，于是唐调亦亡。”李梦阳认为作诗最好是学杜甫，“学诗必如学杜。诗至杜子美，如至圆不能加规，至方不能加矩矣。”

诚然，一个作家，他除了向人民的生活学习外，的确还必须向古典遗产学习。马克思列宁主义也认为社会主义文化不是在空地上建立起来的，它必须继承前人的优秀成果。李、何等人提出向秦汉盛唐的一些杰出的作家学习，这并没有错，而且在当时情况（台阁体的歌功颂德、富贵福泽，八股文盛行）下，使知识分子开阔眼界看到古典的丰富遗产，也有一定的良好的作用。但是问题是怎样对待古典遗产。李、何他们是从形式主义出发的。李梦阳说：“夫诗有七难：格古、调逸、气舒、句浑、音圆、思冲、情以发之，七者备而后诗昌也。”（《潜虬山人记》）没有从思想内容着眼去学习优秀的古典作家作品的思想境界和艺术手法。这样，就发展成为盲目信古，如文必秦汉，诗必盛唐，违反文学发展规律。如何景明尝言，宋人书不必收，宋人诗不必观。杨升庵（慎）举张耒《莲花诗》、杜衍《雨中荷花诗》、寇准《江南曲》（诗云：烟波渺渺一千里，白萍香散东风起。惆怅汀洲日暮时，柔情不断如春水）等四首诗问他：“此何人诗？”何景明答曰：“唐诗也。”杨升庵笑曰：“此乃吾子所不观宋人之诗也。”何沉吟久之，曰：“细看亦不佳。”可以看出他们的偏颇的态度。

（二）无原则地复古，以摹拟代替创造

一些作家的经验告诉我们，在他们写作的途径中，也曾经经过摹拟或类似摹拟的过程。但是摹拟并不是抄袭，而且作家也不能够永远停留在摹拟的道路上，他必须付出自己的劳动，向生活学习，并且勇敢地突破原来的形式，进行创造性的活动。李、何他们却不是这样。前面说过，他们对于古典遗产，从形式主义走向盲目信古，于是认为古代的一切都好，现在的作家只要摹拟古代就行了。这是违反发展规律的。李梦阳说："今人摹临古帖，即太似不嫌，反曰能书。何独至于文，而欲自立一门户邪？"他自己的作品，大部分都没有生气、没有创造，后来连何景明也说他"子高处是古人影子耳"。又说他摹拟古人"如小儿倚物能行，独趋颠仆"。《明史》评梦阳诗文"得史迁、少陵之似，而失其真"。何景明虽批评李梦阳很得当，但他自己所作的东西和李梦阳差不多。

后七子活动在嘉靖、万历年间。后七子是：李攀龙、王世贞、谢榛、宗臣、梁有誉、徐中行、吴国伦。最初谢榛是领袖，后来互相倾轧，李攀龙与谢榛绝交，与王世贞两人相继为领袖。他们在政治上与权臣、宦官势力进行斗争，但他们的文学理论并没有跳出前七子的圈子，在艺术实践方面更差。前七子的毛病他们都有，如汪道昆说他们："于古为徒，其书非先秦两汉不读，其言非古昔先王不称。"他们的散文摹仿先秦文体，聱牙诘屈，不能终篇。诗歌方面往往把以前的诗改几个字，就称为自己的作品。如李攀龙《拟陌上桑》："日出东南隅，照我西北楼。罗敷贵家子，足不逾门枢。……"对照一下《陌上桑》原作：

> 日出东南隅，照我秦氏楼。秦氏有好女，自名为罗敷。……

而王世贞还恭维李攀龙，说："于鳞拟古乐府，无一字一句不精美。"

我们对前后七子的文学批评怎样评价呢？

我们认为，他们针对着当时台阁体和茶陵诗派的纤弱，针对着一般士大夫因为醉心于八股制艺而眼光日益狭小，而提出要向古典遗产学习，向古代杰出的作家学习艺术手法，这一点是无可厚非的，也是有进步意义的。但他们的理论和创作脱离生活现实，脱离文艺创作的实际，拒绝总结宋元明以来新鲜、生动的文学创作的经验，而以形式主义的态度对待古典遗产，把艺术手法与思想内容绝对地割离开，在向古代学习中表现了盲目的、狭隘的态度，因此他们的复古，只是摹拟，最坏的倾向就是剽窃。陈文述说，摹拟流于剽窃，好比做贼伤事主。他们自己的诗文创作，思想内容贫乏空洞，表现形式平庸灰色，这些证明了他们理论的失败。在中国文学批评史上，前后七子的文学理论基本上是反现实主义的文学理论，它们最大的毛病是形式主义。

三、对拟古文学的反响

（一）沈周和唐寅

沈周（1427—1509）字启南，号石田，又号白石翁。长洲（今江苏吴县）人。唐寅（1470—1523），字伯虎，又字子畏，吴县（今属江苏省）人。

他们与前七子同时代，不满意于七子的主张。两人一生都没有做官，以书画度日，是艺术家。沈氏高致绝人，而和易近物。唐寅赋性疏朗，狂逸不羁。他们不带道学气，所以头脑较清醒，诗的风格也自然清新。他们的诗触及农村生活与劳动人民。沈周诗的思想性比唐寅的还高些。如唐寅诗："不炼金丹不坐禅，不为商贾不耕田。闲来写得青山卖，不使人间造孽钱。"造孽钱是地主官僚们剥削得来的财富。诗的语言接近口语，如唐寅《妒花词》："不信死花胜活人"，又如"一上一上又一上"等。但是他们并没有提出什么理论，他们的诗、文、画以才情为主。

（二）唐顺之、归有光和茅坤

唐顺之（1507—1560），字应德，武进（今属江苏）人。归有光（1506—1571），字熙甫，号震川，昆山（今属江苏）人。

他们是古文家。唐顺之主要是理论，归有光主要是创作。

唐顺之的文学思想见于他的《答茅鹿门书》。提出"文章本色"，认为学散文不必学秦汉，应学唐宋。这些见解比七子派好一些，但也提出所谓法、义，从形式着眼。

归有光也有文学见解。他骂王世贞为“妄庸”，王世贞听了后说：“妄诚有之，庸则未敢闻命。”他说：“唯庸故妄，未有妄而不庸者也。”归有光的散文写得较好。他的《先妣事略》、《项脊轩志》、《寒花葬志》都是有情致的作品，不是硬从古代学来的。归有光的文章写身边琐事，在当时是进步的。因为同时代人只在写鼓吹忠孝等官面文章、纱帽文章。个人主义反映资本主义的萌芽。归有光的艺术实践是如此。

稍后，有茅坤为贯彻他们的文学主张，编选《唐宋八大家文钞》，其书盛行，影响极广。茅坤(1512—1601)，字顺甫，号鹿门，归安(今浙江吴兴)人。

(三)徐渭和汤显祖

徐渭和汤显祖生活在后七子末期。他们在文章中明显地提出反对复古和摹拟。他们两人都是戏剧家，创作是多方面的，显然也比较开通。

徐渭说：“人有学为鸟言者，其音则鸟也，而性则人也。鸟有学为人言者，其言则人也，而性则鸟也。此可以定人与鸟之衡哉。今之为诗者，何以异于是，不出于己之所自得，而徒窃于人之所尝言，曰：某篇是某体，某篇则否；某句似某人，某句则否。此虽极工，逼肖而已，不免于鸟之为人言矣。”(《叶子肃诗序》)

徐渭说好的文章“能如冷水浇背，陡然一惊”(《答许□北》)。

汤显祖是戏剧家，著《牡丹亭》等。力主创作以情为主，反对按字摸声损害作家情感的表现，反对为寻宫数调而修改词句，他宁拗折天下人的嗓子，不改词句。

第四节　公安派和晚明文风

对于前后七子的文学批评，给予系统的、理论上批评的是公安派所领导的文学革新运动。明代的文学思想是充满斗争的，这是中国文学批评史上一个优良传统的体现。

一、李卓吾的文学思想

李卓吾的思想对公安派影响很大,所以我们先来讲一下李卓吾以及他的文学观、他与公安派三袁的关系。

李贽,字卓吾,福建泉州晋江人。生于嘉靖六年(1527),卒于万历三十年(1602)。出身于没落的小地主阶级,但他的思想在一定程度上代表了人民的利益,表现了蔑视封建伦理秩序、封建传统思想的勇气,最后终于被专制主义的封建王朝所杀害。他的学说曾被地主阶级看成为"洪水猛兽",他的著作在明代就曾几次被焚毁。一次是万历三十年(1602),一次是天启五年(1625)。但是李贽作为中国古代思想战线上反封建主义的战士,他的名字和著作一直为人民所传诵,他的思想对于当时和后代都起过积极的进步的作用。杨献珍说李贽"反对孔夫子,说不能以孔子之是非为是非,这在当时是一种非常卓越的见解,这个见解后来还大大地影响了五四运动,因而出现了'打倒孔家店'的口号"。

李贽接受的思想影响是多方面的,但主要受泰州学派的影响。泰州学派的领袖是王艮,主要人物还有颜钧(字山农)、何心隐等。王艮是王阳明的学生,但是他把王学的唯心论往唯物论方向发展,因此后人叫王学左派。李贽对何心隐极为折服,又认王艮的儿子王东崖为师。李贽的哲学思想是想调和唯物论和唯心论矛盾的二元论,因此基本上是唯心论,但是在他的唯心论中,包含有唯物主义的方向。

李贽思想的一个战斗的特色,是他的反传统、反权威。他要求个性解放,结果走向禅宗,反对道统,主张平等:(1)儒释道三教平等;(2)圣凡平等。他说:"咸以孔子之是非为是非,故未尝有是非耳。"(《藏书·世纪列传总目前论》)"若必待取足于孔子,则千古以前无孔子,终不得为人乎?"(《焚书·答耿中丞》);(3)男女平等。他说:"谓人有男女则可,谓见有男女,岂可乎?谓见有长短则可,谓男子之见尽长,女子之见尽短,又岂可乎?"(《焚书·答以女人学道为见短书》)他说自己"平生不爱属人管","是非又大戾昔人"。

他肯定盗跖，肯定《水浒传》、《西厢记》。主张婚姻自由，他认为如卓文君若请于王孙，必不听。徒失佳偶，空负良缘，不如早自决择，忍小耻而就大计。他的文学思想，就是从这个反传统的思想基础上出发的。

他的文学思想主要有两点：

(1)文学必须有性情，反对摹拟。

李贽有一篇《童心说》，是他的文学批评的作品。他说："童心者，真心也"，"夫童心者，绝假纯真，最初一念之本心也。若失却童心，便失却真心。""童心既障，于是发而为言语，则言语不由衷。"他批评前后七子的文章，都是"以假人言假言"。他认为"盖其人既假，则无所不假矣"。这样的人写的文章，当然是毫无生气的。从这一点出发，他反对摹拟，主张文章要有自己的思想性情。

(2)文学是发展的，反对盲目信古。

从第一点出发，李贽认为文学是发展的，不是一成不变的。他说："诗何必古选，文何必先秦。降而为六朝，变而为近体，又变而为传奇，变而为院本，为杂剧，为《西厢曲》，为《水浒传》。"(《童心说》)

从文学的发展出发，他进而充分肯定了戏曲、小说的价值和它们在中国文学史上的地位。李贽认为戏曲、小说的兴起是文学发展规律的必然，它们与《史记》、杜诗有同等地位，"不可得而时势先后论也"。

李贽的思想在当时对知识分子有很大影响。统治阶级认为他的思想大逆不道，动员各种力量，从思想到政治向他进攻，而开明的先进的知识分子却把他作为领袖，他"名溢妇孺，教弥区宇"，"无论通邑大都，穷乡僻壤，凡操觚染翰之流，靡不争购，殆意于水火菽粟也已。"(袁中道《李温陵传》)"卓吾书盛行，咳唾间非卓吾不欢，几案间非卓吾不适。"(陈明卿语)

李卓吾是三袁的前辈，小修(袁中道)曾写过卓吾的传(《李温陵传》)。卓吾赠给中郎的诗曰:“世道由来未可孤,百年端的是吾徒。”他很欣赏中郎的诗:“诵君《金屑》句,执鞭亦欣慕。”中郎也说他:“李贽便为今李耳。”

二、公安派的文学革新思想

袁宗道(伯修)(1560—1600)、袁宏道(中郎)(1568—1610)、袁中道(小修)(1570—1623)三兄弟,湖北公安人,因此称为公安派。他们活动在十六世纪末、十七世纪初。

袁宗道力排复古派假借摹拟、实行剽窃之失,于唐好白乐天,于宋好苏轼,因名其斋曰“白苏斋”,其著作有《白苏斋类稿》二十四卷。

袁宏道有《袁中郎全集》四十卷。袁中道有《珂雪斋集》二十四卷。

袁宏道是公安派的领袖,其思想承继李贽,但不如李贽的积极与彻底,到底是做过官的文人。

公安派的文学思想有以下几点:

(1)主张“独抒性灵”。

公安派文学思想的主要核心是“存天真,尚新变”。“真”与“变”是他们文学批评的出发点,是互相不能分开的。而在二者之中,“真”又是基础,是根本点。他们认为诗文应该“独抒性灵”。中郎在《叙小修诗》一文中说:“大都独抒性灵,不拘格套,非从自己胸臆流出,不肯下笔。”这是他们的原则。

主张人写文章应言人之所不言,言人之所不能言,并进而言人之所不敢言。这就是说,文章必须是有思想,有内容,有真实的情感。他们反对台阁体、茶陵诗派的空洞无物、无病呻吟,也反对前后七子的摹拟古人。袁中郎认为文章必须有“质”,“物之传者必以质,文之不传,非曰不公,质不至也。”“大都人之愈深,则其言愈质,言之愈质,则其传愈远。”文章“行世者必真”。并批评前后七子“模拟之所至,亦各自以为极,而求之质无有也”(《行素园存稿引》)。

从文章独抒性灵出发,他们反对一切形式的束缚。前后七子讲法度、格调,限制很严,公安派是反对的。袁小修说:“吾先有成法据于胸中,势必不能尽达吾意。”正面提出:“以意役法,不以法役意”,“文章新奇,无定格式,只要发人所不能发”。这就是说,内容决定形式,不是形式决定内容,更不能因为形式而损伤内容,这里同时也表现了他们对于思想解放、文体解放的要求。

(2)承认文学是发展进化的。

正因为做文章必须发表自己的意见,就反对摹拟,反对因袭,反对剽窃,认为文学是发展的。中郎说:“文之不能不古而今也,时使之也。……夫古有古之时,今有今之时,袭古人语言之迹而冒以为古,是处严冬而袭夏之葛者也。”(《雪涛阁集序》)

他们说文章古今不同,文学是发展变化的,说这是“时使之也”,或者说“势也”,这就是说:必然性。当然他们还没有提出文学发展的客观过程和它的规律性,但有一点是明确的,就是文学有古今,但并不能说,以后的文学比古代差。他们很明显地提出:“古何必高,今何必卑?”不仅语言要变,思想亦要新变。

从这一点出发,他们对于前后七子的复古摹拟给予猛烈的攻击。袁宗道认为,“古文贵达,学达即所谓学古也”,应当“学其意,不必泥其字句也”(《论文·上》)。中郎说:“曾不知文准秦、汉矣,秦、汉人曷尝字字学《六经》欤?诗准盛唐矣,盛唐人曷尝字字学汉、魏欤?秦、汉而学《六经》,岂复有秦、汉之文?盛唐而学汉、魏,岂复有盛唐之诗?”(《叙小修诗》)他更激烈地说:“世人喜唐,仆则曰唐无诗;世人喜秦、汉,仆则曰秦、汉无文。”(《与张幼于》)“宁今宁俗,不肯拾人一字。”这态度当然不免偏颇,但他反对摹拟,反对盲目信古的精神还是对的,是应该肯定的。

(3)重视戏曲和小说。

因为公安派看重真和变,就自然而然地重视戏曲和小说。因为着重在真,主张文学的真实情感,而戏曲和小说在当时真实地反映社会生活,不像前后七子一味摹拟。中郎说:“今人所唱[银柳丝]、[挂针儿]之类，可一字相袭不？世道既变，文亦因之，今之不必摹古者也，亦势也。”(《与江进之》) 因为他们承认文学的发展，而戏曲、小说在这时随着社会经济形态的变化和文学本身内部发展规律蓬勃地发展起来。他们是从这样的联系中认识戏曲、小说的文学价值的。

从李贽、汤显祖到公安派，在中国文学史中，戏曲、小说正式为文人所重视，还是头一次，这应该说是戏曲、小说本身现实主义力量强大的缘故。

(4)求韵和求趣。

最后，必须指出公安派文学思想中的唯心主义成分以及怎样由哲学上的唯心主义出发走到脱离现实的形式论、在生活上所表现出来的“名士作风”。

我们在前面讲过，公安派认为文章应该独抒性灵。那么所谓“性灵”究竟是什么呢？我们不能被名词所迷惑。如列宁在批判马赫主义的时候就彻底揭露了马赫和阿芬那留斯的所谓经验。经验可以从唯物论来了解，也可以从唯心论了解，列宁指出马赫在经验上的唯心主义实质——“经验是先验的”。

公安派所谓的性灵不外“趣”和“韵”。什么叫“趣”呢？中郎说：“世人所难得者唯趣，趣如山上之色，水中之味，花中之光，女中之态，虽善说者不能下一语，唯会心者知之。”(《叙陈正甫会心集》) 说得非常模糊，怎样能够求得趣呢？“夫趣得之自然者深，得之学问者浅。”(《叙陈正甫会心集》) 这就是说，趣不能学而致的。照他的意思，只有婴儿才有“趣”，“当其为童子也，不知有趣，然无往而非趣也。”“人生之至乐，真无逾于此时者。”(《叙陈正甫会心集》) 这在认识论上由不可知论而导向神秘主义。

什么叫“韵”呢？中郎说韵好像山之岚、水之波，这是自然界；在人类，有韵的只有两种人，一是醉汉，一是稚子，他称为“无心”之韵，“自然”之韵，认为这是“大解脱之场也”(《寿存斋张公七十序》)。但是人不能老是做醉汉，也不能为稚子，于是也没有了韵。

袁中郎自己是成人,“有身如梏,有心如棘”,怎样才能有韵呢？于是只好放诞风流,或为酒肉,或为声伎,率心而行,无所忌惮。或寄情山林,以为山水之人,无拘无缚,得自在度日,乃至隐遁,结果造成所谓名士风流,在文学上追求一种完全脱离生活的所谓“新奇”,最坏的结果就流于虚伪做作。

可以说,公安派受到当时市民思想的影响,继承了李卓吾个性解放的观念,认为文章必须有作家自己的理解和真实感情,认为文学是发展的,提出了系统的理论,反对摹拟的风气,这是有进步性的。但是他们的哲学基础是唯心主义,他们对于当时现实不满,但受到黑暗政治的打击,感到软弱,于是走到退隐的路上去。这样,在文学上终于从性灵走到形式主义,在生活上形成名士风度,对于晚明文人的颓废风气有很大影响。

从李卓吾、袁中郎以来就有俞平伯所谓的“色空”观念。色,属于私欲;空,是否定一切。肯定私欲是积极的,市民要求与统治者同样享受。因为统治势力较强,反抗的力量不足,本身存在着矛盾,因而否定一切,逃避现实,这是消极的。色空观念也是矛盾的统一,而归结于唯心论。

附:竟陵派

钟惺与谭元春所选的《诗归》(《古诗归》、《唐诗归》)风行一时,影响很大。他们又是竟陵人,因此被称作竟陵派。时间比公安派稍后。

公安派到后来有一个弊病,就是从性灵出发,流于肤浅,追求小趣味。竟陵派文学思想基本上和公安派一致,追求个性解放,追求性灵,与公安派同。惟把公安之求“新”变成为好“奇”,反对公安派的肤浅,提倡幽深晦涩。重新提出向古人学习,但他们不注意古人诗中的境界,只注意一字一句之间,开评点之风,也是从形式出发的。

大革命后，左翼联盟成立时期，陶元德、林语堂等提出性灵、趣味。陶元德办《人间世》、林语堂办《论语》，他们赞赏袁中郎、徐文长，但对袁、徐对现实的不妥协的积极一面缺乏认识，只突出他们的幽默、诙谐，这是对袁、徐的歪曲。他们提倡写"闲适幽默"的小品文，有一定的影响。以林语堂为代表的"论语派"，当时曾受到鲁迅的批判。

三、晚明文风和张岱

公安派、竟陵派都主张独抒性灵，在创作上就发展了小品文。晚明小品文在文学史上是著名的。

我们怎样看待晚明的小品文呢？不能一般的笼统地看，要作具体分析。其中比较好的作品，摆脱了封建传统思想的束缚，不讲圣贤之道，有一定真实的情感，艺术风格清新自然，没有什么约束，这都是好的。

但晚明也有很多知识分子成为"山人才子"。他们不做官，但是给做官的当门客，类似所谓"清客"。也就是鲁迅先生所谓的"帮闲文人"。

同时，另有一些知识分子，他们最初参与现实政治斗争，但后来感到软弱无力，由苦闷转到沉寂，就走上了隐遁的道路，放浪形骸，在文章中追求趣味，所谓宇宙之大，苍蝇之小，无所不遁。

晚明文风就与这些士大夫的消极避世甚至颓废的享乐主义结合起来，这对于后来的知识分子有很大影响。如周作人就很推崇晚明，俞平伯也受过晚明很大影响。

当时有一位很突出的文人，就是张岱。张岱（1597—1679），字宗子，号陶庵。早年生活也很颓废、放浪。明亡后，对过去生活表示悔恨，隐居，渐渐严肃起来，保持民族气节。他的散文学公安、竟陵，但没有公安派、竟陵派的毛病。他的著作有《陶庵梦忆》、《西湖梦寻》等。有不少清新的散文，如《西湖七月半》、《湖心亭看雪》、《夜航船记》等。他的散文也反映了晚明一些读书人的状况。

我们可以说，兼公安、竟陵两派之长的张岱结束了晚明的小品文。

概括说来，晚明文学的特点是：(1)反抗名教，向往自然；(2)从个性解放到文体解放；(3)风格方面或浅显清新，或幽深峭刻。缺点是：(1)逃避现实；(2)山人才子成帮闲文人，如飞来飞去宰相衙门的“仙鹤”陈眉公；(3)形式主义、评点派。

【第三章】
传奇的全盛时期(上)
(明代戏曲)

第一节　南北曲的消长与合流

[提要]

在朱明政权统治下,戏曲界的改观。南戏取得了领导地位。朱有燉的杂剧是北剧的余波。从十六世纪到十八世纪是传奇的全盛时期。

南北戏曲的合流。戏剧文艺从书会才人转入士大夫阶级和山林派名士之手。大量戏曲作品的产生。文词的典雅化。多数剧本缺乏现实性。

一、元末明初南戏取代北杂剧主导剧坛

在元蒙统治的一百年中，戏剧艺术得到空前发展。杰出的杂剧作家和剧本产生。这些杂剧都用北曲组织而成，有一定的体制，四折一楔子，每折一宫调，每剧一个主角主唱。北杂剧的发展从十三世纪到十五世纪止，兴盛的时期大约有二百年的历史。南戏虽产生得很早，在十二世纪末年，但局限于浙东一地，为北剧所压制。到了元代末年，元顺帝时，即十四世纪三十年代，戏曲界开始转变，久被压抑的南戏，慢慢抬头。徐渭《南词叙录》云：

> 南戏始于宋光宗朝。永嘉人所作《赵贞女》、《王魁》二种实首之。……或云："宣和间已滥觞，其盛行则自南渡，号曰'永嘉杂剧'，又曰'鹘伶声嗽'"。其曲，则宋人词而益以里巷歌谣，不叶宫调，故士夫罕有留意者。元初，北方杂剧流入南徼，一时靡然向风，宋词遂绝，而南戏亦衰。顺帝朝，忽又亲南而疏北。作者蝟兴，语多鄙下，不若北之有名人题咏也。

南戏在元末复兴于民间，而体制草创，歌曲不叶宫调，不及北剧之规模排场，还是民间文艺的本色。早期的南戏本是无名氏的作品。此后方产生高则诚的《琵琶记》、施君美的《拜月亭》等，为传奇文学之祖。

在朱元璋推翻元蒙政权的同时，中国戏曲界也有显著的变化。南戏慢慢取得了领导地位。朱元璋本人是安徽凤阳（濠州）人，出身于佃农家庭，他当然喜欢流行于江浙的南戏。他所领导的起义军的农民，以及帮助他起义的功臣、将军们，喜欢南戏，提倡南戏是可以想像的。好比汉高祖刘邦喜欢楚歌，楚辞在汉朝兴盛一样，明代戏曲界文人都为南戏写剧本，爱听南曲，这有相同之点。在朱明政权的统治下，南曲盛而金元北曲就衰。

有名的南戏《琵琶记》曾经为明太祖所欣赏。高则诚是元朝的一个进士，元末避乱隐居。明太祖曾使人请其出仕。明黄溥言《闲中古今记》云：高则诚洪武中被征辟，辞以心恙，不就。使复命。上曰："朕闻其名，欲用之，原来福薄。"既卒，有以其记进者，上览毕曰:“五经四书如五谷,家家不可缺;高明此记,如珍羞百味,富贵家其可缺耶!”朱元璋将《琵琶记》和四书五经同时提及,足见他喜欢南戏的剧本。

不过北杂剧衰亡而南传奇兴起,尚有文艺发展规律和社会经济原因在内:

(1)北剧体制谨严,如限一人主唱,四折一楔子,每折一宫调,一韵到底等等。音乐排场也比较讲究。这种格律终于为起自田野的、活泼有生机的南戏所代替。南戏体制并不严格,不限宫调,不须一韵到底,剧本的长短随便,一个剧本中可以有多人唱。有种种的优点,比之北剧自较进步。因之,当主持剧坛已久的杂剧体制渐渐僵化以后,新兴的地方剧种便取而代之了。(此后在清代中叶皮黄乱弹戏代替昆剧亦同此理)

(2)经济背景。明朝有南北两京,朱元璋建都南京,永乐后建都北京。南方的农业生产力本来比北方高,但是在残酷的元蒙统治时代,农村经济被遏抑不发展。到了朱明统治,因为朱元璋是农民起义的领导者,建立王朝后,稍稍缓和了封建剥削。尤其是江浙农村,渐渐恢复繁荣。在手工业方面,杭州、苏州等城市为纺织业的中心;景德镇为瓷业中心;南京也是一大都会。南方的城市繁荣,经济发展,促进了南戏的兴盛。南戏是渊源于浙江永嘉、杭州而盛行于江苏、浙江、安徽、江西一带的地方戏。如果南方的戏班占领导地位,自然就发展了南曲。这是社会经济的因素。因为戏剧是市民阶层的文艺形态。

元人杂剧从民间来,杂剧作家接近人民,他们多数是不得意的文人。剧本的思想性、斗争性高。就是蓬勃兴起的南戏剧本,文章俚俗,也是接近人民的生活感情的。如《琵琶》、《荆钗》、《拜月》、《白兔》等有名的南戏剧本产生在元明之间,故事来源久远。这些作品是市民文艺,并非为统治阶级服务的。

朱明王朝一开始便来一个思想统治,以程朱理学束缚一般文人。对于戏曲也禁止触犯皇上毁谤朝廷,而鼓励提倡忠孝廉节的剧本。

永乐九年，刑科署都给事中曹润等奏，“乞敕下法司，今后人民倡优装扮新剧，除依律神仙道扮、义夫节妇、孝子顺孙、劝人为善及欢乐太平者不禁外，但有亵渎帝王圣贤之词曲、驾头杂剧，非律所该载者，敢有收藏传诵印卖，一时拿送法司究治。”奉旨：“但这等词曲，出榜后限他五日都要干净，将赴官烧毁了，敢有收藏的全家杀了。”

从这道旨意上，可见在明初，民间剧本遭一大劫。也可见元代及元末明初戏本亡佚的一定不在少数。凡于统治阶级不利的剧本便毁灭无余了。

因此，明代戏曲剧本虽多，不是鼓吹忠孝廉节的封建道德，便是风花雪月，才子佳人。不如元人杂剧题材的广阔，暴露现实社会多。

二、北杂剧的余波

在明初，北曲尚未衰歇。杂剧作家如王子一、谷子敬、贾仲名、刘东生、杨景贤等为元末明初、或明初人。其所作与元人杂剧体例全同。如刘东生，今传《娇红记》，有宣德年间刊本。《太和正音谱》即将他列在“国朝”作家之中。

明太祖第十七子朱权，封宁王，称宁献王，号丹丘先生、臞仙、涵虚子，为北曲名家。洪武十三年作《太和正音谱》，开列元明杂剧目录。亦有自制剧本十二种，惜皆不传。

周宪王朱有燉，号诚斋、锦窠老人，明太祖第五子周定王橚之长子。封藩于河南开封，在位十五年，正统四年薨（《明史》卷一一六）。当时开封还盛行北曲，而且杂剧演出还比南戏讲究。朱有燉很博学，讲究音律，继承元人北剧之作，或改编旧本，或自撰新著，所作甚多，成为北剧之殿军。王世贞《艺苑卮言》：“（周宪王）所作杂剧凡三十余种，散曲百余，虽才情未至，而音调颇谐。至今中原弦索多用之。李献吉《汴中元宵绝句》云：‘齐唱宪王新乐府，金梁桥上月如霜’盖实录也。”沈德符谓：“周宪王杂剧最夥……虽警拔稍逊古人,而调入弦索,稳协流丽,犹有金、元风范。”

宪王三十余剧总名《诚斋乐府》。其剧本性质不一。想来当时藩府多文人,是共同编定的。有道释剧,如《惠禅师三度小桃红》、《小天香半夜朝元》(以上度脱剧),《瑶池会八仙庆寿》、《群仙庆寿蟠桃会》(以上祝寿剧。此两剧名亦见《辍耕录》院本目录中,必宪王修改前人之剧也)等等;有妓女剧,如《刘盼春守志香囊怨》、《李亚仙花酒曲江池》等;有牡丹剧,如《洛阳风月牡丹仙》、《十美人庆赏牡丹园》等;有水浒剧,如《黑旋风仗义疏财》、《豹子和尚自还俗》等(水浒人名同施耐庵《水浒传》有些不同,而与《宣和遗事》相合者多,情节平平。作风近于元人杂剧,大概是根据旧编,而又自出新意者);其余如《关云长义勇辞金》、《孟浩然踏雪寻梅》、《清河县继母大贤》等,性质甚杂。

宪王有富贵气,其剧作多神仙庆寿一类,为贵族化的应酬戏,歌舞热闹,场面好看,无甚意义。王府中必养着几班子弟,想男女班均有。而彼所撰戏剧,无论改旧作或全出新意,必有多少清客文人为之执笔也。其牡丹剧实以歌舞为主,其中故事简单,主要为以优妓扮演牡丹花神载歌载舞(也有海棠、蔷薇、桃花、荷花、杏花、菊花、芙蓉、桂花、梅花九仙女簇拥牡丹仙女队舞)。此种牡丹舞可追溯至宋代宫院中之牡丹舞队,而南宋张功甫家中亦有牡丹舞,来源甚远。其后乃保存于《牡丹亭·惊梦》折中之十二花神堆花。宪王喜欢牡丹花,园中盛植牡丹,其园即为牡丹园也。他写了三本牡丹剧,都是美丽歌舞戏。总之朱有燉为一贵族,所作偏于富丽堂皇神仙歌舞,为吉庆娱乐之用,文学价值甚低。惟当时歌舞之盛,在音乐及排扬上必较元人演出为进步。其改进北剧处在于一本内已有旦末分唱。又有复唱、合唱、轮唱。亦可说已采取南戏之作风。今本《西厢记》第四、五本都此等例,疑亦宪王之改编也。又多采用队舞,是复古(即复唐宋大曲之古)又革新也。

朱有燉生活在宣德年间(十五世纪三十年代),北剧至此盛极而衰,已成余波。

至弘治正德年间，王九思与康海两人，以散曲名家，偶有剧本。皆北曲。

王九思，字敬夫，号渼陂，陕西户县人。弘治九年进士。作《杜子美游春》。康海，字德涵，号对山，陕西武功人。弘治十五年状元。作《东郭先生误救中山狼》杂剧。两人同乡相善，均善音律，不得志于仕途，以词曲自放。《杜子美游春》剧，或云其中李林甫刺时相李西涯。《中山狼》则或云康对山曾因救李梦阳（献吉）而屈节于刘瑾，其后坐瑾党获谴，梦阳已得志，不之救，故刺其忘恩云。惟中山狼之故事，实脱胎于亚洲各民族中同有之寓言故事（参阅《小说月报》第十七卷号外郑西谛文）。在中国剧本中此为惟一动物寓言剧，排场紧张，而曲辞宾白本色，直摩元人之垒。康海《对山集》有《读〈中山狼传〉诗》云："平生爱物未筹量，那记当年救此狼。"《觚賸》等概云：康海尝救李献吉之难。后海得罪，献吉不之救。两人之师马中锡撰《中山狼传》刺献吉，载中锡之《东田集》（参《小说考证》）。或谓对山未为此剧，乃时人据马所作《中山狼传》以为之云。

到了嘉靖年间，十六世纪中叶，即朱有燉后一百多年，北剧衰微，北曲音律几成绝响了。何良俊（字元朗，松江华亭人）为最后爱护北曲之一人。家蓄女伶，专学北曲。其《四友斋丛说》云："余家小鬟记五十余曲，而散套不过四五段，其余皆金、元人杂剧词也，南京教坊人所不能知。老顿言：'顿仁在正德爷爷时随驾至北京，在教坊学得，怀之五十年。供筵所唱，皆是时曲，此等辞并无人问及。不意垂死，遇一知音。'是虽曲艺，然可不谓之一遭遇哉！"所谓顿仁者，时人亦称顿老，善琵琶北曲之老伶工也。

沈德符《顾曲杂言》："嘉、隆间度曲知音者，有松江何元朗……予幼时犹见老乐工二三人，其歌童也，俱善弦索。今绝响矣。"沈书作于万历间。弦索指北曲。沈又云："自吴人重南曲，皆祖昆山魏良辅，而北词几废，今惟金陵尚存此调。然北派亦不同，有金陵，有汴梁，有云中。而吴中以北曲擅场者，仅见张野塘一人

——故寿州产也——亦与金陵小有异同处。顷甲辰年(万历二十三年),马四娘以生平不识金阊为恨,因挈其家女郎十五六人来吴中,唱《北西厢》全本。……四娘还曲中,即病亡,诸妓星散。……今南教坊有傅寿者,字灵修,工北曲,其亲生父家传,誓不教一人。……若寿复嫁去,北曲真同广陵散矣。”

时人已不喜北曲,认为是胡元蒜酪遗音。又如徐渭云:“今之北曲,盖辽、金北鄙杀伐之音,壮伟很戾,武夫马上之歌,流入中原,遂为民间之日用。宋词既不可被弦管,南人亦遂尚此,上下风靡,浅俗可嗤。然其间九宫、二十一调,犹唐、宋之遗也,特止于三声,而四声亡灭耳。”明人都有复古之癖,在反元蒙文化的潮流中,北剧北曲遂渐渐没落(传奇中包含有北曲、南北合套等,音律唱法已南曲化)。

周在浚(亮工之子)《金陵古迹》诗:“顿老琵琶奉武皇,流传南内北音亡。如何近日人情异,悦耳吴音学太仓。”(见徐釚《本事诗》卷十。当是康熙初年作)自注云:“今太仓弦索胜而北音亡。”(按,所谓太仓弦索者,即昆腔。昆腔初起亦用弦索也)又有注云:“旧院之老乐工唱北调,以琵琶、筝和之,是宫中所传也。”是北曲之歌法,绵延不绝,至明末清初,宫中犹存一缕。

北曲音律虽就衰亡,惟文学制作上,则未绝迹。以山阴(绍兴)南曲发源近地之人徐文长(徐渭,字文长,号青藤,又号天池。正德十六年生,万历二十一年卒)于隆、万之间作《四声猿》,内包括《狂鼓吏》、《玉禅师》、《雌木兰》、《女状元》四种,其中惟《女状元》用南曲,余皆北曲(《狂鼓吏》仅一折,《女状元》五折,余两种皆二折)。清初之吴伟业、尤侗,皆有北剧,此好古者也。洪升之《长生殿》中北曲有《酒楼》、《合围》、《絮阁》、《骂贼》、《哭像》、《神诉》、《弹词》、《觅魂》等不少。惟此类北曲之唱法及乐器(用箫管)已南曲化。真正北音北调今不可听得矣(《北西厢》弦索谱尚有传本)。

总之,北剧规范实亡于嘉、隆间。此后有作者,特文人所制,未必付歌坛也。即付歌坛,规模音律非金元之旧。

三、明代传奇——南北戏曲的合流

从十六世纪到十八世纪为传奇的全盛时期，长篇剧本产生，且多有名文人所制(明嘉靖到清乾隆)。

所谓“传奇”，即南戏。出于宋元南戏，由浙东地方戏改进为全国范围内通行的戏曲。《琵琶》、《拜月》等实为传奇之始祖。

明代的传奇，与早先元末明初剧本又有不同。此时已融合北杂剧的优点，也吸收若干北曲在内。是为南北戏曲合流。

例如宋元旧本南戏，不分折而分场，长短不一。明代传奇皆分折(出)。北曲有宫调，南戏多宋词及俚巷杂曲，不分宫调。传奇中南曲亦渐渐规定宫调。传奇中亦吸收北曲，或者某一折全用北曲，或者某一折用南北合套。不过主要是南曲。

传奇的篇幅甚长，一本戏总三四十出或四五十出。有些文人制作未必付歌坛，仅为抒写词翰，供阅读的文艺。传奇出数既多，未必演全本。大概是歌筵或剧坛应用，抽演精彩之一二出。

四、戏剧文艺从书会才人转入文人之手

元蒙时代科举制度久停。即举行时文人未必均热中科举，因汉人仕进之途路不佳，故元剧作者皆不得志的文人或书会才人。明代戏曲，其民间朴野之作都随时淘汰，今已无存。所存者皆出士大夫、文人所作。可以说戏剧文艺已从书会作家转入士大夫阶级和山林派文人之手。和宋元旧编之南戏皆来自民间或书会中人所编者，作风不同。士大夫阶级和山林派文人都是科举制度下的文人，不过有在朝和在野的分别。戏剧作者是士大夫阶级中的风雅之士，作曲和作诗词一样。俗文学已提高到和正统文学差不多的地位，可是也就失去了市民文艺的本来面目，失去了进步意义(做大官的如作《投笔记》、《五伦全备记》的邱濬，弘治年间官至文渊阁大学士。又如作《鸣凤记》的王世贞，仕至刑部尚书。山林派文人如沈璟、汤显祖、王骥德等，为科举出身而隐居乡里者)。

明代文人所作传奇不下数百种，大量产生，但佳作不多，文章冗长，思想平庸。

(一)十五世纪的传奇作品

十五世纪为北剧与南戏并行之时代,北剧未全衰亡,而南戏已占优势。其思想迂腐、宣扬封建道德观念之代表作品有邱浚之《五伦全备记》。邱为广东琼山人(1420—1495),1454年进士,官至礼部尚书,文渊阁学士。《五伦全备记》以五伦全、五伦备兄弟二人孝义友悌的故事,宣扬伦常大道,歌颂慈母、孝子、节妇。文字迂腐,道学气浓厚。邱属官僚阶级,为朱熹派理学思想之人。此剧配合明代统治思想,缺乏文艺价值,但也风行一时。

为文词典雅化、开骈丽派风气的有邵文明的《香囊记》。亦十五世纪之作品,作者为宜兴老生员邵璨(文明)。演张九成、张九思兄弟事,情节有抄袭《琵琶》、《拜月》之处,缺乏创造性。邵文明习《诗经》,学杜诗,受经学与唐诗的影响,以诗句匀入填词作曲,缺乏戏曲作家的"本色",脱离人民的语言。甚至说白均用对偶典故,曲文更多堆砌典实。《香囊记》亦风行一时,为一辈主张骈丽派所推崇,实际上脱离元人杂剧与《琵琶》、《拜月》的现实主义的作风。

十五世纪的剧本,值得注意的有:

(1)《连环记》。王济作。济字伯雨,嘉兴乌程人。扩大元曲中之连环计剧本;按照三国董卓、吕布、貂蝉故事而成为一大本历史剧。为佳构。今仅存精彩之十出。亦有词章典雅之作风。

(2)《千金记》。沈采作。沈氏事迹不详。剧演楚汉战争故事。今京剧《萧何月下追韩信》、《霸王别姬》之情节,实出于此。

此两剧为历史剧。

(3)《绣襦记》。薛近兖作。薛氏事迹不详。此为取元剧中高文秀之《郑元和风雪打瓦罐》、石君宝之《李亚仙花酒曲江池》、朱有燉之《曲江池》,而依据唐人传奇《李娃传》所作之剧本。比杂剧加长而成大本传奇。此作尚为本色,风格与《琵琶》、《拜月》、《荆钗》等接近。亦流行歌坛。

（二）十六世纪的传奇作品

到了十六世纪，传奇作者并兴。值得提出者，首有李开先之《宝剑记》。李开先（1501—1568），号中麓，山东章丘人。1529年进士，官太常寺少卿，年四十即罢官归田。归治田产，蓄声伎，为度曲专家。改定元人戏曲、散曲数百卷。李氏可谓一在野派文人而作曲者。《宝剑记》演林冲故事，亦表现其对现实政治的不满。剧作主要均用南曲，词章在雅俗之间。因为曲学专家，又规依《琵琶》曲律，故颇易歌唱。这个剧本不全依《水浒传》故事，开始就说林冲为一忠君爱国之人，有政治抱负，曾上奏章，弹劾奸邪，因此为童贯、高俅所忌，要进一步陷害他。没有高衙内调戏林冲妻的一段情节。把政治矛盾简单化，而忽略了阶级矛盾。此后又着重写了林冲夫妻的悲欢离合。李开先是按照他自己的思想意识与他的时代背景，把水浒故事改坏了，庸俗化、简单化了。因而《宝剑记》的人物性格不够突出，但是也不乏精彩的部分。其《夜奔》一出（第三十七出），用北曲[新水令]、[驻马听]一套，激扬悲壮，至今传唱歌坛。《宝剑记》全本，极少传本。今《古本戏曲丛刊》影印北京图书馆所藏明刊本。除《夜奔》一折外，此本其他各折，不传唱。

王世贞之《鸣凤记》，为取明代政治斗争现实题材之剧本。王世贞（1526—1590），1547年进士，官至刑部尚书，为复古派文人，著作丰富，文坛领袖。《鸣凤记》表扬夏言、杨继盛、邹应龙的忠直，鞭挞仇鸾、严嵩、严世蕃之奸佞。即为王世贞当时代嘉靖年间之政治斗争实事。是用文艺作品作为政治斗争的工具的一个例子（王世贞之父，曾为严嵩所陷害者）。在歌坛上极有刺激性，听者动容，使严党寒心，用春秋史笔于通俗文学，开《桃花扇》一派传奇（刻划忠奸性格，取近人之事）。值得注意的，《鸣凤记》亦有骈丽作风。

把北《西厢记》改编为南曲者，有陆采、李日华二人，皆十六世纪人。陆采，号天池，长洲人，嘉靖年间人。作有《明珠记》、《南西厢》。惟陆氏《南西厢》不及李日华《南调西厢记》更为流传于歌坛。李亦为同时代人。

五、文人传奇的特点

从艺术方面看,明代文人所作传奇,突出的是文词的典雅化。元末明初剧本如高则诚《琵琶记》是把民间旧有俚俗剧本提高的。虽然已经很典雅,但不少白描本色语。大部分接近口语,较之杂剧已经文言化了。和元人杂剧有南北语言的不同,本质上还相近。四大传奇以后,邵璨(邵文明)之《香囊记》开堆砌词藻的风气。剧本离口语甚远。

《南词叙录》云:"以时文为南曲,元末、国初未有也。其弊起于《香囊记》。《香囊》乃宜兴老生员邵文明作。习《诗经》,专学杜诗,遂以二书语句匀入曲中,宾白亦是文语,又好用故事作对子,最为害事。夫曲本取于感发人心,歌之使奴、童、妇、女皆喻,乃为得体;经、子之谈,以之为诗且不可,况此等耶?"徐渭非之,而吕天成则曰:"《香囊》词工,白整,尽填学问,此派从《琵琶》来,是前辈最佳传奇也。"文辞派的作者赞美《香囊》,本色派的作者则非议之。大概本色派如徐渭、汤显祖等皆熟读元曲,继承元曲优点,多用口语,使才气,生动灵活。如邵文明则是学究派,受明代科举制度及拟古运动之影响,毫不足取。

次之为《连环记》,以及嘉靖、万历间之《玉玦记》、《玉合记》等,益以修词为能事,以四六骈丽入宾白,成为风气。台词用平仄对偶,形式主义的。曲文多夹典故铺叙,人物就没有个性,唱了一大套等于没有说话,人家也听不懂。原因是作者只是书生,能做文章,没有生活经验,所写的文艺作品,没有现实性。

明代传奇大量产生,文人写作戏曲成为风气,然佳作不多。一是思想迂腐庸俗;二是故事全出于个人幻想,悲欢离合,曲折虽多,皆不合真实;三是文辞的典雅化,形式主义化,就是思想性及艺术性都不高,比不上元人杂剧的紧凑活泼,缺乏现实主义的作品。从市民大众文艺到了士大夫文人手中,他们在生活上和大众脱离，创造不出好作品来。

第二节　昆腔之兴起与音律派作家

［提要］

清柔婉折的昆山腔风行歌坛。昆山腔的创始人魏良辅。梁辰鱼的《浣纱记》。沈璟、王骥德等讲求音律。

一、清柔婉折的昆山腔风行歌坛

南戏蔓行各地，民间组织戏班。剧本有俚俗的，有文人制作。各地互受影响，转相仿效吸收。各地唱腔因地域不同而不同。本地风光，本地习听的调子，宾白夹杂本地方言。好比现在地方戏，各有所长，各有特点。据明代中叶人的传述，南戏主要有海盐腔、余姚腔、弋阳腔和昆山腔。

海盐腔源出浙东海盐，甚古。起自南宋张镃（功甫，张浚之孙）府中，其后有元人杨梓与贯云石，讲究音律，传唱曲法。当地接近海滨，为盐业市场。其腔明代中叶行浙江省一带。余姚腔出绍兴，行江苏、浙江太湖流域。弋阳腔出江西，行两京、湖南、闽、广。到清代，弋阳传存于河北高阳，称高腔（接近官话区，腔调较直，激扬之调。至今称为高弋。而川戏亦接近弋阳腔）。昆山腔在嘉靖年间盛吴中，因魏良辅为昆山人而著名。

陆容（成化弘治间人）《菽园杂记》："嘉兴之海盐，绍兴之余姚，宁波之慈溪，台州之黄岩，温州之永嘉，皆有习为倡优者，名曰'戏文子弟'，虽良家子亦不耻为之。"（浙东何以发达戏班？当由于南宋建都临安，及浙江丝商盐业经济繁荣之故）

徐渭（1521—1593）《南词叙录》："今唱家称弋阳腔，则出于江西，两京、湖南、闽、广用之；称余姚腔者，出于会稽，常、润、池、太、扬、徐用之；称海盐腔者，嘉、湖、温、台用之。惟昆山腔止行于吴中……”(徐渭为嘉、隆、万间人,较魏良辅略后,其时昆山腔初起也)。

汤显祖(1550—1617)万历年间人。其《玉茗堂集》卷七《宜黄县戏神清源师庙记》云:“此道有南北,南则昆山之次为海盐。吴、浙音也。其体局静好,以拍为之节。江以西则弋阳,其节以鼓,其调喧。”是弋阳腔在各腔中雄壮喧闹,与吴浙诸腔不同。昆山腔最为柔静。

弋阳腔仅有金鼓铙钹之类以按节拍,并无管弦伴奏。其尾音用多人随和,尤非他种腔调所有。今北方之高腔,有金鼓而无丝竹(参周贻白《中国戏剧史》)。

《南词叙录》谓昆山腔:“今昆山以笛、管、笙、琵按节而唱南曲者,字虽不应,颇相谐和,殊为可听,亦吴俗敏妙之事……”又曰:“惟昆山腔……流丽悠远,出乎三腔之上,听之最足荡人,妓女尤妙此。如宋之嘌唱,即旧声而加以泛艳者也。”

顾起元《客座赘语》云:“万历以前,公侯与缙绅及富家,凡有燕会小集……唱大套北曲。……后乃变而尽用南唱。歌者止用一小拍板,或以扇子代之,间有鼓板音。今则吴人益以洞箫及月琴,益为凄惨,听者殆欲堕泪。大会则用南戏,其始止海盐、昆山二腔,今时尽用昆山矣。盖昆山较海盐更为清柔而婉折也。”

沈德符《顾曲杂言》云:“今吴下皆以三弦合南曲,而又以箫、管协之……”

朱彝尊《静志居诗话》卷十四“梁辰鱼”条谓,魏良辅变弋阳、海盐二腔以成昆腔。

二、昆山腔的创始人魏良辅

昆山腔的创始人魏良辅(惟魏以前想来吴中也必有腔),昆山人,号尚泉,居太仓南关。为嘉靖年间人(十六世纪中叶)。“良辅初习北音,绌于北人王友山,退而镂心南曲,足迹不下楼十年。当是时,南曲率平直无意致,良辅转喉押调,度为新声。疾徐高下,清浊之数,一依本宫,取字唇齿间,跌换巧掇,恒以深邈助其凄泪。

吴中老曲师如袁髯、尤驼者皆瞠乎自以为不及也。”(《虞初新志》卷四清·余怀《寄畅园闻歌记》) 于是张小泉、季敬坡、戴梅川、周梦山、潘荆南之徒争师事之,流传遂广。

昆腔的改进南曲唱法主要在唱好腔:要疾徐高下,跌换巧掇。也就是清柔婉折。第二要唱好字:即四声阴阳,字分头腹尾,正如切音而出。所谓取字唇齿之间,不得含糊。字正腔圆,方为能事。

当魏良辅时,北曲唱法还是很讲究的。他先学北曲,后来改进南曲唱法,那末也必定融合北曲唱法的长处到南曲里来。南曲的唱法在昆腔未起以前,弋阳、余姚、海盐都朴野平直,不够细腻。昆山腔起,遂吸取众长,特别讲究起来。

此外是伴奏乐器加多。昆曲用笛伴奏,原有三弦,加上洞箫、月琴。小拍板,不一定用鼓板,便于清唱。

“是时善吹洞箫者有苏州张梅谷,工笛子者有昆山谢林泉,皆与魏良辅交。以箫管伴奏其唱曲焉。”(《寄畅园闻歌记》)

昆山腔初止行吴中,渐渐普遍。到万历年间,便到了北京。此后数百年南北曲的唱法以昆山腔为正宗。而北京戏班从明代起至于清末,皆习昆曲。昆曲独霸南北都市歌坛,尤为文人雅士所喜爱。《顾曲杂言》云:“自吴人重南曲,皆祖昆山魏良辅,而北词几废……”

三、梁辰鱼的《浣纱记》

梁辰鱼,字伯龙,昆山人。善度曲,声如金石。曾师魏良辅,同时他自己也喜欢传授弟子。辰鱼以贡生为太学生,家非富有。好客飘游,风流潇洒。所传传奇有《浣纱记》一种,杂剧有《红绡》、《红线女》两种,有散曲集《江东白苎》。伯龙本人既为昆曲歌唱名家,又好文艺,《浣纱记》剧本,以音律擅长,无不合律。是昆曲典范之作。《浣纱记》叙吴越间战争西施之事。此故事为江浙之本地风光。梁伯龙之剧本在结构上创造范蠡、西施原在若耶溪相遇,以及吴宫破后范蠡偕西施泛游五湖一段,颇有情趣。在此剧主题内,西施不惜牺牲自己,愿入吴宫,为越人报仇。最后越兵来攻，吴王谋诸西施。西施曰，可出北门逃遁，暂隐阳山，妾留此处，越军若至，可命退去。寻范蠡来，便告之以吴王居处。范蠡追至阳山，举吴王六大罪责之，迫其自刎（此剧可说是一女间谍剧本）。西施的形象很突出。《静志居诗话》记梁辰鱼云《浣纱记》最合昆腔："传奇家别本，弋阳子弟可以改调歌之，惟《浣纱》不能。"前人评者谓其关目散缓。关目散缓为一般传奇通病，《浣纱》尚有精采，今《回营》、《养马》、《打围》、《进美》、《采莲》、《泛湖》流行于后世。今梅兰芳所编《西施》，全用《浣纱记》关目。

四、音律派作家

后于梁辰鱼，为曲学大家、讲求音律者有江苏吴江人沈璟。璟号宁庵（1553—1610），生嘉靖末年，死于万历末年，为万历二年进士。壮年即解官乡居，放情词曲三十年。与同里顾大典等游。有《属玉堂传奇》十七种，及改编汤氏《还魂记》为《同梦记》一种，今大都散佚不存。今存《义侠记》（存《六十种曲》）、《埋剑记》、《博笑记》等。沈氏精于律而拙于文。《义侠记》叙武松故事。从出柴进门起，经过打虎、杀嫂，到血溅鸳鸯楼、上梁山止，一依《水浒传》故事。惟《水浒传》极生动，而沈氏剧中则平弱无力。如《萌奸》、《巧媾》正是表现作者才情的好题材，而沈作情趣索然。足见沈氏为音律家，而非文艺家，缺乏文学天才。其《红蕖记》，今不传，评者谓"先生自谓字雕句镂，正供案头耳"。此类东西，全是词章，不问演出效果如何了。其大著为《南九宫十三调曲谱》。

沈璟造成吴江派，以讲求音律为主。如顾大典、叶宪祖、卜世臣、吕天成、冯梦龙诸人，皆受其影响。

比沈璟早一辈，和梁辰鱼同时的，浙东有徐渭（文长）（1521—1593），山阴人，作《南词叙录》，记载南曲渊源。但他自己作剧，《四声猿》四本短戏，却三北而一南，惟《女状元》为南曲。其《渔阳弄》（即《狂鼓吏》，谱祢衡阴间骂曹事，俗名《阴骂曹》）极为痛快。为北曲一折。其人尚才气，非拘之于音律宫调者。

王骥德，会稽人，字伯良，号方诸生，为徐文长弟子。但与徐文长精神不同，而与沈宁庵等通声气。与吕天成称文字交。亦讲究音律者，著有《曲律》四卷。又校注《琵琶》、《西厢》二书（沈璟亦有考订《琵琶记》之作。《琵琶》之于南曲，犹《西厢》之于北剧也，皆奉为典范）。王伯良自作传奇有《题红记》等六种，杂剧《男王后》、《离魂记》等五种，今不尽传。有《方诸馆乐府》二卷散曲行世。

沈璟音律派之人物尚有：

顾大典，字道行，吴江人。隆庆二年进士。著有《青衫记》、《葛衣记》等。

叶宪祖，字相攸，号桐柏，余姚人。作有《金锁记》等，但今日通行之《金锁记》为袁于令之改本。（整理者注：叶宪祖原撰《金锁记》今存，二卷三十三出，收入《古本戏曲丛刊三集》。）

卜世臣，字大荒，秀水（今嘉兴）人。

吕天成，字勤之，号郁蓝生，余姚人。著有《曲品》二卷。

以上均吴江派，以讲究音律与临川派对垒。此皆江浙人，即吴江、余姚、秀水、会稽等籍贯。实为昆山腔、余姚腔、海盐腔所促进。其时昆山腔在风雅之士中占领导地位。

第三节　汤显祖和“临川四梦”

[提要]

和音律派对立的杰出作家汤显祖。汤显祖的生平和思想。“临川四梦”。《还魂记》故事的独创性及其感动人心。《还魂记》的优点及缺点。汤氏戏曲的风格特征。

一、和音律派对立的杰出作家汤显祖的生平和思想

和沈璟、王骥德等对立，作词曲以才情为主者有汤显祖，为明代最杰出之剧作家。

汤显祖(1550—1617),字义仍,号若士,又号清远道人,居称玉茗堂。江西临川人。与莎士比亚(1564—1616)同时代。嘉靖二十九年阴历八月十四日生。隆庆四年(二十一岁)举乡试。万历八年(1580)进京赴考,其名已籍甚。首相张居正重其名,命其子往结交,为汤氏所拒。至张居正逝世后,万历十一年(三十四岁)始中进士,除南京太常博士,寻迁礼部主事。

汤显祖曾师事罗汝芳(明德)。罗为王学左派人物,是泰州学派的创立者王(艮)心斋(泰州人,王阳明弟子)的再传弟子,思想激烈。汤显祖的政治态度,接近于东林党人。他和后来为东林党人所拥护的李三才声气相投。顾宪成和他也有来往书札。东林党早期领袖之一邹元标是他的同乡(东林党人是清议派,实际上是代表中小地主以及市民阶级利益的一派。他们是与封建大地主和官僚包办工商业的反动势力作斗争的)。

万历十九年(1591)汤显祖奏疏劾申时行,其《论辅臣科臣疏》云:"陛下经营天下二十年于兹矣。前十年之政,张居正刚而有欲,以群私人嚣然坏之。后十年之政,(申)时行柔而有欲,又以群私人靡然坏之。"因此得罪当轴,帝大怒,谪雷州半岛徐闻县(在今广东省雷州半岛,海南岛对面)典史。同时申时行也不能不在清议的压迫下辞职。

1593年迁为浙江遂昌县知县。兴建学舍和射堂。遂昌荒凉,时有虎出伤人,灭虎除害。汤五日办公一次,余时与生员们讨论学问。曾释放囚犯出去过年看花灯,致上司不满。在遂昌五年,不曾杖毙一囚。万历二十六年(1598)上计京师投劾归。又明年大计,主者议黜之,李维祯为监司,力争不得,竟夺官。罢归不复出,家居二十年而卒。诗文集有《玉茗堂文集》、《红泉逸草》、《问棘邮草》等(参《明史》卷二三〇本传)。

如此则汤氏以万历二十七年(1599)罢仕回乡,时年五十。"所居玉茗堂,文史狼藉,宾朋杂坐,鸡埘豕圈,迹接庭户,萧闲咏歌,俯仰自得。……翛然有度世之志,胸中魁垒,陶写未尽,则发而为词曲。”(《列朝诗集小传》)“人或劝之讲学,笑答曰,‘诸公所讲者性,仆所言者情也。’”(《静志居诗话》卷十五)明姚士粦《见只编》谓其“酷嗜元人院本,自言箧中收藏,多世不常有,已至千种。有《太和正音谱》所不载,比问其各本佳处,一一能口诵之”。“朱竹垞曰,‘义仍填词,妙绝一时,语虽崭新,源实出于关、马、郑、白。’”(《静志居诗话》)

二、“临川四梦”

汤氏所作传奇凡五种:《紫箫记》、《紫钗记》、《还魂记》、《南柯记》、《邯郸记》。后四者名“四梦”。

《紫箫记》,汤氏官南京太常博士时作。为李益、霍小玉事,而与蒋防之传奇故事不同,情节曲折,为团圆之剧本。剧写李益字君虞,前朝相国李揆子,以诗名。上京应举,由鲍四娘者作媒,赘于霍王小女小玉家。元宵节,携小玉及其母郑六娘观灯,相失。小玉拾得一紫玉箫,乃杨贵妃物。内监见之,以为偷窃,偕至郭妃处,乃悉其为霍王女,遂以紫箫赐之,送归本宅。殿试时,益中状元。丞相杜黄裳出镇朔方,以益为参军。小玉送之灞桥驿。其后,益之友人入吐蕃,劝其和亲,吐蕃遂归好于唐。益返,此值七夕,小玉乞巧。适益归,共庆平安。此剧虽本《霍小玉传》,多所附益。

此后又改作《紫钗记》,全用蒋防《霍小玉传》之情节,惟改悲剧为团圆。剧写李益寓长安,与表弟崔允明、知友韦夏卿善。霍王姬郑六娘于王死后,偕其女出居,寂寥度日。鲍四娘受李益托物色得小玉。值元宵观灯,小玉落紫玉钗,为益所拾,乃以此为彩,使四娘说亲。霍家允之。益遂借豪家马盛装以往,欢然毕礼。新婚不久,天子行幸洛阳,开科选士,益欲赴试,小玉忧益登科后或移情他人,潸然泣下。益因取乌丝阑尺素书盟誓。既而赴试洛阳,中状元。以不谒卢太尉,被遣为玉门关节度参军。益归长安,见小玉即匆匆出发。小玉送至灞桥而别。益在边关,降大西河、小西河二国,使吐蕃不得觊觎边境。如是者经历三年,卢太尉受命守河阳孟门山外，召回益使为参军且诱之为婿。一面又遣人至霍家，诈称益已入赘卢府。小玉自益去后，家事日落，鬻紫钗于市。适为卢府所得，乃给益曰，小玉已嫁他人，故售脱此钗。一日，益与崔、韦两人在崇敬寺赏牡丹，黄衫客强之行，谓"敝居去此不远，愿一过之"，乃使之至小玉家。小玉扶病出见，长叹倒地闷绝。醒后，渐明原委，始知各中卢太尉奸计。乃为夫妇如初。

此二记乃汤氏在南京为太常博士时所属稿者。作者自叙其事云："往者余与所游谢九紫、吴拾芝、曾粤祥诸君度新词为戏。未成，是非蜂起，讹言四方，诸君子有危心。略取所草，具词梓之，以明与时无与。记初名《紫箫》，实未成，亦不意其流行之如是也。南都多暇，更为润删讫，名《紫钗》，以中有紫玉钗之事也。"

可见当时文人作曲之难。根本不能反映现实，以触时忌，只能摭拾前人风流故事，以陶写性灵耳。因为汤氏平素议论激烈，尤其引人注意。

《紫钗记》在"四梦"中词藻最为艳丽。吴梅曰："'四梦'中以此为最艳矣。余尝谓工词者或不能本色，工白描者或不能作艳词。惟此记秾丽处实合玉溪诗、梦窗词为一手，疏隽处又似贯酸斋、乔孟符诸公。"此记改易唐人小说情节，使李益不为薄倖，一切均为卢太尉之奸计，使才子美人终于团圆，扫却悲剧气氛，则是明人俗套，亦当时习尚所要求。明代传奇所以粉饰太平，乃上面统治者钦定需要太平欢乐之词是也。

其他三剧，《还魂记》成于其去遂昌任以前，《邯郸》、《南柯》则是其晚年作品。《邯郸》用唐沈既济《枕中记》故事，而穿插以元曲《三醉岳阳楼》剧一段情节，扫除功名利禄思想，归结于成仙得道。《南柯记》则搬运佛教思想，梁廷枏论之曰："《南柯·情著》一折，以《法华普门品》入曲，毫无勉强，毫无遗漏，可称杰构。末折绝好。收束排场处，复尽情极态，全曲当以此为冠冕也"云云。汤氏晚年和当时代不少名士派的习气相同，亦研究佛典，接受若干禅宗思想的。《邯郸梦》言仙，《南柯记》言佛。皆作于六十岁以后，晚年由谈情而悟道矣。

《紫钗》、《还魂》、《邯郸》、《南柯》各有一梦，因而有“临川四梦”之称（此或偶然之事，惟若士自以说梦为奇。他的世界观也不完全是消极的如人生一梦的思想，惟对于人生颇有所悟）。《紫钗》、《邯郸》、《南柯》三记皆据唐人小说，惟《还魂记》故事则是独创。虽然有些依傍，取《太平广记》中若干鬼妻故事的某些情节，但等于整个是创造的，发挥其唯情哲学。所谓“诸公所讲者性，仆所言者情也”，于《还魂记》中体验之。

三、《还魂记》故事的独创性及其感动人心

《还魂记》，写柳梦梅、杜丽娘事，俗名《牡丹亭》。有万历二十六年戊戌之自序，则成书已在四十九岁。惟谑庵居士（王季重）之清晖阁评本《还魂记·序》有“往见吾乡徐文长批其卷首”云云。文长卒于万历二十一年，则二十一年前或已有稿行世欤？不知若者为误。

情节是这样的：

时代是南宋。柳春卿年二十余，为唐柳宗元之后，流寓广州。命昔日郭橐驼之后郭驼守园，栽培花果，贫困度日。一日梦见一妙龄美人立园中梅树下，呼曰“柳生，柳生，遇俺方有姻缘之分，发迹之期”，因改名梦梅，而以春卿为字。同时南安郡太守杜宝，为唐杜甫的后代，夫人甄氏为甄皇后之后裔，有女名丽娘。延陈最良为师，诵读《诗经》，适以《关雎》为始。课余同丫头春香游后花园，感于春景妍丽，起怀春之念。倦憩而梦一少年手折柳枝，前来邀其言欢，至牡丹亭畔、芍药栏边，共成云雨之欢（由花神暗护，两情欢洽）。（向来中国文学中有高唐巫山洛神等传统，皆从男性方面写，未有从女性方面写者，有之则自汤若士始）从此以后，忽忽若有所失，时时到园中寻梦，乃至消瘦成病。其父母认为园中花柳之精作祟，为延石道姑禳之无效。丽娘自画春容，题诗一绝于图上，有“他年得傍蟾宫客，不在梅边在柳边”云云。遗言，死后葬梅树下。又命春香以真容藏于太湖石底。遂卒。杜宝奉旨升任安抚使,命转任扬州。因即葬丽娘于园中梅树下,割此后园造梅花庵观,安置丽娘神位,命石道姑守之。又置祭田,命陈最良监之。三年后,柳梦梅上临安应考,至南安值严寒,风雪中滑跌而病。陈最良知医,救之,将息于梅花观中。先是,丽娘死后至冥府,阎罗王下之胡判官审之,以其慕色致死,欲贬之莺燕队中。经花神辩护,云此乃梦中所犯,宣告无罪。丽娘要判官查明其丈夫是姓柳还是姓梅。胡判官在姻缘簿上查明,知其与新科状元柳梦梅有姻缘之分,前系幽欢,后成明配,因而放其还阳。柳梦梅在梅花观中养病,到园中散步,在太湖石底拾得檀香匣,开匣见丽娘真容,携往书室中悬挂礼赞。此时丽娘已死三年,石道姑为作清醮坛场,丽娘之魂遂出现。其后每夜至柳生处,缱绻情深。终于为石道姑所撞见,而丽娘亦泄露真情,约日还魂。柳、石等发掘坟墓,丽娘在死三年后得以复生。静养数日,精神转好,两人雇舟偕石道姑向扬州进发,求父母许婚。柳至临安,先应科举。时杜宝安抚自扬州移镇淮安,为降金贼将李全所围。陈最良惊悉丽娘坟为人所掘,欲报知安抚,途中为贼兵所捕,引至李全处。李全欲使其诈报夫人及侍女被杀以挫其气,让出淮安城。而杜安抚听陈最良言不为所动,使陈致书于李全之妻杨婆,以巧言说降宋之利。杨婆意动,遂说李全降宋,淮安之围乃解。实则杜夫人及春香避难临安,已与再生之丽娘相遇。而柳生受丽娘托,携其自画像为证据,至杜安抚处请婚。会淮安围释,安抚正摆太平宴。柳生称安抚婿,再三请谒,以其服装褴褛,不许,强请谒,遂触安抚怒,缚之。柳生出丽娘画像,安抚惊,以为是发坟贼,吊打之。柳生告以丽娘再生,安抚不信。此时发榜,柳梦梅高中状元。报喜者寻至此处,乃得解缚。杜宝不信其女有再生事,以柳生事奏明天子,柳生亦奏一本,两人争是非于阙下。丽娘登朝,托陈黄门伏奏(陈黄门即陈最良,以功得官者),令其父认女再生。天子遂命取照胆镜,辨别丽娘是人是鬼,又讯其亡前亡后事,明悉其为再生无误。敕命父子夫妻相认,返邸成亲。归,安抚犹不认,丽娘努力为父与柳生解释。圣旨至，一家悉有所升进，一同谢恩，吉庆终场。

此剧计共五十五出。

故事为汤显祖所造设。略有所本者，如作者于《牡丹亭记题词》中所云：“传杜太守事者，仿佛晋武都守李仲文、广州守冯孝将儿女事。予稍为更而演之。至于杜守收拷柳生，亦如汉睢阳王收拷谈生也。”《法苑珠林》载李仲文女与张世之男人鬼交欢事（发棺太早，不得复生）。《法苑珠林》又载冯孝将儿马子与北海太守徐元方女鬼事，徐女托梦使发棺，再生为夫妻。《列异传》载睢阳王收拷谈生事。谈生有鬼妻，必三年方可复生，谈生以火照之，遂不得复生，赠生一珠袍。此女为睢阳王女。谈生以袍诣市，为王所买，见是葬女之袍，疑为盗墓贼，乃拷问之。后悉女冢完好如初，并悉府蕴，遂以谈生为婿（《法苑珠林》二条，亦见《搜神后记》，惟《太平广记》引作《法苑珠林》。）俞樾《茶香室丛钞》又引宋·郭象之《睽车志》，其中绚娘与丽娘相近，惟为马姓耳。蒋瑞藻《小说考证》又引《坚瓠集》，载明时木姓秀才及杜抚军女事，几与《牡丹亭》故事全同。蒋氏以为乃汤若士所本，情节最为吻合。今按《坚瓠集》为褚人获所作，出《牡丹亭》后，必好事者传《牡丹亭》之本事而造此故事耳。

此剧有万历戊戌（万历二十六年，1598 年）清远道人自题辞云：“天下女子有情，宁有如杜丽娘者乎！梦其人即病，病即弥连，至手画形容，传于世而后死。死三年矣，复能溟莫中求得其所梦者而生。如丽娘者，乃可谓之有情人耳。情不知所起，一往而深。生者可以死，死可以生。生而不可与死，死而不可复生者，皆非情之至也。梦中之情，何必非真？天下岂少梦中之人耶？”

《牡丹亭》剧本感动人心，以其能曲折表达少女怀春之情，使其幽暗深微之处见到光明，给当时封建社会的女性带来了叛逆性的呼声。此是极大胆的。实际女性为情抑郁而死是很多的，此剧表达了女性的愿望，有现实意义和典型性。因而，女子耽读之者不少。相传娄江女子俞二娘，酷嗜《牡丹亭》曲，断肠而死，故义仍作诗哀之(《静志居诗话》十五,《剧说》二)。又杭州女伶商小玲,于《还魂记》尤擅场,尝有所属意,而势不得通,遂郁郁成疾。一日演《寻梦》折,随声仆死台上(《剧说》六)。又内江一女子,读《还魂记》而悦之,愿奉箕帚,及见其人,皤然一翁,失望投水而死(《剧说》二)。又扬州女子金凤钿,读《还魂记》成癖,临死遗言以《还魂记》为殉云(《小说考证》引《三借庐笔谈》)。

又如《女史》载冯小青有"冷雨幽窗不可听,挑灯闲看《牡丹亭》,人间亦有痴于我,岂独伤心是小青"之句,吴炳据以铺衍而作《疗妒羹》,足见《牡丹亭》故事的深入人心。

四、《还魂记》的优点与缺点

优点:描述青春少女心理,能尽其曲折幽微之处。创造杜丽娘这样一个闺阁典型人物。肯定爱情,强调爱情有起死回生的作用。这个剧本的主题思想是反封建的,有斗争性的。在明代以程朱理学为统治思想,汤显祖显然是反统治的,他认为人欲是合乎天理的,天理不是去除人欲,因此他肯定了情欲,杜宝和陈最良等迂腐人物是讽刺的对象。故优点之一是思想的进步性,至少是不迂腐。优点之二是文词的优美,不呆滞而生动,典雅而不庸俗。得力于熟读元曲。

缺点:(1)感伤主义。《顾曲杂言》云:"汤义仍新作《牡丹亭记》,真是一种奇文。未知于王实甫、施君美如何?恐断非近日诸贤所办也。"又曰:"《牡丹亭梦》一出,家传户诵,几令《西厢》减价……乃才情自足不朽也。"自《西厢》以后言情者以《牡丹亭》为巨擘。故《红楼梦》中宝黛言情,则读《会真记》(即《西厢记》),复有《牡丹亭艳曲警芳心》一回书,可见在中国文学中爱情文学发展中的重要性(是一个环节)。不过比之《西厢》是不健康的。《西厢记》无感伤主义。汤显祖作品不近于王实甫而近于郑德辉(郑之《倩女离魂》有感伤主义)。汤氏取鬼妻故事固甚离奇,但缺乏血肉,所以黯淡凄凉之至。复生以后,也不够活跃。此亦为时代所限。

(2)关目冗慢。此为明代一般传奇的缺点,汤氏亦不能免。此剧长至五十五出,不免冗长。而中间宋金战事之穿插于发挥主题思想上实非必要。《拜月亭》之穿插战事是必要的,因为此爱情故事即以战乱为背景之故,而《牡丹亭》实无必要。有些情节不为主题服务。

比较起来是优点胜于缺点,所以至今传诵,而且在昆剧中至今演出几折。是明代戏曲中的第一流作品。

《牡丹亭》的性心理描写和梦的分析影响了《红楼梦》。其描写鬼之情又影响了《聊斋志异》。

五、汤氏戏曲的风格特征

配合着他的思想新颖,汤临川戏曲的风格也一新耳目。当时戏曲界有本色与文辞两派。文辞派病于骈丽繁缛,曲文堆砌词藻,宾白对偶呆板。本色派病在朴质俚俗。汤显祖以才情胜,无往而不可,有极典丽处,也有极本色语,实能融合词藻与口语,生动别致者。此因汤氏得力于元曲之故,继承元曲的优点。汤氏藏元曲,不下千种,有非《太和正音谱》所载者。其佳处往往口能成诵。汤氏妍丽似郑德辉,其《邯郸》、《南柯》则又融合马致远之长。博学在马郑之上,因而参佛理,格物入于虫蚁之微,实又在马郑之上。

诙谐亦为其风格特征之一。

汤氏不屑屑于曲律。《牡丹亭》因有若干处不合曲律,所以有各家改本。汤尝谓伶人云:"《牡丹亭记》要依我原本。其吕家改的,切不可从。虽增减一二字以便俗唱,却与我原作的意趣大不相同了。"又因见《牡丹亭记》改窜而失笑,乃赋一绝云:"醉汉琼筵风味殊,通仙铁笛海云孤。纵饶割就时人景,却愧王维旧雪图。"汤氏不肯迁就曲律,亦是其作风的特点。但汤氏之曲,有其文艺价值,因而曲谱学家,特为制谱,迁就其词,固甚美听也。

【第四章】

古典小说的高潮(上)

第一节　概　　说

［提要］

从明代中叶到鸦片战争是封建社会末期，资本主义萌芽的时代。从十六世纪到十八世纪古典小说的发展达到了高潮，反映了自由民主的市民思想同封建统治思想的斗争。

朱元璋建立的汉人统治的大明帝国的封建王朝，是元末农民起义的胜利成果。一开始就把元蒙时期的奴隶、农奴和工奴解放了，大部分变为自由民户。流民得到开垦荒地的权利，免税三年。劳动力的解放提高了生产力。在明朝初年阶级矛盾稍稍缓和，不久又呈现了土地集中兼并的现象。除了诸王、勋戚、宦官大量占夺民田外，一般官僚和一般地主大量兼并土地。土地的高度集中是封建社会末期的现象。

明初扶植工商业，主要表现在解放工奴和简约商税上。明代的工商业，在元蒙时代工商业的基础上有进一步的发展。许多工匠从工奴的地位解放出来。明代的手工业有空前的发展，如杭州的纺织业，苏州的丝织业，松江的棉织业，景德镇的瓷器制造业，已经有资本主义的萌芽。工人是脱离农业生产的农民所转化的。原先是男耕女织的家庭生产，现在是出卖劳动力的工人。万历时吏部尚书张瀚，述他的先世毅庵，原以酤酒为业，因遭水灾，酒败，改业；购机一张，织诸色纻币，备极精工，获利甚厚。每两旬增一机，后增至二十余，家业大饶。又《神宗实录》记万历年间苏州郡城之东，皆习织业。机户出资，机工出力。机工是计日领取工资的。全市织工染工至少均在几千人以上。都是"浮食奇民，朝不谋夕，得业则生，失业则死"（自由出卖劳动力的无产者）。

万历二十九年（1601 年），据《明实录》，苏州有织工抗苛税斗争的记载。由于太监孙隆做苏杭等处提督织造，妄议每机一张，税银三钱，于是机户与机工联合起来反抗。机户杜门罢织，机工自分饿死，一呼响应。织工领袖葛贤首倡，集众民变，包围织造衙门，要求罢税。缚税官六七人投之于河，毙孙隆的走狗黄建节于乱石之下，付汤莘（本地棍徒）等家于烈焰之中。葛贤于斗争胜利后挺身而出，愿受死刑（这是三百五十年前的工人运动，光荣的斗争史）。

明初永乐年间，派郑和（三宝太监）下西洋，是在十五世纪初到十五世纪三十年代（自 1405 年起，七下西洋），开拓南洋、印度洋沿岸的海外市场。所造长四十四丈、宽十八丈的海船是当时世界上最大的航洋巨舶。海外贸易对中国封建社会内部资本主义生产方式因素的增长，起着一定的促进作用。郑和的航海较之欧洲几个有名的航海家地亚士、哥伦布、麦哲伦等早了五十到一百年。航海发达，商品得到世界市场，促进了资本主义的发展。

中国古典小说的高潮时期是十六世纪到十八世纪。正是封建社会末期,资本主义萌芽时代。当时社会矛盾虽然主要的仍是农民与地主的阶级矛盾,但却也表现出新的生产力与封建制的矛盾与斗争。进步的小说反映这个社会现实,指出封建统治的腐朽和新兴的社会力量。平凡的市民的形象作为小说的主角。演史小说固然还要发展,但是人情小说即描写一般市民百姓生活的小说占主要发展的题材。小说的数量并不比戏曲文学多,可是更其有现实主义精神,走向高峰。

书店竞刊小说,是应市民的要求与需要的,小说商品化。印刷术精工图绘木刻。在元代小说书还是刊得简陋,不如经史诗文集。明代便不同了。戏曲小说也刊大本,与诗文集同,而雕板图绘则更讲究。

刊小说戏曲者,如万历间金陵唐氏之世德堂,嘉靖杨氏清江堂之刊《唐书志传通俗演义》,嘉靖间闽书林熊钟谷(大木)之刊《南北宋演义》、《大宋中兴岳王传》,余象斗之刊《水浒传》(万历间),清平山堂之刊短篇小说,建阳三台馆之刊《南北宋志传》,容与堂之刊《水浒传》。其他多不胜举,要之,刊行小说最盛时期从嘉靖年间起,也是资本主义萌芽时期起。

第二节　明中叶长篇小说
(《金瓶梅》及其他)

[提要]

脱离话本性质的个人创作,展开小说史的新页。罗懋登的《西洋记》反映海外贸易的发达。《西洋记》是失败的尝试。

现实主义的长篇小说《金瓶梅》暴露明代中叶封建剥削阶级的荒淫贪酷。《金瓶梅》的艺术成就及其缺点。

一、讲史类小说

继续章回小说的成长，在明代中叶有不少小说书出现。讲史类有嘉靖三十一年(1522)《新刊大宋演义中兴英烈传》八卷，附会纂《岳武穆王精忠传》后集三卷，杨氏清白堂刊本，建邑书林熊大木(钟谷)编辑。《唐书志传通俗演义》，1553年杨氏清江堂刊本，八卷九十节。

二、罗懋登的《西洋记》

罗懋登(别署二南里人)，曾作《琵琶记》、《拜月亭》注释，也作戏曲。他写作了一百回的《西洋记》，以郑和下西洋为题材。有万历二十五年丁酉(1597年)的序，书名《三宝太监西洋记通俗演义》，简称《西洋记》。史实是1405—1430年间郑和七下西洋的故事。反映明代海外贸易的发达。人民喜爱听海外冒险故事，但作者时代距明初已远，他知道史实不多，而采取马欢的《瀛涯胜览》与费信的《星槎胜览》中内容以成书，组织进若干民间故事，大部分是作者所幻想的海外战斗。作者所处的时代，正是万历年间倭寇为害、朝鲜有中日相持的战争局面之时，作者想象明初国力开张时代，不胜感慨。

第1—7回，碧峰长老下生。

第8—14回，碧峰长老与张天师的斗法。

第15回以下，写郑和挂帅西征。用大号宝船三十六艘，长四十四丈四尺，阔一十八丈。雄兵三万有零。此与《明史》合。《明史》载船六十二艘，士兵二万七千余人。

《西洋记》谓，郑和下西洋的动机为永乐要得到传国玺，此是胡诌。下西洋的政治作用，为访求建文与联络印度抄袭帖木尔帝国的后方。

三、《金瓶梅》

(一)展开小说史新页的个人创作——《金瓶梅》

《金瓶梅》的作者，署名兰陵笑笑生。生平不可考。兰陵今属山东峄县。书中亦多山东方言。作者当是山东人。这部书先有抄本,出现在万历(1573—1620)年间。沈德符的《野获编》提到这部书,说袁宏道欣赏这部小说,把它与《水浒传》相提并论。袁宏道有《觞政》,把它配《水浒传》。袁氏《觞政》成于万历三十四年(1606年)以前,说是为嘉靖间大名士的手笔。有归于王世贞者,其说不可靠。王世贞是太仓人,不可能写这部书,是因"嘉靖间大名士"而附会的。《野获编》提到,1606年以后不久,苏州就有刊本。今我们所见《金瓶梅词话》,是1617年东吴弄珠客万历丁巳年序的刊本。《金瓶梅词话》的刊行离开作者成书当不甚远,此书当成于十六世纪末、十七世纪初年,其初刊本应该在1617年以前五六年。

全书一百回,称词话,是拟话本。中间夹杂着许多词曲。词话是宋元小说的别名。因为演说小说的,除说书外夹上弹唱。《金瓶梅》保存这个体例。它从烟粉灵怪传奇的小说体例中脱胎出来,有长篇巨制的结构。除了诗词、四六骈体的穿插以描写景物及抒情以外,常用当时通行的词曲,全书有六十多支通行小曲。但虽是词话体例,事实上并非说书者的话本,不是从说书艺人的话本改编的,乃是一位小说家的创作。如果不是一人所独成,也只是一二位作家所创制的,不过用词话体例而已(因为书中极淫荡秽亵之处,说书者也无法说。这些秽亵部分,是只能形诸笔墨而不能公开说唱的,而它们是书中有机部分,并非另有人所加)。

(二)现实主义的长篇小说《金瓶梅》

《金瓶梅》的故事,出于《水浒传》。小说从《水浒传》中摘取一段,即西门庆与潘金莲私通。武松为武大报仇,追杀西门庆,误杀另一人,西门庆得以脱逃。武松发配,西门庆偷娶潘金莲为妾。

书名"金瓶梅",取自书中三个女性的名字:潘金莲、李瓶儿、春梅。

全书着重描写西门庆一家妻妾:妻,吴月娘;妾,孟玉楼,李瓶儿,潘金莲,孙雪娥;婢,春梅。此外有婿,陈经济。

西门庆"原是清河县一个破落户财主,就县门前开着个生药铺。从小儿也是个好浮浪子弟,使得些好拳棒,又会赌博,双陆象棋,抹牌道字,无不通晓。近来发迹有钱,专在县里管些公事,与人把揽说事过钱,交通官吏"。"知县知府都和他往来。近日又与东京杨提督结亲,都是四门亲家,谁人敢惹他。"

西门庆是一个小城市的恶霸,是有钱有势的人物。他原是破落户的浮浪子弟,结识了浮浪子弟九人,结拜为十弟兄。靠着生药铺、高利贷剥削。此后便用玩弄妇女谋害朋友的手腕发横财。私通了他的结拜朋友花子虚的老婆李瓶儿,把花子虚害死了,谋得了钱财,又娶李瓶儿为妾。再包揽词讼,结识当地官吏。再用他的钱财,结交蔡御史,勾结东京权贵杨戬和蔡京。蔡京提拔他做了提刑副千户。蔡京的生辰到了,他亲自带了厚厚的一份礼,二十担金银缎匹去拜寿,拜蔡京为干爷,便升了正千户提刑官。于是进京引奏谢恩,进一步和朝中执政的官僚们勾结。这样一个小城市的开生药铺的老板由此列入于官绅阶级。小说集中写这个恶霸家庭,同时旁及社会黑暗的各个方面。全书除武松的出现不关重要以外,没有一个正面人物,都是些极丑恶的人物。《金瓶梅》虽假托宋代故事,书中所写实在是明代中叶,即嘉靖万历年间的中国社会的黑暗面,剥削阶级(官绅,和官绅勾结的不法商人)的荒淫贪酷的全貌。小说大胆地暴露现实,成为照透那个时代那个社会的一面镜子。

除西门庆以外,小说还写了象应伯爵那样的帮闲人物(破落户出身,家财没了,专跟富家子弟帮闲贴食的)。伯爵 = 白嚼。是跟着西门庆玩弄妇女,专说笑话帮衬的。谢希大,好踢气球,赌博,游手好闲。吴典恩(无点恩),是本县阴阳生被革退的,专一在县前与官吏保债。

《金瓶梅》的书名,取自三个女性,潘金莲、李瓶儿、春梅。潘、李因争宠而互相嫉妒。潘金莲阴狠毒辣,因为李瓶儿生子,设计把李瓶儿之子惊死。李瓶儿也亡故。潘金莲私通陈经济等,是典型的荡妇。春梅是一个丫头，先为西门庆所收用，后来也私通陈经济。在西门庆家的妾中，孙雪娥是被压迫者，孟玉楼无声无臭。吴月娘是一个软弱无用的人，根本管不了家，一任西门庆和小老婆们胡闹，喜欢尼姑出家人奉承，听听说佛书。

西门庆往往用风流手段，甜言蜜语，诱骗女性。骗到手里，便换了魔王一样的面孔，高兴时叫你两声小淫妇，发起脾气来，把女人脱得精光，用皮鞭打得皮破血流。

《金瓶梅》着重写这样一个家庭，声色货利，肉欲与财贿的世界，为最堕落的社会的写照。全书一百回，从这个家庭的兴盛写到衰败。

《金瓶梅》不能被认为是自然主义的作品，而是现实主义的作品。因为作者所写，并非偶然的、琐碎的社会生活，而是典型的、一个真实社会的横剖面。作者通过西门庆、应伯爵、潘金莲等艺术形象的具体表现，使我们认识这社会的无可掩饰的、如是种种丑恶，引起人们无比的愤怒与憎恨的情感。

《金瓶梅》虽只写了清河县一个剥削阶级家庭，但从这个家庭中的人物与社会各方面的关系，可以看出那个时代整个社会的面貌。这是它的现实主义的广度和深度。它揭露了当时一般剥削阶级的荒淫堕落(从皇帝到官绅巨商莫不如此)。我们读明代中叶的笔记野史，认识此书所写，确是写实，并不夸大。嘉靖、隆庆、万历间，一般的风俗是淫靡堕落的，士大夫也奔竞成风，廉耻尽丧，商人富户尤其淫靡，当时的社会真实情况如此。《金瓶梅》是一部大胆暴露现实的小说。

(三)《金瓶梅》的艺术成就

1. 是我国第一部有完整结构的长篇小说。在此之前的如《水浒传》、《西游记》等，全书可以拆散为零篇故事，《金瓶梅》不然。它写一个家庭的事情，几个人物从头至尾贯穿全书。小说描写家庭琐屑的日常生活，而规模巨大，至一百回之长，结构宏伟。此无先例，具有特创性。

2. 全书以描写人物形象为主,并无多少故事情节。人物占第一位,不重情节,不靠故事,故事的发展是人物个性和行动的自然结果,有必然性,合乎客观事物发展的规律。没有浪漫主义、离奇曲折的情节。描写细腻深刻。

以上两点开《红楼梦》先声。

小说创造了诸如西门庆、潘金莲等典型的反面人物。他们是封建社会末期,堕落腐朽的统治阶级中的典型人物。正如东吴弄珠客在《金瓶梅序》中所说:"借西门庆以描画世之大净,应伯爵以描画世之小丑,诸淫妇以描画世之丑婆、净婆,令人读之汗下。"这一群男女是声色货利、各种欲望的奴隶。分别开来说,女性又为男性的奴隶。

3. 口语的运用(文学语言的创造性),达到高度。语言全部是口语,用山东方言。生动泼辣,绘影绘声。纯粹白描,不加修饰。描绘淫鄙妇女的口吻,维妙维肖,如潘金莲和人吵嘴等,栩栩欲活,如闻其声。

(四)《金瓶梅》的缺点

1. 结构有松懈处。不免有沉闷的地方,缺乏戏剧性情节、中心故事(此不及《红楼梦》处)。

2. 秽亵篇幅占太多。书中秽亵的部分非常多,西门庆私通的妇女不少,良家妇女、伙计老婆、女仆等,潘金莲私通了她的女婿。性交赤裸裸地无忌惮地描写出来。因此这部书被称为第一等淫书,列为禁书。大概色情小说通行在明代,《金瓶梅》如此,其他短篇小说也都带些色情描写。原因有:(1)在封建时代女子是文盲,不识字,不是读者。男女没有社交。小说专为男人们的读物。于是作者喜欢夹杂秽亵,刺激读者,增加书的市场。(2)堕落的社会真况如此,春药公开可买。

3. 有佛教因果报应思想,冲淡了现实主义精神(作者世界观的局限)。

《金瓶梅》有满文译本、德文本以及其他各国译本。有《世界文库·中国珍本丛书》的删净本，张竹坡批本的《第一奇书》本。

《金瓶梅》有续书名《玉娇李》，相传为同一作者，今不传。又有《续金瓶梅》六十四回。把《金瓶梅》书中人各复投身人世，以了前世的因果报应，没有什么意义。

四、附论中篇小说

明末清初（十七世纪）尚有介于长篇与短篇之间的若干种小说。

才子佳人美满姻缘的小说，有：

《玉娇梨》（又名《双美奇缘》），无名氏作，二十四回。写白红玉、卢梦梨二才女和才子苏友白的错综曲折的姻缘故事。

《平山冷燕》，荻岸山人编次，二十回。

《铁花仙史》，云封山人编次，二十六回。

《好逑传》，又名《侠义风月传》，名教中人编次，十八回。叙铁中玉与水冰心的姻缘。

《玉娇梨》与《好逑传》都有德、英、法等多种外文译本，流行欧洲，颇博佳评。

另有《斩鬼传》，十回。写钟馗斩鬼事，是讽刺小说。

第三节　拟话本短篇小说

一、"三言""两拍"与其他拟话本短篇小说

明代中叶刊印小说的风气很盛。章回小说如《三国演义》、《水浒传》、《西游记》，成书在元末明初，或明代中叶改编，刊印都在嘉靖万历年间。短篇小说亦不例外。宋元话本小说如《京本通俗小说》与《清平山堂话本》亦刊印在明代中叶。为了市民读者的需要，除了刊印旧话本小说外，加入了新创作的拟话本短篇小说，活跃在明中叶到明末。

首先重要的是冯梦龙的"三言"，即《喻世明言》、《警世通言》、《醒世恒言》。

冯梦龙，字犹龙，别号龙子犹，亦号墨憨斋主人，江苏长洲（今属苏州）人。崇祯（1628—1644）年间，由贡生选拔为寿宁县知县。1646年清军攻陷南京、福州后，忧愤而死。江南有名文人，有经学著作等。也写诗，正统文人认为是打油诗。亦为曲家。对于市民文学最有研究。编了些词曲和小说书。他曾经整理改编明代俗曲，如《山歌》、《挂枝儿》等，又有《黄山谜》，中间有谜语及山歌。

《喻世明言》，一名《古今小说》，天许斋原刊本（原本藏日本）。有绿天馆主人序，云编者为茂苑野史，据考定即冯梦龙，茂苑者即长洲。王古鲁照相回国，商务印书馆据以排印。共四十回。

《警世通言》，天启四年（1624）刊本，有无碍居士序。四十回（前燕大所藏有二十余回，《世界文库》本有三十九回，缺《山亭儿》一回）。王古鲁有四十回全本（最近傅惜华先生印《宋元话本集》收入《山亭儿》一回。也有中央书店通行铅印本，亦缺《山亭儿》一回）。

《醒世恒言》，四十回（旧燕大藏本，缺二十三回《金海陵纵欲亡身》）。

“三言”一共一百二十回，其中有宋元旧本，有明人作品，而明人作品中包括冯梦龙自己的创作在内。

“三言”以外，有凌濛初的《拍案惊奇》与《二刻拍案惊奇》（合称“两拍”）。几乎全部是凌氏的创作，很少几篇是根据旧编的。

凌濛初（1580—1644），号初成，别号即空观主人。浙江乌程人。副贡生，崇祯初授上海县丞，后升徐州通判。刊书甚多，戏曲俗文学书。凌刊甚名贵。亦为曲家，除小说创作外，还有戏曲作品，如《红拂传》（《北红拂》）。凌氏一方面是市民文艺的爱好者，一方面反对农民起义。在徐州通判任上，甲申年（1644）被李自成起义军围困，呕血而死。

《初刻拍案惊奇》，最早是崇祯元年刊本（尚友堂刊本），有四十回。日本藏有。今国内所见者仅三十六回。

《二刻拍案惊奇》，只有在日本藏有。王古鲁有手抄本。

《二刻》中二十三回《大姊魂游完宿愿　小姨病起续前缘》与《初刻》同。大概原书不是如此，缺了此回，遂以《初刻》二十三回补之。另外，第四十回为《宋公明闹元宵杂剧》，为戏曲而非小说。可能日本所藏之刊本，已非最早刊本，亦可能此书凌氏为应书坊人急印之故而未编好者也。

选本《今古奇观》：

值得提出的是短篇小说的精选本《今古奇观》，是三言两拍的选本。明末书店人所为。到清初，统治者不喜欢市民文艺，因为它反映阶级矛盾，便借了消灭淫书之名，把三言两拍都禁止印行了。只有《今古奇观》未被禁行，独流传了三百年。

《今古奇观》的选者是抱瓮老人。也许是职业文人，而为书坊所聘请者。《今古奇观》所选实为三言两拍之菁华，内四分之三选自三言，而四分之一出于两拍。其选三言两拍中之小说，另有一点，即不选宋元旧本，皆为明代人作品，当以冯、凌两氏之创作为多。

明末清初其他拟话本：

《石点头》，天然痴叟著，十四卷。迂腐，多主劝戒。

《西湖二集》，武林周清源著，三十四卷。

《醉醒石》，东鲁古狂生编辑，十五卷。

《十二楼》（一名《觉世名言》），十二卷，李渔撰。

《豆棚闲话》，艾衲居士著，十二则。

《照世杯》，酌元亭主人著，日本有藏本。今有与《三国志平话》合排之海宁陈氏慎初堂排印本。主讽刺，篇幅较长，近中篇小说。

《今古奇闻》，二十二卷。

《续今古奇观》，三十回（选《拍案惊奇》编成）。

二、“三言”“两拍”题材的多样性

从题材的来源看：

1. 历史的题材。如《晏平仲二桃杀三士》、《羊角哀舍命全交》、《梁武帝累修成佛》、《李谪仙醉草吓蛮书》等。

2. 根据唐人传奇、《太平广记》、元人杂剧等改写的。如《薛录事鱼服证仙》、《包龙图智赚合同文》、《闹阴司司马貌断狱》(从《三国志平话》中来)、《苏知县罗衫再合》(明无名氏有《白罗衫》传奇即演此)等。

3. 取材于当代民间流传的故事。如《蒋兴哥重会珍珠衫》、《乔太守乱点鸳鸯谱》等。

从题材内容的分配上看:

以爱情故事为最多,占三分之一以上。其次是以义气为主题的(同情弱者,讲报恩、复仇等)。另外是暴露社会黑暗面的(描写地主的贪财好色及其愚蠢)。再有些是写政治故事,统治阶级内部的矛盾与斗争(如《沈小霞相会出师表》、《卢太学诗酒傲王侯》),写市民力量与统治者的斗争(如《汪信之一死救全家》),写农民起义后财主的境况(如《钱多处白丁横带》)。

三、"三言""两拍"的思想内容及其进步性

"三言""两拍"中的小说充分反映了市民阶层的生活和思想。不论是通过爱情故事,通过歌颂信义的故事,通过暴露封建社会内部矛盾的故事,都反映了市民的眼光和要求。市民阶层包括手工业者、商人和中下层知识分子。爱情故事和婚姻自由是突破封建宗法社会的重要环节。信义对于市民极为重要,他们是依靠团结友爱以争取属于他们阶级的利益的。

商人形象作为正面人物而出现。这些商人具有劳动人民的品质。例如《两县令竞义婚孤女》,内中有一商人贾昌,有同情弱者、济困扶危的心怀,不是唯利是图的。又如《卖油郎独占花魁》中的卖油郎,过着劳动人民的生活,勤勤苦苦的。《刘小官雌雄兄弟》中的刘方、刘奇,有聪明智慧,两个都是商人形象。"三言""两拍"中描写商人有前途,地主没有前途,如《转运汉巧遇洞庭红》。又,《赠芝麻识破假形　撷草药巧偕真偶》虽是写狐狸的故事,却也反映商人逐渐受重视。缙绅马少卿招赘客商蒋生,说:"江浙名邦,原非异地,经商亦是善业,不是贱流。”

在爱情故事里,反映了对于女性的歌颂与同情。爱情故事有它的现实意义。当时是程朱理学作为统治阶级压迫人民的工具,对于中下层百姓的约束力量很大,但是统治阶级自己是荒淫无耻的,如《金瓶梅》所写。市民文艺作品中冲决藩篱,贞操问题不是提得很高,如《蒋兴哥重会珍珠衫》中蒋兴哥对待失贞的妻子三巧儿的态度。《杜十娘怒沉百宝箱》、《宋金郎团圆破毡笠》、《陈御史巧勘金钗钿》等,写爱情冲破贫富贱贵的界限(“十娘钟情所欢,不以贫窭易心,此乃女中豪杰。”)《乔太守乱点鸳鸯谱》,使人皆大欢喜,突破父母之命媒妁之言。《通闺闱坚心灯火　闹囹圄捷报旗铃》写择婿,考中了什么都行了,考不中什么都不行,有讽刺性。《错调情贾母詈女　误告状孙郎得妻》写一死而复生的故事。女家姓贾,男家姓孙。孙小官与贾闰娘为邻,青梅竹马。一日贾母穿着女儿的衣服,孙小官看见她,误认为是贾闰娘,说了几句玩笑话。贾母为此辱骂女儿。女儿气不过,上吊自杀。贾母赚孙小官来陪尸,而自己去报官。结果闰娘复活了,孙、贾反成婚配。此为极大讽刺礼教之作(贾母无知识而充满一脑子的礼教观念)。小说歌颂自择丈夫的女性,如《苏小妹三难新郎》、《同窗友认假作真　女秀才移花接木》。又如《钱秀才错占凤凰俦》,说明才貌相当才宜婚配,不管礼聘。骗局终于失败。

“三言”“两拍”中也有写爱情悲剧的。大抵是男子负心。少年贫贱时谈爱情,有钱有势以后便负心,如《金玉奴棒打薄情郎》。也有描写玩弄女性的作品。

《硬勘案大儒争闲气　甘受刑侠女著芳名》,写朱熹与唐仲友有隙,辱官妓严蕊,诬其与唐仲友有私情(此故事见周密《齐东野语》)。小说讽刺理学家。晦庵不但生心与唐仲友为难,认为唐仲友是风流人物,必定与严蕊有关系,而且认为女性柔脆,受刑必招。而严蕊却始终不招。又有绍兴太守,也是讲理学的,见严蕊有貌,认为“从来有色者必然无德”。严蕊宁可被置于死地,不肯诬人,小说中说她"堪比古来义侠之伦"。

"三言""两拍"中也有正面描写夫妇爱情者,如《崔待诏生死冤家》、《崔俊臣巧会芙蓉屏》、《陈多寿生死夫妻》。

"三言""两拍"中肯定义气。如《两县令竞义婚孤女》、《裴晋公义还原配》、《吴保安弃家赎友》、《羊角哀舍命全交》。写朋友关系者如羊角哀、俞伯牙。再如《李汧公穷邸遇侠客》,写出对于房德的憎恨,极端鞭挞忘恩负义的人。《蔡小姐忍辱报仇》中,蔡小姐身陷贼手时,心中暗想:"我若死了,一家之仇,哪个去报?且含羞忍辱,待报仇之后,死亦未迟。"在此,贞操是第二位,报仇是第一位。

小说中暴露了统治阶级内部矛盾。写正派官僚反对奸党的,如《沈小霞相会出师表》。其中也有商人形象,重义气的,如《汪信之一死救全家》,汪信之是烧炭冶铁的企业家,被诬谋反。此写与封建统治者的矛盾。

写地主掠夺劳动人民的,如《灌园叟晚逢仙女》。

有故事散漫零碎的,如《宋四公大闹禁魂张》,描写小偷的本领,极佳。宋四公、赵正等盗贼专与悭吝的禁魂张过不去。肯定了小偷的智慧而暴露财主的剥削。《神偷寄兴一枝梅　侠盗惯行三昧戏》亦类似。故事散漫但有集中的思想。

拟话本短篇小说有共同性,各篇都含劝世意,作者站在市民的角度看问题,对市民生活作真实描写。作为主要人物的商人形象有正义感,讲义气。好赌、好色、好利的大都是地主和官僚,对官僚地主和封建统治者进行鞭挞。

四、拟话本短篇小说的共同缺点

1. 有封建思想的糟粕,作者的世界观大多是落后的。受宿命论、因果报应思想的影响,如《看财奴刁买冤家主》,认为地主所以有钱,是因为他天生有福命。有宿命论的作品可能是文人的作品。比较而言,"两拍"要比"三言"差,宿命论气氛也较为浓厚些。

2. 有色情成分和庸俗趣味。这也反映当时的社会现实。因为明代社会风气如此,上层官僚士大夫满口仁义道德,满肚子男盗女娼。再则,资产阶级的前身市民阶层,本身含有庸俗的市侩气。

3. 某些作品以地主观念为指导思想。如《刘元普双生贵子》,地主稍微做了些善事,就肯定他。他强奸婢女,生一子,而作者写成是婢女有福,为地主所垂青,升拔为妾。还有是男性中心思想,如《庄子休鼓盆成大道》。

4. 即便很好的作品,也有它们的落后性。如《徐老仆义愤成家》,反映做买卖比地主剥削有出路,是进步的,但宣扬了劳动人民的奴隶性。《唐解元一笑姻缘》(又作《唐解元玩世出奇》),写唐伯虎不惜降低身份追求一个婢女,歌颂平等的爱情,但有一夫多妻的思想,因唐是才子而纵容他的玩世。又如《滕大尹鬼断家私》,情节曲折,结局出人意料。揭露了滕大尹的欺诈巧伪,但没有批判老年地主的娶年轻女子为妾,给她带来半辈子的苦难。不但肯定了一夫多妻制,也没有批判地主的享乐生活。

五、作品选讲:《卖油郎独占花魁》

《卖油郎独占花魁》,故事背景是北宋、南宋之际,人民遭受兵乱流徙,以致家人离散。花魁女原出良家,是汴梁粮食铺主人的女儿,遭人欺骗,流落娼家。卖油郎,原姓秦。父亲秦良,母亲早丧,也是从汴京逃难来南方的,而父亲在秦重十三岁时就将他卖了,过继于油店老板朱十老做义子。当金人入寇之时,百姓流亡,正是:

宁为太平犬,莫作乱离人。

小说具体描写外族入侵所给予汉族人民的苦难。同时这篇小说也写出在南宋建都的临安,上层社会豪华享乐的生活。这从花魁女得天天陪着阔少爷们游玩作乐,可以见到。享乐的是一般贵族和官僚地主阶级。

小说的主题是爱情与义气。故事带一点传奇式,不平凡的,但是写得入情入理,非常自然。花魁女王美娘,尽管她的出身是买卖人家,小市民,但落入娼家后,即失去人身自由,处在社会下层。她需要伺候官府,供人玩弄。在王九妈的逼迫下,非这样不可,是无可如何的。身处这种环境,应该是羡慕势利的,但是花魁女可以说是出淤泥而不染。在她的交际力量可以达到的许多豪华公子、许多风雅名士中,她都无所属意,惟独看中了一个卖油的小商人,愿托终身。这是十分难得的。不贪势,不贪利,用她自己的积蓄自己赎身。这是非有极高的见识,通过思想斗争才能下这个决心,以求自己的解放,为终身幸福着想。一方面固然秦重志诚老实的性格使她感动;另一方面也是她接触的人多,阅历既深,对于社会人情有进一步的认识,才能很理智地作出了这样的决定。

小说写秦重对花魁女一见倾心。秦重是个诚实的人,并非好色者,在朱十老家,不受兰花的诱惑。而对于美娘的倾心,除慕其美色外,还有怜惜的心思:"世间有这样美貌的女子,落于娼家,岂不可惜!"他只是仰慕,想接近,有此痴念,自己知道并无久占有的希望的。此后作者写他的志诚,他的痴情;写他真正地看重女性,怜惜女性,帮助女性,没有一点玩弄女性的思想。而同他相反的是吴八公子,一个作践女性的阔公子形象。

小说写出了人物性格的发展。王美娘结交的都是贵公子。起初,见王九妈贪财,引进一个商人(秦重)来,王美娘颇不以为然,怕相与了坏了她的名声,所以有不悦之色,拼命喝酒,喝得大醉,不理会他。直到知道秦重一夜小心伺候她,方始有点过意不去,而他走了,反而有些思念。但是决心要嫁他,是在遭受吴八公子凌辱之后,进一步认识了秦重为人之时。因为名妓尽管能交际名流,但她和贵公子间是不平等的。贵公子们是逢场作戏、使性妄为的,她知道他们"都是豪华之辈,酒色之徒,但知买笑追欢的乐意,那有怜香惜玉的真心",只有秦重知情识趣,倾心相爱。所以她宁愿舍弃高堂大厦、锦衣玉食,与秦重共同过布衣蔬食的生活。她作出了正确的抉择,获得了自由和幸福。

【第五章】

正统文学的余响

（清代诗歌与散文）

第一节　明清之际的遗民文学和民主思想

明朝末年，政治腐败，土地高度集中。广大农民脱离土地，又加以水旱天灾，人民生活在水深火热之中，阶级矛盾非常尖锐。明代自中期后，各地的农民起义已经接连地发生。到了十七世纪中叶，就在阶级矛盾尖锐化的基础上爆发了大规模的农民起义，明代封建政权于是灭亡。但是不久，汉族封建势力勾结满族贵族，打败了农民起义军，随即统一了中国，建立了清王朝。中国人民在原来封建剥削之外，又遭到了清贵族野蛮势力的统治。

在这巨大变动的时期，人民进行了英勇不屈的坚决反抗。一部分知识分子保持了民族自尊心，在他们的思想和行动中表现了崇高的、可歌可泣的斗争精神，同时也遗下大量的遗民文学。

明末东林党的领袖是顾宪成与高攀龙，其思想是正统的儒家思想，与阉党对抗，与程朱理学相近。

张溥等成立的应社（1634 年成立），后改为复社，亦以程朱之学为中心，在明末的南方起爱国作用，为阮大铖等所迫害。

明末爱国文人都与复社有关。如起义而殉国的有陈子龙，跟陈子龙起义年纪很轻的有夏完淳，死时年仅十七岁。吴应箕起义于池州，张煌言（字苍水）在浙江沿海支撑了二十余年。

这些文人的优秀作品，都是直接或间接地与反清的民族意识联系着的。充满爱国思想的作品是当时诗歌散文的主流。

清朝统治者对汉族知识分子，一方面是笼络、利诱，一方面是威胁、镇压。如一入关就恢复科举，后来又开博学宏词科，纂修《明史》，编纂书籍。康熙十八年，开博学宏词科，共荐一百四十三人，不管完卷与否，不管内容有错无错，只要有些名声的人，全予录取。同时，又大兴文字狱。康熙时，1663 年的庄廷钺案，1711 年的戴名世案，死者都达数十数百人，被牵连的更多。这对知识分子是一次严峻的考验。尽管如此，这时还是有许多重民族气节的人。如当时北方一个大学者孙奇逢（夏峰），直隶人，明亡时已六十三岁，因旗人圈地，土地被侵占，他避居河南辉县之万泉山夏峰，躬耕。清廷征博学宏词科，不就。康熙时几为文字狱牵连，得免。另一学者李二曲（名颙），在陕西讲学，康熙初年，有人以“山林隐逸”荐，不赴。后来征博学宏词，地方官强迫起行，竟绝食六日，要拔刀自刎，才免。后闭门著述不见人，惟顾炎武去访，才开门谈学。后来康熙西行，传旨一定要见他，他叹道：“这回真要逼死我了。”以疾坚辞，幸而免。

明末清初思想家的代表人物，是黄宗羲、顾炎武、王夫之三人。

黄宗羲（1610—1695），字太冲，号梨洲，浙江余姚人。父尊素为东林名士，以弹劾魏忠贤遭杀害。梨洲少年倜傥有奇气，袖铁锥，为父报仇。南明时，阮大铖捕东林、复社人士（参见《桃花扇》),他亡命日本。清兵南下,时值鲁王监国,他在浙江一带起义抗清,组织世忠营。直至明完全灭亡后,才回乡著书。清廷征召不赴。其著作有名的有《宋元学案》、《明儒学案》、《明夷待访录》等。

顾炎武(1613—1682),原名绛,字宁人,号亭林,明亡改名炎武,人称亭林先生,江苏昆山人。他少年时即留心时事,作《天下郡国利病书》。明亡时,他三十一岁。甲申后一年,与归庄等在昆山参加起义,失败。昆山陷,母绝食死,遗言嘱其不仕二姓。因仆人告他通海事唐王,杀仆,北上,交结了许多身负亡国悲痛的奇特人物,如傅山、孙奇逢、李二曲等。顾氏既效力学问,又善于理财。在山东、山西、陕西开垦土地,在山西设立过钱庄。他曾在南京五谒孝陵、在北京六谒崇祯思陵,这种行动虽然是向一姓示忠,但在封建时代,知识分子不能摆脱这个局限。他以此表现爱国家、爱民族的热情和自尊心。1678 年,有人荐他应博学鸿儒考试,坚拒。他表示:“刀绳俱在,无速我死!”为杀仆事下狱,归庄为之奔走于钱牧斋之门,牧斋允为营救,惟须顾炎武以弟子礼事之,归庄不得已为代写一门生帖,拟投进,为顾所知,坚执不允。他长年在外,夫人亡故也未回,悼亡诗有云:“地下相烦告公姥,遗民犹有一人存。”他疾呼:“天下兴亡,匹夫有责!”他认为士大夫之无耻,为天下之大痛。主张经世致用,反对行伪而诡。有《亭林诗文集》、《日知录》等。

王夫之(1619—1692)字而农,号姜斋,又号夕堂,湖南衡阳人。晚年隐居石船山,人称船山先生。是古代著名的唯物主义者。张献忠攻陷衡州,想征他,不就。清兵入湘,他在衡山参与起义抗清,失败后在桂林与瞿式耜合,又告失败,回湘独居衡山隐居著书,与外界隔绝,因而传记材料较少。他代表小地主思想,“土地非王者所得私”,主张耕者有其田,同情农民,但对农民起义尚无清楚认识。他又认为“富民大贾,国之司命也”,此为资本主义萌芽时期之思想,肯定资产阶级,不以皇帝与地主为国之司命。王夫之的著作有《船山遗书》三百二十四卷，其《姜斋诗话》等是重要的文艺理论著作。

顾炎武、黄宗羲、王夫之都有正统的儒家思想，他们反对王学，也反对王学左派，包括李卓吾等。王学末流逃避现实，主张山林隐逸，实在是为地主阶级服务。其世界观是主观唯心论，空谈理论，缺乏实践。如王学末流的钱谦益成为丑名昭彰的投降分子，因此为有民族气节的顾、黄、王所不耻。程朱理学在民族矛盾尖锐时，有进步作用。

黄宗羲为王学修正派，近于二元论；顾炎武自己不看作思想家，自认为是经济家，是唯物论者；王夫之是唯物主义哲学家。

顾、黄、王思想特点，概括地讲有以下几点：

(1)强烈的爱国思想和民族意识。这表现在他们的行动和著述中。他们认为人应方正，最忌圆滑。顾氏论学，倡导“博学于文”、“行己有耻”的古训，前者是做学问的方法，后者是做人的方法。他说：“廉耻，立人之大节。盖不廉，则无所不取；不耻，则无所不为。”又说：“保天下者，匹夫之贱，与有责焉。”

(2)反对明末人的空谈、不学，主张联系实际，经世致用。如黄宗羲说：“明人讲学，袭语录之糟粕，不以六经为根柢，束书而从事于游谈。”梨洲父亲告诉他：“学者最要紧的是通知史事，可读《献征录》。”

顾亭林也是如此。他治产业，他在北方旅行，“凡先生之游，二马二骡，载书自随，所至阨塞，即呼老兵退卒，询其曲折，或闻与平日所闻不合，则即坊肆中发书而对勘之”。

(3)民主思想。黄宗羲《明夷待访录》今存二十余篇。其余尚有更激烈者，已被删除(全祖望说：“原本不止于此，以多嫌讳不尽出。”)。他说：“为天下之大害者，君而已矣。”他认为，君主所定之法是“一家之法，非天下之法”，君主是“屠毒天下之肝脑，离散天下之子女，以博我一人之产业”。“天子之所是未必是，天子之所非未必非”。

从顾炎武对于封建政治、经济和科举制度的批判也看出他的民主精神。

王夫之的哲学思想中也包含民主思想。

(4)都有独创性的学说，如黄宗羲的史学、顾炎武的考据学、王夫之的哲学都独树一帜。

概括说来，顾炎武、黄宗羲、王夫之思想的共同点是：强调爱国主义与民族气节；对君权有所怀疑，反对一切不合理的政治措施；世界观倾向于唯物论，反对王学末流；主张实践，反对空谈。

第二节　清初的诗词与散文

一、顾炎武和归庄

顾炎武不单是热烈的爱国主义者和积极的社会活动家，不单是一个把书本知识联系现实政治的学者，同时还是一位优秀的诗人。

顾炎武很重视诗歌的政治作用。白居易说："文章合为时而著，歌诗合为事而作。"他认为"可谓知立言之旨"(《日知录·作诗识》)。他又说："近代文章之病，全在摹拟，即使逼肖古人，已非极诣，况遗其神理而得其皮毛者乎！"(《日知录·文人模仿之病》)因此，他主张诗应该有思想内容，贵独创，"诗以义为之，音从之"(《日知录·诗有无韵之句》)。这一点，他和公安派不同，公安派只主性灵，最后走向趣味，而顾炎武认为诗的"义"应是"天下兴亡，匹夫有责"。

他作诗的原则就是这样，而他的诗歌是实践了他的原则的。他反对以文辞欺人。其诗受杜甫、陆游影响最深。他的诗的现实性表现在：(1)描写起义和反清的事；(2)反映农村情况；(3)发表他自己的政治和经济的主张，有议论；(4)以诗明志，以示不屈忠贞之节。他的一部分诗歌直接描写了反清的斗争，有名的就是《秋山》二首。这两首诗写的是昆山的战事。战斗很激烈，"秋山复秋山,秋雨连山殷”。接着描绘战士们的抗敌义愤和英勇牺牲,“旌旗埋地中,梯冲舞城端”。虽然失败了,但复仇的种子不会死亡的,“楚人固焚麇,庶几歆旧祀。勾践栖山中,国人能致死。叹息思古人,存亡自今始。”诗中也写了清兵对江南人民的残杀和掠夺,“可怜壮哉县,一旦生荆杞。归元贤大夫,断脰良家子”,“北去三百舸,舸舸好红颜。吴口拥橐驼,鸣笳入燕关”。

顾炎武更多地写自己对故国的怀念和自己对反抗斗争的坚持。如“中年早已伤哀乐,死日方能定是非”。他在山西和傅山相见,在《又酬傅处士次韵》一诗中有“苍龙日暮还行雨,老树春深更著花”的诗句,足见其虽暮年仍壮心不已。他在北方奔走,并不感到疲累和厌倦,更没有悲观绝望,他说:“远路不须愁日暮,老年终自望河清。”

顾炎武的诗雄劲有力,在当时诗界别有风格。沈德潜称其诗“风霜之气,松柏之质,两者兼有”(《明诗别裁》)。其诗以古体最好,魏源学他的诗。

归庄(1613—1673),一名祚明,字玄恭,江苏昆山人,归有光之曾孙。是顾炎武的同里好友。明末“复社”成员。当时归、顾在复社时,人以奇怪目之,故后即称“归奇顾怪”。因其重实践、反空谈,有唯物思想,接近劳动者,且博学,是正派知识分子,所以在当时被视为特殊人物。当时复社文人不免尚空谈,重实践的归、顾被视为奇怪人物是必然的。归庄的诗文留存不多,但都有思想内容,很有气节的。他对于大地主、大富翁、帮闲文人、虚伪的道学家都予以揭露和驳斥。汪琬(尧峰)学究气(程朱理学之伪者)很重,归庄文集中有二封《与汪苕文书》,极尖锐地骂他。季沧苇是当时极富之人,为富不仁,归庄在《与季沧苇书》中痛骂之。

清兵南下,归庄曾参加抗清义军。明亡后,与妻子隐居。归庄夫妇晚年居于祖坟旁土屋中,有联云:“妻太聪明夫太怪,人何寥落鬼何多。”他的诗如《卜居》反映了作者亡国之痛,“环顾六合内，踯躅将安归”。另一首《万古愁》极为痛快，甚至骂孔子为万古罪人。但他对于明末的农民起义认识不清，认为明亡于“流寇”，此其缺点。

二、吴伟业

吴传业(1609—1671)，字骏公，晚号梅村，江苏太仓人。少年时，文章就写得很好，十四岁时，张溥发现他，“因留受业于门”，参加复社。崇祯十年(29 岁)，充东宫讲读官，十二年(31 岁)，为南京国子监司业。崇祯死时，他三十六岁，“先生里居，闻信号，恸欲自缢，为家人所觉”(《年谱》)，其母责之，谓父母在不宜死。福王立，授官，“先生知事不可为，又与马(士英)、阮(大铖)不合，乃谢归”(《年谱》)。在乡十年，清廷征博学鸿词，以山林隐逸不就。顺治十年(45 岁)九月，“招入都，授秘书院侍讲……寻升国子监祭酒。时先生杜门不通请谒，当时有疑其独高节全名者。会诏举遗佚荐剡交上，有司敦逼。先生控辞再四，二亲流涕办严摄使就道。难伤老人意，乃扶病出山。”郁郁不得志，过一年，托辞继母卒而归家，以后即不出。情绪一直是很苦闷的。梅村孝过其气节。

梅村诗写得很好。长于歌行，色泽鲜艳，又沉雄有力。梅村颇似庾信，他的身世与庾信相似，风格也有类似之处，早年风华，老而老成。他晚年出山后，情绪很苦闷，发而为诗歌，有苍凉之气。在被征期间，他说：“误尽平生是一官，弃家容易变名难。”(《自叹》)他离家北上，和他的弟弟分别，曾写道：“云山两岸伤心里，雨雪孤城泪眼中。病后生涯同落木，乱来身计逐飘蓬。”他对自己的出山，一直是很悔恨的，“世应嘲仆仆，我亦叹栖栖。”他在京城时，告诉他的弟弟说：“万事愁何益，浮名悔已迟。”(《病中别孚令弟》) 他叫弟弟告诉家里，以后教儿女们“勤识字”、“学躬耕”，不要出来做官，不必管什么虚名，不要学他的样子，“似我真成误”，这都是非常沉痛的。

在他未出来前，侯方域曾写信给他，要他不出来，但他未能如约，后来回想起，感到很惭愧：“死生总负侯嬴诺，欲滴椒浆泪满樽。”（自注：“朝宗，归德人，贻书约终隐不出，余为世所逼，有负夙诺，故及之。”）

这件事一直成为他一生的悔恨，很多事都能触动他，使他悲痛。他读了佛经，也会无端地哭起来，“《楞严经》读罢，无语泪痕深。”

中年以后，他的家庭也接连发生不幸。母亲去世，后来妻子也故去，几个女儿也先后死去。这对于他的打击都是很大的。他的《哭亡女》曰：“诀绝频携手，伤心但举头。昨宵还劝我‘不必泪长流’。”情感是痛切抑郁的。

吴梅村写了很多歌行，这些歌行大都写古迹以及明人旧事，多吊古情调。一想起古代汉族历史故事和故明遗事，在在都使他伤怀。《永和宫词》写田贵妃，《后东皋草堂歌》是为明末爱国作家瞿式耜写的，中自叹曰：“斜晖有恨家何在，极浦无言水自流。”《鸳湖曲》吊吴昌时，皆感时抒怀之作，有的还可作为有爱国思想的作品。其《琵琶行》写崇祯十七年以来先朝旧事，以至想起唐朝的安史之乱，想起李龟年的流落江南，“龟年哽咽歌长恨，力士凄凉说上皇。前辈风流最堪羡，明时迁客犹嗟怨”。其有名的诗作《圆圆曲》，虽咏叹颇有色彩，但思想模糊。

吴伟业反映现实的诗作，有《捉船行》、《马草行》、《芦洲行》等。

《王郎曲》、《楚两生歌》、《听女道士卞玉京弹琴歌》等为写友谊交情之诗。

出仕清朝期间，有些应酬诗极无聊。

在清朝初年，散文中有所谓三大家：侯方域、魏禧、汪琬。

侯方域（1619—1654），字朝宗，河南商丘人，父为明末忠臣。宏光朝出来，为阮大铖辈所压制。才气纵横，惜中年早卒。其散文代表作有《癸未去金陵日与阮光禄书》、《李姬传》、《宁南侯传》等。有《壮悔堂集》。

魏禧(1624—1680),字冰叔,号裕斋,江西宁都人。与兄弟二人称“宁都三魏”,禧居中。于文主多变化,于变化中有法则。山以不变为法,水以善变为法。文章风格,不能千篇一律。亦写不少野史材料,如《大铁椎传》。有《魏叔子集》。

汪琬(1624—1690),字苕文,号钝庵,江苏长洲(今苏州)人。侯方域、魏禧在当时地位均不及汪琬。汪为统治阶级所捧。有《钝翁类稿》等。

全祖望(1705—1755),字绍衣,号谢山,浙江鄞县人。乾隆进士。在翰林院做过官,不肯趋奉宰相,受排斥,回乡。在浙讲学,又不为地方官所重,遂离乡至蕺山端溪书院讲学。一生穷愁多病,死无以葬。

有《鲒埼亭集》。全氏为史学家,不喜发空论,专写传记,尤重明末贞节之士。从全氏文集中,我们可以得到不少亲切而明确的明清之际的史料。如《亭林先生神道表》、《阳曲傅先生事略》等,皆能以简洁短文而概括人一生事迹。他对于钱牧斋、李光地等则深恶痛绝,毫不留情。为人狷介,民族意识最为浓厚。

全祖望虽为历史家,而散文文笔甚佳,亦可谓文学家。

此外,史可法《复多尔衮书》、邵长蘅《阎典史传》,为清初之有名文章。

三、纳兰性德

纳兰性德(1654—1685),原名成德,因避东宫讳,改名性德,字容若。满洲正黄旗人。父明珠,大学士、太傅。纳兰性德是长子,生于顺治十一年(1654),卒于康熙二十四年(1685),死年三十一岁。性薄荣利,闭门却扫,萧然若寒素。孝亲友弟,尤具至性。康熙十五年进士,后为一等侍卫,随驾扈往各地。

性德是清初负有盛名的满族大词人,有《饮水词》。

陈其年(迦陵)曰:“《饮水词》哀感顽艳,得南唐二主之遗。”

王国维《人间词话》云:“‘明月照积雪’、‘大江流日夜’、‘中天悬明月'、'黄(当作"长")河落日圆',此种境界,可谓千古壮观。求之于词,唯纳兰容若塞上之作,如《长相思》之'夜深千帐灯',《如梦令》之'万帐穹庐人醉,星影摇摇欲坠'差近之。"

词在五代、两宋最发达。后来虽有作者,大多倚声缀句,没有什么内容。到了纳兰容若,才又放光芒。中国的词,在纳兰手中,光荣地结束了。

一般批评家评论他的词,认为有内容有感情,字句清新。但光是这样是远不够的。有的说纳兰天真,这有点近似,但也不具体。

我们认为,纳兰出身在一个贵族家庭,物质生活是毫无缺憾的。他尽可以像其他很多贵公子那样过一生豪华奢侈的生活,或者做一个风雅的才子、名士。但纳兰并不然。他幼年聪明,读过很多书。长大后,生活在这样一个家庭,封建礼教的力量非常强大,后来他又做皇帝的侍卫,来往于驾扈之间。他的像赤子那样的天真之情与封建礼教是不相容的。他二十几岁时,感情很好的新婚妻子又忽然死去,这使他很难过。他写道:"最忆相看,娇讹道字,手剪银镫自泼茶。今已矣!便帐中重见,那似伊家。"(《沁园春》)他的情感一直很孤独凄凉,同时更主要的,是他的生命力白白地在豪华的但毫无意义的生活中浪费掉了,对他而言,这是最为苦闷的。他感到生活毫无意义、非常无聊,他曾写道:"不知何事萦怀抱,醒也无聊,醉也无聊。"(《采桑子》)

纳兰性德词中充满矛盾,天真的性灵与礼法的矛盾;精神与物质不调谐。他有理想,也追求理想,造成理想与生命力白白浪费的矛盾。他感到这样的生活,这样的环境,很空虚,有缺陷,而不知缺陷在什么地方,因此,在词中造成了凄凉、感伤的风格(有人疑心《红楼梦》中的宝玉是纳兰,因为所反映的思想感情相似。实则都反映封建统治末期的内部矛盾)。可以肯定的是,纳兰性德的词比之王士禛、沈德潜等毫无现实感的作品要高。

纳兰性德的小令写得较好。

从清初知识分子的状况中可以反映出盛世危机。

所谓康雍乾盛世时期，农业经济得到恢复发展，大都市和一般城市繁荣起来，但同时，地主阶级加强剥削，封建势力压抑着资本主义萌芽的生长。政府的政令统一是高压的政治手腕造成的，对反满思想实施镇压、予以压制。所谓康雍乾盛世是暂时的安乐，统治阶级腐朽享乐到了极点，阶级矛盾一触即发。纳兰性德可以作为知识分子享受富贵生活的代表。相反的，作为贫寒的知识分子的代表人物却是另一番景象了。比如黄景仁（1749—1783），字汉镛，一字仲则，江苏武进人。一生贫苦，有肺疾。爱情上没有成功，据说他很爱表妹，而未能成婚。他生当太平盛世而极为贫穷，“全家都在风声里，九月衣裳未剪裁”。他有孤寂之感，“有酒有花翻寂寞，不风不雨倍凄凉”。他深切地感受到世态炎凉，诗中充满凄凉和哀怨。

黄景仁与纳兰性德的生活如天渊之隔，而皆为多愁善感，此其一；皆珍重友谊，此其二；他们的作品中都有丰富的感情、天真的语言，不大用典。从他们身上皆能反映盛世的危机。

黄景仁有《两当轩集》。诗集中多无题诗、绮情诗。

此外，纳兰之友，有顾贞观（1637—1714），字远平，又字华峰，号梁汾。江苏无锡人。与纳兰性德有共同之处，他属于纳兰一派，皆真性情。其《金缕曲》二首寄吴汉槎，以词代书，真切感人。

第三节　神韵派、格调派、性灵派

清代诗歌，除清初吴伟业外，其余诸大家实并不很高。做诗抽去内容，专重技巧，走向形式主义。有宗唐者，有宗宋者，并且很突出地表现士大夫思想，脱离现实。

其时诗派分为三派，有神韵派、格调派、性灵派。格调派内尚有肌理派。

神韵派的代表者为王士禛。王士禛(1634—1711),字贻上,号阮亭,又号渔洋山人。山东新城(今桓台县)人。

王渔洋主神韵成为一个诗歌宗派。所谓神韵,追求象外之音,意外之神,味在酸咸之外。以空灵、平淡、清新为好。做诗要求虚无缥渺,境界在天际楼阁。他主张"伫兴而就",在《渔洋诗话》中说:"王士源序孟浩然诗云:'每有制作,伫兴而就。'余平生服膺此言。"以此,他认为诗歌创作要兴来便作,意尽便止。他赞许王维"万壑树参天,千山响杜鹃,山中一夜雨,树梢百重泉"一诗为"兴来神来,天然入妙"的好诗。王渔洋把其"兴会神到"之说延伸到谈创作的灵感、构思之妙,说"当其兴到,雪与芭蕉,不妨合绘"。还说"世谓王右丞画雪中芭蕉,其诗亦然。如'九江枫树几回春,一片扬州五湖白'。下连用兰陵镇、富春郭、石头城诸地名,皆寥远不相属。大抵古人诗画,只取兴会神到,若刻舟缘木求之,失其指矣"。

当然,王渔洋的理论主张,完全脱离现实,是主观唯心论的文艺观点。神韵论以唯心论的理论为基础,抹煞了阶级社会中的不平。

渔洋宗唐诗。以渔洋诗集观之,有些绝句及描写景物者,还有些佳作。此外实无足观。读其诗者,有空寂之感。

格调派,以沈德潜为主要代表人物。沈德潜(1674—1769),字确士,号归愚,江苏长洲(今江苏苏州)人。

格调之说,由来已久。所谓格调,是在提倡体正格高、声雄调雅的艺术风格。沈归愚主格调,是强调传统儒家思想对文学的规范。

他主张摹古为主,以风雅为正。认为仅学唐诗"守乎唐而不能上穷其源",于是沿流讨源,"渐窥《风》、《雅》之遗意","仰溯《风》《雅》,诗道始尊",也就是找到诗教的本原。他强调儒家温柔敦厚、怨而不怒的传统诗教，说“温柔敦厚，斯为极则”。诗可以婉转陈词，不得过甚，也不能过露。他遵从儒家传统比兴手法，主张诗重比兴，但也必须从风教出发。他说：“事难显陈，理难言罄，每托物连类以形之。郁情欲抒，天机随触，每借物引怀以抒之。比兴互陈，反复唱叹，而中藏之欢愉惨戚隐约欲传，其言浅，其情深也。”是之谓“比兴互陈”之重要，他又说：“诗之为道，可以理性情、善伦物、感鬼神、设教邦国、应对诸侯，用如此之重也。秦汉以来，乐府代兴，六代继之，流衍靡曼。至有唐而声律日工，托兴渐失，徒视为嘲风雪、弄花草、游历燕衎之具，而‘诗教’远矣。”教化是诗道之根本，“托兴”是“诗教”的重要手段，“托兴渐失”就造成了“‘诗教’远矣”的后果。沈归愚说“诗贵性情，亦须论法”。固任天机，须合乎仁义。所谓仁义，实是儒家的封建道德标准。其实即必须符合于统治阶级的利益。“思无邪”，邪则叛逆。

格调派论诗从儒家传统诗教出发，从格调派看，诗与程朱理学也就有密切关系。他们是用诗来阐发程朱理学。

他们不反对明代的前后七子。

性灵派有赵执信、赵翼、袁枚。以袁枚理论最多，而赵执信亦讲技巧，有《声调谱》。

赵执信(1662—1744)，字伸符，号秋谷。山东益都人。有《饴山堂集》等。

赵翼(1727—1814)，字云松，号瓯北，江苏阳湖(今江苏武进)人。有《瓯北诗集》、《瓯北诗话》等。

袁枚(1716—1797)，字子才，号简斋，晚号随园老人。浙江杭州人。有《小仓山房诗文集》、《随园诗话》等。

清诗的性灵派可以联系到晚明的公安派、竟陵派，其思想理论体系是相同的。袁枚在《随园诗话》里说：“凡诗之传者，都是性灵。”他们认为诗可以达不可已之情。袁枚在《答兰垞论诗书》中更申说了其主张：“诗者各人之性情耳，与唐、宋无与也。若拘拘焉持唐、宋以相敌，是子之胸中，有已亡之国号，而无自得之性情，于诗之本旨已失矣。”

他们批评了神韵派和格调派，谓“貌袭盛唐，皮传残宋”。袁枚在《随园诗话》里主性情而批评了主神韵的王士祯：“阮亭主修饰，不主性情。观其到一处必有诗，诗中必用典，可以想见其喜怒哀乐之不真矣。”同样的，在《随园诗话》里也批评了格调派。他说：“杨诚斋曰：‘从来天分低拙之人，好谈格调，而不解风趣。何也？格调是空架子，有腔口易描；风趣专写性灵，非天才不办。’余深爱其言。须知有性情，便有格律；格律不在性情外。”而对于沈德潜的温柔敦厚的诗教说，袁枚在《答沈大宗伯论诗书》中作了抨击：“至所云：诗贵温柔，不可说尽，又必关系人伦日用。此数语有褒衣大袑气象，仆口不敢非先生，而心不敢是先生。何也？孔子之言，戴经不足据也，惟《论语》为足据。子曰：‘可以兴，可以群’，此指含蓄者言之，如《柏舟》《中谷》是也。曰：‘可以观，可以怨’，此指说尽者言之，如‘艳妻煽方处’‘投畀貌虎’之类是也。曰：‘迩之事父，远之事君’，此诗之有关系者也。曰：‘多识于鸟兽草木之名’，此诗之无关系者也。仆读诗常折衷于孔子，故持论不得不小异于先生，计必不以为僭。”

袁枚当时为一般人所非议，目袁枚等为斯文走狗。性灵派主性情、注重情感真实，似为进步，唯已属公安、竟陵之末流了。

性灵派诗人有其优点：(1)语言接近口语；(2)不受格调约束。

袁枚诗流于浮滑、纤佻，格不高。因为其缺乏生活实践，内容空虚。此派中赵翼诗较佳。他是历史家，有眼光，有见解，同时，对于新事物有敏感(例如，《听教堂弹风琴》诗、《眼镜》诗等)。有一定现实性。

性灵派是反对明代前后七子的。

第四节 桐城派

到乾隆年间,统治者努力巩固政权,也需要与经济、政治发展相适应的文化。桐城派古文在此时出现,正逢其时,也符合推行八股文的要求。

桐城派始于方苞,刘大櫆承上启下,而姚鼐集其大成。方、刘、姚皆安徽桐城人,故称桐城派。

方苞(1668—1749),字灵皋,号望溪。刘大櫆(1698—1774),字才甫,一字耕南,号海峰。姚鼐(1731—1815),字姬传,一字梦谷。

方苞曾被牵连于戴名世《南山集》案下狱,因其服罪而赦之。此人一生小心谨慎。刘大櫆出于方苞门下,又是姚鼐的老师。姚鼐则弟子甚多。

桐城派认为,道有道统,文有文统。道、文两统应该合一。道为孔孟程朱正统儒家思想,文则以韩欧为统。方苞主张"学行继程朱之后,文章介韩欧之间",且强调"非阐道翼教有关人伦风化不苟作"。桐城派古文与沈德潜格调派实为一事。他们是用时文法作古文。

方苞提出"义法论",他在《又书货殖传后》一文中说:"《春秋》之制义法,自太史公发之,而后之深于文者亦具焉。义即《易》之所谓'言有物'也;法即《易》之所谓'言有序'也。义以为经而法纬之,然后为成体之文。"义为内容,义的范围限于程朱理学;法为起承转合。义法论是桐城派论古文的基础。

他把八股文的位置放得很高。他们认为小说、戏曲最下,诗词歌赋较上,此上为八股文,最上则为古文。

方苞排斥语录体,认为六朝藻丽俳语、汉赋的板重字法不可有,诗词的佻巧语不可有。

刘大櫆承继方苞之"义法论"而有所修正,"义理不如望溪之深厚,而藻采过之”。

至姚鼐,谓义理、考据、文章三者不可偏废。他在《述庵文集序》里说:“余尝论学问之事,有三端焉,曰义理也,考证也,文章也。是三者,苟善用之,则皆足以相济;苟不善用之,则或至于相害。”看似为有理,实则混淆了唯物论与唯心论的分别,混淆了汉学与宋学的分别。

他编选《古文辞类纂》,在其《序目》中说:“凡文之体类十三,而所以为文者八。曰:神、理、气、味、格、律、声、色。神、理、气、味者,文之精也;格、律、声、色者,文之粗也”。讲得玄之又玄。即前四者为文之 soul(精髓),后四者为文之 matter(内容、素材)也。又认为文章有阳刚阴柔之别,对认识不同艺术风格,有一定的价值(见《复鲁絜非书》)。

姚鼐《古文辞类纂》影响极深。

曾国藩极力提倡桐城派,也是服务于统治阶级。资产阶级民主思想起来后,八股文倒了,桐城派古文还未倒,如严复、林纾等尚未摆脱桐城派的影响。

章学诚(1738—1801)字实斋,浙江绍兴人。以《文史通义》著名,大部分讲历史,小部分讲文学。

【第六章】

传奇的全盛时期(下)
(清代戏曲)

第一节　明末清初的戏曲家

从汤显祖到《长生殿》、《桃花扇》,虽有不少戏曲作者,占文学史显著地位的并无其人。难有第一流的作者。

此节所述是十七世纪前半期的作者。

此时剧作追求技巧,使情节曲折离奇,作为趣味娱乐的作品。场面热闹而缺乏思想性与艺术性。

一、与汤显祖同时或稍后的曲家

除第三章所介绍吴江派作者外,还有:

张凤翼(1527—1613),长洲人。著有《红拂记》、《窃符记》等。

汪廷讷,安徽休宁人。与汤显祖同时,并有交游。著有《狮吼记》,写陈慥与柳氏事(事出宋人笔记)。

徐复祚，常熟人，生活于万历年间或稍后。有《红梨记》，取元张寿卿《谢金莲诗酒红梨花》杂剧，增饰关目。

许自昌，吴县人，万历间在世。有《水浒记》（叙宋江、阎婆惜事）、《桔浦记》。

高濂，钱塘人，有《玉簪记》。剧写潘必正、陈妙常事。潘、陈父为同僚，指腹为婚。陈娇莲因金兵南侵，母女失散，入金陵女贞观为女道士，改名妙常。观主适为潘之姑母。潘因应试下第，暂访姑母，遂寓观中。得相会而生情爱（《茶叙》、《琴挑》、《偷诗》、《姑阻》、《催试》、《秋江》等出）。其后团圆。此戏曲辞平平，而故事情节有可爱处，因而流行歌坛。无《西厢》之艳丽热闹，而以清幽淡雅胜。故事略出宋人笔记，来源亦远。

二、明末清初之曲家

冯梦龙，字犹龙，一字子犹，吴县人。取古今传奇删改，共十五种，题为《墨憨斋定本》。细订板式，煞费苦心，自己作品少。如改定《牡丹亭》为《风流梦》，改定《西楼记》为《楚江情》之类。

袁于令，号箨庵，吴县人。明末诸生。喜唱曲，风流自赏，爱一妓。所作《西楼记》，略以自况。顺治二年，冯梦龙殉节，而袁进降表。降清后，亦不得志。所著八种，《西楼记》流行，号称合律细心之作，亦有冯改订处。其《金锁记》系改定其师叶宪祖之作，今存七折，以窦娥得赦团圆终场。

范文若，字香令，松江人，作有《花筵赚》、《鸳鸯棒》等。

阮大铖（？—1646），号圆海，一号石巢，又号百子山樵，安徽怀宁人，万历丙辰（1616 年）进士，天启年间为给事中，依附魏忠贤阉党。崇祯后，在南京迎立福王，官至兵部尚书。清兵陷南京，出降。后从清兵攻仙霞关，僵仆石上而死。《明史》入《奸臣传》。

著有《燕子笺》、《春灯谜》、《牟尼合》、《双金榜》，以《石巢四种》行世，另有五种见《剧说》。不但讲究词藻，且注意于搬演（其家蓄倡优，可随时搬演），剧中穿插走解、猴戏、飞燕、舞象、波斯进宝等热闹。

《燕子笺》演霍都梁及郦飞云事。以霍与名妓华行云之《听莺扑蝶图》付装裱匠缪酒鬼装裱与郦飞云之吴道子观音像错换为缘起,乃至郦飞云题笺上为燕子衔去落于霍都梁之手。使情节离奇曲折之爱情故事,以一夫双妻团圆终场,即霍都梁妻郦飞云并妓华行云是也。设为唐明皇时事。

《春灯谜》,一名《十错认》,演宇文彦、韦影娘事。宇文行简之子宇文彦值元宵佳节,上岸观灯。有韦枢密之女影娘亦泊舟黄陵,私行男装上岸观灯。二人同至黄陵庙观灯,射中灯谜。共饮,作诗酬倡。此后登舟,匆忙中弄错一船。于是引起影娘做成宇文氏之义女,而宇文彦则被韦枢密认为贼人,投之水中。此后又有弟兄不相识,父女不相识,种种错认事。最后成就两对夫妇,即韦枢密之二女均嫁宇文之二子是也。

两剧皆极尽情节变幻之能事。阮大铖曲诚为热闹,但尖新刻薄如其为人,种种恶趣,开李笠翁之门路。

吴炳,号粲花主人,宜兴人。万历己未(1619年)进士。著有《粲花别墅五种》。戏曲与阮大铖齐名,人格自比阮有忠佞之别。吴梅《曲学通论》中谓其与梅鼎祚、陆采、孟称舜之剧作“以临川之笔,协吴江之律”。五种中以《绿牡丹》、《疗妒羹》为佳。

李玉,字玄玉,吴县人。明亡国后,绝意仕进,作传奇数十种。其《一捧雪》、《人兽关》、《永团圆》、《占花魁》四种为最有名,合称“一人永占”(《人兽关》与《永团圆》二种系冯梦龙所删定)。以《一捧雪》最有现实意义,结构甚佳。今有《审头刺汤》京剧演此故事。此外,还著有《一笠庵北词广正谱》。

吴伟业(1609—1671),字骏公,号梅村。江苏太仓人。崇祯四年进士,会试第一、殿试第二。时年仅二十三。授翰林院编修,升南京国子监司业。福王时拜少詹事,与马士英、阮大铖不合,辞归乡里。入清,杜门不出。后因父母之劝扶病上京,为国子监祭酒。在官四年,至顺治十四年辞归乡里,居十数年而卒。卒于康熙十年,年六十三。为大诗人,亦有戏曲:《秣陵春》、《通天台》、《临春阁》三本。第一种是传奇，后二种为短本杂剧。

《秣陵春》托南唐亡国后徐适与黄展娘之香艳故事，寄南明亡国之痛，而情节参入仙道思想。关目不免冗沓。以曹善才弹唱李后主在世及升天后事为结束，可与梅村所作《琵琶行》同看。《琵琶行·序》谓梅村于同里王时敏南园中听通州琵琶名手白在湄、或如父子弹唱先帝思宗遭难以来乱离之事云云。《秣陵春》传奇曾演于冒氏之水绘园。

《通天台》以梁尚书左丞沈炯痛哭汉武帝通天台寄托其梁朝亡国之恸，一诉幽愤。仅二折，前折北曲，后折南北合套。比《秣陵春》为佳。

《临春阁》谱陈后主时谯国夫人冼氏任岭南节度使，威服缅甸、真腊等地。后隋兵南下，冼氏起义兵，途中知后主已降，张丽华已死，悲叹之余乃解甲入山修道。

吴氏三剧皆归结于神仙思想。

第二节　李渔的戏剧评论及其喜剧创作

［提要］

李渔对于戏剧创作的批评意见。笠翁讽刺戏剧的若干成就及其缺点。

李渔（1611—1685?），号笠翁，浙江兰溪人。自少遍游四方，康熙十六年（1677 年）自南京移家杭州，久居西湖边，自号湖上笠翁。有才子名，虽妇人孺子，无不知之。

袁于令云："李渔性龌龊，善逢迎，游缙绅间。喜作词曲及小说，极淫亵。常挟小妓三四人，子弟过游，便隔帘度曲，或使人捧觞行酒，并纵谈房中术，诱赚重价。其行甚秽，真士林所不齿者

也。予曾一过，后遂避之。”（王灏《娜如山房说尤》卷下）

一、李渔《闲情偶寄》中的戏剧理论

从明代起有许多论曲的书，多零碎片断，笔记式的，称为曲话、曲品之类。只有讲曲律的书，较为系统，此为作曲者度曲者而作。盖以戏曲，偏重在曲。李渔的《闲情偶寄》一书，其中论词曲，论演习，则为较有系统的论戏剧艺术的书籍，不局限于戏曲文词（《闲情偶寄》为《一家言》中之一种）。通论戏曲之书，此为仅作。

他的戏剧评论，分几部分：

《词曲部》，谈戏曲之作法。其中：

第一部分，论结构。

（1）戒讽刺　不宜以戏剧暗中讥刺某人某人，为泄愤挟怨之作。他自己写的剧本，故事都无所隐刺（即非“自然主义”），然“焉知不以无基之楼阁，认为有样之葫芦。……而好事之家，犹有不尽相谅者，每观一剧，必问所指何人”。

（2）立主脑　一本传奇有无数人名，俱属陪宾，止为一人而设。又此一人之身，自始至终，离合悲欢，无穷关目，俱属衍文，又止为一事而设。此一人一事即为传奇之主脑。然必此一人一事，果然奇特，实在可传而后传之。如一部《琵琶记》止为蔡伯喈而设，蔡又止为重婚牛府一事。其余枝节，皆从此一事而生。是“重婚牛府”四字，即作《琵琶记》之主脑也。一部《西厢记》止为张君瑞一人而设，而张君瑞一人，又止为白马解围一事。其余枝节，皆从此一事而生。

（3）脱窠臼　“古人呼剧本为传奇者，因其事甚奇特，未经人见而传之。”“近日之新剧，非新剧也，皆老僧碎补之衲衣，医士合成之汤药。取众剧之所有，彼割一段，此割一段，合而成之，即是一种传奇。但有耳所未闻之姓名，从无目不经见之事实。”

（4）密针线　“吾观今日之传奇，事事皆逊元人，独于埋伏照映处，胜彼一筹。”“若以针线论，元曲之最疏者，莫过于《琵琶》。”如子中状元，三载而家人不知；身赘相府，享尽荣华，不能自遣一仆而附家报于路人；赵五娘千里寻夫，只身无伴，未审果能全节与否，其谁证之？小节则如五娘剪发。有疏财仗义之张太公在，佑以必须剪发？然不剪发，不足以见五娘之孝。

(5)减头绪 “头绪繁多，传奇之大病也。‘荆、刘、拜、杀’之得传于后，止为一线到底，并无旁见侧出之情。三尺童子，观演此剧，皆能了了于心，便便于口，以其始终无二事，贯串只一人也。”

(6)戒荒唐 “王道本乎人情，凡作传奇，只当求于耳目之前，不当索诸见闻之外。”(不宜作怪诞不经之情节、鬼怪荒唐之说。)

(7)审虚实 “实者，就事敷陈，不假造作，有根有据之谓也；虚者，空中楼阁，随意构成，无影无形之谓也。人谓古事多实，近事多虚。予曰不然。传奇无实，大半皆寓言耳。欲劝人为孝，则举一孝子出名。但有一行可记，则不必尽有其事，凡属孝亲所应有者，悉取而加之。亦犹纣之不善，不如是之甚也，一居下流，天下之恶皆归焉。其余表忠、表节与种种劝人为善之剧，率同于此。若谓古事皆实，则《西厢》、《琵琶》，推为曲中之祖。莺莺果嫁君瑞乎？蔡邕之饿莩其亲、五娘之干蛊其夫，见于何书？果有实据乎？……非特事迹可以幻生，并其人之姓名，亦可以凭空捏造。是谓虚则虚到底也。若用往事为题，以一古人出名，则满场角色，皆用古人，捏一姓名不得；其人所行之事，又必本于载籍，班班可考，创一事实不得。非用古人姓字为难，使与满场脚色同时共事之为难也；非查古人事实为难，使与本等情由贯串合一之为难也。”(按，李氏意则一类是小说性剧本，一类是历史剧本，严格分开。)

第二部分，论词采。

(1)贵显浅 曲文之词与诗文不同，要判然相反。话则本之街谈巷议，事则取其直说明言。传奇之词不能使人费解。元人非不读书，而所制之曲绝无一毫书本气，以其有书而不用，非当用而无书也。

(2)重机趣 “‘机趣’二字，填词家必不可少。机者，传奇之精神；趣者，传奇之风致。少此二物，则如泥人土马，有生形而无生气。”“非但风流跌宕之曲、花前月下之情，当以板腐为戒，即谈忠孝节义、与说悲苦哀怨之情，亦当抑圣为狂、寓哭于笑，如王阳明之讲道学，则得词中三昧矣。”

(3)戒浮泛　填词大纲不出“情景”二字。景书所睹，情发欲言。情自中生，景由外得。

(4)忌填塞　“传奇不比文章。文章做与读书人看，故不怪其深；戏文做与读书人与不读书人同看，又与不读书之妇人小儿同看，故贵浅不贵深。”

(笠翁于“贵显浅”款中推崇元剧。谓元曲之最佳者，不单在《西厢》、《琵琶》，而在元人百种之中。百种亦不能尽佳，十有一二，可列高、王之上。又批评《牡丹亭》，谓俗以《惊梦》、《寻梦》折为佳。《惊梦》[步步娇]、[好姐姐]曲，字字俱费经营，字字皆欠明爽。尤是今曲，非元曲也。此等妙语可作文字观，不得作传奇观。至如末幅：“似虫儿般蠢动，把风情搧”、“恨不得肉儿般团成片也”，此等曲，则去元人不远矣。)

第三部分，论音律。

有“恪守词韵”、“凛遵曲谱”、“鱼模当分”、“廉监宜避”、“拗句难好”、“合韵易重”、“慎用上声”、“少填入韵”、“别解务头”九款。

第四部分，论宾白。

有“声务铿锵”、“语求肖似”、“词别繁减”、“字分南北”、“文贵精洁”、“意取尖新”、“少用方言”、“时防漏孔”八款。

第五部分，论科诨。

有“戒淫亵”、“忌俗恶”、“重关系”、“贵自然”四款。

(其论宾白中“意取尖新”款云：“纤巧二字，行文之大忌也，处处皆然，而独不戒于传奇一种。传奇之为道者，愈纤愈密，愈巧愈精。词人忌在老实。老实二字，即纤巧之仇家敌国也。”其“少用方言”款，不赞成丑白中多用姑苏口吻。因止能通于吴越，过此以往，听者茫然。

其论科诨中“重关系”款云：“于嘻笑诙谐之处，包含绝大文章，使忠孝节义之心，得此愈显。”）

第六部分，论格局。

所谓格局即是结构的形式，如“家门”、“冲场”、“出脚色”、“小收煞”、“大收煞”等。即分此五款论之。

以上为《词曲部》。

其下有《演习部》，谈戏剧的导演部分。

第一部分，论选剧。

（1）别古今　开手学戏，必宗古本。而古本又必从《琵琶》、《荆钗》、《幽闺》、《寻亲》等曲唱起。

（2）剂冷热　李渔不赞成冷静之词、文雅之曲。谓今之所尚，皆在热闹二字。然尽有外貌似冷，而中藏极热，文章极雅，而情事近俗者，不可一概以冷落弃之。

第二部分，论变调。

（1）缩长为短　传奇本太长，有情节可省之数折，作暗号记之。作时先成此意，有增减伸缩余地。李意全本太长，零出太短。当仿元人百种之意，而稍稍扩充之，使每本十折或十二折，以备应付忙人之用。或将古本旧戏用长房妙手缩而成之，但能淘汰得宜，一可当百。

（2）变旧成新　即改旧本作新词。李渔尝试之，改《南西厢》，如《游殿》、《问斋》、《逾墙》、《惊梦》等科诨，及《玉簪·偷词》、《幽闺·旅婚》诸宾白，付伶工搬演，颇受欣赏，不以改窜为非。于是又改《琵琶记·寻夫》、《明珠记·煎茶》。

第三部分，论授曲。

有“解明曲意”、“调熟字音”、“字忌模糊”、“曲严分合”、“锣鼓忌杂”、“吹合宜低”六款。

第四部分，论教白。

有“高低抑扬”、“缓急顿挫”两款。

第五部分，论脱套。

有“衣冠恶习”、“声音恶习”、“语言恶习”、“科诨恶习”四款。

总观李渔的戏剧评论,有他的优点:

(1)他认为传奇重在创造,所以要脱去窠臼,不应该陈陈相因,千篇一律,东西抄袭凑合。这是针对明代许多陈陈相因的、缺乏创造天才的作品而发。重在独创性。

(2)他主张一个剧本只要一个主题,主要为一人一事而作,所以有立主脑的议论,不赞成头绪纷繁而徒为枝叶的作品。有力的艺术作品应该如此。

(3)他认为曲白都应该力求显浅,不要掉书袋、堆砌。他赞美元曲。

(4)密针线。求故事发展的合理,前后呼应照顾等等。

(5)目光注意到演出效果。无论在宾白或者其他方面,作剧者必须设想剧本演出时的效果(见于其论宾白部分中)。他把戏剧本身视为艺术,非文学的附庸。

以上数点都属于技巧方面,李渔的戏剧批评,不涉及剧本的思想内容。是教人怎样写剧本,没有教人写什么。他佩服《西厢》、《琵琶》,他也赞美元曲,认为汤显祖的剧本还隔一层。可是他不曾指出元剧之优点在乎暴露社会现实。剧本中的人物有斗争性,这是好的剧本的要素。李渔并不了解,只认为元剧的长处在乎一线到底(一个主题),以及文辞显浅通俗。所以尽管李渔写了这些戏剧评论,实在没有接触戏剧的本质。

李渔教人写什么剧本呢?要求新鲜的、有趣味的,故事、场面热闹的剧本。他在"重机趣"一节中说:"所谓无道学气者,非但风流跌宕之曲、花前月下之情,当以板腐为戒,即谈忠孝节义,与说悲苦哀怨之情,亦当抑圣为狂、寓哭于笑。"李渔反对剧本中有道学气,这是他进步的地方。他也不赞成以剧本作为教化之用。谈忠孝节义者,虽然他不敢径直反对,但他说即谈忠孝节义、与说悲苦哀怨之情,也当以诙谐的喜剧形式出之。总之,他自己是放荡不羁之士,是风流跌宕的。在《比目鱼》剧的卷场诗中有云:

> 迩来节义颇荒唐，尽把宣淫罪戏场。思借戏场维节义，系铃人授解铃方。

这就明白说戏场不是宣扬节义的地点了。

李渔是一个明末遗老，可是他并没有遗老思想，也没有国家兴亡的感慨。他写那些剧本，为了粉饰太平，属歌舞升平的滑稽幽默的喜剧。在《闲情偶寄》的卷首，他有《凡例七则》，说明这部著作的本旨，立下四期三戒。第一则是：

> 圣主当阳，力崇文教(此圣主当指清王朝、康熙皇帝而言)。……武士之戈矛，文人之笔墨，乃治乱均需之物。乱则以之削平反侧，治则以之点缀太平。方今海甸澄清，太平有象，正文人点缀之秋也。……草莽微臣，敢辞粉藻之力？

他自己说明他的著作《论词曲》等以及所写的剧本是点缀太平的。固然因为清朝统治文禁很严，文学作品不敢抵触时讳而多所隐避，歌颂太平是照例的门面话。但出于李渔，他的文学主张原只以诙谐风趣为标准，以迎合统治阶级与一般市民的共同趣味，都无所抵触，这种粉饰太平的话，倒是由衷之言了。

李渔代表资本主义萌芽时期有资产阶级色彩的批评家。他的理论是形式主义的、注重个人创造的、主张文艺是趣味性的娱乐的东西。他一方面反道学，另方面却不避庸俗。

二、李渔戏剧创作的成就及其缺点

李渔的剧本通行者十种，称为《笠翁十种曲》：《奈何天》、《比目鱼》、《蜃中楼》、《怜香伴》、《风筝误》、《慎鸾交》、《凰求凤》、《巧团圆》、《玉搔头》、《意中缘》。惟尚不止此数。

此十种中流行剧坛者以《风筝误》为最。其故事如下：

韩世勋，有才学，美丰姿，依其父执同乡友人戚辅臣，与戚子戚施为同学友。戚施貌寝而才劣，但好游惰。里中有詹武承者，尝任四川招讨使，免职居乡。夫人早殁，有梅、柳二妾，二人争宠。梅生女爱娟，貌丑，柳生女淑娟，美而有才。既而詹武承闻复原官任讨伐事，以二妾相妒甚，使匠人分隔住屋为二院，分居东西以免吵闹。詹临行，以二女亲事托之戚辅臣。因詹与戚亦有友谊也。值清明节，戚施放风筝，使韩生画。韩生正在吟诗，不愿画风筝，即以诗题其上。戚生放风筝，风筝线断，乃降于詹宅柳氏院中。柳氏因其女有诗才，强之和诗为戏，题诗其上。但诗意很严肃。此后戚生之书僮觅风筝，索还。柳氏即与之。因素知戚家也。淑娟觉察其闺中笔墨为人所携去，不合礼，欲追回而不及。书僮索回风筝，先为韩生所见，见有和诗，即除去此纸，匿之，戚施所未知也。嗣后即闻詹淑娟有才名且美貌，此和诗当为淑娟手笔，乃甚想念。于是再做一风筝、更题一诗放之（此是书僮所出的主意）。故意断线放入詹宅，而使书僮假戚生名以索之。此次风筝落在梅氏院中，为爱娟所拾得，爱娟知道戚为世家，与乳母谋，俟书僮来索风筝，嘱戚公子夜间来会。书僮误认为淑娟的约会，因而韩生乐从之。及其夜间密会，韩生与戚小姐谈诗，爱娟不能对，以《千家诗》应之。及乳母持烛来，见其貌丑甚，且举动粗俗，遂狼狈逃归（《惊丑》）。旋韩生入京应试，得中状元，授编修官，参与讨伐西川，在詹武承幕下。另一方面则戚辅臣受詹武承托，为其二女择婿，即为其子戚施娶爱娟（《前亲》）。爱娟与韩生约会时，误以韩为戚公子。新婚夜见戚施貌寝，大为失望。而戚生亦嫌其貌丑，且知其曾与人约会，即起吵闹。结果，爱娟自觉亏心，许其蓄妾。戚生乃怀怒欲得淑娟，由爱娟设计拉拢，调戏，为淑娟所峻拒，以利剑胁之，得免毒手。嗣后韩生在詹公幕下，詹知其无妻，欲以次女妻之，使人议婚。韩生疑即以前所见之丑女，固辞不诺。最后为戚辅臣所劝，强而后可，遂诺之（《逼婚》）。婚夕，淑娟以扇障面，未辨妍丑。韩生不愿同衾，去独睡。淑娟悲愤，诉之母所。柳氏问韩生，生以此女曾招余密会对。柳氏知决无此事，必出误会，使见女面以判是非。韩生一见，惊其美，遂谢误认之罪。琴瑟调和（《诧美》）。

此剧乃窃取《燕子笺》、《春灯谜》两剧之关目合而为一者，比阮作减少头绪，到恰好之结构。剧本针线极细，情节曲折离奇，但并非不近人情。如两度放风筝，一次为戚生所放，韩生无心而题诗其上，一次是韩生所放，故意题诗其上。一次落柳氏院中，一次落梅氏院中。此事极为可能。因两院相邻，而又各不来往也。詹家一宅分为两院，乃二妾相妒互闹之故，因而有分隔之举亦甚合理。爱娟与戚施皆好色而用心机，结果是失败的。韩生与淑娟，由风筝和诗而起因缘，但是经过曲折、误会，终于团圆。美的配美的，丑的配丑的，戏台上造成两对，配得公平。此所谓天从人愿，达到喜剧的良好效果。

这个剧本至今昆剧中保存四折，即《惊丑》、《前亲》、《逼婚》、《后亲》。梅兰芳述《舞台生活四十年》第二集第170页："《风筝误》传奇在台上常唱的只有四出：(1)《惊丑》；(2)《前亲》；(3)《逼婚》；(4)《诧美》(亦名《后亲》)。这是一个喜剧，包含着许多错综复杂的趣事。它的戏剧性非常浓厚，用的角色也多，有三个丑角、三个旦角(老旦、正旦、闺门旦)、小生、老生，色色俱全。而且人人有戏做，个个能讨俏，相等于京戏的一种群戏。主要的条件就是各角要凑得整齐，才能演来生动有趣。虽然是出昆剧，观众看了并不沉闷的。"

梅兰芳学习过许多昆曲戏，但是他不常演出，所以然的原因是昆戏比较沉闷。文章尽管很好，听众不一定能欣赏。每场多大段抒情的曲子，缺乏情节。像《长生殿》的《酒楼》、《哭像》、《弹词》，《琵琶记》的《辞朝》，《烂柯山》的《痴梦》等，曲子虽好，场面不热闹。梅兰芳常演《闹学》、《游园惊梦》、《水斗》、《断桥》、《思凡》、《梳妆》、《跪池》、《琴挑》、《问病》、《偷诗》等，有取其歌舞者，有取其场面热闹生动有情节者。李渔的剧本距离歌舞戏远，是向话剧方面发展的戏剧。以热闹有风趣擅场，就是不沉闷，有戏。

李渔的喜剧建筑在开玩笑上。自己同自己开玩笑。例如丑小姐等，她很认真，别人看着可笑。例如韩生的固执不允婚姻，此后乃大为诧美，也很认真，而别人看着好笑。剧中人物有所障蔽，是盲目的；观众看得清楚，是明眼的。观众的知识比剧中人物多，并且明白，所以觉得可笑，是以剧场人物的愚昧作为取笑的资料。错认等之戏，滑稽有味，实很浅薄，没有多少深刻意义。后来天从人愿，造成两对，所以成为喜剧。《风筝误》并无多少思想性，中间也没有斗争。例如戚辅臣为其子娶亲，其子不很成材，而聘的也是丑女，倒为淑娟与韩生作媒，没有什么思想斗争。而詹武承见韩生人才好，也愿意把淑娟配他。所以本来美的配美的，丑的配丑的，并无斗争。

从《风筝误》脱胎的《凤还巢》，中间有些斗争，乃夫妇之间的斗争。《凤还巢》不如《风筝误》的风流跌宕，但也不像《风筝误》那样纤巧尖新，而比较深刻些。

李渔的另外一个剧本《奈何天》，有人认为是比《风筝误》更成功的一个喜剧。剧写阙素封，荆州人，家甚富有，而貌极丑陋。然为人笃厚恬淡，不惜钱财，或输粮于官，或焚券免债。初娶邹氏，灭烛图欢，但新妇觉其体臭难堪，作恶呕吐，出洞房，更见其貌奇丑，大惊，拒不与同居。侍女导入书房中，遂于其中安置观音大士像，日日念佛，修行为尼。阙生不得已，别娶何氏，使伶人貌美者代其相亲。婚事成后，洞房中强醉新妇以酒。何氏见堕术中，自暴自弃，大量饮酒，任其所为。及醒后，不堪与彼同居，逃入书房，依从前妻邹氏，愿执弟子礼。阙生无奈何，又娶第三妻。值袁经略有二妾思遣之，一为吴氏，貌美；一为周氏，貌平常而善理家。阙生意择周氏，不必求貌美。吴氏为韩照所择定。周氏一见阙生，惊避，强欲娶之，遂自缢而死。韩照知吴氏为父执辈之妾，认为非礼而退婚。媒婆乃以吴氏嫁阙生。吴氏知陷术中，乃以周氏之死责阙生，亦以自缢要挟之，遂逃出虎口，与二前妻共居书房中。揭扁额于房，题曰“奈何天”。言三女均遭奇厄为天命，无可奈何也。惟阙素封后以输粮于袁经略、讨伐南边有功，得受朝廷之封爵。沐浴谢恩。天界三官大帝以素封善行奏明玉帝，特使变形使者，改变其丑貌。素封遂易为神采奕奕之美男子。朝廷有命封及其妻。此三人者皆跑出书房，互争位次。素封调停之，仍以邹氏为第一,何氏为第二,吴氏为第三,然以吴氏得宠第一云。

这个剧本可博取观众的发笑。说明女性的厄运,似乎同情女性,最后却又对女性大开玩笑,而揭露其弱点。

李渔的态度,是玩世不恭的。

《蜃中楼》以《柳毅传书》与《张生煮海》两个剧本的情节牵合为一。胡适认为情节生动胜于元剧,作为戏曲进化的例子(见《胡适文存》初集《文学进化与戏剧改良》)。胡适的批评是形式主义的,只注重技巧而不重思想性。剧本中把柳毅与洞庭龙王女配为夫妇、张生与东海龙王女配为夫妇。惟柳毅并无传书事,代之以张生代柳生传书的情节。张生为柳毅不能得到洞庭龙女而用东华上仙法于海门岛煮海,结果使龙王屈服,许龙女嫁柳毅。同时东海龙女归于张生。柳毅自不传书,假手张生,他的人物形象就不突出。张生不为自己的情人而煮海,乃是替他人作伐,亦属多事。此剧本实勉强牵合,两败俱伤,未见其意义所在,不过热闹曲折而已。

其他剧本,亦多类此。

李渔的剧本有成功处,也有严重的缺点。

历来批评家都鄙薄其所为,如杨恩寿《词余丛话》云:"《笠翁十种曲》鄙俚无文,直拙可笑。意在通俗,故命意遣词,力求浅显,流布梨园者在此,贻笑大雅者亦在此。"但是这些批评是不公道的。李渔的浅显通俗,不是他的缺点而是他的优点。剧本本来应该流布梨园,决不可以只求为案头读物。笠翁剧本也并非鄙俚无文,民间戏本较笠翁剧本更为鄙俚无文,然不失其为文艺作品有蓬勃生气。笠翁剧本的缺点乃是他只有通俗性而没有人民性。他的剧本模仿元曲而不大方,伤于纤巧雕琢,不是从人民大众来的,没有深厚的感情。并非直拙,实在是纤巧尖新。他在论宾白时主张要纤巧尖新,不要太老实。整个剧本作风也是如此的。不严肃,没有战斗性,有讽刺人生,不算太深刻,这是他的缺点。去除了封建的道学理学气,并没有建立市民阶级的道德观念。李渔的戏剧是无道德的、供人消遣的东西,不在歌颂什么、反对什么。这是由于他的文艺创作的动机,但在粉饰太平,使人娱乐。李渔颇有市侩作风。

总之,李笠翁剧以通俗滑稽擅长,惟太落轻薄,且涉秽亵。

笠翁于戏曲最有研究,《闲情偶寄》中论词曲、论演习,即戏曲之批评也。其论戏曲重结构,曰"戒讽刺、立主脑、脱窠臼、密针线、减头绪、戒荒唐、审虚实"七个纲目。此种论及 plot(情节)处,为从来戏曲家所不注意者。

此外笠翁又自夸其剧本中宾白之佳,云:"笠翁手则握笔,口却登场。全以身代梨园,复以神魂四绕,考其关目,试其声音,好则直书,否则搁笔。此其所以观听咸宜也。"所谓"观听咸宜"者,剧本既可演又可读也。

笠翁与莫里哀为同时人。彼不能为莫里哀之深刻,徒为滑稽轻薄而已,犹之汤临川与莎翁同时,而不能莎士比亚也。

第三节　洪升的《长生殿》

清初戏曲,吴伟业的剧本充分表现他自己的感慨,高雅不通俗,供阅读。李渔的戏剧很通俗,缺乏思想性,热闹取乐。在康熙朝,出现了两本规模巨大的历史剧本,《长生殿》与《桃花扇》,标志着传奇(南北曲)文学发展的顶点。这类历史剧本的出现是和明朝亡国、清朝统治,经过社会政治的一个大变动,文人作家充满了家国兴亡的感慨,对于社会矛盾有进一步的认识分不开的。

去年的大纲,将充分表现遗老思想更为具体的《桃花扇》放在前面讲;今年考虑到《长生殿》比《桃花扇》早出现于剧坛,按历史次序,先讲《长生殿》。

一、洪升及《长生殿》的创作与演出

《长生殿》作者洪升(昉思),约生于顺治二年,卒于康熙四十三年(1645? —1704),浙江钱塘人。能诗。除戏曲作品外,尚有

《稗畦集》。

洪升出生于一个没落的世族家庭。他的曾祖父在明朝做过右都御史。洪升的妻子黄兰次是康熙朝吏部尚书黄机的孙女。他们同年同月生(洪生前一日),原是表兄妹。黄兰次亦通文墨,识音乐,夫妇感情极笃。洪升以家难,移家北京,颇贫困。所谓家难,是他的父亲洪景融因某案被诬牵连,得罪充军边疆。或据推测是为庄廷鑨的明史案转辗牵连(从陆圻的关系牵涉,此尚为臆测)。他从王士禛学诗,为渔洋门人,又从施闰章得诗法,而与赵秋谷(执信)为友。他们夫妇的贫困生活及伉俪感情之笃见于渔洋另一门生吴雯的诗,诗从侧面描写,颇得其实:

> 洪子读书处,静依秋树根。车马何曾到幽巷,肮脏亦不登朱门。坐对孺人理典册,题诗羞道哀王孙。长安薪米等珠桂,有时烟火寒朝昏。拔钗沽酒相慰劳,肥羊谁肯遗鸱蹲。呜呼贤豪有困厄,牛衣肿目垂涕痕。……(吴雯《莲洋诗钞》卷二《贻洪昉思》)

足见洪升在京中颇为困厄,而伉俪之感情甚笃也。同书卷三又有《怀昉思》云:

> 洪子谋生拙,移家古蓟州。身支西阁夜,心隐北堂忧。卑己延三益,狂言骂五侯。林风怜道韫,安稳事黔娄。

亦着重在家贫而夫人贤且有文才也。

洪升虽为渔洋门人,对诗学则接近于赵秋谷之见解。其诗才不甚高,而专精曲学。此时为京中昆曲全盛时期。洪升夫妇都爱好文艺,想来也都会唱曲的。

洪升所作戏曲多种,可考者有:《回文锦》、《回龙院》、《锦绣图》、《闹高唐》、《节孝坊》、《沉香亭》、《舞霓裳》、《长生殿》(以上传奇),《四婵娟》(杂剧),《天涯泪》、《青衫湿》(不明)。今仅存《四婵娟》与《长生殿》两种。《四婵娟》为四个短剧,每剧一折:(1)《咏雪》,谢道韫事;(2)《簪花》,卫夫人事;(3)《斗茗》,李清照事;(4)《画竹》,管夫人事。后两剧为赵明诚、李清照与赵孟頫、管夫人两对夫妇之韵事。

洪升在作《长生殿》前，先写《沉香亭》一剧，取明皇贵妃事（中间有李白事）。其后又去李白，加入李泌辅肃宗事，改名《舞霓裳》。更删杨妃、安禄山秽事，增其归蓬莱、唐明皇游月宫事，专写两人生死之情，遂定名为《长生殿》。前后增改，十余年凡三易稿（见《长生殿》作者《例言》）。足见其辛勤、严肃，不轻易如此。《长生殿·自序》作于1679年，而流行于歌坛在1688年，比《桃花扇》早出十一年（《桃花扇》成于1699年）。据说《长生殿》剧本的创作，是受庄亲王世子所请。

当时北京的戏班子以内聚班为第一。《长生殿》付内聚班演之。内聚班进宫供奉及为诸藩府演出，《长生殿》为贵族们所赏识，得到赏赐极厚。伶人因得钱极多，感激洪昉思。某日宴请洪昉思（可能是他的生日），大会北京名流文人，在生公园宴会唱戏，演《长生殿》（生公园或内聚班演戏之所，据说就是查楼，即广和楼）。有未被邀请的，挟嫌报复，遂以此日是国忌日犯禁演戏为由告发。于是按律治罪。由洪升之友赵执信（秋谷）首认其罪。赵官赞善，革职。洪昉思除名于国子监弟子员。海宁诗人查嗣琏亦除名（其后改名慎行，再登第）。一时士大夫文人得罪者几五十人。京师人咏此事曰："秋谷才华迥绝俦，少年科第尽风流；可怜一曲《长生殿》，断送功名到白头。"

洪升一生不得志。从北京回南后，又十余年，一日游浔溪，饮客舟中，醉后失足，溺水死（据云，一仆溺水，洪救之，亦没顶）。

二、《长生殿》的题材与主题思想

《长生殿》以李隆基、杨玉环为主角，演出他们帝王夫妇的一段欢悲离合与人间天上的因缘。所以主题是杨李情爱。第一出《传概》云：

> 今古情场，问谁个真心到底？但果有精诚不散，终成连理。万里何愁南共北，两心那论生和死。笑人间儿女怅缘悭，无情耳。　感金石，回天地。昭白日，垂青史，看臣忠子

> 孝，总由情至。先圣不曾删《郑》、《卫》，吾侪取义翻宫徵。借太真外传谱新词，情而已。

始终不脱离一个情字。

不过《长生殿》是把天宝年间的政治和军事战争局面作为背景，展开了天宝时期动乱的全貌。场面阔大，人物众多，长到五十出，是一部大历史歌剧。

《长生殿》取材广博。它有文学上的传统。(1)白居易《长恨歌》，陈鸿《长恨歌传》。(2)元白仁甫之《梧桐雨》。(3)王伯成《天宝遗事诸宫调》。

首先，他取材于白居易的《长恨歌》，就是把《长恨歌》一首诗变成一个大剧本。"长生殿"的名称就是从"七月七日长生殿，夜半无人私语时"两句诗里取得来的。《长生殿》剧后半部仙界复圆，也从《长恨歌》"昭阳殿里恩爱绝，蓬莱宫中日月长"来，因两句诗的暗示而加以实写。他把《长恨歌》的诗演成剧本，一句诗可以做成一幕戏，例如"夜雨闻铃肠断声"，便做成《闻铃》这一幕，写唐明皇在剑阁避雨的情景。除了《长恨歌》、《长恨歌传》，主要吸收了《杨太真外传》(乐史)的材料，也吸收了《连昌宫词》(元稹)(加入李謩偷曲)以及唐代历史小说笔记加以剪裁安排。他吸收元人《梧桐雨》杂剧，把第一折写成《密誓》，第二折写成《惊变》，第三折写成《埋玉》，第四折写成《雨梦》。不过他把杨贵妃和安禄山的秽事删掉了(元人《天宝遗事》也有此情节，且着重唱出)。净化了剧本，使读者对于杨玉环始终保持同情，成为正面人物。《长生殿》所写历史上的大事情都是唐史上所有，而这些历史人物的活动细节和其内心生活则是洪升的艺术创造，但又是极其符合于当时唐代社会情况的，因而成为历史剧本的典范作品。

《长生殿》的结构谨严。除了后半部略嫌太长而外，在结构上毫无缺点。《长生殿》问世后，曾有人说它是"一部闹热《牡丹亭》"。这评语不很恰当。第一，《长生殿》不专谈爱情；第二，《长生殿》有热闹的场面，也有冷静的场面(即独唱的、抒情诗的场面）。

这样一个历史大歌剧，题材丰富，规模巨大，表现出这个封建时代社会生活的各种矛盾斗争，以展开剧情。

剧本首先描写宫廷生活中爱情方面的矛盾斗争，帝妃爱情的不平等。从《定情》起，直到第二十二出《密誓》止，写杨贵妃与虢国夫人、梅妃间的矛盾冲突。《定情》一幕，杨玉环被册封为贵妃。唐明皇对她十分宠爱，可是不久又爱上了虢国夫人。在贵妃与虢国夫人的矛盾中，贵妃失宠，被谪出宫，悲哀伤心。通过剪发表示深情，复召入宫。此后她又有与梅妃之间的矛盾，经过《絮阁》，终于争取到平等的专一爱情。《献发》、《夜怨》、《絮阁》等出，曲折展示女性心理，也真实于宫廷环境。直到《密誓》这一幕，才把愿生生世世为夫妇的恩情，在牛郎织女天上双星证盟的七夕，固定了下来。

在爱情的波澜曲折的矛盾统一过程里，伏下两个更大的矛盾，慢慢地发展起来。一为统治阶级内部的矛盾，安禄山与杨国忠的争权。它的爆发是《陷关》与《惊变》。“渔阳鼙鼓动地来，惊破霓裳羽衣曲”。在《惊变》一出里，明皇贵妃正在御花园赏秋景，小宴，而杨国忠仓仓皇皇来报告安禄山造反、杀过潼关的坏消息，惊破了明皇的胆，不能不计划逃避到四川。一为统治阶级与人民的矛盾，它透露于《疑谶》、《进果》，而爆发于《埋玉》。作者将这一矛盾在第十出《疑谶》中由郭子仪唱出：

可知他朱甍碧瓦，总是血膏涂！

说杨国忠和韩国、虢国、秦国三位夫人竞造新第，各竞豪奢，这些都是人民的血汗、民脂民膏所涂成的朱甍碧瓦！和杜甫诗“朱门酒肉臭，路有冻死骨”同意。第十五出《进果》，写贵妃要吃荔枝，万里迢迢要从四川、海南飞马送到长安，整日整夜快马加鞭不知踏坏了人家多少田地，踏死了多少人。先由老田夫、算命瞎子、女瞎子上场。那个算命瞎子当场便被一匹马冲倒，另一匹马把他踏死了。接着渭城驿的驿子上场，诉说驿官已经跑掉了，本驿只有一匹瘦马。原来渭城驿的驿马,连年都被进荔枝的爷们骑死了。这样指出了明皇与贵妃的欢乐生活建筑在人民的苦难上。这个矛盾冲突在《埋玉》这一出爆发了。“六军不发无奈何,宛转蛾眉马前死”。先是陈元礼等为士兵请命,要杀奸贼杨国忠。说杨国忠专权召乱,私通吐蕃,六军喧闹起来,就把他杀了。唐明皇无可奈何。其次,内又喊:“国忠虽诛,贵妃尚在。不杀贵妃,誓不扈驾。”这时就非常紧张,明皇不肯答应,军队就把驿亭围了。结果是贵妃自愿一死:“臣妾受皇上深恩,杀身难报。今事势危急,望赐自尽,以定军心。陛下得安稳至蜀,妾虽死犹生也。”而唐明皇说:“你若捐生,朕虽有九重之尊,四海之富,要他则甚!宁可国破家亡,决不肯抛舍你也!”在难分难解之际,贵妃固请“望陛下舍妾之身,以保宗社”。这是一个矛盾的顶点。杜甫《北征》诗“不闻夏殷衰,中自诛褒妲(一作妹妲)”,归美玄宗之识大体,是复兴之兆。《哀江头》“血污游魂归不得”,贬杨贵妃。但是在《长生殿》的剧本里,以传情为主,同情女性,写贵妃愿意自杀,也赢得观众的眼泪。唐明皇也重情,不肯割爱。由此矛盾冲突达到顶点。他们从定情开始,一直是欢情,乐极悲来,有了生离死别。矛盾冲突发展到贵妃的自杀。于是杨玉环这块玉在马嵬坡的泥土中被埋葬了,这幕戏叫做“埋玉”。这是第二十五出,结束了前半部《长生殿》。

前半部《长生殿》是热闹的,有《闻乐》、《制谱》、《舞盘》等宫廷歌舞的场面。后半部则是凄凉惨淡的了。《献饭》与《进果》对照,发表人民对统治者的意见。《骂贼》很重要,在洪升所处的清朝贵族统治时代,尤为大胆。剧本展开了民族矛盾,长安沦陷,胡骑来了,安禄山做了皇帝。在描写许多官僚无耻无气节地投降效顺的同时,表扬了一个乐工——雷海青的骂贼死节(此是传奇的正旨,传奇要表扬奇节、不平凡的事)。第二十八出《骂贼》中雷海青道:

> 那满朝文武,平日里高官厚禄,荫子封妻,享荣华,受富贵,那一件不是朝廷恩典!如今却一个个贪生怕死,背义忘恩,争去投降不迭。只图安乐一时,那顾骂名千古。唉,岂不

可羞，岂不可恨！我雷海青虽是一个乐工，那些没廉耻的勾当，委实做不出来。今日禄山与这一班逆党，大宴凝碧池头，传集梨园奏乐。俺不免乘此，到那厮跟前，痛骂一场，出了这口愤气。便粉身碎骨，也说不得了。

骂了一场，结果是把琵琶抛过去打安禄山，被杀了。而降顺的官员们却说：

杀得好，杀得好。一个乐工，思量做起忠臣来，难道我每吃太平宴的，倒差了不成！

这是明亡国后三四十年，南明被灭后二十多年、反满势力并未完全消灭的时候。所以《长生殿》这个剧本也是可能触清廷的忌讳的，尽管亲王们欢迎它的演出。国忌日犯禁演戏，大罪士大夫文人也许是借题发挥。

后半部夹杂写一点政局，如《收京》，但主要写唐明皇的悲痛。《闻铃》、《哭像》、《见月》、《雨梦》同《梧桐雨》、《汉宫秋》一般。忏情，自己觉得薄情。《闻铃》凄凉，点点滴滴断人肠的雨声。《哭像》悲痛，深悔负情："如今独自虽无恙，问余生有甚风光！只落得泪万行、愁千状！……人间天上，此恨怎能偿！"《闻铃》、《哭像》近于抒情诗。

杨贵妃自杀，还使人同情。织女是见到马嵬坡冲起一道怨气，知道贵妃死得可怜，想到当初七夕曾为他们证盟，也很抱歉。于是奏明玉帝，杨贵妃得以尸解，超度到仙界去(《尸解》)。唐明皇得临邛道士通幽觅魂(《觅魂》)，经《补恨》、《寄情》、《得信》，终于在八月十五日夜，由道士通幽搭仙桥指引到月宫与杨贵妃相会。各出金钗钿盒半片，重合。织女传玉旨使两人居忉利天宫，永为夫妇。

后半部比较冗漫。但是还有不少精彩的，如第三十八出《弹词》，为一部传奇的总结。皆无史料而是洪升的虚构。至于以后的《补恨》、《重圆》，不过是归结牛女证盟一重公案。如作者序中所说：

> 第曲终难于奏雅，稍借月宫足成之。要之广寒听曲之时，即游仙上升之日。双星作合，生忉利天，情缘总归虚幻。……

这是不是反人民的立场呢？把唐明皇杨贵妃太美化了吗？不是的。是温情主义，忠厚缠绵。不以悲剧结束，多少给了人一点安慰。《长生殿》是将李杨帝妃之爱情作为一般人的爱情一样处理的，弥补了无可弥补的恨。所以有《补恨》一出。洪升的夫人是黄兰次，吏部尚书黄机的孙女，亦善音乐。他们的生日只差一日。一对好夫妻，也有同生同死之情的。洪升《稗畦集》有《七夕，时新婚后》诗："忆昔同衾未有期，逢秋愁说渡河时。从今闺阁长携手，翻笑双星惯别离。"此诗可证《长生殿·密誓》乃有谓而作。文学以情感为主。到后半部，读者就同情于唐明皇了。

《长生殿》怀念故国之思不如《桃花扇》之显著，但如《骂贼》的激昂、《弹词》的凄凉，也泄露了不少遗民思想。历史剧不免是家国兴亡的感慨。这种家国兴亡的感慨是时代激成的。要是洪昉思不处在他那个时代，他也没有这种感慨。他和孔尚任同时，他们的剧本中同有这种家国兴亡的感慨。"留得白头遗老在，谱将残恨说兴亡"，《弹词》的感慨苍凉，也有《桃花扇·余韵》的情味。但是《桃花扇》更其显露。《长生殿》流行在清朝贵族之间，其他内容也还没有什么，但如《骂贼》一出怕也要触清廷之忌讳(有人认为国忌演戏，士大夫遭贬者五十余人，或因此剧本触时忌之故，此说不免穿凿)。虽清廷也无可奈何，因为历史剧就是历史剧，历史上的忠奸善恶有定评，历史的传统是现实主义的，而我国的春秋笔法也是民主的(是统治阶级的史臣的民主精神)。

一说因为洪升的所谓家难，是父亲洪景融的被充军，或为文字狱，或为反清什么狱的牵连，所以洪升也有反清思想。其实不必以其个人的身世来解释，我们只须以时代来解释。洪升的反清思想，并不显著。他主观上不见得要在剧作中装进反清思想。例如《长生殿》是应庄亲王世子所作，其不排斥清朝是显然的。不过在创作实践中获得了高度的民族意识。这种民族意识继承杜甫、陆游、辛稼轩以及宋末遗民的传统，而与其同时代所流行的遗老派文艺思潮相配合，自然有反清思想在内。而美好的文学作品，以及公平的史学，都要求有正义的褒贬的。汉文化、汉文学的传统，本来是爱国主义的，表扬民族气节的，也非这样不可的，不期然而然的。我们珍视文学遗产，其意义也在爱国主义教育，不是教条，是通过艺术作品的欣赏而达到目的。

《长生殿·自序》说：

> ……借天宝遗事，缀成此剧。凡史家秽语，概削不书，非曰匿瑕，亦要诸诗人忠厚之旨云尔。然而乐极哀来，垂戒来世，意即寓焉。且古今逞侈心而穷人欲，祸败随之，未有不悔者也。玉环倾国，卒至陨身。死而有知，情悔何极。苟非怨艾之深，尚何证仙之与有。孔子删《书》而录《秦誓》，嘉其败而能悔，殆若是欤？第曲终难于奏雅，稍借月宫足成之。要之广寒听曲之时，即游仙上升之日。双星作合，生忉利天，情缘总归虚幻。清夜闻钟，夫亦可以蘧然梦觉矣。（康熙己未仲秋稗畦洪升题于孤屿草堂）

可知《长生殿》意在垂戒后世，并非一味言情，为杨李荒淫张目。其后月宫复圆，乃是悔情以后，稍慰人意，本旨在于情缘总归虚幻。洪升所处时代，与孔尚任同时，国家受清朝贵族统治，人世无可执着，均以入道、仙界结束人间之爱（均有《红楼梦》之色空观念），亦是时代所驱使。

三、《长生殿》集南北曲之长，兼音律、文采两派之美

《长生殿》的思想倾向虽不及《桃花扇》鲜明，不过也处理了许多复杂矛盾的场面，组织成一部大历史歌剧。音律好，文词好，结构好，比之《桃花扇》更盛行于歌坛，它在艺术上比《桃花扇》更成功，至今还有不少出可以演出。梁廷枏《曲话》云：“钱唐洪昉思升撰《长生殿》，为千百年来曲中巨擘。以绝好题目，作绝大文章，学人、才人，一齐俯首。”叶堂谓：“词极绮丽，宫谱亦谐，但性灵远逊临川。”洪升的诗才不高，而曲词则极为工稳。曲律极讲究，时人捧它为“一部闹热《牡丹亭》”（言情）。他自己说：“予自惟文采不逮临川，而恪守韵调，罔敢稍有逾越。”洪升自己通曲律，又得到徐灵昭的指点，审音协律，无一字不慎。故王季烈将其评为“近代曲家第一”，并说：“曲牌通体不重复。前一折宫调与后一折宫调，前一折主要角色与后一折主要角色，决不重复。……其选择宫调、分配角色、布置剧情，务合离合悲欢、错综参伍。搬演者无虑劳逸不均，观听者觉层出不穷之妙。自来传奇排场之胜，无过于此。”

《长生殿》出现在昆曲全盛时期，洪升的创作配合当时的需要，在一个剧本里，总结南北曲的艺术成就。他参看前人剧本，参看当时昆戏演出，采取美好的场面与曲调，集南北曲之长。剧中多数是用南曲，但不少出也用北曲，雄壮秾丽兼美。如《疑谶》、《骂贼》、《弹词》皆北曲，老生唱，雄壮，悲壮，苍凉。《絮阁》、《惊变》是南北合套，不单调。全剧几乎把南北曲调美听者都组织在内，五十出无重复之曲调，是苦心镂血之作。而且这样大的一部传奇，极便于歌伶演习。因为他采取了许多习唱之曲，近似的场面，善于脱胎换骨。例如《弹词》一出用[九转货郎儿]，是从元曲中《货郎旦》一剧而来（虽生旦不同，都是总叙故事的弹词说唱体）。《定情》一出用[念奴娇]、[古轮台]，脱胎于《琵琶记·中秋望月》全场合唱的场面。《密誓》一出用[商调][二郎神]曲，此脱胎于《拜月亭》之《拜月》，此曲商调，昆曲中之六字调，细腻慢曲，一般用之于配合黄昏夜晚的情景。诸如此类，选调很讲究。

《长生殿》全本五十出，如不加删节，全本演出需要四天方能演完。不过当时歌坛习惯，演出时挑选若干出演，不演全本的。全本供阅读吟诵。《长生殿》演出时是歌剧，阅读则也富于抒情诗的意味。他的曲文，到处有美好的诗句。宾白亦不俗。在明代讲音律的是沈璟一派，讲文采的是汤显祖一派，洪升能集合两派之长，《长生殿》不愧为古典文学中的一部名著。

今昆戏中还能演出十几幕。以后还可加多。

今也有英文译本，《Palace of Eternal Youth》，1955，Peking.

第四节 《桃花扇》

有明一代，传奇不下数百种，能够比得上《琵琶》、《拜月》、《荆钗》、《白兔》者实属寥寥，只有汤显祖的《牡丹亭》可以作为天才的创作。《琵琶》、《拜月》等原是从民间文艺的南戏剧本改编的，好比罗贯中的《三国演义》，施耐庵的《水浒传》，来源在民间。汤显祖的《牡丹亭》，确乎是个人创作。到了清初康熙年间，却有两部历史剧本产生，《桃花扇》与《长生殿》，几乎是同时写作成功的，作者孔尚任与洪升有“南洪北孔”之目，二人同为曲家齐名并世。这两部剧本是文人所创制的传奇的高峰，同时也是传奇文学的后劲了。它们产生在昆剧已经发展到顶点，而有往下没落倾向的时代。以思想性而论，《桃花扇》比《长生殿》更高些。这两大剧本，远非李渔的纤巧尖新的喜剧可比。

这两部都是结构宏伟的历史剧，产生在清初康熙年间，不为无因。清贵族入关以后，明末遗老，有气节的如顾炎武、黄宗羲、王夫之等，他们都注意于史学。对于现实社会有所不满，钻向古书，喜欢考古考据，也喜欢谈掌故，发思古之幽情。孔尚任是孔子后代，讲究古礼古乐，也喜欢古董。《桃花扇》一开始，就借老赞礼的话“古董先生谁似我，非玉非铜，满面包浆裹”，自命为一块肉古董，有怎样一肚皮不合时宜的思想。孔尚任真的喜欢古董，曾经用不少钱买了唐代一件称为“小忽雷”的乐器，还特地为小忽雷的掌故而同友人顾彩写了一个传奇剧本名为《小忽雷》。他写《桃花扇》，就是参考了许多关于南明的掌故，才编成这样一部传奇的。洪升的写作《长生殿》也如此，用功于天宝年间的历史掌故书籍很久，取材极博。他们的创作态度，都很严肃，结合历史和文学。这是和他们所处时代的学术潮流、明末清初的史学和考据学的发达分不开的。

一、孔尚任的生平及其著作

孔尚任(1648—1718),字聘之,又字季重,号东塘、岸堂、云亭山人。山东曲阜人,孔子六十四代孙。早年在曲阜乡下石门山中读书。是秀才,但也许没有出来应过举。是一个饱学而不合时宜的人,他在研究古礼和古乐。到三十六岁,衍圣公孔毓圻请他出山,主修家谱和《阙里志》。孔尚任为李堪作《大学辨业序》云:“予自幼留意礼乐兵农诸学。”又《湖海集》卷十二:“乐律深邃精微,非狂鄙所能窥。但夙承家学……二十年来,悉心考证。”1683 年,在孔毓圻处教演礼乐,邹鲁弟子秀者七百人,同宗族万人,释业于庙。1684 年康熙皇帝到江南去游玩,称为“南巡”,回来路上经过曲阜,便要祭孔。孔毓圻使孔尚任参加祭礼,主持礼节。尚任以监生充讲书官,在御前进讲经书,又一一详述文庙礼器,称旨。清统治者以尊孔、尊经学、尊古礼乐为统治全国人民、收买汉族知识分子的策略。康熙帝特为赏识孔尚任的学问和人才,破格提升,命他入北京,为国子监博士。这是尊重孔家学者之意。

孔尚任到北京任国子监博士二年,便出差到扬州一带跟孙在丰治下河水患,逗留在淮上有三年之久。当时淮河一带常有水灾,人民遭受着苦难,而官吏并不当它一回事,治河不切实际,虚耗钱财,耗时费日,一无所成。他接触清朝官僚实际,又亲见民生疾苦,颇有感慨。面对现实,原想立功立业的念头也瓦解冰消了。他写了不少发牢骚的诗,此外便在旅居无聊中酝酿着《桃花扇》的创作。

孔尚任作《桃花扇》,动机很早。《桃花扇本末》云,作者舅翁秦光仪,明末避乱南京亲戚孔方训家,详悉福王遗事,归乡后为作者语之,因此始想作此。孔方训是他的族兄,崇祯时在南京为南部曹,亲见亲闻明末弘光朝事。孔尚任自己生时已是顺治五年,距离弘光被杀已三年了。所以《桃花扇》的老赞礼一半是作者自比,一半是他族兄的影子。他久已乎想写一个剧本,把“南朝兴亡,系之桃花扇底”。此次逗留南方,曾到扬州梅花岭史可法葬地，到南京游秦淮河、谒明孝陵，也接触当时老辈，多闻晚明掌故，于是把南明亡国惨事编入传奇的心愿格外强烈了。孔东塘从扬州回北京是1689年。回京仍任国子监博士。博士本是闲职，正可努力写作。他原来喜欢音律，并喜词章，因此作曲不难。他先同曲友顾彩合作《小忽雷》传奇。小忽雷是唐朝韩滉伐蜀得奇木，所制乐器大小忽雷之一，为文宗时宫中女官郑中丞所常弹者。后郑中丞因事得罪，缢投于河，又遇救为梁厚本妻。使赎寄修乐器赵家之小忽雷而弹之。忽雷乃琵琶之一种也。孔尚任于康熙辛未年(1691)得于北京市上，重其为八百年前古乐器，又有唐人小说中的故事，因与顾彩谱此事为传奇。1694年《小忽雷》传奇脱稿，大部分成于顾彩之手。惟孔氏于此始驰骋于词曲。至1699年6月，则《桃花扇》脱稿。距第二次到北京任博士，已有十年。十年中，孔氏升户部主事，寻又升户部员外郎。作《小忽雷》时，因友人顾彩善音律，托之代填。此作因顾彩不在都中，故自填之，而得苏州曲师王寿熙之指点，择时优熟解之曲牌填之。依谱填词，按节而歌，使无聱牙之病。

《桃花扇》本文四十出，前后加四出，共计四十四出，结构宏伟。孔尚任陆续写作，非一时所作，数易其稿，前后十年而成。零碎片段即有人传阅，至1699年6月全剧脱稿，即盛传于京。7月，宫内索阅，且索阅甚急，匆匆呈进。孔氏即以此年罢官。宫内索阅为闻《桃花扇》名，欲演习云云。而孔氏之罢官不知何因，或与《桃花扇》不无关系。因为虽剧本开始有歌颂太平之言，但整部剧本的思想内容，是哀悼明代亡国，表扬史可法等忠烈，而富于遗民思想的，所以必定招清统治者之忌。康熙对孔氏破格提拔，引进孔圣后代，含有笼络人心之意，但东塘既无意迎合帝王及大官僚，不合时宜，遂遭罢斥。

孔尚任罢官后，还乡隐居至1718年而卒。《桃花扇》先盛行于京师，而刊刻于1708年，乃天津人佟蔗村出资助刻者，则孔氏晚年亦贫。

孔尚任为一诗人,有《湖海集》传世,十三卷。七卷为诗,后六卷为文。诗文皆奉使淮扬时所作,起康熙二十五年,讫康熙二十八年。诗共六百余首。其后之诗文未辑成书,遂散佚。

二、《桃花扇》和南明史实

《桃花扇》题名取晏几道词"舞低杨柳楼心月,歌尽桃花扇底风"中之三字,从南京名妓李香君碰楼血染扇面、杨龙友为之点染、画折枝桃花而得名。名称极香艳,剧亦谱侯方域、李香君故事。其实整个剧本描写了弘光朝的起讫,于歌舞中寓家国兴亡感慨。正如《先声》一出老赞礼所言:"借离合之情,写兴亡之感。"

《桃花扇》以侯李二人情爱为题,此实传奇家的一种手法。一部大戏要包罗生旦净丑诸角,尤其不能离开生旦之角。《桃花扇》的题材阔大,侯李情爱事贯串全剧,也作为一个线索,"借离合之情",主题是写南明弘光朝的腐朽政治、南明亡国的哀史。南明遗事,当孔尚任早年在石门山读书时,即闻之于族兄,开始酝酿此剧。亲自到南京扬州一带时,又与遗老耆旧接触,丰富了题材,久秘不出。到再度入京时,始三易稿而成。剧作于南明史实,大体写实,中间经他布置腾挪穿插虚构,集中了几个人物。

大事均有依据。开始于1643年(崇祯十六年),南京复社文人吴应箕、陈贞慧与阉党阮大铖的斗争。阮大铖托杨文骢拉拢侯方域以为排解。侯方域与李香君遇合。李自成的农民起义军攻陷北京(1644),崇祯缢死于煤山(虚写)。马士英、阮大铖迎立福王,史可法持异议,争之不得。福王由崧乃福王常洵之子。常洵为神宗万历帝的宠儿,封藩于开封,富可敌国,弄权贪贿荒淫无耻,素为东林党的敌人,是压迫东林党的。马阮迎立由崧,在南京弄一小朝廷,继续荒淫无耻的生活。马阮等以迎立功邀宠,马士英为内阁大学士,出史可法于扬州。崇祯的太子到了南京,福王的原妻也到南京,被认为伪太子、伪妃,搒掠至死。左良玉在武昌以清君侧为辞,移兵向南京(实乃避李自成、张献忠之农民军力量)。良玉叛变。马士英移江北三镇军,防截左良玉,江北撤防,清兵南下，史可法战死。福王出奔入芜湖黄得功营中，为黄得功部下田雄所劫以献清兵。黄得功殉难，福王被杀。结束了弘光朝小朝廷(1645)。历史事实，前后三年。（侯李爱情故事以栖霞山重逢，入道为结束。张瑶星说："呵呸！两个痴虫，你看国在那里，家在那里，君在那里，父在那里，偏是这点花月情根，割他不断么?"在政治悲剧的大氛围中，爱情由痴迷而觉悟，不以团圆为结束。）

四十出戏，集中故事的时间是三年。极紧凑。

全剧大事均实，但《桃花扇》是文学作品，不同于真实历史，在不违背历史事实的基础上，允许作者虚构与创造，使得人物生动，性格突出。这是传奇的体制。故多腾挪穿插，与史实稍有出入：

例如，复社文人吴应箕、陈贞慧攻击阮大铖，发《留都防乱揭帖》在崇祯十一年(1638)，侯方域交陈、吴二人主盟复社在1639年，其与李香君相识亦在是年，今移置在1642及1643年。阮大铖托王将军结交侯方域，今改为杨龙友。史可法在清兵攻陷扬州时殉难，骑白驴与自投长江事系传闻，非史实。侯方域颇有资财，梳栊李香君系自己出资，非由阮大铖馈送。李香君并无却奁事，只有提醒侯方域勿受王将军的拉拢，能识大体，聪明有见识，不同一般女子。李香君不愿受田仰之聘，亦实有其事，但与侯方域无关。其碰楼、面血溅扇及苏昆生寄扇等节，怕是作者所创造的。《桃花扇本末》云："独香姬面血溅扇，杨龙友以画笔点之，此则龙友小史言于方训公者。"此为孔东塘所自述。但可能此段哀艳情节，为作者自己所创造、所设想，而托于龙友小史之言。南朝以歌舞享乐的小朝廷而亡国，正是"舞低杨柳楼心月，歌尽桃花扇底风"，"所谓南朝兴亡，遂系之桃花扇底"（指斥弘光朝的荒淫享乐）。故《入道》一出下场诗谓："桃花扇底送南朝"。

《桃花扇》的人物都是实有其人的，即是李笠翁所谓用实在史事则全为真人，故事则有所依据，而加以创造的穿插。《桃花扇》集中表现了弘光朝的政治全貌，是非常真实的。对这些历史事实作些修改，以便组织得更紧凑以及表现人物性格更突出是必要的。《桃花扇》是艺术作品，不是信史，但是它真实、正确地反映了历史现实。作历史小说及剧本者可以学习其处理方法。

《桃花扇》剧本与南明史实出入之处，可参考梁启超之注（今文学古籍刊行社的本子，即为梁注本）。此为考据工夫。

三、《桃花扇》的主题思想和它的现实主义精神

——《桃花扇》是朱明王朝的沉痛挽歌

孔氏在《先声》中借老赞礼口说：“昨在太平园中，看一本新出传奇，名为《桃花扇》，就是明朝末年南京近事。借离合之情，写兴亡之感，实事实人，有凭有据。”“借离合之情，写兴亡之感”，所以《桃花扇》以侯李故事为主要线索而主题是明末弘光一朝的亡国哀史。作者虽然被招出山，但目击清代贵族统治下汉族人民遭受苦难，故而用剧作来寄托遗老感慨。他用艺术形象描写进步人士与阉党余孽的激烈斗争，暴露南明弘光朝的腐朽政治、君臣的荒淫无耻，指明了统治中国二百八十年的明帝国的一朝衰朽和灭亡的责任，哀痛爱国主义者在民族危机无可挽救时的坚强反抗，表扬他们的民族气节。是高度爱国主义的作品。作为一部历史悲剧，是朱明王朝沉痛的挽歌。作者把历史现象熔铸在一部大歌剧、大诗剧中，从而获得了艺术上的不朽。

作者生于清代，仕于清朝，其时正任户部员外郎，他写这个剧本是很大胆的。所以在开头用了一段歌颂太平的话，说“尧舜临轩，禹皋在位，处处四民安乐，年年五谷丰登。今乃康熙二十三年，见了祥瑞一十二种”，不能不作此掩护。此为照例颂扬，非由衷之言。又在史可法困守扬州时，特地不使清兵出场。在剧本中称清兵为北兵。不能不如此。但是他描写了左良玉的哭主，描写了史可法的沉江（骑白驴自沉长江）：“那滚滚雪浪拍天，流不尽湘累怨。”（用屈原典故）“你看茫茫世界，留着俺史可法何处安放。累死英雄，到此日看江山换主，无可留恋。”黄得功见刘良佐、刘泽清两镇要劫宝（弘光帝）献与北朝，便骂：“哇！你们两个要来干这勾当，我黄闯子怎么容得！”喊“好反贼，好反贼！”“望风便生降，望风便生降，好似波斯样。职贡朝天，思将奇货擎双掌；倒戈劫君，争功邀赏。顿丧心，全反面、真贼党。”必须注意，这里骂降清的是贼。尽管作者在前面歌颂升平，在《余韵》一出里，写柳敬亭、苏昆生已成为樵夫渔翁，还是舌头不烂，唱曲哀悼亡明。清廷征求隐逸，竟要派公差来捉拿：“你们不晓得，那些文人名士，都是识时务的俊杰，从三年前俱已出山了。目下正要访拿你辈哩。”“啐，征求隐逸，乃朝廷盛典，公祖父母俱当以礼相聘，怎么要拿起来！”这是对清统治者的笼络政策与一班屈节士大夫的莫大讽刺。这样一个剧本终于使孔尚任被罢职。

孔氏写了一部结构完整、热闹有剧情的剧本（以宾白情节为主的），但和李渔不同，有深刻的社会意义。

孔氏作为孔子后代，其为人不脱离孔教儒家正统思想。因此，此剧有继承祖先作为《春秋》、《雅》、《颂》之作的用意。他在《先声》一出中自己声明：“但看他有褒有贬，作春秋必赖祖传；可咏可歌，正雅颂岂无庭训！”这不是把俗文学中的戏曲提高到与《春秋》、《诗经》同样的地位吗？其实，俗文学继续正统文学正宗的地位早已获得。而褒贬就是倾向性。孔氏对人物的爱憎与人民的爱憎是一致的。他歌颂史可法、侯方域、陈、吴等人，同时特别写出了几个市民的正面形象，如名妓李香君、柳、苏等，此外蔡益所、蓝瑛等也是清白人物。文学的倾向性是区别现实主义文学与非现实主义文学的标准。

虽然孔氏在《桃花扇》中称李自成、张献忠为寇贼，不免露出他自己的身份也是统治阶级的历史家（受时代与阶级出身的限制），但是在《逃难》一出中，还是痛快地描写了人民痛打马士英、阮大铖，出了人民的怨气（同《水浒传》一样）（那是人民出气的时候）。

《桃花扇》最后的衰飒，与山林隐逸思想、色空观念，具体表现在锦衣卫张瑶星的离官修道、侯李的修道上。张瑶星的怒喝振聋发聩，使侯李猛醒，但也只能隐遁入道。明亡后，有志气人士逃于佛道者多,山林隐逸思想是可以理解的。

此所谓遗民思想。

在清代康熙年间,在戏台上大声疾呼"国在那里","君在那里",是反清思想的积极表现。《余韵》一出则唱出了朱明王朝的沉痛挽歌。《桃花扇》在清末特别为人所重。清末的爱国人士,提倡晚明学术、晚明遗老文学。《桃花扇》对旧民主主义革命、排满运动有帮助。因而此剧为梁启超所爱好,而特为作注。

四、《桃花扇》的宏伟结构和人物形象

《桃花扇》在传奇中是局面最阔大的。本文四十出,外加四出,是四十四出的长本戏剧。一部极其伟大的歌剧。以出数而论,四十余出在传奇中还不算最长的,例如《牡丹亭》有五十五出,《长生殿》有五十出。但是《牡丹亭》和《长生殿》有不少出是独脚歌唱的,富于抒情诗歌的意味。《牡丹亭》的结构还是松懈的,出数多,不免有冗漫的感觉。《长生殿》的后半部也不很紧凑,不全精采。《桃花扇》不然,四十出的结构,严整而完美,绝不枝蔓。没有整出作为独脚抒情的场面,紧凑而富于剧情,是不可删节的。

《桃花扇》人物众多。虽然以李香君、侯方域为主角,其他各人物,亦极占重要地位。生旦净丑的脚色平均分配。《桃花扇》的主题是弘光朝的亡国痛史,这是主要内容,而侯李的爱情故事是主要线索。但是他为什么要用此故事为主要线索呢?此是传奇或者戏曲的艺术体制所规定的,因为戏剧、戏剧班子是以生旦为主角的。当历史内容转化为戏剧形式时,便决定了他如此写作。《桃花扇》的局面阔大处在于它不是一个爱情剧而是历史剧,政治场面开阔。

孔尚任分他的主要脚色为左、右、奇、偶、经、纬六部,互相配合,共三十人。左部以侯方域为首,下列陈贞慧、吴应箕、柳敬亭、蔡益所等;右部以李香君为首,下列李贞丽、苏昆生、蓝瑛等;奇部以史可法为首,下列弘光帝、高杰、田雄等;偶部以左良玉为首,下列马士英、阮大铖等;经部以张道士为经星,老赞礼为纬星。分部没有多少意义,不过也可看出他对于生旦净丑各角色的布置组织。

《桃花扇》的人物形象:

主角李香君,秦淮歌妓。正面人物。有坚贞的性格,是美好的女性形象。一开始就写她的美丽、天真、聪明(从学歌唱曲看出)、活泼。对侯方域的倾情,于抛下樱桃报答扇坠事点出。此后写她的明白大体,识别大义,以一个秦淮歌妓的身份,能够辨认忠奸,痛恨阉党人物(《却奁》),她的见识,竟出于侯方域之上,迥然不同于一般女性。既不同于一般女性的贪图享乐,更不同于一般女性,但服从男人的主张,不发表自己的意见。能够不受贿赂,同坏人划清界线。《却奁》一出是突出描绘李香君的。特写李香君的节气,比侯方域更有见识,此事有些依据,但更为夸大特写。原来是阮胡子派王将军结交侯方域以为拉拢,为香君所提醒。《拒媒》一出写其不肯改嫁一个地位权势高的官僚,显示出坚贞的性格。接下来是《守楼》一出,她立志守节,要等侯郎:"案齐眉,他是我终身倚,盟誓怎移。宫纱扇现有诗题,万种恩情,一夜夫妻。"坚决与残暴压迫的恶势力斗争,宁死不嫁漕抚田仰。《骂筵》一出写李香君被捉下楼,叫去演习阮大铖所作《燕子笺》剧本:"奴家香君,被捉下楼,叫去学歌,是俺烟花本等,只有这点志气,就死不磨。"于是愤慨之至,当面骂马士英、阮大铖:"堂堂列公,半边南朝,望你峥嵘。出身希贵宠,创业选声容,后庭花又添几种。把俺胡撮弄……""东林伯仲,俺青楼皆知敬重。干儿义子从新用,绝不了魏家种。冰肌雪肠原自同,铁心石腹何愁冻。"极为痛快,爱憎分明。一个秦淮歌妓,她的正义感,千秋敬佩。她见识高,志气高,此乃孔氏特写,也是写此传奇之本旨。孔氏在《桃花扇本末》中云,剧中故事得之于族兄方训公,"惟香姬面血溅扇,杨龙友以画笔点之,此则龙友小史言于方训公者。虽不见诸别籍,其事则新奇可传,《桃花扇》一剧感此而作也。南朝兴亡,遂系之桃花扇底。"此故事或为孔氏所创,故为此说耳。《桃花扇》的正反人物的斗争，写得很鲜明，复社文人、李香君为一方面，阮大铖、马士英为另一方面。

侯方域，也是主角。比之李香君，则属于次要地位。他风流倜傥，是有才华的公子，复社领袖。除对李香君有深情外，在政治上有立场、有见识。特写其识见高超处，在从史可法处转移到高杰处后、见到高杰看轻总兵许定国、料定必要失败、谏之不听、即为辞去一事。此见其才谋。重情，由辛苦回南京寻觅李香君事可见。侯方域本为历史上重要文人，有才有谋之人。

吴应箕、陈贞慧，亦是当时名流，正面人物。他们写《留都防乱揭帖》，攻击阮大铖最厉害。《哄丁》、《闹榭》描写他们与阮大铖之斗争。是民主主义运动中的领袖人物。

柳敬亭与苏昆生，说书唱曲的市井人物，而识大体，有义侠心肠的。柳敬亭不愿做阮胡子门客，苏昆生不愿做义子的帮闲，而愿为妓女的教习。热情而有权智。此外书客蔡益所、画家蓝瑛，是清白人士。《桃花扇》特写了一些市民形象。

剧中特意描写了史可法的忠节。此剧表扬史可法，几于李香君相等。史可法是本剧的主要角色之一。他的忠诚谋国在《阻奸》、《誓师》、《沉江》诸出中写出。史可法死守扬州为明末历史上一件大事。城破后，扬州遭屠杀惨剧。有王秀楚《扬州十日记》记此。

左良玉，不完全是一个正面人物。他的移兵东向，是为逃避李自成、张献忠的农民起义力量，清君侧仅托辞而已。《桃花扇》所写，稍有庇护。

黄得功，性格鲁莽，也有其忠勇的一方面。《争位》一出写四镇各不相服，内斗，非常有力、真实。《劫宝》一出，写弘光被劫，不堪之至。

反面人物以阮大铖为主。虽然在历史上弘光朝政治的腐朽以马士英负首要责任，但在剧中所特写的反面人物是阮大铖，马士英尚是陪衬者。剧作刻划此类卑鄙无耻、献媚逢迎、贪图名位、无事不可为、用毒辣的手段对付好人的阴狠人物，极其成功。阮大铖也有文才，是戏曲家，《桃花扇》刻划出他的丑恶本质，成为一个反面的典型人物。第四出《侦戏》，他出场时有一段自白，说自己“词章才子，科第名家”“可恨身家念重，势利情多；偶投客、魏之门，便入儿孙之列。那时权飞烈焰，用着他当道豺狼；今日势败寒灰，剩下俺枯林鸮鸟。人人唾骂，处处击攻。”于是他又想拉拢君子党：“倘遇正人君子，怜而收之，也还不失为改过之鬼。”“若是天道好还，死灰有复燃之日，我阮胡子呵！也顾不得名节，索性要倒行逆施了。”《桃花扇》的说白是非常精炼的。这段开场白，描写他的性格，写奸臣心事，曲折阴狠，极为深刻。全剧开始，《哄丁》一出就写他的狼狈状况，在孔庙里丁祭时被复社人士轰出。吴应箕骂他：“魏家干，又是客家干，一处处儿字难免。同气崔、田，同气崔、田，热兄弟粪争尝，痈同吮。东林里丢飞箭，西厂里牵长线，怎掩旁人眼。”（阮大铖曾为魏忠贤及保母客氏的干儿子，崔呈秀、田尔耕则为阉党之凶悍者）众人打他，把胡须都采落了。《闹榭》一出写他为避人，夜半游秦淮，遇到复社会文，歇了笙歌，灭了灯火，悄然逃走。《阻奸》一出写他如何夜里奔走史可法处，想将拥戴功挟：“须将奇货归吾手，莫把新功让别人。”《迎驾》一出写他因为是废员，没有冠带，只有屈身做个赍表官。以后他依附马士英，一朝得志，便搜捕名流。《逮社》写他公报私仇，捉拿吴应箕、陈贞慧、侯朝宗：“哦！原来就是你们三位，今日都来认认下官。”这是先写其丑态百出，后写其心肠狠毒。左良玉兵到，马士英恐慌，他出主意，命江北三镇移防去堵截。马问：“倘若北兵渡河，叫谁迎敌？”他说：“北兵一到，还要迎敌么？”并说“只有两法”，一是跑，一是跪下去投降（又作跪地介）。马士英随即同意，说：“宁可叩北兵之马，不可试南贼之刀。”全剧通过《哄丁》、《侦戏》、《闹榭》、《阻奸》、《迎驾》、《逮社》、《拜坛》诸出，特写其性格之各个方面。

马士英也是进士出身，原任凤阳督抚。他是一个自私自利争权夺位的人。《迎驾》一出中的两句道白刻划了他的内心：“幸遇国家多故，正我辈得意之秋。”果然他凭着拥立福王之功升为内阁大学士。而北兵一到，只会逃跑投降。此辈比之秦桧还差得远，原是一无用处的人。

复社文人与马、阮的斗争，乃是东林党与阉党斗争的历史的继承。马、阮迎立福王，福王由崧之父常洵为万历帝之宠儿，崔、魏之屏障，极荒淫无耻。剧写南明文臣马、阮之无耻，树立奸党。武将高、黄、二刘四镇之鲁莽、内讧，暴露现实情况。

《桃花扇》的人物性格都很突出，主要通过情节宾白来表现(不于曲子中唱出)。即如弘光帝同大臣们打十番，逃到黄得功营中说：“寡人只要苟全性命，那皇帝一席，也不愿再做了。”只寥寥数笔，就写出了他的荒淫昏庸。

剧写史可法沉江，同史实略不合，此乃避免与清兵冲突，且更可使其形象完整。

《桃花扇》以《入道》一出为正文的结束。侯李定情，正值大变乱的时代，之后各自遭受苦难，彼此同情，心心相印。到了道观(白云庵)里重逢，经张道士说道点醒：“呵呸！两个痴虫，你看国在那里，家在那里，君在那里，父在那里，偏是这点花月情根，割他不断么?”当头棒喝，他们都悟道修真。以此为结，不落俗套，是高超处。而孔尚任之友顾彩改作《南桃花扇》，使生旦当场团圆，以快观者之目。尚任对此假意恭维，其实颇为不满。如果团圆收场，侯李二人的性格不完整，与整个剧本的主题思想不调和。此剧本应是一部历史悲剧，不宜以喜剧收结。

《余韵》一出，亦极佳。以樵夫渔父慷慨悲歌、怀旧吊古作结。

《桃花扇》在思想性艺术性上有高出《长生殿》处，完成时亦传布歌坛，但不怎么流行歌坛。大概因为：

(1)它的遗民思想。追悼崇祯皇帝，标扬史可法等，于清朝统治阶级不利。对改朝换代时逢迎新朝的知识阶层有所讽刺，不合乎粉饰太平之作的要求。

(2)曲律不如《长生殿》，曲谱不是做得很好，因而只有少数几出为人所乐唱。

《桃花扇》的特点是曲文减少(亦减少剧本之抒情成分),而颇重说白及动作,实是戏剧发展的进步。

第五节　乾嘉时期的戏曲

乾嘉时期的戏曲,约为1701年—1840年时期。此为戏剧兴盛而有变化的时期。雅部与花部戏班并行。昆曲由兴盛转向衰落。雅部戏班演唱南北曲长本传奇的零出,用昆山腔唱,为昆曲班。花部戏班,除唱昆曲外,杂唱弋阳腔、高腔、京腔、秦腔、梆子腔、罗罗腔、二黄、西皮等各腔的短戏,此类杂腔,总名乱弹。乱弹剧本采自地方戏,无名氏所编。转变的历史,应详于戏剧史,在文学史中,不及详论。

一、乾嘉时期的戏曲文学

此时期戏曲文学可注意的有:

1. 宫内所编长篇戏剧本,如《劝善金科》等;

2. 民间所编剧本(传奇型),如《白蛇传》、《白罗衫》等;

3. 文人所作,如蒋士铨的《藏园九种曲》及杨潮观的《吟风阁杂剧》。杨氏所作三十二剧,每剧一折,中间不乏优秀作品。

4. 无名氏所改的《思凡》、《下山》(出《孽海记》),《芦林》(出《跃鲤记》)短剧,现实主义剧本。《孽海记》所用曲调,非正统派的南北曲,有新鲜曲调。

下分述之:

(一)内廷大戏

乾隆初年,有内廷大戏本的编修,共七种:(1)《月令承应》;(2)《法宫雅奏》;(3)《九九大庆》;(4)《劝善金科》;(5)《升平宝筏》;(6)《鼎峙春秋》;(7)《忠义璇图》。

前三种为承应月令、祥瑞故事、神仙寿考故事的大汇集,并非原原本本的长本戏。后四种为《目连救母》戏文及《西游记》、《三国演义》、《水浒传》故事的成套长本戏文。如《劝善金科》与《升平宝筏》每种皆有十本，每本二十四出，整本为二百四十出之长剧本。断无全演之理，盖汇编而准备零演者。

前五种为张照所编。第六种则为庄恪亲王所制。第七种为周祥钰、邹金生辈所作。实皆抄袭改编以及集体制曲之戏本。

主要是南北曲，每出标明唱昆唱弋。大概也夹杂时曲（是否夹梆子乱弹尚未细究，不得而知）。

（二）无名氏作品

清康乾间（第十七、十八世纪）无名氏作品，而在乾隆间盛行剧坛者有《雷峰塔》、《白罗衫》、《慈悲愿》、《千钟禄》等。

《雷峰塔》一名《白蛇传》。白蛇故事在宋元话本中已有，后来慢慢演变。明嘉靖间有流行于杭州盲人陶真所演述的《雷峰塔》弹词（见田汝成《西湖志余》）。今《雷峰塔》传奇是方成培所整理重编制词曲者，凡三十四出。方氏序于1771年，说明因朝廷吉庆，淮商要演此剧，“惜其按节氍毹之尚，非不洋洋盈耳，而在知音翻阅，不免攒眉，辞鄙调讹”，因为更定，“曲改其十之九，宾白改十之七”。关目故事，当未大变。

《雷峰塔》故事出明人短篇小说（其渊源则更远）。剧中仙佛宗教气息尚甚重。但白蛇已成为正面形象。写市井风俗亦甚好。其《游湖》、《借伞》、《水斗》、《断桥》、《合钵》、《祭塔》诸出流传歌坛。

《白罗衫》，写苏知县事，出明人短篇小说（《警世通言·苏知县罗衫再合》）。中间有江流儿、《白兔记》故事并合的情节。

《慈悲愿》，即江流儿故事。

《千钟禄》本名《千忠戮》，写建文帝出奔故事。

（三）文人的创作

蒋士铨（1725—1785），江西铅山人，以诗名。其《藏园九种曲》亦有名于时。蒋为1757年进士，授翰林院编修，居官八年。乞假归里养母，复历任绍兴蕺山书院、杭州崇文书院、扬州安定书院院长。晚年再入京为国史馆纂修官。

《藏园九种曲》为：(1)《一片石》；(2)《第二碑》；(3)《四弦秋》(以上杂剧)；(4)《空谷香》；(5)《桂林霜》；(6)《雪中人》；(7)《香祖楼》；(8)《临川梦》；(9)《冬青树》(以上传奇)。

当时李调元激赏其曲："铅山编修蒋心余士铨曲，为近时第一。以腹有诗书，故随手拈来，无不蕴藉，不似笠翁一味优伶俳语也。"蒋氏之曲为诗人之曲，究因缺乏剧情，不热闹，故并不流行于歌坛，仅供文人欣赏其词藻耳。其中故事以《雪中人》为奇，即《聊斋志异》等书中之铁丐吴六奇事。此事为私人报恩，而吴六奇以平粤桂盗贼得功，在今天看来是为统治阶级服务的人物。非大题目，亦缺乏人民性。《冬青树》以文天祥、谢枋得之忠节为主，演南宋灭亡事。结构纷乱。《临川梦》演汤显祖一生，以俞二娘为穿插，类以个人传记为戏剧，亦乏味。而流唱歌坛者则为《四弦秋》杂剧，即白居易《琵琶行》故事。其中《送客》一折最有情致。

杨潮观(1710—1788)，字宏度，号笠湖，江苏金匮(今属无锡)人。乾隆元年举人，官四川濂州知州。在邛州时得卓文君妆楼旧址，建吟风阁，作杂剧令优人演之，以祝其落成。有《吟风阁杂剧》四卷，全三十二折，每折独立为一剧。有乾隆甲午(三十九年，1774年)自序："《吟风阁》往年行役公余，遣兴为之。……年来与知音商榷，次第被之管弦，至是始获刊定。"(另有《吟风阁谱》一书，点板而无工尺)

杨氏《吟风阁》四卷三十二剧，每剧以七言诗一句为题目。其中著名而有意味者有：《黄石婆授计逃关》(张良事)，《贺兰山谪仙赠带》(李白救郭子仪事)，《汲长孺矫诏发仓》，《荀灌娘围城救父》(女扮男装突围乞救事)，《偷桃捉住东方朔》，《诸葛亮夜祭泸江》，《寇莱公思亲罢宴》。其《罢宴》一折，最脍炙人口，流行于歌场中。杨氏诸剧均定板眼，其意在付管弦，但普遍流行不多，因文词太雅，不太通俗。其优点在于思想高超，词藻典雅。

《吟风阁》每剧均有小序，用一句标明本旨，如《诗经》小序模样。如《发仓》，“思可权也”；《露筋》，“思励俗也”；《挂剑》，“思古交也”；《荀灌娘》，“思奇节也”；《偷桃》，“思谲谏也”；《凝碧池》，“思忠义之士也”；《罢宴》，“思罔极也”。等等。讽刺意味浓者如《钱神庙》，滑稽者如《偷桃》，传奇意味浓者如《荀灌娘》（女扮男装），济人的、人道主义的如《发仓》（有现实性）。《罢宴》，感情深挚。至如《露筋》，宣扬封建道德，近于迂腐。

《汲长孺矫诏发仓》简名《发仓》。事本《汉书·汲黯传》：

> 武帝即位，黯为谒者。东粤相攻，上使黯往视之。至吴而还，报曰，“粤人相攻固其俗，不足以辱天子使者，河内失火烧千余家。”上使黯往视之。还报曰，“家人失火，屋比延烧，不足忧。臣过河内，河内贫人伤水旱万余家，或父子相食。臣谨以便宜持节发河内仓粟以振贫民。请归节伏矫制罪。”上贤而释之。

杨氏此剧采此段史事而自出机杼，主题在表扬贤能政治，可以从权，女子机敏，能使下情上达。《发仓》前有小序云：

> 《发仓》，思可权也。为国家者，患莫甚乎弃民；大荒召乱，方在其难，君子饥不及餐，而曰待救西江，不索我于枯鱼之肆乎？诗曰：“载驰载驱，周爰咨度。”汲长孺有焉。

作者的思想是贤能政治的思想。他认为大臣为天子耳目，应该到处察访民情、民生疾苦，救济灾难。他痛心于一般官吏对于人民的苦难孰视无睹，匿灾不报。不肯负责，一味粉饰太平，不肯做难事。难得有像汲长孺那样的人肯见义勇为，宁可以一人得矫诏之罪，救数万人的生灵的。剧原本史实，而他以一个驿丞女子题诗来讽刺以激励其忠直之心，是剧本选设剧情的手法。在这里贾天香代表民意，使下情上达。诗不虚作，有三百篇“诗言志”的意味（人民的意旨，共同的感情），在上者有采风之责任。发挥诗歌的力量，宣扬儒家经典的正义，以矫正一般只为功名利禄、只知舞文弄墨、作八股文的读书人官吏们的无能贪鄙。那些人不能学得真正的儒学。剧作说明救世救民的道理，纠正官僚主义。

剧写驿丞的苦痛牢骚。可见在封建时代，大官压迫小官小吏，形成大鱼吃小鱼，小鱼吃虾米，虾米没得吃，弯着身子的现象。

此剧是可以肯定的、优秀的作品，也代表古典文学中优秀的民主思想的传统，有人民性，现实性。在当时像汲长孺那样的人不多，虽有贾天香也无可如何，所以值得表扬，发为歌咏。是颂扬一种人物，不是悲剧。

剧本情节颇有发展，汲黯有思想斗争。生旦均正面人物。剧中长篇说白，运用俗语也见文笔的美妙，富于艺术性。

可以批判的是：(1)站在士大夫立场上，为了人民的人道主义，是古典现实主义，还说不上是批判的现实主义。(2)写民灾只是虚写，驿丞的牢骚反而变成正文，主题思想上有点乱。(3)贾天香为民请命，意义阔大，汲长孺也为忠直之人，被她的陈说所感动，这都是好的。不过作者特为点明，贾女的动机出于解救她父亲的困难。强调了这一点反而使全剧的斗争精神冲淡。

《罢宴》取宋人笔记中寇准事而造设。反寇莱公浪费铺张，以其母当初教子成名有一段青年守寡的苦节，由一老婢说出，激扬其孝心，因而罢却做寿之举动。全折由老妪唱，颇能感动人心，发乎至性。老刘婆喜欢喝酒，人家称她做女刘伶。相爷生日大庆，院公领钱到苏、扬采购物品，嫖赌花费了一半，被人告发，相爷大怒，正待发放，求刘婆请夫人解劝。相爷教场回来，要把院子处死。刘婆假装被蜡烛油滑倒，在地放声大哭。问她是否因为跌痛，她说不曾跌痛，只是想起老夫人来，故此放声大哭。寇准听说大惊。请刘婆陈说当初太夫人如何寒苦教子情况，挂起太夫人遗容来追念一番。因此明日庆寿事作罢，改为设醮。院子事即放过去了。此剧明孝志，反浪费，而结构机轴与《发仓》之以救灾事急解救驿丞供应人马的困难，有相同处。《罢宴》一折流行于歌坛。

《偷桃捉住东方朔》，神仙剧。剧写东方朔到西王母蟠桃园中偷桃，遇到寿星的弟弟庸庸道人看守蟠桃，东方朔设计支开，即行偷桃，被王母手下人捉住。同时造父私下逃来，何仙姑被人指为犯淫，李铁拐作弊，几个案子归王母发落。东方朔利口狡辩。他说，你这蟠桃既是长生不死，我已偷吃两次，任你打也打不死。况且神仙向来只是偷。避世偷闲，避事偷懒，图快活偷安，要性命偷生，仙女们在人间偷情养汉，得道的盗日月之精华、窃乾坤之秘奥。你神仙那一样不是偷来的？我倒劝娘娘不要小器，你们神仙吃了蟠桃也长生，不吃蟠桃也长生，只管吃他做甚？不如将这一园的桃儿，尽行施舍凡间，教大千世界的人，都得长生不老，岂不是大慈大悲大方便哩！西王母笑而置之。

二、花部戏曲的兴起

(一)雅部与花部

戏曲是市民文艺，戏曲的兴盛与政治情况及商业情况有关。宋代南戏与南宋政权南迁有关。元人杂剧兴盛于蒙古统一中国时代。传奇的兴盛是南北曲的合流。明代中叶昆腔在江南兴起，与苏州一带手工业商业繁荣有关。昆腔特别发达，是因为它的音调美听，伴奏乐器丰富等等，与北京多南方人亦有关。

清代，北京为戏曲中心。此外，扬州为一商业中心。戏曲兴盛地不是政治中心，便是商业中心。市民集中之地，亦为戏曲兴盛之地。

康熙乾隆时，昆曲已成为专为统治阶级服务的戏曲。乾隆时各种地方戏已兴起。《扬州画舫录》提到扬州盐商把戏曲分为两部，曰雅部，曰花部。雅部即昆山腔。花部是其他一些地方戏曲，有京腔、高腔、秦腔、梆子腔、罗罗腔、二黄调。高腔，即弋阳腔。这许多腔，总名乱弹。昆曲唱法，曲调繁多，昆曲剧本，语言高雅。地方戏语言朴质，曲调简单，为市民所喜爱。

康、雍、乾盛世，土地向大地主集中，中小地主也不免受大地主兼并，农民流入城市与都城。民间艺人也向城市集中，促使地方戏向都市集中。都市市民，“厌听吴骚，闻昆曲辄哄然散去”，昆曲趋向没落。昆曲剧本的内容与市民生活距离已远，而地方戏曲内容，反映人民的丰富生活。此外，乾隆数次南巡，可能是花部流入北京的原因之一(也只是原因之一)。

明代中叶有所谓“传奇”,传奇唱法有各种地方调,有昆山腔、余姚腔、海盐腔、弋阳腔等,而昆山腔特占上风。昆山腔盛于南北两京及江南一带。至于其他各地,未必尽然。各地保留其各种地方腔。例如《思凡》,有昆曲中的《思凡》,而湖南戏中亦有《思凡》,曲词有出入,表演法亦不同。昆曲中有《醉打山门》,湖南戏中亦有《山门》,曲词相同,而演法唱法又不同。此因各地之弋阳腔等仍有其传布与变化也。

弋阳腔派生出两种。在高阳发展者为高腔,在北京发展者为京腔。弋阳腔不以管弦伴奏,干唱而以锣鼓节奏之,又有帮腔(即和声)。不但高腔、京腔如此,亦保存在四川、湖南、江西一带。

梆子腔,渊源于甘肃、陕西一带,用弦索伴奏(大胡琴音调甚高,名“呼呼”),又用梆子为节。梆子原本秦腔,派生为陕西梆子、河北梆子、河南梆子、四川梆子、山西梆子等等。如山西梆子和平缠绵,不如陕西梆子之高亢。今天津之河北梆子剧团为标准的河北梆子腔。

二黄调亦用胡琴伴奏,比梆子低而和平。蔓延在湖北,为汉调二黄;在安徽为徽调二黄;生长在北京者为“土二黄”。过去有一种看法,谓京剧为两种调子即二黄、西皮合成之。这种说法是不科学的,不可能是两个“剧种”混合而成这样自然谐合的一个剧种的。我们现在找到渭水流域保存有一种二黄调,曰渭南二黄,其中有西皮、二黄两调。渭南接近梆子发源地,发展了原始的二黄调。

梆子系统的,弋阳系统的,二黄系统的,都汇合乱弹里面,此外还有罗罗腔、吹腔、杂曲等等混合在内(如《小放牛》、《小上坟》、《锯大缸》、《打面缸》、《吴汉杀妻》、《奇双会》)。

花部与雅部对立。雅部不演杂曲,而花部亦演昆曲戏。

(二)乱弹如何进入北京

唱梆子腔的魏长生(1744—1802,男演员,演旦脚的),从四川来京，受市民欢迎，继而亦为士大夫所爱好。大概是梆子腔而带四川地方色彩的。花部遂盛。花部戏除了比昆曲为通俗外，另有一特点，即爱情戏多（士大夫记载魏长生，重“色相”）。魏长生之弟子陈银官，因演戏太风骚，为人所哄走。魏长生晚年又上京。曾演《背娃入府》，太累而死（嘉庆七年）。贫无以葬。其生前曾豪侠助人。死后，受其恩助者为葬之。

其后梆子略中落，而徽调兴起。高朗亭，安徽人，入北京，亦演旦者。能事甚多，除徽调外亦能弋阳（高腔）、梆子（秦腔）。最擅长《傻子成亲》一戏，可与魏长生《滚楼》比美。

道光年间，在北京有四大徽班（三庆、四喜、春台、和春四班）。

乱弹中皮黄成为主要势力。此为今日京戏之起源。

程长庚（三庆班）为安徽人，余三胜（春台班）从湖北来，张二奎（四喜班）为北京本地人，并称为京剧“老生三杰”。

本来雅部尚有一定人才。至鸦片战争后，太平天国起义时，上海开辟租界，为贸易中心，江南一带艺员在上海找出路。又太平天国起义，国内大乱，南北阻隔。昆曲在北京遂衰。

程长庚之孙为程继仙。余三胜之孙为余叔岩。张二奎之后人不详。

湖北来的、安徽来的二黄调与土生土长的二黄调结合。谭鑫培以学余三胜为主，兼学习程长庚、张二奎，遂集大成。

程长庚之传人为汪桂芬。继张二奎者为周春奎、许荫堂、孙菊仙。继汪桂芬者为王凤卿。继谭鑫培者为余叔岩。

旦中最著名者为梅巧玲、胡喜禄。此后为王瑶卿、梅兰芳。王瑶卿舞台生活很短，体现创造性者为梅兰芳。

武生行者有俞菊笙、杨月楼。其后杨小楼集其长。

代表花部的剧本保留在《缀白裘》中。如《思凡》、《芦林》等非昆曲正统。《缀白裘》的缺点是不录全本，只是零碎出数。

【第七章】

古典小说的高潮(下)

第一节　蒲松龄的《聊斋志异》

胡适有不正确的文学史观，认为中国文学史的进化是文言进化成白话，所以唐人传奇以后，宋元话本小说产生，文言小说便趋向没落了，戏剧到李渔时代已经重视宾白，有话剧化的趋势。这种看法是完全形式主义的。李渔以后有《长生殿》、《桃花扇》，歌剧还有伟大的作品，并未趋向话剧。而“三言”“两拍”以后，蒲松龄的《聊斋志异》极为通行，文言笔记小说并未没落。决定文学作品的真价值，不在于形式而在于它的内容。

《聊斋志异》的内容，向来为偏狭的单重形式主义的文学史家如胡适等人所贬低。其实，“三言”“两拍”是白话小说中的现实主义作品，而《聊斋志异》是文言小说中的现实主义作品。

胡适以文言、白话定好坏，否定了《聊斋志异》。他又说，为什么明末的“三言”“两拍”到了清代销声匿迹呢？因为在清初起来了许多文言短篇小说，《聊斋》兴而“三言”“两拍”失运。这种看法，抹杀一个历史事实，即清初曾经禁止“三言”“两拍”的流行，表面上说为了禁止淫书，实际上是因为那些小说的现实主义与反抗性，不利于统治阶级。

中国以文言写故事有悠久的历史与优秀的传统，《左传》——《史记》——唐人传奇。宋元明时代，一方面用语体写作的小说与讲史繁兴，另方面，传奇、志怪的笔记小说并未间断。宋人传奇文有乐史的《绿珠传》、《杨太真外传》，无名氏的《大业拾遗记》等，志怪之书则有南唐徐铉的《稽神录》，宋代吴淑的《江淮异人录》，洪迈的《夷坚志》等。这些文言的笔记文学也影响于通俗说书者，为他们的小说和讲史所取材。明代的笔记小说，有瞿佑（1341—1427，明初永乐年间人）（整理者注：瞿佑生卒年，近人已考定为1347—1433）的《剪灯新话》，李祯（1376—1452）的《剪灯余话》，合传奇志怪，多言人间男女离合悲欢及神鬼狐妖情爱故事，实乃烟粉灵怪传奇小说而用文言写的。蒲松龄继承了这方面的传统，他以高度的文艺创作才能总结了志怪小说的成就，在唐人传奇小说外别立一帜，《聊斋志异》可谓集笔记小说之大成。它虽是文言，但很接近于口语。好像是口语而翻成文言的，很亲切。《聊斋》当然是受过“三言”“两拍”的影响的。此后又有不少模仿者，但没有人能够超过《聊斋志异》的成就。《聊斋》总结文言小说的优点，是空前的，而且是绝后的。正如杜甫于诗。

《聊斋志异》八卷，包括四百三十一篇小说，为众所爱好。其中名篇为说书人采用作为小说资料，剧作家采用为剧本，至今不绝。它的影响很大，有深刻而普遍的社会教育意义。

一、蒲松龄的生平及其思想

蒲松龄，其生卒年有1630—1715与1640—1715两说。据其自题画像，康熙癸巳（1713）年七十有四：

尔貌则寝，尔躯则修。行年七十有四，此两万五千余日，所成何事，而忽已白头？奕世对尔孙子，亦孔之羞。康熙癸巳自题。

则其生卒年应为1640—1715，享年七十六。

卒年康熙五十四年(1715)，据张元所作《柳泉蒲先生墓表》(《聊斋文集》前附)。然张元谓享年八十有六，实为七十有六之误。鲁迅《中国小说史略》谓其生卒年为1630—1715，亦误。

蒲氏名松龄，字留仙，号柳泉。其书斋名聊斋。山东淄川县(济南东)人。生于明崇祯十三年，明亡时仅数龄。其家祖上大概是世为举子业者，至其父则始操童子业，苦不售，家贫甚，遂去而学贾，积二十余年，称素封(《元配刘儒人行实》)。是松龄出身于商人兼地主家庭。但其父因久无子嗣，周贫建寺，不再居积，非富裕者。其后嫡生三子，庶生一子，家口多，遂复贫。松龄为其第三子。早婚，夫人姓刘(父为秀才)。兄弟析居，松龄夫妇得农场老屋三间，旷无四壁，小树丛丛，蓬蒿满之。

松龄初应童子试，即以县、府、道连取三个第一，补博士弟子员(案首秀才)。文名藉藉诸生间，然入棘闱辄见斥(即终未中举)。遂舍去举业而致力于古文辞。“性朴厚，笃交游，重名义”(《柳泉蒲先生墓表》)，以旧道德眼光来看，是一正派人。中秀才后，与朋辈结郢中诗社。

蒲松龄年轻时考科举，至五十余岁尚未考上。早年一度出为幕宾，游四方，道路见闻很广，然颇不得志。有诗云：“烟波万里一身遥。”又有诗云：“十年尘土梦，百事与心违。”可知他游幕之年亦甚久。三十岁后，在同邑缙绅家坐馆。他不交际达官贵人。唯王渔洋赏识其文才，欲致之门下。松龄对渔洋致敬而已(《聊斋文集》中有二札致阮亭)(按，阮亭与松龄年龄伯仲间。)诗集中亦有《红桥和孔季重韵》一首七律，知其与孔尚任亦相识也(与王、孔大概都因山东同乡关系)。

《聊斋志异》一书，初次结集于康熙十八年(1679)，五十岁以后，多居家乡，搜集异闻，陆续修订增删。另著有诗文、俗曲。在他六七十岁时,他的儿子、孙子都考上了秀才,而他自己也被选拔为贡生。他因为科举失志,颇厌弃功名,但他与吴敬梓不同,非深恶痛绝科举制度。其子孙考上科举,不免大为高兴。

蒲氏生在崇祯末年,这是农民起义的时代,南明挣扎的时代。入清后又逢康熙大用武力镇压反满武装。对此,蒲松龄虽未亲身体验,但生在此动乱的时代中。唯1703—1704年淄川大闹灾荒,此为他亲身遇到的。蒲氏于1704年有《上布政司救荒策》,述淄川灾情:“山右之奇荒,千年仅见,而淄邑尤甚。盖他处尚有麦可以接济,尚有苗可望收成,而淄自去年六月不雨,直至于今,又加虫灾,禾麦全无,赤地千里。民之饿死者十之三,而逃亡又倍之……”并提出五条救灾之策,足见其对于农民的深切同情。

当时清政府用闭关自守政策,缩小对外贸易面。照顾农村,并多给地主以利益,轻视商业及手工业者。此比之明代中叶以来至明末更不同,扼杀了资本主义的萌芽(明代的对外贸易,舶来品都是奢侈品,增加了地主阶级的消费)。因为清统治者对于汉族地主阶级的照顾,官吏与地方上乡绅势力勾结,冤狱多。故《聊斋志异》中对于贪官污吏多加鞭挞。

由于他自己失意于功名,而且考过多次,有生活体验,因此蒲松龄反对科举,比较细致深入。因为他是寒士,所以特别同情寒士,对于念书人更了解得深刻。因其生长在农村,所以同情农民。他对于商人也注意。当时资本主义的萌芽被压抑,好比一块大石头底下的草,曲曲折折地生长着。因之《聊斋志异》中有抑郁悲凉的气氛,但并不是完全消极的。

小说中有对于人情世故的深入讽刺,鞭辟入里,此蒲松龄与吴敬梓所同有。

松龄的《聊斋志异》是遣兴之作,也是寄托孤愤之作。其《聊斋自志》云:“才非干宝,雅爱搜神;情类黄州,喜人谈鬼:闻则命笔,遂以成编。久之,四方同人,又以邮筒相寄,因而物以好聚,所积益夥。……集腋为裘,妄续幽冥之录;浮白载笔,仅成孤愤之书:寄托如此,亦足悲矣!"则此书借鬼狐故事而讽世,与六朝纯为志怪小说,性质不同。同吴承恩写《禹鼎志》之动机,寓劝世意。吴书不传,可能以鬼怪为可憎可恶之人的形象,而蒲留仙则不同,鬼狐均有人情味,多正面的,可爱可亲的(鲁迅谓"使花妖狐魅多具人情,和易可亲,忘为异类")。

《聊斋志异》既是短篇小说,不能说成于何时,必随时有所添增。必作于中晚年。

作品的产生与故事的来源,据其《自志》说,或据之于野史,或据之于朋友所示,或农村中听人叙说,当然也有大部分是他自己所创作。《柳泉蒲先生墓表》云:"……而蕴结未尽,则又搜抉奇怪者为《志异》一书。虽事涉荒幻,而断引谨严。要归于警发薄俗,扶持道教。"(道教指儒道与教化)。蒲氏有正统思想,但因为他并非迂儒,所以没有头巾气。他胸中郁结,悲愤感慨,所以作品中又有悲凉的气氛:"惊霜寒雀,抱树无温;吊月秋虫,偎阑自热。"

《聊斋文集》中有《原天》一文,云:"欲知天地之始终,不于天地求之,得之方寸中耳。""苟凝神默会,则盈虚消息,了无遗瞩。昭昭方寸,彼行列次舍,常变吉凶,不过取以证合吾天耳。"可见其世界观也是唯心论的。写狐鬼故事变幻随心,是浪漫主义笔墨。但作为幻想之素材,实是现实生活。是对于现实生活的不满加以讽刺,或为对理想生活的追求。此皆现实主义精神之所在。又有《与诸弟侄》,论作文方法,以避实击虚为法:"盖意乘间则巧,笔翻空则奇,局逆振则险,词旁搜曲引则畅。"《志异》之笔法超绝,亦贵在虚实处用笔。

《志异》故事虽说是听人所说,实际上是自己创造居多。结构奇幻,变化莫测。于短篇幅中,有生活细节之描写,有生动表现人物性格的对话,是文言小说而能吸收白话小说的优点者。出于古文,而变化古文,亦一语文宗匠。

蒲氏的著述,除《聊斋志异》,还有诗、词、文、笔记等。他还写有许多民间文艺作品,有七种鼓词、十一种俗曲,陆续出现,真伪莫辨。今发现《聊斋志异》稿本，残存半部，共二百三十七篇。此外尚有其他遗著发现。

二、《聊斋志异》的思想性

《聊斋志异》八卷(亦作十六卷)，长短合计共四百三十一篇。

故事包括神仙、狐、鬼、花妖木魅及世俗琐闻轶事。合传奇、志怪、琐闻，总合历来笔记小说的各类题材。

故事来源，据云蒲松龄在家乡"为村中童子师时，食贫自给。每临晨，携大磁罂、贮苦茗，具淡巴菰一包"，使行道过者休憩，拉人讲故事。"搜奇说异，随人所知。偶闻一事，归而粉饰之"。如是二十余寒暑，积成此书，笔法超绝(《三借庐笔谈》)。而《聊斋自志》则云："才非干宝，雅爱搜神；情类黄州，喜人谈鬼：闻则命笔，遂以成编。久之，四方同人，又以邮筒相寄，因而物以好聚，所积益夥。……集腋为裘，妄续幽冥之录；浮白载笔，仅成孤愤之书：寄托如此，亦足悲矣！"总之，其中有听来的故事而加以自己的润饰，尤其多的是他自己所创造的虚构的故事，写仙、鬼、妖、狐，寄寓其对于现实社会的批评与讽刺。

王渔洋曾借其稿读之，于若干篇加评语，并题一绝云："姑妄言之妄听之，豆棚瓜架雨如丝。料应厌作人间语，爱听秋坟鬼唱时。"(《桐荫清话》) 阮亭亦目为《齐东野语》也。传说又谓阮亭欲以三千金买其稿，代为刊之，聊斋未许之。

《聊斋志异》自序写于康熙己未，即1679年，此时蒲松龄年近四十。此书在其生前，流传有抄本。恐其年近四十时即成书，以后尚陆续有所增订者。蒲氏生前著作甚多，终因贫而未刊行。《志异》之刊行，在乾隆时，约在蒲氏卒后五六十年，距《志异》成书已近百年矣。后有但明伦、吕湛恩二人为之作注，流传甚遍，甚至成为学文言之课本。

有人认为蒲留仙生于明末清初，有遗老思想，《志异》中多反满思想，讽刺清朝的统治，如《夜叉国》、《罗刹海市》皆讽刺满人，讽刺时政。按《夜叉国》、《罗刹海市》皆述飘洋海外，异域珍闻，是以夜叉国、罗刹国的传说为题材，并未见得对清人而发（《罗刹海市》述罗刹国人自言："我国所重，不在文章而在形貌：其美之极者，为上卿；次，任民社……"所谓极美，实即极丑。罗刹国与中华国相反，妍媸颠倒，此为普遍的讽刺，决非针对清朝者）。亦有认为聊斋所谈狐，狐即是胡，指满人而言。按《聊斋志异》中谈狐仙，只有以狐之深情高义，讽刺世俗人之薄情少义，同唐人小说《任氏传》等风格，更不能说是指斥妖狐。强调它的反满思想和情绪是牵强附会的。

蒲松龄憎恨贪官污吏，《聊斋志异》中有不少篇揭露了封建统治阶级的残暴、贪酷。

例如《韩方》篇，在"异史氏曰"一段中指出，甲戌、乙亥间（康熙三十三、三十四年）各州县使民捐谷，名为"乐输"，而极尽其敲朴之酷，官捉民赴城，皆为"比追乐输"。此为明说。此指州县官之奉承圣旨而横敛也。

如《续黄粱》篇，则写一新进士，妄想做二十年太平宰相。梦中真为宰相，弄权纳贿，擅作威福，结果为包龙图所劾，孤身远谪，乃至为盗所杀。死后入地狱，上刀山，饮三百二十一万（其生前所贪之贿赂）金钱之汁，受诸种苦。文笔酣畅。

《梦狼》篇，鞭挞贪官污吏。其异史氏曰："窃叹天下之官虎而吏狼者，比比也。即官不为虎，而吏且将为狼，况有猛于虎者耶！"在虎狼官吏的衙门里，人民的白骨堆积如山。形象化。

《王者》篇写巡抚的贪污，为剑客所惩。

《席方平》篇述席方平为父冤入冥申理。终不得直。"念阴曹之暗昧，尤甚于阳间"。但席在阴间坚决反抗统治者，结果是借助于二郎神，使阎王坐囚车。作者借二郎神的一篇判词泄愤，此真所谓"仅成孤愤之书：寄托如此，亦足悲矣"。富于人民性。

《促织》篇说因天子要斗促织娱乐，使民间采贡促织，扰民虐政。而统治者对于人民的压迫，竟至到了非要取得人的灵魂的地步。

《天宫》篇写权贵家庭中的荒淫,女性的苦闷。

其他讽刺官吏贪污,不一而足。此皆不写明何代。要之明清两朝之现实政治如此,亦反映蒲松龄所处之社会现实是这样黑暗的。

其次是对于势豪的描写。如《红玉》篇,写退居林下的御史,任意抢掠民妇。《石清虚》篇写势豪某抢走邢云飞心爱的奇石。《辛十四娘》写势宦公子,因为别人一句话感到不快,竟设计欲置人于死地。

蒲松龄鞭挞功名富贵思想,讽刺科举和八股文。如《王子安》讽刺失第秀才的热中科举,爱慕功名,醉后发疯,乃至为狐所笑弄。结末"异史氏曰",说秀才进考场有七似:似丐、似囚、似秋末之冷蜂、似出笼之病鸟、似被絷之猱、似饵毒之蝇、似破卵之鸠,"如此情况,当局者痛哭欲死,而自旁观者视之,其可笑孰甚焉"。所谈甚切。《司文郎》讽刺考官的狗屁不通。余杭生得中后,盲僧叹曰:"仆虽盲于目,而不盲于鼻;帘中人并鼻盲矣。"蒲松龄反科举不如吴敬梓的彻底,但是他自己赴考的经验与体会多,所以讽刺得更细腻。

《志异》所着重的道德观念,是孝道(如《席方平》),兄弟之间的友爱(如《曾友于》、《向杲》),朋友之间的义气。歌颂心地善良、诚朴的人。反对浮薄、势利,皆为封建时代的社会下针砭。

如《夏雪》,由称谓之变化讽刺世风,"下者益谄,上者益骄"。

《宅妖》讽刺官僚仗官势吓鬼,反被鬼嗤笑。

《镜听》写科举得失对兄弟妯娌关系的影响。对功名利禄的追求造成了家庭中的势利。即小见大。

《雨钱》写秀才与狐狸交友而贪利谋钱,受到老狐的怒斥:"我本与君文字交,不谋与君作贼。便如秀才意,合寻梁上君子交好方得。"《钱流》与《雨钱》有共同之点。《沂水秀才》亦写秀才而爱钱的。

《种梨》讽刺吝啬者。《劳山道士》讽刺不劳而获的思想。

《堪舆》、《佟客》皆讽刺虚伪的孝道。《堪舆》写兄弟为觅葬父吉地，负气相争，竟至委父柩于路侧多年。《佟客》写侠客教武艺，非忠臣孝子不传。董生自诩忠孝，其父有难，却贪生怕死，不敢相救。

《鸽异》讽刺庸俗和贪欲。

《志异》的故事，一方面为对现实社会的讽刺，另方面为对理想生活的追求。出入三界：神仙界，冥界，人间世。以赏善惩恶为宗旨，基本上是乐观主义的，表现了对于人生的热爱与执著。

爱情故事，离奇曲折，最为动人。有许多情痴的故事。肯定痴情的男子，即感情真挚、天真诚实的人。如选讲的《阿宝》、《婴宁》、《王桂庵》三篇，皆可为代表。《阿宝》中的孙子楚为痴情人的典型性格。因为女方嫌他骈指，以刀砍去一指。其情痴同于《红楼梦》中的宝玉。冥王谓其“生平朴诚”，朴诚得可爱，人谓之痴。《婴宁》篇写婴宁的憨笑，令人读后难忘。是文艺创作中一个极成功的女性形象。

《霍女》篇的霍女是另一性格的女性，奇女子。连嫁三夫，打破贞操观念，似乎是玩弄男性的，然有侠义。她说：“妾生平于吝者则破之，于邪者则诳之也”，乃是抓住男性的某一弱点，想法惩罚他们。她对于贫穷的读书人黄生，却有真感情，尽力帮助他。

《聊斋志异》最看重品德，最看重才能、智慧。品德好的、有文才的穷读书人，往往得奇遇。而写女性的多情与聪明智慧，有为人间女子者，有托于狐鬼者。人与鬼狐精怪的爱情故事数量最多。鬼、狐、精、怪要求变人，足见其对于人生的热爱，爱情不离人生的基础。如《伍秋月》(鬼)、《爱奴》(鬼)、《小谢》(鬼)、《红玉》(狐)、《香玉》(花精)、《白秋练》(鱼精)等。爱情超越一切，打破人与非人的关系。爱情超越一切，对宗法封建社会是打击。也只有在资本主义萌芽时代，才有这种思想。

《志异》中有许多可爱的女性，以各种类型的女性作为正面人物。如《仇大娘》、《乔女》、《侠女》、《霍女》、《恒娘》(狐)。

此外如《石清虚》中的邢云飞，为了爱石头而不惜倾家荡产。在暴露统治阶级残暴的同时，更写出了他对于现实人生的执著。

这些鬼、狐、花精、木怪的故事是超世间的，非现实的，但都以现实人生为基础。狐鬼等都有人性，有情爱，恋着人世间的生活；有悲哀、有欢乐，足以表现《聊斋志异》的热爱人生，是积极的，并非消极避世的思想。从公安派竟陵派以来的山林思想，逃避斗争，消极遁世，至《聊斋志异》为对人生现实的执著所战胜。《志异》追求理想的生活，自由的、平等的、无剥削的生活。这些是《志异》故事所以普遍地为人所爱好的一个原因。

《聊斋志异》四百多篇，长短不一。人物众多，题材庞杂，曲折地反映了蒲松龄时代的社会真实，人民的思想感情。

三、《聊斋志异》的艺术性

1. 故事情节的奇妙。能写超世间的东西，上天入地，如《西游记》，变幻无穷。而还是以现实人生为根据。是现实主义与浪漫主义的结合。

2. 极其讲究结构。布局谋篇都尽离奇曲折之妙。如善画山水者的章法布置，引人入胜。读篇首不容易猜到它的结局。

3. 创造了众多生动的人物形象。人物形象鲜明，有个性。

4. 在文学语言上有特殊的创造。是用文言文写的最好的小说。吸收白话小说语言的好处，口语翻成文言，生动灵活，有独特的风格。有文言的简炼，有语体的生动。以往笔记小说、传奇爱情故事，多用骈文，或夹入诗词，粉饰甚多，以为绮丽。《聊斋志异》则以写人物个性及对话明爽为长。虽用古文笔调，而对话生动，寥寥数语，口吻毕肖。是白描的，简净的。因此，有真正的美丽。

5. 诙谐，有机趣。讽刺深刻。如《种梨》、《劳山道士》，篇幅虽短，均诙谐，讽刺深刻。《种梨》讽刺不肯小破费而以后反有大损失的悭吝人。《劳山道士》讽刺面触及很广。讽刺不肯下苦功而希望有所成就的懒汉；讽刺略有所得而卖弄夸人的人；讽刺为人所谀，自己不知其不能，终于碰壁失败的人。《画皮》讽刺人不能真辨善恶，魔鬼有美貌外衣，龌龊乞丐，实为真仙。

《聊斋志异》各篇后往往有“异史氏曰”(效法《史记》有“太史公曰”)作为评赞，或抉发篇中寓意，或更为推论、补充，使寓意更为深刻。

6. 长于避实就虚的笔法。《聊斋文集》中有《与诸弟侄》书，论作文方法，以避实击虚为法。“盖意乘间则巧，笔翻空则奇，局逆振则险，词旁搜曲引则畅。”《志异》之笔法超绝，亦在于蒲松龄善用避实击虚之法。无中生有，而又合于情理。

四、《聊斋志异》的缺点

在思想方面，没有脱离儒家正统思想的范畴，如过分强调孝道，拥护宗法社会，赞成封建大家庭和平共处。尽管描写女性的多情，聪明智慧，还是以男性为中心，有旧礼教的正统思想在作祟。男尊女卑的思想在蒲松龄的灵魂深处存在着，注重子嗣，不反对纳妾制度，甚至还在鼓励。鞭挞妒妇、悍妇，如《马介甫》、《江城》。

有时强调“义”到没有原则。没有摆脱功名观念和封妻荫子的思想。

此外，写幽明故事，有助长迷信处。小说有神秘主义与唯心思想。相信宗教、轮回、因果报应，是客观唯心主义；相信意志，是主观唯心主义。如《江城》篇写悍妇变为淑女，系因其翁姑念观音咒，得高僧来点化之类，佛教因缘观念也很重。同时，小说有寓言性，通过这些故事，反映了现实，然而却不在现实生活中解决问题。把理想寄托在仙境，在空中楼阁、虚无缥渺的世界。

在艺术手法方面，因过求奇幻，脱离现实，不及唐人传奇小说的自然。摹仿《聊斋志异》者易堕恶道。

五、《聊斋志异》的影响及反响

稍后于《聊斋》，摹仿《志异》之作，有袁枚之《子不语》，沈起凤之《谐铎》，尚为有名。此后庸俗无聊之作更多。纪昀不满于《聊斋志异》,谓《聊斋》合传奇志怪二体,体例不纯。“才子之笔,非著书者之笔也”。纪氏作《阅微草堂笔记》,立法甚严,然偏于论议。“盖不安于仅为小说,更欲有益人心,即与晋宋志怪精神,自然违隔”(鲁迅语)。

六、《醒世姻缘》

《醒世姻缘》,一百回,西周生著。

故事写明初正统、景泰年间事,其中提到土木堡之役,时间跨度约七十年。

由胡适考证,认为《醒世姻缘》是蒲松龄作(以《醒世姻缘》为蒲氏作,系鲍以文语,非自胡适开始),但我们不能下此结论。

《醒世姻缘》分三大节。第一节二十回左右,写晁家故事,第二十三回起写狄家故事,第七十回起,写狄希陈再娶纳妾之童家事。

晁家是官僚地主家庭,其子晁源为恶霸地主形象,妻计氏,妾施珍哥。施逼死计氏,下狱,晁源为之活动。晁源入京,忘恩负义,无恶不作。后晁源为避京中土木堡之役而回家,依旧为非作歹,与一皮匠的女人私通,结果被皮匠所杀。

晁源生前曾打死一狐,因而投生为狄希陈,而狐则托生为薛素姐,为狄希陈之妻,而虐待其夫。

狄希陈进京,再娶童寄姐。童为计氏所托生,亦虐待其夫,但不如薛素姐之烈。童有一婢珍珠为施珍哥所托生,为童氏所虐待,自缢而死。

高僧胡元翳,使他们知道前生今世因果关系,教狄希陈念佛消灾。

小说通过两种类型的官僚地主家庭的婚姻关系,批判其残酷与不合理性,暴露地主阶级的丑恶面目与官场的腐败、社会的黑暗。晁家为男性中心家庭,而狄氏家庭则男性阘茸。

作者对于这两个地主形象彻头彻尾否定,因此小说不失为一现实主义作品。

但作者的局限性，显见得他与蒲松龄不大相同。蒲松龄笔下的正面人物，无论是狐是鬼，至今还不失为正面人物，与我们的爱憎相合的，而《醒世姻缘》则不然。此书中晁夫人是作为正面人物出现的。此人为一大地主，不过以小仁小惠给人，遂认为是正面人物。是作者所肯定者还是大地主。另外为一告老还乡的大官僚，不过生活较为朴素而已，作者便认为是了不起的人物。

又，劳动人民的形象，多数是被歪曲了的。作者站在地主阶级立场上，以为下人略微损害主人的利益，即应遭严罚。如写一个厨子因为糟蹋了一些主人的米粮，便遭雷劈死。

《醒世姻缘》通过艺术形象暴露那时的社会，其写底层人物如皮匠、流浪汉、妓女等，与地主直接接触者，尚不歪曲。此外《醒世姻缘》的语言，可能包括河北南部到山东，乃至山东南部，范围似乎很广，不像胡适所说是淄川方言。口语句法很有变化，还同今天我们的语言相合的。

因此，《醒世姻缘》还是一部值得注意的书。

第二节 《儒林外史》

古典小说发展到十八世纪，产生两部伟大的有高度现实主义的作品，《儒林外史》和《红楼梦》。吴敬梓和曹雪芹处在同一时代，吴敬梓比曹雪芹大二十余岁，他生于1701年(康熙四十年)，卒于1754年(乾隆十九年)。他们的精心杰作，脱离话本小说和拟话本小说的作风，建立近代小说的规模。《儒林外史》和《红楼梦》，按其思想内容和小说艺术已经十分接近于世界文学中资本主义社会的近代小说。

一、吴敬梓的家世和出处问题

吴敬梓(1701—1754)，字敏轩，号文木，安徽全椒人。

吴敬梓出身于一个名门望族，所谓世代书香的科举家庭。高祖吴沛，有子五人，四成进士，在明末清初。曾祖吴国对是顺治戊戌年进士第三名(探花)。祖父吴旦,监生,以孝授州同知,是个孝子。父亲吴霖起,1686年(康熙二十五年)为拔贡,做江苏赣榆县教谕。霖起为通儒,其仕亦贤,不奉承上司,而济困厄,曾捐资破产兴学宫。他有名士风,且为孝子。吴敬梓的家庭在曾祖时是极盛时代,祖父起,即在康熙时代,渐渐中落。

吴敬梓十四岁起,随父在赣榆。二十二岁,父去官。返居家乡。二十三岁,考取秀才,而父病死。他是一个不管家务、不善经营家产的人,喜欢读书,讲经学,作古文诗词赋,热心助人,没有几年,把家产花尽。他曾赴乡试,未中式,从此后便绝意进取,三十岁后,思想渐成熟,对功名亦复淡薄。在家乡耽不下去了,1733年(雍正十一年),移家南京,寄居秦淮水亭。文名藉甚。雍正十三年,清政府下令举行"博学宏词"科考试。原本科举制度是不勉强人去赴考的,至博学宏词科则有推荐,带点强迫性,此为朝廷牢笼汉人学者之政策。1736年(乾隆元年),吴敬梓在府、省均被取录了。因他此时已有名望,为一名士。安徽巡抚赵国麟要正式荐举他进京赴考,临时,吴敬梓托病不入京。从此以后,他也不应乡举考试了。即以秀才终身。

据胡适的考据,吴敬梓那时还有功名念头,是真病,失去机会,后来有点懊丧。这个结论是不实在的。胡适的根据是,唐时琳(吴的老师)的《文木山房集序》:"两月后敏轩病愈,至余斋。余度其容憔悴,非托为病辞者。"胡适认为据此则吴敬梓乃真病。其实,从此条中即可证明颇有人疑他是托病不去的。此外,胡适又据吴敬梓三十六岁《丙辰除夕述怀》诗:"相如封禅书,仲舒天人策,夫何采薪忧,遽为连茹厄。人生不得意,万事皆愬愬,有如在网罗,不得振羽翮。""连茹",出《易经》,妨碍出行;"愬愬",亦出《易经》,惊惧貌。胡适以此为敬梓真病之证。

然而,吴敬梓三十七岁那年,有许多人进京去考,有考中者,有不得意者,有死在京中者。《文木山房集》有不少诗嘲笑他们的。惟此类诗与丙辰除夕诗距离不过半年者,何以思想转变如此之快？可知他三十六岁时对博学宏词试曾有思想斗争，而主导思想是他不想去。

吴敬梓的友人程晋芳作《文木先生传》，明明说安徽巡抚赵国麟闻其名，招之试，才之，以博学宏词荐。竟不赴廷试，亦自此不应举。所谓病，因为是在清政府的压迫下，不能不装病。《儒林外史》中的杜少卿，是敬梓本人的影子。第三十四回，杜少卿辞征辟，对夫人道："你好呆！放着南京这样好玩的所在，留着我在家，春天秋天，同你出去看花吃酒，好不快活！为什么要送我到京里去？""好了！我做秀才，有了这一场结局，将来乡试也不应，科、岁也不考，逍遥自在，做些自己的事吧！"《儒林外史》充分表现了吴敬梓反对功名富贵的思想，小说大力抨击热中科举、势利熏心的人。他不愿入京应辟，和《儒林外史》的思想是一致的。因为他出身于一个科举家庭，从小就接触官僚士大夫阶级，眼见清统治者的箝制思想、奴役汉人，并无真意振兴礼乐、延揽名儒，荐博学宏词不过是牢笼手段。应举做清官，不得好结果；征辟也不能有所作为：所以早就迟疑。思想斗争的结果，就是辞退不出山了。

吴敬梓早年喜欢诗赋古文，本来反对八股文。他的诗赋见《文木山房集》。中年以后，阅历更广，思想愈成熟，写作《儒林外史》，抨击一般士人的庸俗、无耻、贪鄙。以王冕那样一个人物为理想典范；以市井名士作结。《儒林外史》应作于其四十到五十岁、在南京的时期，即不应博学宏词考之后，所谓"做些自己的事"也。他写作小说的精神是严肃的，不是作来遣兴，是耐贫之作。

吴敬梓四十岁时，友人捐资刊出了他的《文木山房集》。同时，他捐资兴复江宁雨花台的先贤祠，集合许多名士祭祀吴泰伯以下二百三十余人（《儒林外史》中的修太伯祠为此影子），为此鬻去了所居房屋，复居城东之大中桥。他的生活愈来愈贫穷，常以书易米。"冬日苦寒，无酒食，则邀同好汪京门、樊圣谟辈五六人，乘月出城南门，绕城堞行数十里，歌吟啸呼，相互应和。逮明，入水西门，各大笑散去。夜夜如是，谓之'暖足'。"（程晋芳《文木先

生传》）

程晋芳本一盐商，其后亦穷困，思想与敬梓有契合处。他有《怀人诗》云：“外史记儒林，刻画何工妍。吾为斯人悲，竟以稗说传！”诗作于1748—1750年之间，故《儒林外史》必是1750年以前所作，有成书。程晋芳家境衰落后，敬梓曾对他叹息道：“子亦到我地位，此境不易处也，奈何！”

《盋山志》述敬梓售去家产后，迁家南京，“日惟闭门种菜，偕佣保杂作。人皆不知其为贵公子也”。《盋山志》的作者为顾云（本人为南京人，比金和略前），所记颇为可信。敬梓墓即在盋山底下。种菜园的人，在《儒林外史》中也有描写。

后来敬梓愈益穷困。1754年，年五十四岁，卒于扬州，归葬南京。

二、吴敬梓的思想

吴敬梓的思想，有杰出的民主成分。他的思想也不脱离他的阶级。

明代中叶以来的王学左派思想（以王艮为代表的泰州学派），有原始的民主自由思想，是封建社会里孕育着的资本主义萌芽的反映。到了明亡以后，顾炎武、黄宗羲、王夫之三位大师，他们的思想，是自由民主思想加上民族气节，成为遗民思想。清初进步的作家无不受其影响。吴敬梓有遗民思想是不成问题的。

顾、黄、王反对程朱理学，反对王阳明空疏的谈性理之学，提倡实学，是反宋儒以来的唯心主义、反为封建统治阶级服务的哲学思想的。其后有颜李（颜元、李塨）学派，重实学、重实践（身体力行），反理学。颜元的实践主义，格物，力行，接近于唯物论的哲学思想，这影响了觉悟的知识分子，为封建末期资本主义萌芽时代的进步思想。清廷对颜李学派十分仇视，颜、李死后，其书即被禁，而颜、李弟子亦有被害者。故颜、李弟子绝口不敢谈颜、李（如程廷祚为李塨弟子，而晚年绝口不谈李恕谷）。吴敬梓的好朋友程廷祚（《儒林外史》中的庄绍光）、樊圣谟（《儒林外史》中的迟衡山)同吴敬梓自己都是受这派思想影响的人。他们有复古思想,讲求礼乐兵农医的实学,以复古为革新;有自由民主思想,极端反对以八股文取士的科举制度。吴敬梓的《儒林外史》是通过小说艺术来揭露八股取士的对于整个社会流毒之大。吴敬梓的儿子吴烺为有名的算学家,此亦他讲求实学的表现。(吴烺在京做官,乾隆南巡时曾以书进献,那么敬梓何致有时两天没得饭吃、穷饿如此?)

在政治问题方面,吴敬梓反对科举制度,当然也反对文字狱。他赞成开明的地主、好官。向往古代的礼制。

在社会问题方面,他痛恨大官僚大商人的罪恶,反对男女的不平等,鄙视依附于统治阶级的寄生虫(假名士)。

他的主张是重实学,尚致用。

三、《儒林外史》的主题及思想内容

《儒林外史》原书有五十回及五十五回两说,不知孰是。今定为五十五回。最早刊本在乾隆四十年左右,是吴敬梓卒后约二十年其友人金兆燕在扬州所刊,今不可得。今所得之最早刊本是1803年(嘉庆八年)卧闲草堂本,作家出版社据以排印。此本共五十六回。惟最后一回,讨论者认为是伪作,故而删去。通行本尚有六十回本,则更是他人所增。

小说从话本发展到拟话本的个人创作,明万历年间有《金瓶梅》,系无名文人所作。明末冯梦龙辈文人始作小说,也是拟话本体裁。内容涉及社会现实各方面,男女情爱还是主要的。《儒林外史》是一高级知识分子所作,取其生活经验最熟悉的部分,专门描写知识分子一群,以讽刺士林为主,别开生面,非常深刻。这部书不见得普遍于人民大众,但对于士林阶层是起进步作用的。

文学、政治都是上层建筑,为统治阶级服务。在中国的封建社会,把文学、政治、哲学思想密切配合起来,巩固这个封建统治的是科举制度。科举制度从隋唐开始,有明经进士等科,思想还比较自由,考经学、策论、古文、诗赋等。到了明朝,开始用制艺

(即八股),《儒林外史》内称为“文章”。这是无论形式、内容方面都完全束缚思想的东西。其内容方面,是代圣人立言,出经书上一句或一节为题,专以发挥儒家程朱一派的理学思想。其形式方面,是用八股,对偶的古文,格律极严,等于女子之缠足跳舞,同律诗同样情形。为的是使阅卷者容易看出高下,所以限制了长短、形式、题材、作法。无论谁要爬上统治阶级,必须先学八股,攻举业。不从科举里出来的人,没法做文官,只有做了官以后,或者科举上失败的,方始作些诗、古文。因此中国文学的优良传统,大受打击,斫丧原气。民主的文学,反统治的文学,就无法抬头。此所以明代的诗、古文非常平庸之故。明朝亡国以后,有遗老们隐居著书,如顾炎武、黄宗羲、王夫之等潜心哲学、考据、经史,开学术研究风气,是为朴学,风气渐渐转移。可是一般的知识分子,仍专门作八股,以八股为天地间唯一的正文,酸腐风气,从明末传下来,没有改革掉。有清一代,完全用八股取士,同于明代。《儒林外史》在知识分子群中起着极大的进步作用,是秀才举人们自己照自己的一面镜子。其主题思想是:作者以深沉严肃的态度,予当时士林以锐利辛辣的讽刺,从而暴露了以科举制度为中心的封建主义统治的罪恶本质。在一般士林热中科举的时代,这部小说是了不起的,指示了反封建革命的道路,必须要废去这个科举制度。

作者并没有脱离封建时代,士的阶层是封建统治的支柱。如果士的阶层道德品行好,对于人民有利;如果士的阶层道德品行坏,便会加深对人民的压迫。第一回楔子中写道,王冕见到礼部议定取士之法,三年一科,用五经、四书、八股文。他说:“这个法却定的不好!将来读书人既有此一条荣身之路,把那文行出处都看得轻了。”文是文章、文学,有思想内容的东西。行是品行、行为、行动。出是出仕、做官。处是退隐。《儒林外史》尽量揭露用八股文考试的科举制度怎样影响士的阶层,影响整个社会。吴敬梓有力地讽刺了热中科举的人物、秀才举人们,批判这些人物的

(1)虚伪;(2)酸腐;(3)残酷;(4)热中;(5)鄙陋;(6)庸俗。

科举考试文章用八股文,题目出在四书、五经上,体例是代圣人立言。好像是要每个人都做圣人,都是孔子一派的嫡传弟子,但是哪里能够每个人都做圣人,结果是言行不符,一概地虚伪。例如范进中举以后居丧尽礼,不用银镶杯箸,换了磁杯、象牙筷,也不肯用,直到换了白竹筷,方才罢了。落后却在燕窝碗里拣了一个大虾元子送在嘴里。尽礼之伪,即小见大。其次,八股文中所谓圣人,是古代的圣人。四书、五经里的道理早已不合乎近代,是陈旧发霉的过时的东西。科举使一般士林,专门子曰文章,脱离实际,不针对现实。秀才们的头脑闭塞聪明。酸腐到极点,变成残酷。例如王玉辉的迂拙,鼓励女儿殉节,留名青史。女儿绝食死后他还仰天大笑道:"死的好! 死的好!"后来入祠建坊,转觉心伤,辞了不肯来。看见老妻悲恸,心下不忍。深刻地写出了礼教吃人,礼教与人性的矛盾。当时的思想家戴震(东原)反对朱熹,说"人死于理,其谁怜之?"礼教杀人,戴东原已说到。所以《儒林外史》的思想和那时候的思想界是相通联的。科举制度使得每个读书人都要往上爬,社会地位完全靠功名,所以这班秀才举子就普遍地热中功名。例如周进到贡院后撞号板、满地打滚,范进中举后发疯,这些深刻描写都表现了他们的热中科举。这种心理甚至影响闺阁,如鲁编修的女儿,闺阁小姐从小学制艺,见丈夫不习八股文,气得要命。鲁编修见女婿不能上进,负着气要娶姨太太生儿子。鲁小姐只好把希望寄托在儿子身上,日夜拘着四岁的小孩读八股文,书背不熟,就要责督他念到天亮。他们只读四书五经,其他一切文化遗产都不知晓,知识鄙陋。例如范进竟不知道苏轼,以为他是一个明代的考生;张静斋硬说刘基是洪武三年开科第五名的进士。读书人既将科考作为唯一的上进途径,他们的读书,就再也不是为求真知,而只是谋取功名利禄的手段,所以一概庸俗。例如年轻的秀才梅玖和举人王惠在六十多岁的周进面前得意忘形、趾高气扬,只因周进是个童生。后周进考中进士,梅玖却又谎称是他的门生。科举制度的毒害更大的在于要使千百万知识分子都变成无用的废物,不劳动的寄生虫,而这般秀才、监生们便成为社会的统治者,胡作非为。例如严贡生关别人家的猪,将云片糕说成是名贵药来讹船家的钱等,又如举人张静斋打秋风,怂恿知县为示清廉枷了送礼的回教徒,把送的牛肉都堆在枷上,以致酿出人命。《儒林外史》揭示了他们冠冕堂皇的外衣下卑鄙恶劣的实质。

《儒林外史》以描写士流为中心,笔触涉及社会各个阶层。在官吏之中,着重写了萧云仙的义侠。第三十九回,郭孝子道:"而今是四海一家的时候,任你荆轲、聂政,也只好叫做乱民。"暗示清政府禁止侠义行为,不允许人民之间有义气肝胆的人。郭孝子劝萧云仙:"像长兄有这样品貌材艺,又有这般义气肝胆,正该出来替朝廷效力。"后来萧云仙果然去投军,在平少保那边效力杀敌。他辛苦经营建筑了青枫城,叫百姓开垦田地,兴修水利。结果如何呢?竣工后上报兵部,工部核算建筑开销,要使萧云仙赔出七千多两银子。萧云仙卖去他父亲的产业,全数缴纳还不够。向鼎是一位名士,固然并非贤吏,但并不贪污,断案尚为明白,而几乎受到革职的处分。可见朝廷的赏罚不明。反之,王惠分发到南昌府,就问地方人情,可还有什么出产,关心于"三年清知府,十万雪花银"!高要县汤知县为求清官之名好升官,把无辜的回民枷死。盐商宋为富骗娶沈大年之女沈琼枝为妾,江都县知县接受宋为富的贿赂,反诬沈大年为刁健讼棍!蘧太守辞官回家,他的儿子死了,他说,这是做官的报应。凡此揭露官吏的贪污、统治阶级的腐朽,这表明了吴敬梓对一般官吏的看法。

《儒林外史》写严贡生、张静斋等,以见所谓乡绅在地方上的横行,欺压人民。写扬州盐商万雪斋、宋为富等,表现盐商们的豪富、恶俗、享乐,他们纳妾,勾结官府,欺压人民,而又附庸风雅,结交翰林清流。

官吏、乡绅、豪商、地主为当时社会中的支配者,而一般人都利欲熏心,社会风气势利。《儒林外史》是写实文学,不夸大,不用浪漫主义手法,如实地揭露这社会的形形色色,而加以无情的抨击,深刻的讽刺。

四、典型环境中的典型人物

《儒林外史》是一部高度现实主义的小说。本书时代设定在明朝成化年间,实际上所描写的是作者自己所处的时代。吴敬梓假托所写的是明代人物,实际是按照他当时所认识的社会面貌,写出这社会中的典型人物,以一般知识分子(士流)——即所谓"儒林"为中心,而广泛地触及整个社会的各阶层。这部书的现实主义在于能够真实地反映作者所处的时代,并能表现典型社会环境中的典型人物。这个时代是清统治政权已经巩固了的时代,统治者一方面用文字狱压制汉族知识分子的反清思想,另一方面用科举制度八股文取士的手段以麻醉士人,使一般知识分子士大夫都变成愚昧无知、只醉心于功名富贵、庸俗贪鄙的人物,起不了统治阶级与人民之间的良好的桥梁作用。

《儒林外史》描写清初的社会,书中的人物有好些是实有其人,作者从自己熟悉的人中抽出典型来描写,所以每个人都是真实的。书中的人物可分四类:

1. 热中科举求取功名的人物。

如周进、范进。他们的热中科举是社会环境所造成的。周进六十多岁还未中秀才,坐馆教书,受尽梅玖等尖酸刻薄的嘲讽,王举人当着他面吃鸡、鱼、鸭、肉,他只有一碟老菜叶,却还要昏头昏脑扫一地的鸡骨头、鸭翅膀、鱼刺、瓜子壳。不久又被辞退,连书馆先生也做不成了。所以他到贡院去撞号板,号啕痛哭,满地打滚。这是长期的抑郁、悲愤至极的爆发。范进中举前,被丈人骂得狗血喷头,家中断炊,母亲已饿得两眼都看不见了。得知中举,见到喜报,喜出望外,心理经受不起,竟至乐极发疯。这些描写虽然夸大,可是真实。因为科举制度影响了社会风气,人们趋炎附势,有无功名社会地位截然不同,功名利禄是分不开的。从思想本质来看，二人没有什么不同，从人品方面看，范进原本更为贫寒，中举之后，一步登天，就被张静斋拉拢，一起去打秋风，更为虚伪。二人都知识鄙陋，周进反对学习诗赋杂学，范进竟不知苏轼、刘基，都是除八股外不知其他的庸人。

此外，有卑鄙无耻的虚伪敲诈人物如张静斋、严贡生、王仁、王德之流，为此社会的典型人物。《儒林外史》所写的严贡生（严致中）、严监生（严致和）兄弟俩，都是乡绅、地主阶级形象，非常成功。大严（贡生）喜欢享受、花钱，为贡生而不务正业，看到结交官府得势更能得利，便攀官亲，攀汤知县，攀周司业，吹牛说谎，招摇撞骗，横行霸道。为人势利，在人前摆架子，克扣剥削下人。以云片糕讹诈船家，关邻居家的猪讹钱等等，为小利不择手段。严监生死后，他欺压严二的妾，侵吞兄弟的家产。小严（严监生）是富有的守财奴，靠盘剥生财，一年仅典铺利钱就有三百两，可见家产不少，但平时猪肉也舍不得买一斤。他有钱无势，胆小怕事，生性懦弱。在家里受妾蛊惑。他的妻子王氏也节省、守财，病时为妾赵氏所逼，同意将赵氏扶正做个填房，受气受刺激而死。严监生为花钱太多，想念王氏，又忧虑将来，操劳算账、管理田产，也得了重病。临死还为灯盏里点着两茎灯草，恐费了油，伸着两个指头，总不肯断气。吴敬梓描写二严，主要贡献在乎恰如其分地写出这两个典型的没落的地主阶级形象，对大严是完全憎恨，对小严是鄙视笔墨。均为讽刺，但同时对严监生还有同情。讽刺最有力，而笑中带有眼泪。王氏的两个兄弟王仁、王德，只认银子不顾亲情，欺侮严监生。先是撇下妹子，振振有辞地作主扶正赵氏，后是认可严贡生欺压赵氏，霸占家产。他们的身份，都是秀才廪生，而他们的作为，都是亡仁、亡德。

本质很好，但受八股文的毒害如马二（纯上）先生。他是制艺选家。与匡超人萍水相逢，便送盘费十两、棉袄、鞋，让匡超人回家奉养父母，并劝说道："你如今回去，奉事父母，总以文章举业为主。人生世上，除了这事，就没有第二件可以出头。……只是有本事进了学，中了举人、进士，即刻就荣宗耀祖。”他讲义气，倾其所有替蘧公孙赎回枕箱，免除官司，还为憨仙料理丧事。然而他对蘧公孙大发议论：“到本朝用文章取士，这是极好的法则。就是夫子在而今，也要念文章，做举业，断不讲那‘言寡尤，行寡悔’的话。何也？就日日讲究‘言寡尤，行寡悔’，那个给你官做？孔子的道也就不行了。”可见中毒之深。又如王玉辉的迂拙，以女儿殉节为好题目，为伦纪生色。此类人物皆科举制度所造成的。

2. 名士派人物。

刻意求雅，求不俗，而没有逃出庸俗的、求名矫情的人，如娄家两位公子、蘧公孙等，这些人物有“做名”的心理，是要从另外一方面取得社会地位的。要是有钱的，有些义举豪兴，无钱的，做帮闲。他们都非真名士。

二娄（娄三，玉亭；娄四，瑟亭）性格相同，但也有不同处。娄四议论尤偏激，如论宁王反叛事一段。拜访杨执中也是他首先提议。二人尚有其可以肯定之处，他们虽为相府的公子，对地方还好，不是欺压人民。刘守备的船冒用相府官衔灯笼，被二娄撞见，娄三责备他们不该在河道里行凶打人，坏了他家的声名，并说他家从没有人敢做这样事，但随即宽恕了对方。娄四甚至认为不该戳穿对方，扫他们的兴。可见二娄待人以宽，并不仗势欺人。但他们矫情干誉，其实可笑。《儒林外史》讽刺他们的公子派头，求名求贤的思想行为。他们力求高雅，实际精神生活不够。以矫情为高，努力想脱离庸俗，结果并没有脱离庸俗。招贤好客，而没有见识，请来杨执中、权勿用、张铁臂、陈和甫等一批清客帮闲，糊涂受骗。蘧公孙也好名，矫情，最初追求名士，后来把“做名”的心看淡了，又热中功名，讲究八股。

还有一批斗方名士，如匡超人所接触的人物。匡超人是温州人，出身贫穷，跟着卖柴的客人记账，流落在杭州，以拆字为生。马纯上遇之，劝他做举业，又接济路费。他回家后，杀猪，磨豆腐，边读八股文，边服侍重病的父亲，是个孝子。后来进学成了秀才。

父亲临终前吩咐他:"……但功名到底是身外之物,德行是要紧的。我看你在孝弟上用心,极是难得,却又不可因后来日子略过得顺利些,就添出一肚子里的势利见识来,改变了小时的心事。"并嘱他娶妻不可贪图富贵,攀高结贵。他再到杭州后,为景兰江等所包围,成为斗方名士,冒充风雅,相互标榜。遇到潘三后,又变为信奉实利主义,伙同潘三私雕印信,短截公文,当枪手代考……做了许多违法的勾当。为攀附权贵,竟停妻再娶,违背了父亲的教训。又忘恩负义,在人前贬低马二先生,违背马二先生之教。他的性格随环境变化而发展,对匡超人的描写中体现了吴敬梓的现实主义精神。

3. 社会上各个阶层的典型人物,骗子。

如张铁臂、权勿用之类。牛浦郎之冒称牛布衣,到处说谎吹牛。又如陈和甫扶乩者之属,托名于阔老引进。又如夏总甲的谎说黄老爹请酒等。

杨执中与权勿用均庸俗人物,张铁臂、陈和甫等十分无聊。吴敬梓写出他们形式与内容的矛盾,表里不符。他们是帮闲、清客、骗子,是贵族地主阶级的寄生虫。《儒林外史》揭露他们的无聊和招摇撞骗,极为有力。

《儒林外史》的独特的优点,在于认识社会上人物的深刻,通过作者锐利的眼光,无不真相毕露。尤其对于人物的性格随同环境的发展而发展,这一点的掌握上尤为成功。如牛浦郎、匡超人,初出场时给读者以一个好孩子的印象,后来愈变愈坏。所谓"读书上进",人格却愈来愈堕落。这也是这个社会的典型环境中的典型人物。作者不是攻击个人,而是抨击社会制度,通过艺术形象,反映社会本质。

4.《儒林外史》所肯定的人物。

(1)真名士与真儒。以王冕、杜少卿、虞育德、庄绍光、迟衡山等为代表。

《儒林外史》首先写的是王冕,作为全书的理想人物。他出身下层劳动人民，不为名利所动，反对科举制度。

杜少卿即作者自己。《儒林外史》赞他“品行、文章，是当今第一人”，肯定他的豪举。他反对纳妾，与夫人携手游山，在当时社会可谓惊世骇俗。但是他挥金如土，实际受下人欺骗，并不是把钱用来救济平民，只是名士作风而已。这代表作者的思想。

庄绍光（人物原型为程庭祚）、虞博士（育德）、迟衡山等，讲礼乐，修泰伯祠。《儒林外史》以他们为真儒，肯定庄绍光等的恬淡，体现了对古代礼乐的向往。也写出他们的缺点，如虞博士不免酸腐。

马纯上（人物原型为冯粹中），是有缺点的正面人物。他本质不错，只是受八股文的毒害。吴敬梓否定他的迂腐，而肯定他以选文吃饭，讲义气。

(2)侠义人物。如萧云仙。

(3)奇女子。如沈琼枝，不贪富贵，不甘为盐商之妾，逃到南京。自食其力，以卖诗文和绣品度日。《儒林外史》中女性很少。鲍廷玺的续妻王太太会撒泼，图享受，不能如愿便装疯卖傻；鲁编修的女儿热中功名，酸腐；严监生的姨太太赵氏虚伪，处心积虑谋扶正，结果仍被大伯算计。这些都是一般的女性。沈琼枝与她们成为鲜明的对比。她有勇有谋，特立独行，不俗。

(4)鲍文卿。《儒林外史》中所最为标扬的是鲍文卿这个人物。他是戏班中的老戏子，知道敬重儒生，因为唱过向鼎作的曲子，爱惜才人，救了向知县（鼎），也不肯接受五百两谢银。他很严正地对行贿的两个书办说：“……须是骨头里挣出来的钱才做得肉，我怎肯瞒着太老爷拿这项钱？况且他若有理，断不肯拿出几百两银来寻人情。若是准了这一边的情，就要叫那边受屈，岂不丧了阴德？依我的意思，不但我不敢管，连二位老爹也不必管他。自古道，‘公门里好修行’，你们伏侍太老爷，凡事不可坏了太老爷清名，也要各人保着自己的身家性命。”他与倪霜峰的交情也是义气相投的。

鲍文卿忠直义气，安分守己。他自己觉得是下贱之人，对于老爷们不是平等的，但是他有他的人格。在社会地位上他看出有阶级，在人格上无阶级。他最有良心，仁爱、有礼、高洁，是一个正直的人，但是他有阶级观念、奴隶心理，代表着封建社会里的君子人物，是典型环境中的典型人物。

向鼎这个曲家也是名士派人物而为鲍文卿的行为人品所感动了的。向鼎称鲍文卿为老友，一生感激他，给他平等待遇。这在升任知府、道台的向鼎说来也难得。鲍文卿死后，向鼎给他题铭旌，上称他为“义民”，并自署“赐进士出身中宪大夫福建汀漳道老友向鼎顿首拜题”。可见二人友谊之真诚，是精神上的契合。《儒林外史》写梨园中人物人品在一般士林人物之上，是讽刺。书中有爱有憎，有歌颂有讽刺。写二人的交情，还是以标扬鲍文卿为主。

(5)市井奇人。书末写擅长琴棋书画的四个人，是开茶馆、做裁缝、卖纸火筒等的，说明真名士只在市井间。他们像王冕一样，是超然于功利之外，不为科举制度所牢笼的。

(6)一般的劳动人民，小商人等。如写卜老爹与牛老儿的友谊，坦白、真挚。

《儒林外史》所肯定的人物，首先是劳动人民。第一提出来的是王冕，其次如鲍文卿，最后第五十五回，作者写了四奇人，均是市井细民。此外如马二先生、沈琼枝，也肯定了他们的自食其力。这体现了吴敬梓的思想，奉行颜元之教，力行近乎仁。当然作者有局限性，本书所肯定的人物，总之是封建社会的人，不能超越时代，今天看来，也可以批判的。吴敬梓有儒家正统思想，他肯定了一些地主，也向往着古代礼乐，肯定了如庄绍光、虞博士之讲礼乐，修泰伯祠，乃是复古思想，也是落后的。此外如鲍文卿的奴隶思想，其实是有害的。杜少卿慷慨仗义，却贤否不明，花钱如淌水，不过是名士作风。作者的思想如此，我们今天可加以批判。

至于书末第五十六回的幽榜，乃是俗人所续，非吴敬梓的原文,故宜删去。

五、《儒林外史》的艺术成就

《儒林外史》的结构很特别。全书从一个人物引起另一个人物,是短篇故事的连合,而又错综穿插。祭泰伯祠是一部分人物的汇聚。作者撷取生活中一个个精彩的片段,将这些短篇故事,有机地结合起来,在同一个中心思想的统一之下,表现了一个历史阶段的社会面貌及其发展。它不同于短篇小说集,而具备了长篇小说的特征。此形式为内容所决定。

《儒林外史》的结构吸取了中国文学的优良传统:

(1)以往历史学家的文学天才。如《左传》、《史记》,以人为经,以事为纬。《史记》的合传体,如《魏其武安侯列传》,人物围绕事情而展开,事情通过人物而发展。

(2)市民文学的优良传统。结合讲史与小说的体例。如连环短篇。《水浒》、《三国演义》以事为经,人为纬,而《儒林外史》以人为经,以事为纬,通过一定人物形象反映一定社会现实。

吴敬梓已经有了资本主义社会时期的小说的作风。在《儒林外史》之前无此作风,而以后的小说则受它的影响甚为巨大,由此成为章回小说的一种格式。

其次是语言的特点。在《儒林外史》之前,小说都有口头创作的基础,没有脱离拟话本的体裁。《儒林外史》是纯粹用书面语言写的,可是并未完全与口头创作绝缘。它吸收了口头创作的优点,生动与逼真。同时,经济、谨严,锻炼出朴素的语言风格。《红楼梦》的语言以北京话为底子,《儒林外史》以南京话为底子,《金瓶梅》、《醒世姻缘》以山东话、河北话为底子。

语言的规范化,必须通过文学语言。《儒林外史》创造了长江流域普通话的文学语言的范本。

最后,《儒林外史》的艺术成就还在于它是一部最好的讽刺文学作品,它是我国古代讽刺文学的最高成就。鲁迅先生在《论讽刺》、《什么是"讽刺"》中说:"其实,现在的所谓讽刺作品,大抵倒是写实。非写实决不能成为所谓‘讽刺’；非写实的讽刺，即使能有这样的东西，也不过是造谣和诬蔑而已。”又说：“‘讽刺’的生命是真实；不必是曾有的实事，但必须是会有的实情。”《中国小说史略》以《儒林外史》为清代讽刺小说，说：“是后亦少有以公心讽世之书如《儒林外史》者。”所谓“公心”，即是民主的思想，人民的立场；“讽世”即是对社会各阶层人物的批评与讽刺，而最后的目的在改革这社会。讽刺文学对于变革社会起巨大作用。

讽刺就是揭露，从漂亮的外衣里揭露其丑恶的本质。《儒林外史》以写一般士流的生活、思想、感情为主。全书以王冕为理想人物，并不加讽刺，而万雪斋等恶俗市侩，是反面人物，也用不到讽刺。施以讽刺的对象是基本被否定的人物，或者本质不坏，而缺点很多的人物，如马二先生。鲁迅讽刺阿 Q，但还对他表若干的同情，因为阿 Q 的缺点，不是阿 Q 的，而是整个社会制度所给予的。《儒林外史》的讽刺对象也如此。如匡超人。

《儒林外史》的讽刺在人物、事件的描写上表现。讽刺所及在热中科举的人物和一批假名士，这些士流都在作者讽刺的笔墨下。虽说名为“儒林外史”，笔触也不限于儒林，人物类型多而有变化，然尤其擅长的是写中下层的知识分子。《儒林外史》刻划人物用史笔，寓褒贬（即爱憎），用皮里阳秋的笔法。笔墨是含蓄的，不是谩骂。通过一个具体事情，揭露其本质。皮里阳秋，微言大义。含蓄而深刻。例如写杜慎卿。杜慎卿之原型为吴檠（青然），是吴敬梓的族兄，二人关系本来很好，但后吴檠成为进士，走上仕途，二人的思想感情便有所不同。书中写杜慎卿忙于纳妾，却一本正经地说：“妇人那有一个好的？小弟性情，是和妇人隔着三间屋就闻见他的臭气。”他好男美，季苇萧哄骗他去找来霞士：“只见楼上走下一个肥胖的道士来……一副油晃晃的黑脸，两道重眉，一个大鼻子，满腮胡须，约五十多岁的光景。”娈童变丑男，令人绝倒。他出资举办莫愁湖湖亭大会，评选色艺双绝的旦脚，趁此“好细细看他们袅娜形容”。这些描写，都对杜慎卿的声色之好表示了不满和嘲讽。《儒林外史》的人物描写,善于抓住本质,从生活细节上雕塑人物,即小见大。如表现严监生的吝啬,写他临死之时,伸着两个指头,总不肯断气,既不为人,也不为事,也不为田地,只为那灯盏里点的是两茎灯草,不放心,恐费了油。挑掉一茎,他才"点一点头,把手垂下,登时就没了气"。又如马二先生游西湖一段,便幽默地写出了他身为穷儒的迂,完全表现了他的为人。本书中对于人物只在暴露,让读者自己看,便能体会到其中含着褒贬。而且都是即小见大,没有夸张。全书无轰轰烈烈的热闹文章,没有大场面,看似平淡,然而深刻,因为书中所写的,都是真实的人。这是纯粹的写实主义,没有一点浪漫主义手法。不像后来的讽刺小说《二十年目睹之怪现状》、《官场现形记》等,是特别找异常之事件来写,有些夸大。《儒林外史》中的人物情节,是那个社会里天天遇见的人物情节。

《儒林外史》注重写出人物的转变,即人物个性的发展,这样便抓住了人物的本质。倒如范进出场,似乎是个像样人物,是刻苦用功的寒士,可是后来会同人去打秋风。牛浦郎小孩子时刻苦用功,后来却偷诗卷冒名。蘧公孙似乎是贤者,可是从小就想博名士名声,刻书行世,从本质上看,他的名士作风不是洒脱而是热中,所以后来自然结交马二先生大讲制艺。马二先生为制艺选家,似乎恶俗,后来转变为有朋友义气的一个人。其实不是转变,乃是因为他本质上是一好人,只不过生活在科举时代便迷信举业,他是认真的,不苟的。书中不少人物,起初不见得坏,后来令人觉得可笑,其本质是逐渐暴露的。

这些表现手法都是可以学习的。

《儒林外史》不反对读书,但反对以读书猎取功名富贵。小说崇尚恬淡,提倡去除名利观念,求实学、实用,为下一代着想。这在今天对人民,尤其对知识分子仍有深刻的教育意义。《儒林外史》在中国小说史上有重要地位。在思想影响上,它对资产阶级革命反封建科举制度有所促进；在艺术形式上，为后世小说所效仿，并由此产生了清末谴责小说。

第三节 《红楼梦》

一、曹雪芹的家世及其写作《红楼梦》

《红楼梦》有两个作者，前八十回是曹雪芹所作，后四十回是高鹗等所补。

《红楼梦》第一回，把《红楼梦》这部书作为大荒山无稽崖青埂峰下一块石头上的记录，由空空道人抄写下来，问世传奇的。东鲁孔梅溪题曰《风月宝鉴》。后因曹雪芹于悼红轩中披阅十载，增删五次，纂成目录，分出章回，又题曰《金陵十二钗》。即此便是《石头记》的缘起。空空道人当然并无其人，而孔梅溪其人亦不知有无。

甲戌脂砚斋评本有批云：

> 雪芹旧有《风月宝鉴》之书，乃其弟棠村序也。今棠村已逝，余睹新怀旧，故仍因之。

是曹雪芹写《红楼梦》，先有旧稿，其弟棠村为序，名《风月宝鉴》。则孔梅溪者，或棠村之托名欤？其后又加扩大，成《金陵十二钗》，一名《石头记》，亦名《红楼梦》。惟雪芹实未完成此书，完整之部分惟八十回，此后有些残稿，遗失不存。

《红楼梦》前八十回，应定为曹雪芹作。

甲戌本批云：

> 若云雪芹披阅增删，然则开卷至此这一篇楔子又系谁撰，足见作者之笔，狡猾之甚。后文如此者不少。这正是作者用画家烟云模糊处，观者万不可被作者瞒蔽了去，方是巨眼。

袁枚《随园诗话》卷二云：

> 康熙间，曹练亭（应为"楝亭"）为江宁织造……。其子雪

芹撰《红楼梦》一书，备记风月繁华之盛。

是乾隆时人以《红楼梦》为曹雪芹作。

惟袁枚以为曹雪芹是曹楝亭之子实误。雪芹为曹楝亭（寅）之孙。杨钟羲《雪桥诗话》续集卷六谓曹雪芹（霑），楝亭通政孙。杨氏所据，为雪芹之友敦诚《四松堂集》，最为可信。

曹雪芹（1723？—1763）名霑，字梦阮，号雪芹。又号芹溪、芹圃、芹溪居士。

雪芹卒于壬午除夕（乾隆二十七年，1762，除夕在1763年1月。据甲戌本脂批）；生年不详，惟敦诚的《四松堂集》稿本有挽曹雪芹诗（注甲申年），有“四十年华付杳冥”之句，今定为曹雪芹死时年四十，当生于1723年，即雍正元年。

曹氏始祖原是汉人，原籍东北。始祖曹锡远归依满洲人，随满人入关有军功。为汉军旗人，属正白旗。或云正白旗包衣（包衣，满洲话，意为奴、罪人家人、没入军中者）。入关后住河北丰润，为丰润人（或原为丰润人，清人入关后，始入伍为汉军旗者。或说为奉天人，即东北人，与丰润曹氏同族而已）。

曹锡远在顺治初年即官驻扎江南织造郎中。雪芹高祖曹振彦顺治时官山西吉州知州、大同府知府、浙江盐法道。

曾祖曹玺，驻扎江南织造郎中，赠工部尚书衔。

祖父曹寅（1658—1712），字子清，号楝亭。管理苏州、江宁织造，通政司通政使，巡视两淮盐漕监察御史，兼校理扬州书局。在康熙朝。

曹寅有文才，交际学者名流文士，如尤侗等。有诗文集，名《楝亭集》。有《虎口余生》传奇。刻书有“楝亭十二种”。是清代官僚中风雅者。年五十五卒，终江宁织造之职。曹寅卒时，雪芹尚未出生。

曹寅死后，江宁织造为其子曹颙袭职，有亏空。苏州织造由其妻兄李煦（山东人，亦占旗籍）任职。颙卒于1715年，由其弟曹頫袭职。1727年(雍正五年)李煦得罪下狱(因通于阿其那,即胤禩),而曹頫亦罢任,由满人隋赫德继任。1728年,曹氏家产没入官。

雪芹有颙之子、頫之子二说,比较起来,可能是曹頫的儿子。曹頫非曹寅的嫡子,乃是嗣子而袭官的。曹颙无嗣,死时可能有一遗腹子(李玄伯以遗腹子当雪芹。曹颙卒于1715年,如有遗腹子生于此年则至乾隆二十七年,1762年,为四十八岁,太大,与敦诚诗不合,不可能也。雪芹如非曹頫子则为曹寅之族孙矣)。

江宁织造、苏州织造之职,曹家、李家等任职时间排列如下:

江宁织造	1663—1684	曹玺
	1684—1692	桑格
	1692—1713	曹寅
	1713—1715	曹颙
	1715—1728	曹頫
苏州织造	1690—1693	曹寅
	1693—1722	李煦

(1722年,康熙六十一年,即康熙末年)

曹家在康熙朝为全盛时期,曹氏三代为江宁织造。康熙六次南巡,其中四次到南京时驻驾江宁织造署,曹寅接驾四次。曹寅有一个女儿,嫁镶红旗王子为福晋。曹寅在东华门外特为置房产以居其婿。

曹寅做江宁织造时,并兼做四次两淮巡盐御史。他又为道政司职衔。

李煦做苏州织造,也兼做过两淮盐运使。

江宁织造署和苏州织造署,乃是在江南丝织业发达的区域所设立的机构,专供应朝廷及内府需要的丝织品、奢侈品,是常驻在江南的皇室采办性质。想来就在江南的赋税里提出银两,按年进献织造品到京。尚兼带其他差事,进款很多。但弄得不好,内府太监需索很多,也要赔累。

江宁织造这官，直接与内府打交道。在地方上可以密奏事件。曹家为顺治、康熙二帝所信任，在江南刺探官僚的密情，可以密奏。在江苏地方，大小事件，多有所闻，也要奏闻（观熊赐履及科场案两事可知）。康熙五十七年批曹頫折尾云：

> 朕安，尔虽无知小孩，但所关非细，念尔父出力年久，故特恩至此。虽不管地方之事，亦可以所闻大小事，照尔父密密奏闻，是与非朕自有洞鉴。就是笑话也罢，叫老主子笑笑也好。

似乎是江南一带的密探。因而也必然牵涉到朝廷政治上去。在康熙时，曹家及李煦家均煊赫。到雍正即位便衰败，并革职查办了。

曹寅卒时，公项亏空五十四万九千六百余两。康熙令李煦代任盐差一年，以便还清。曹颙继任，同李煦把此款还清了。多下三万两，康熙赏给曹颙，以偿私债。

据此可知，江宁织造、苏州织造供应内府的织品，系向江南织造厂家收买来的，两款项用的是两淮的盐税，所以织造官常兼盐运之职。

曹頫为雍正所不喜（雍正夺位上台后新用一批耳目），革职查办，由隋赫德继任，他的家产一齐没收，而赏给隋赫德。隋赫德奏折云：

> 特命管理江宁织造，于未到之先，总督范时绎已将曹頫家管事数人拿去，夹讯监禁。奴才到后，细查其房屋并家人住房十三处，计四百八十三间。地八处，共十九顷零六十七亩，家人大小男女共一百十四口。……再曹頫所有田产房屋人口等项，奴才蒙皇上浩荡天恩，特加赏赉，宠荣已极。

此为雍正六年（1728 年）事。此时曹雪芹不过是五六岁的小孩。曹家抄家后，“蒙恩谕少留房屋，以资养赡”，而其家属不久回京住。

1735 年秋，乾隆帝即位，曹頫又起官内务府员外郎。至乾隆十年,雪芹年二十余而曹家再败。此则周汝昌《红楼梦新证》所考。惟周氏实混《红楼梦》小说中事与真实史料为一。可信否,尚待稽查。

曹雪芹似乎曾经留在南京及扬州过其少年生活。敦敏诗有"燕市狂歌悲遇合,秦淮残梦忆繁华。"敦诚诗有"扬州旧梦久已绝(原稿作'觉'),且著临邛犊鼻裈。"言其夫妇住京郊西山村,南京、扬州的少年生活不过是残梦而已。约二十余岁以后,则久居北京。三十岁以后直到他年过四十卒时,住在北京西郊外西山村中,过着其贫穷而自由的生活。

雪芹虽出身于满洲官僚家庭,而爱好文学艺术,能诗善画。生性旷达,落拓不羁,喜欢喝酒。在北京西郊住着时,与宗室敦敏、敦诚二人为友。敦敏能诗,有《懋斋诗钞》,敦诚能诗文,有《四松堂集》,又有《琵琶行传奇》一折。据敦敏、敦诚的描写,曹雪芹的性格和生活状况是:

1. 诗风似李贺。"爱君诗笔有奇气,直追昌谷披篱樊。"(敦诚《寄怀曹雪芹》)(今雪芹诗均佚,只有"白傅诗灵应喜甚,定教樊素鬼排场"二句,见《题敦诚〈琵琶行传奇〉》)。

2. 高谈雄辩,诙谐洒脱。敦诚《寄怀曹雪芹》中有"接䍦倒著容君傲,高谈雄辩虱手扪"的诗句。

3. 有傲骨,胸有磈磊。喜欢画石头,见其傲骨嶙峋。敦敏《题芹圃画石》诗云:"傲骨如君世已奇,嶙峋更见此支离。醉余奋扫如椽笔,写出胸中磈磊时。"敦诚《赠曹芹圃》一诗中有"步兵白眼向人斜",称其似阮籍。

4. 喜欢喝酒,酒渴如狂,似刘伶。"牛鬼遗文悲李贺,鹿车荷锸葬刘伶。"(敦诚《挽曹雪芹》)"满径蓬蒿老不华,举家食粥酒常赊。"(敦诚《赠曹芹圃》)敦诚又有《佩刀质酒歌》,写其"秋晓遇雪芹于槐园,风雨淋涔,朝寒袭袂,时主人未出,雪芹酒渴如狂,余因解佩刀沽酒而饮之。雪芹欢甚,作长歌以谢余,余亦作此答之。"答诗中有"曹子大笑称快哉,击石作歌声琅琅。知君诗胆昔如铁,堪与刀颖交寒光”的诗句。

5. 生活贫穷。从下面诗句中可见一斑:“至今环堵蓬蒿屯”(敦诚)。“劝君莫弹食客铗,劝君莫叩富儿门。残杯冷炙有德色,不若著书黄叶村”(敦诚)。“卖画钱来付酒家”(敦敏)。

6. 其西郊山村所居,幽静可爱。敦敏《赠芹圃》诗云:“碧水青山曲径遐,薜萝门巷足烟霞。寻诗人去留僧舍,卖画钱来付酒家。燕市哭歌悲遇合,秦淮风月忆繁华。新愁旧恨知多少,一醉毷氉白眼斜。”

7. 卒时当在壬午除夕(一说癸未年底,1763 或 1764)。敦诚挽诗有“孤儿渺漠魂应逐(自注:前数月,伊子殇,因感伤成疾),新妇飘零目岂瞑”之句,雪芹卒时有新妇作未亡人。据敦诚挽诗“四十年华付杳冥”,据张宜泉《春柳堂诗稿》:“其人素性放达,好饮,又善诗画,年未五旬而卒。”

曹雪芹在西山村居,写作《红楼梦》,“披阅十载,增删五次”,二十余岁动笔,直到死时仅完成八十回,此外,有些残稿已失。八十回本完成在近四十岁时,此后,似不曾写作。

裕瑞《枣窗闲笔》云:“‘雪芹’二字,想系其字与号耳,其名不得知。曹姓,汉军人,亦不知其隶何旗。闻前辈姻戚有与之交好者,其人身胖头广而色黑。善谈吐,风雅游戏,触境生春,闻其奇谈,娓娓然令人终日不倦,是以其书绝妙尽致。”

又云:“余曾于程、高二人未刻《红楼梦》版之前,见抄本一部,其措词命意,与刻本前八十回多有不同。抄本中增处、减处、直截处、委婉处,较刻本总当,亦不知其为删改至第几次之本。八十回书后,惟有目录,未有书文,目录有大观园抄家诸条。与刻本后四十回四美钓鱼等目录,迥然不同。盖曹雪芹于后四十回虽久蓄志全成,甫立纲领,尚未行文,时不待人矣。又闻其尝作戏语云:若有人欲快睹我书不难,惟日以南酒烧鸭享我,即为之作书云。”

据此,曹雪芹写作《红楼梦》,实未写完,就逝世了。真可谓中国文学史上一个不可偿补的损失!

其人虽滑稽诙谐，其写作《红楼梦》的精神是认真严肃的。第一回诗云：“满纸荒唐言，一把辛酸泪！都云作者痴，谁解其中味？”

《红楼梦》一书的名称：

(1)《石头记》。　女娲补天所未用的一块顽石，被一僧一道带往世间经历一番，把经历刻在石头上，故名《石头记》。

(2)《情僧录》。　空空道人检阅抄录之后，改为《情僧录》，空空道人自改名为情僧。

(3)《风月宝鉴》。　东鲁孔梅溪题。脂观斋有批云：“雪芹旧有《风月宝鉴》一书，乃其弟棠村序也。”书中说，梅溪，乃棠村的影射，雪芹一号芹溪。脂本评语中亦有梅溪评。题此名说明起初计划是一部劝人脱离情欲的书。

(4)《金陵十二钗》。　“曹雪芹于悼红轩中，披阅十载，增删五次，纂成目录，分出章回，又题曰《金陵十二钗》。”这是为女性立传的书。

(5)《红楼梦》。　脂砚斋本有“至吴玉峰题曰《红楼梦》”一句。此从第五回中宝玉梦中听唱《红楼梦》一套曲子而来。“因此上演出这悲金悼玉的红楼梦”。金玉皆无好收场，笼括全书意旨，富贵荣华，情爱都为一梦。使人从幻境中醒悟，体味真实人生的苦味。

(6)《金玉缘》。　坊间俗称。此一种最为俗气。

此书在坊间流行，用了三种名称：(1)《石头记》；(2)《红楼梦》；(3)《金玉缘》。而《石头记》实在是最好的，是自始至终的总名，含蓄。

《红楼梦》今有脂砚斋评本：

(1)甲戌脂砚斋重评本(1754，雪芹年三十二岁)(残存十六回)。胡适所藏。

(2)己卯冬脂砚斋四阅评本(1759，雪芹年三十七岁)(残存三十八回)。

(3)庚辰秋脂砚斋四阅评本(1760,雪芹年三十八岁)(凡七十八回,缺六十四、六十七两回)。北大所藏。

(4)有正书局石印戚蓼生序抄本,年代不明,八十回。

(5)甲辰菊月,梦觉主人序本,八十回(1784)。

最后一本改动较多,已近于一百二十回之前八十回。

二、《红楼梦》产生的时代和作者对自己创作动机的表述

《红楼梦》产生在清初乾隆年间,是封建社会从繁荣到崩溃的时期。书中所写的一个贵族家庭的没落,也反映整个时代走向没落,是封建社会的末期。在西洋,初期资本主义已经抬头,在中国,尚是清代统治国力强盛的时期,然而外强中干。乾隆的好大喜功和几次南巡,开了淫靡之风,清代统治慢慢走上下坡路。

书中写贾府常用外国东西。贾府是贵族世家,薛家是商业资本的家庭。

在这时,一般满贵族家庭,都已汉化。子弟们靠世袭官爵,不拘于科举出身,故而过着悠闲的生活。公子哥儿们的嗜好,俗一点的是声色、荒淫、赌博、禽鸟、唱戏、弄官做;雅一点的是喜欢构园亭、做诗词、刻书,讲究花木、禽鸟、古董、书画。曹雪芹生长于这种家庭,所以写出这样一部小说来描绘他自己熟悉的家庭生活。

当他终日忙忙在这热闹场中,生活享受很好的时候,是写不出深刻的文艺作品来的;乃是在他家败以后,自己穷愁潦倒,方始能够写这样一部伟大小说。冷静中回忆热闹,有留恋与幻灭的矛盾心理。

《红楼梦》产生在太平盛世,不是流离战乱的年代,书中没有战争,没有忠臣烈士,只写家庭琐碎,儿女私情。集中写一个家庭、几个女性。在《水浒》、《西游》、《三国》、《金瓶梅》、《儒林外史》以外,另树一帜。

《红楼梦》产生于古典文学和艺术成熟的时期,古典文学和艺术发展到一个新的阶段,诗词、小说、戏曲、音乐、绘画、园亭结构等为贵族和名士所欣赏。纳兰性德的词，诗歌中主神韵的王渔洋、主性灵的袁枚，音乐、戏曲包括昆曲，比如《桃花扇》、《长生殿》对作者都有影响，书法、绘画，如倪云林、唐寅、文征明、祝枝山、清初以山水画著称的四王等，都为作者所熟知。作者对这些雅事，无不精通，加之以灯谜、酒令、花草、禽鸟、烹饪，乃至医道等等，也无不知晓。《红楼梦》书中有诗、词、曲、骚、赋，可谓古典文学的教本。书中也有谈庄子哲学、谈禅的话题。总之，包罗万象，内容极其丰富。

《红楼梦》是中国古典文学艺术最成熟的作品，也是最后的殿军。它孕育着反封建的、民主个人自由主义的思想。

《红楼梦》总结了上起《诗经》、《楚辞》、汉乐府、六朝的宫体诗、《世说新语》，下至于唐人小说、宋元白话小说、《西厢记》、《牡丹亭》乃至于书画、园亭、医道、优伶等等艺术和人生的种种方面。《红楼梦》是小说中的巨擘，是整个社会的最高艺术创造，是一幅详尽的图画，包括贵族生活和平民生活。

《红楼梦》也合于中国最早小说的传统。桓谭《新论》中说："小说家合残丛小语，近取譬喻，以作短书，治身理家，有可观之辞。"

小说家需要多方面的知识，不是单写几个人物故事的。

写癞头和尚、跛足道人、甄士隐等，似《列仙传》；

写贾母、探春、李纨等，作为治家典型；

写贾雨村、贾政是官鉴；

写宝黛是言情；

写柳湘莲、尤三姐是奇仪。

作者是一洒脱人物，怀才不遇，自伤好比女娲补天未用的一块顽石，不合流俗。

一生崇拜女性，情痴，有情爱而未团圆的遗憾。

在全书开头部分，作者透露了其写作《红楼梦》的动机：

(1)本身经历过富贵家庭的生活,伤悼这个家庭由盛而衰、没落无可挽救的情况。

(2)本人流落穷困,“背父母教育之恩,负师友规训之德,以致今日一技无成,半生潦倒”,但深于感情,为性情中人,不慕热利,颇佩“闺阁中历历有人,万不可因我之不肖,自护己短,一并使其泯灭也”,故特为闺阁立传,作《金陵十二钗》一书,所写女子或有才,或有貌,一概红颜薄命,随着这个家庭的没落而没落。

(3)作者深感于向来才子佳人的书,都不真实。“开口文君,满篇子建,千部一腔,千人一面……假捏出男女二人名姓,又必旁添一小人拨乱其间,如戏中小丑一般。……大不近情,自相矛盾。”《红楼梦》作者自云所写系“半世亲见亲闻的这几个女子,……其间离合悲欢,兴衰际遇,俱是按迹循踪,不敢稍加穿凿,至失其真。只愿世人当那醉余睡醒之时,或避事消愁之际,把此一玩,不但洗了旧套,换新眼目,却也省了些寿命筋力。”(第一回)作者又借贾母之口批评才子佳人书,“开口都是乡绅门第,父亲不是尚书的,就是宰相。……小姐必是通文知礼,无所不晓,竟是绝代佳人。只见了一个清俊男人,不管是亲是友,想起他的终身大事来,父母也忘了,书也忘了,鬼不成鬼,贼不成贼,那一点像个佳人。……凡有这样的事,就只小姐和紧跟的一个丫头。……”(第五十四回)

《红楼梦》为反庸俗的才子佳人书而作。它的作风是现实主义的。虽然不是历史上的真实,乃是情理上的真实,真正的文艺创作,合乎典型环境、典型人物的法则。

《红楼梦》作者不借汉唐名色,无朝代年纪可考,假托作天上一块石头,被女娲氏锻炼后,已经通灵,可大可小,自来自去,被僧道携带到尘世来一番,到昌明隆盛之邦(中国),诗礼簪缨之族(官宦),花柳繁华地(京都),温柔富贵乡(贵族家庭,公子小姐们的情爱生活)经历一番,得到觉悟、忏悔。

“无才补天、幻形入世,被那茫茫大士,渺渺真人,携入红尘,引登彼岸。”这些经历,刻在石头上,空空道人见了抄录下来,就是《石头记》这部书。

作者自言此书内容是家庭琐事,闺阁闲情,无大贤大忠,有痴情故事。大旨不过谈情,绝无伤时淫秽之病。

《红楼梦》同别的小说一样有“因缘”。此书在程本中石头化为神瑛侍者(在警幻仙子处),瑛 = 石 = 宝玉,与绛珠仙草有一段灌溉之恩及在尘世以眼泪报答的一段公案。在戚本中神瑛侍者是一人,而此石变为通灵宝玉,夹带入世,成为宝玉所衔的玉。石是玉,侍者是宝玉前身。大概是修改而未定者。

此书人物所处时代,作者未说明何朝,但书中第二回谈到“近日倪云林、唐伯虎、祝枝山”。假定在明代,书中绝不述及清代。

书中提到金陵省,无此省名。大观园在京都(刘姥姥和妙玉的话里都说到长安),而实在是北京,但南北景物都有,如竹、梅、桂是南方植物。

第十五回“王凤姐弄权铁槛寺”文中有长安县、长安府、长安节度使。

凡此种种,系作者故弄狡狯,迷离其词。

八十六回,薛蝌呈子有“胞兄薛蟠,本籍南京,寄寓西京”语,坐实长安,乃续作所写,实非雪芹原意。

三、《红楼梦》的自传性问题及程高续本问题

曹雪芹写作《红楼梦》的态度是认真的,“字字看来都是血,十年辛苦不寻常”,可惜他没有写完,而由高鹗等续成。这部小说因为文笔高雅,故事动人,在封建社会中被爱好文艺者所欣赏,但并未得到应有的重视,而只作为消遣的读物,没有当作正经文学作品去研究。有些人作评赞,画大观园图,作为一部“才子书”。有些人研究清代历史的,把《石头记》故事附会到清宫史料和满汉政治矛盾上去,有谓黛玉是董鄂妃、宝玉是顺治皇帝者;有谓宝玉是纳兰性德者;有谓宝玉是允礽,黛玉影射朱彝尊,宝钗影射高士奇者;谓书中男人皆指满人,而女子则为汉人者(参看蔡元培《石头记索隐》)。直到“五四”新文化运动,中国古典小说的地位,才得到相当的提高。但是胡适、俞平伯等研究《红楼梦》,由于资产阶级不正确的文艺观点,对《红楼梦》没有作出正确的评价。

一九五四年秋天以来,开展了《红楼梦》讨论,批判了:(1)胡适的把《红楼梦》作为曹雪芹的自传,把《红楼梦》化为平淡无奇的自然主义小说,以及胡适派研究曹氏家谱,以琐碎的考据代替《红楼梦》研究的不正确的作风;(2)单着重文学形式(如白话文学、文言文学),单着重艺术技巧而取消文艺作品的社会意义的形式主义与为艺术而艺术的文艺批评家的观点;(3)俞平伯的以“情场忏悔”、“为十二钗立传”、敷演“色空”观念作为《红楼梦》主题思想的看法;(4)俞平伯的“钗黛合流”,一无爱憎,取消《红楼梦》的倾向性的看法;(5)以考究怡红院群芳开夜宴的座位次序为研究题目的从资产阶级趣味出发的研究作风;(6)俞平伯一派极力贬低高鹗续书的价值,只承认脂砚斋本《红楼梦》,把整部《红楼梦》分割开来,以脂评作为唯一指导的研究作风。

通过这次讨论和批评,我们重新认识了《红楼梦》的伟大现实主义创作精神,重新认识了《红楼梦》的思想内容,重新认识了《红楼梦》小说的社会意义。

《红楼梦》是一部有高度现实主义创作精神的中国古典小说中的杰出著作。曹雪芹写作《红楼梦》,以爱情与婚姻问题作为小说的主题之一。曹雪芹生于官僚大家庭,他熟悉清代贵族家庭的生活。他用生活体验及冷静观察所得的材料,创造出这部伟大的现实主义作品,决不是“自然主义的自叙传”,也决不是自己的“情场忏悔录”。他不满于以往的才子佳人小说(指明末清初所流传的如《好逑传》、《玉娇梨》等),作品中没有真实的人物个性,没有真实地反映社会生活,是文人们在书房中的空想,从概念出发而写成的爱情小说。他说:

> 至于才子佳人等书,则又开口文君,满篇子建,千部一腔,千人一面,且终不能不涉淫滥。……假捏出男女二人名

姓，又必旁添一小人拨乱其间，如戏中小丑一般。……大不近情，自相矛盾。竟不如我半世亲见亲闻的这几个女子，……其间离合悲欢，兴衰际遇，则又按迹循踪，不敢稍加穿凿，至失其真。

他还说，他这书不假借汉唐名色，无朝代年纪可考，“只按自己的事体情理，反倒新鲜别致”。

出身于没落的满洲官僚大家庭的曹雪芹，亲闻眼见清代旗人贵族家庭生活情景非常之多。《红楼梦》中的贾府，只是封建贵族家庭的概括，作为艺术上的典型，并非即是曹家。曹家还没有贾府那样气派。贾府是世袭公爵，有女儿为皇妃，这是曹家没有的。曹雪芹八九岁时，曹家家产已被没收，而《红楼梦》中的宝二爷却一直生长在温柔富贵之乡。宝玉是曹雪芹笔下塑造的人物，虽然他的思想感情为作者所寄托，但并非实有其人。戚蓼生序本《红楼梦》第十九回有一批(大概是脂批)云:“按此书写一宝玉，其宝玉之为人是我辈于书中见而知有此人，实目所未曾亲睹者。又写宝玉之言，每每令人不解，宝玉之生性，件件令人可笑。不独世上睹这样的人不曾，即阅古今之小说传奇中，亦未见这样的文字。”此为曹雪芹戚友所批，此可证雪芹之戚友不以《红楼梦》为雪芹自传、宝玉即雪芹也。前面引裕瑞《枣窗闲笔》说雪芹“其人身胖，头广而色黑，善谈吐，风雅游戏，触处生春”，与《红楼梦》中贾宝玉“面若中秋之月，色如春晓之花”，“无故寻愁觅恨，有时似傻如狂”的形象并不完全相合，因此知宝玉是雪芹所创造之形象，在体貌上不以自己为蓝本。

所谓“亲见亲闻”，不能呆看作真人真事。把贾宝玉看作是纳兰性德，或者认为是顺治皇帝，而林黛玉是董小宛，那些索隐派固然荒谬，把贾宝玉当作是曹雪芹自己同样的错误。王国维认为“所谓亲见亲闻者，亦可自旁观者之口言之，未必躬为剧中之人物。”书中的主角，诚然为作者思想感情的集中反映，但生活的细节不必全同。《红楼梦》有自传意味，但决非真实的自传，而是作者的投影。所以说，把贾府等于曹府，贾宝玉等于曹雪芹自己，那样的研究是以繁琐的考证代替小说研究，根本与文艺学的原理相抵触了。

假如《红楼梦》是自传，那么，它只有史料价值，只是个别家庭的兴衰际遇，不能有高度的典型性与概括性。惟其是曹雪芹根据他的生活体验，加以艺术上的创造力，才有文艺的真实性与典型性。正如《红楼梦》第四十二回借薛宝钗论绘画时的一段议论，不能如实把园子照画下来，乃是该添的要添，该减的要减，远近布置，必有章法，方始成为绘画。小说创作与绘画、诗歌有共同之点。雪芹能诗善画，他把诗画艺术创作方法运用到小说创作中，形成了他的现实主义创作作风。

他假托此书是天上一块顽石经历人世繁华的记录，而不借汉唐名色，亦是识见高超之处。一则，他要如实地揭露封建贵族家庭的内幕、它的丑恶面目，揭露它的本质，如果说明是当代的事情将被当作“谤书”，是触犯忌讳的；二则如借汉唐故事，则不易写实。如《镜花缘》借唐朝故事，写得不像唐朝，《儒林外史》假托明代故事，也很模糊不实。所以《红楼梦》不如不明时代，于地名只出金陵、姑苏、京都、长安等等，于官名、男女服色，均不显著著上某时代的色彩。他所写的是社会人情小说，并非历史小说。这样做法，概括性反而大；不拘泥，而更为自由。只按“事体情理”，不记时间与地点。“曾有此事，不明朝代”，在小说中是别致的(从佛教故事中得到启发)。所以大观园似乎在北京，而同时又有南方花木(如梅、竹等)，这是诗意的创造。欲考其地点，实是笨伯。

所谓“按迹循踪，不敢稍加穿凿”者，就是小说家创造人物，创造故事，悲欢离合的故事，必须依从于人物性格的发展，人物性格的发展依从于客观环境的发展与人与人之间的错综复杂的关系；一个家庭环境的发展又依从于更大的社会环境的发展。“按迹循踪”，就明白了事物发展的因果律。这里面不允许作者主观的改造。加以主观的改造，就不合情理。小说家如果对于事物的发展的因果关系,不透彻理解,以意为之,便是穿凿。写得人物勉强,脉络不清,使读者无法按迹循踪。《红楼梦》详细描写了贾府的生活情况,详细描写了宝玉、黛玉的爱情发展过程,详细描写了宝玉、黛玉、宝钗三个人物的性格,在爱情上的矛盾冲突,详细描写了封建家庭中的内部矛盾,而显示宝黛爱情悲剧的必然性。作者主观上要把他们写成喜剧也是不可能的。而这个悲剧所以发生,前因后果,都有迹象可寻,明明白白,并无一点穿凿勉强的。虽然曹雪芹死了,高鹗续下去,也只能是黛玉归天,宝玉成亲、宝玉出家的结局。不如此也是不可能的。后来有些《红楼后梦》、《红楼圆梦》的书,看了令人作呕,正是非现实主义的恶果。

曹雪芹创作了一部真实的爱情小说,超过了以往的成就,就在于他深切地体验生活,用"按迹循踪"的现实主义创造方法之故。

尽管作者用了传统的天上因缘,木石因缘与金玉因缘的冲突好像是前世安排的,但是他所写人物的思想感情是客观环境所决定的。作者的世界观有唯物的成分,表现在他的创作上。

宝黛爱情婚姻问题是《红楼梦》的中心故事,而《红楼梦》的题材却不局限于此。《红楼梦》写了一个封建大家庭,详细描写了这个家庭的日常生活,深刻揭露了这个家庭奢侈腐朽的生活,从而揭示出这样一个封建贵族家庭的必然趋向于崩溃。小说借刘姥姥写贾府日常生活的奢侈,借乌庄头写贾府对农民的剥削,写王熙凤弄权铁槛寺,写贾府中人的包揽词讼贪图贿赂迫害人命,写贾雨村的趋奉枉法,写贾赦的压迫石呆子,写贾珍、贾琏的荒淫(借焦大之口),写家庭学塾的胡闹,写贾政的虚伪、古板,写薛姨妈、王夫人和凤姐的勾结为奸,写王夫人的胡涂、逼死人命。暴露、隐蔽的笔墨兼用。小说整个批判了这样一个诗礼簪缨之族。

《红楼梦》后四十回的作者,向来并没有论定。以前读者只认为《红楼梦》是一部书,认为一百二十回是一人所作。胡适、俞平伯始定后四十回为高鹗所续作。胡氏首倡，俞平伯证实之。引用的材料是：张问陶（船山）《船山诗草》有《赠高兰墅鹗同年》一诗，中有云："艳情人自说《红楼》"，注云："《红楼梦》八十回 以后，俱兰墅所补。"今按《红楼梦》原只有抄本八十回传世。刻本一百二十回，有程伟元及高鹗二人作序的聚珍本两种，皆印于乾隆五十七年壬子(1792)，称程甲本与程乙本。距离雪芹之卒，凡三十年。据程序，抄本只有八十回，而目录有一百二十回，他收罗数年，只得到二十余卷，一日在鼓担上得十余卷，"见其前后起伏，尚属接榫，然漶漫不可收拾。乃同友人细加厘剔，截长补短，钞成全部，复为镌板以示同好。"所谓友人即高鹗。高鹗序云：程子小泉以其所购全书托分任校订之役。时乾隆辛亥(1791)冬至后五日，校成（程乙本去程序，但存高序）。

今考察此书，可以确定的是，曹雪芹只作八十回，八十回外有些残稿已遗失，而残稿内容据脂批暗示与今之后四十回内容不合。后四十回确为他人所补，惟是否高氏所续，尚未可遽定。今之后四十回续成全部，最早出于程高刊本；故以后四十回之作者姑属于程、高。其中程伟元似系一刊书者（或为书商），而高鹗则是一位进士（其校刊《红楼梦》为中举人后，中进士前），闻名，姑以后四十回作者属诸高鹗。

高鹗，字兰墅，为镶黄旗汉军人，乾隆乙卯(1795)进士。有《兰墅诗草》，抄本现存。

所以不能成为定论者，因船山所谓"补"，也不过人云亦云，补缀也是补，续作也是补，诗意未明说。今考后四十回所用语言，与前八十回显有不同，情节亦与前八十回所安排者大有不合，故可确定为非曹雪芹原著。程甲本既印出，三月内又印程乙本，且都为高鹗所改定。高氏改笔有极不高明者，则后四十回全出高手，颇有问题。或者程小泉自有所补欤？又寿鹏飞据《樗散轩丛谭》，谓《红楼梦》是康熙年间某府西席某孝廉所作。乾隆间苏大司寇家以抄本付厂肆装订，坊贾抄出付梓，有刊本八十回。谓前八十回是康熙年间人所作,后四十回则或云高兰墅补,或云曹雪芹补(此说不可信)。又寿氏引海昌黍谷居士周春松霭甫之《红楼梦随笔》有云:"杨畹耕语余云,雁隅以重价购抄本两部,一为《石头记》八十回,一为《红楼梦》一百二十回,微有异同。……壬子冬,知吴门坊间已开雕矣。"寿氏认为雁隅得有抄本一百二十回,在壬子冬吴门刻本前,亦即在壬子年程高本前。故后四十回又未必高所续作矣。此说今亦不易证明。

程高续本不如前八十回曹作。所谓后四十回回目,亦程高二人所定,并无依据。惟程高续书,得曹雪芹前书所安排、布置、暗示,或从前八十回得蓝本,大结构不失曹氏原意,完成宝黛婚姻的悲剧,功过于罪。黛玉之死,与宝玉之出家,以悲剧结束三角爱情的矛盾,有强有力的反抗性。平心而论,能补缀成完整的小说,完成一部大著作,也属不易。续书的好处,概而言之:(1)写了贾府的衰败;(2)写了宝黛的悲剧;(3)写了宝玉的出家;(4)写袭人出嫁,从心理上的波折刻画她的性格;(5)写四美钓鱼、双玉听琴、宝蟾送酒等穿插,略近前八十回作风。但续书小节上有错失:(1)贾府抄家后又发还家产,不十分穷困;(2)宝玉中举后出家,出家后成仙;(3)凤姐、巧姐、香菱、湘云、小红等的结局,均非作者原旨。皆因雪芹原稿已失,高鹗无法构想,另作结局;(4)疑神疑鬼处多,如花妖异兆,走失通灵等,不自然;(5)草草收场,显笔力弱。尤其宝玉中举出家、发还家产,此为高氏与雪芹思想不能一致,作风有违失处。续作者是调和派,缺乏生活实践,反封建思想感情不够强烈。照俞平伯说,曹氏原来结局比高续贾府收场更惨云。

我们仍可把《红楼梦》看成一部著作,不宜分割来谈。此因曹雪芹于前部中已经暗示后部的大结局。错综复杂的矛盾,人物性格与环境的发展,循着必然的规律。这样使续书者不能不这样结束全书的。这也是所谓按迹循踪,不能不如此。高鹗也不失为一个现实主义的作家。如果像《红楼复梦》、《红楼圆梦》那样单凭幻想、不顾实际地续书,那么就一无价值了。

四、《红楼梦》深刻揭露贵族家庭奢侈淫滥的生活与封建礼教的虚伪残酷

宝黛的爱情悲剧是《红楼梦》的中心故事，而歌颂自由恋爱、反对父母之命媒妁之言的包办婚姻是《红楼梦》的主题思想之一。这部长篇小说，具体描写宝黛爱情发展过程，他们所处的家庭环境，矛盾斗争的全部过程，成为中国爱情小说中最深刻动人的一部。

《红楼梦》以宝黛钗的三角爱情故事为中心线索，但是这部书中人物众多，包罗万象，就以爱情故事而论，围绕这个中心故事，又有其他的若干插曲。《红楼梦》并非才子佳人小说，它的主题也不局限于爱情与婚姻上。《红楼梦》以爱情故事为线索而描写了一个贵族家庭的生活，一个贵族家庭的形形色色和各个角落。作者深刻地批判了这个贵族家庭生活的糜烂，指出这个家庭没落与崩溃的必然性。

《红楼梦》的开始，叙述大荒山的一块顽石，变成通灵宝玉，在尘世间经历一番。它由一僧一道带到"昌明隆盛之邦，诗礼簪缨之族，花柳繁华地，温柔富贵乡"。《红楼梦》全书就在批判这"昌明隆盛之邦，诗礼簪缨之族，花柳繁荣地，温柔富贵乡"。

"昌明隆盛之邦"，指中国而言。此书虽不借汉唐名色，但作者不能跳出他的时代。所谓"昌明隆盛之邦"就是康雍乾时代清朝统治下的中国。所谓的太平盛世，从作者笔下的例证可见一斑。例如，江南姑苏(苏州)可以算是繁荣的地区了。但是像甄士隐那样的小地主，遭一场火灾后，便无立足之地。想回到田庄上去住，偏值近年水旱不收，盗贼蜂起，官兵剿捕，田庄上也难以安身。甄士隐只能卖去土地，依靠岳家，最后跟着一个唱《好了歌》的跛足道人出家而去。这里指出"昌明隆盛之邦"的阶级对立、土地兼并的情况。甄士隐的形象是小地主走向没落的典型。

像刘姥姥家是住在京都附近的一个庄农人家的典型。住在天子脚下，"长安城中遍地皆是钱，只可惜没人会去拿罢了"，刘姥

姥家却穷得不能过冬了。而乡里尽有良田千顷的富户。这也可见当时土地兼并、贫富不均的情况。

“诗礼簪缨之族”以荣宁两府为典型。“花柳繁华地,温柔富贵乡”指贾府,指大观园。这个贵族家庭糜烂奢侈的生活是建筑在残酷的剥削制度上的。作者借冷子兴的话,一开始就说贾府主仆上下,安富尊荣。如今外面的架子虽未甚倒,内囊却也尽上来了。这样一个钟鸣鼎食之家,翰墨诗书之族,竟一代不如一代。当然富贵人家的纨袴子弟,游手好闲,多是不肖子孙,这是封建剥削家庭由盛而衰的必然命运。

作者着重描写贾府的奢侈淫烂的生活。例如借刘姥姥眼中看出,饮膳的讲究。吃茄子要用十几只鸡去配;吃一顿螃蟹费十几两银子,竟够庄稼人一年的吃喝;用庄农人家想做衣裳也不能的料子去糊窗户。老爷们都纳妾,夫人、小姐、甚至少爷们都有好几个丫头服侍,婢仆成群。势利铺张,死了一个媳妇秦可卿,倾家荡产地大出丧。棺材是用一千两银子都买不到的好木材。捐五品官用去一千二百两银子。荣国府为了贾妃省亲,特地翻造了一座大花园,特地到苏州去买女伶。

这样奢侈的生活靠什么收入呢?靠田地的收入。五十三回点出贾府收入的来源。荣宁两府多有八九个庄子。宁府的一个庄子,借庄头乌进孝的一个单子,说明地租的收入。那还是年成坏的一年,有鹿、獐、狍、猪、羊等十二项三百十头;各色鱼数百斤;鸡、鸭、鹅,活的六百只,风干的二百只;野鸡、兔子各二百对;熊掌、鹿筋、海参、鹿舌、牛舌、蛏干各数十斤(条);干果各二口袋;对虾、干虾二百斤;炭,上等一千斤、中等二千斤、柴炭三百斤;各种米一千余担。外卖粱谷、牲口各项折银二千五百两。这是庄园收入的一个单子,折合银两的不过是一小部分,大部分还是实物地租。这样多的收入,贾珍还嫌少,说“真真是别叫过年了”。

多少农民的血汗,维持这样一个贵族家庭的日常生活!

同时,还靠高利贷剥削。像薛家是皇商而兼开高利贷的典当。像王熙凤好弄私房，把月钱倒来倒去放债，一年弄上千两银子。抄家时王熙凤就有一箱子放债的借票。

此外，倚仗官宦势力，包揽词讼。王熙凤受银三千两，勾结平安节度使，强迫张金哥前夫退婚，害死了两条人命。单只一件事如此，书中明写。其余只说一句："自是凤姐胆识愈壮，以后所作所为，诸如此类，不可胜数！"

像大观园那样的"花柳繁华地"，荣宁两府的"温柔富贵乡"，只是少数人极度的享受。维持这少数人的极度享受，不知害死了多少人命。这少数人能够永远享受吗？社会发展的规律，指向这封建家庭的是必然崩溃的命运。

曹雪芹写这家庭的奢侈生活，剥削收入是明写的。至于饱暖思淫欲，这个家庭，外面是礼义之家，内里是荒淫腐朽，用曲笔暗写。借焦大的破口大骂，说明了贾珍与秦可卿、凤姐与贾蓉的暧昧乱伦的关系。正如柳湘莲所说，宁荣两府除了两个石狮子以外，没有干净的！

五十三回宁国府除夕祭宗祠，借薛宝琴眼光中看出这个祭祀的大排场。御笔的"慎终追远"的扁额，"已后儿孙承福德，至今黎庶念荣宁"的对联。贾敬主祭，贾赦陪祭，其他献爵的献爵，献帛的献帛，焚帛奠酒，济济满堂。读者已经熟悉了这些子孙的平素行径，那样肃穆雍容的景象，是一个绝大的讽刺。尤其就在贾赦想要鸳鸯做妾的那件事后，像贾赦那样的一个人也就被人看透了。

所谓诗礼之家，内情如此！正所谓衣冠禽兽。作者用艺术形象具体地表现了礼教的虚伪。

像贾赦、贾珍、贾琏、王熙凤等是声色货利的角逐者。像贾政、王夫人，表面上似乎是正派人，但是中封建毒素最深。贾政庸俗（溺于赵姨娘那样一个恶俗的人，也就不堪），道貌俨然而不近人情，对宝玉灭绝父子的天性，一无生趣。王夫人懦弱无用，而一个巴掌把金钏打到井里。偏听袭人，把晴雯驱逐出去害死了。金钏与晴雯实断送在王夫人之手。最后又分开了宝黛两人，为爱情悲剧的制造者。凡此，可见礼教的残酷杀人！

五、《红楼梦》的主题思想

描写一个贵族家庭的没落，以爱情故事为中心线索；描写一个爱情的悲剧，以贵族家庭作背景。这两个主题思想，并不冲突，而是互相依赖的。

《红楼梦》着重描写了一个贵族家庭的日常生活，这个家庭在封建社会里是真实存在的，作者一开始就从冷子兴的口中说出了"古人有言：'百足之虫，死而不僵。'如今虽说不似先年那样兴盛，较之平常仕宦之家，到底气象不同。如今生齿日繁，事务日盛，主仆上下，安富尊荣者尽多，运筹谋划者无一；其日用排场费用，又不能将就省俭，如今外面的架子虽未甚倒，内囊却也尽上来了。这也小事。更有一件大事：谁知这样钟鸣鼎食之家，翰墨诗书之族，如今的儿孙，竟一代不如一代了！"指出贾府的主仆上下安富尊荣、排场大、不肯省俭，和子孙的任意妄为、失却教养、种种不肖，为衰败没落的主要原因。在贾府，只有贾母经历过贾府的全盛时代。书的开场，贾府已在衰败的路上走了。第二十九回写点三本戏《白蛇记》、《满床笏》、《南柯梦》，三本戏次序排列、寓有深意，影射贾府由盛而衰的过程。富贵荣华不能长保，一个家庭的命运，好比四时代谢，有春夏也有秋冬，盈虚消长，随着内在的矛盾发展而发展，自然的气运无可挽救。存在决定意识。生长在这种家庭的公子哥儿们，自然不知稼穑之艰难，追求堕落享受的生活，闺阁小姐们一概遭到红颜薄命的命运。社会发展的规律如此。曹雪芹的现实主义艺术创作，合乎唯物的历史发展过程。后四十回高鹗续书的"中乡魁宝玉却尘缘，沐皇恩贾家延世泽"是无聊的，唯心的处理。贾府是一个贵族家庭的代表，一个典型家庭。写这一个家庭，代表了无数个贵族的真实面貌，是一面镜子。

不过要写这样一个家庭的各个角落，需得一个中心故事。作为线索，宝黛钗的三角恋爱作为全书的中心线索，可以贯串全书。

在封建社会，婚姻是不能自主的，礼教和爱情的冲突，婚姻和爱情的冲突，也是《红楼梦》的主题。要写出宝黛钗的三角关系，要表现宝黛爱情的生长和形势的转变，终于悲剧式的收场，有许多错综复杂的关系存在着。宝黛钗三人决不是孤立的存在，贾母、贾政、王夫人、薛姨妈、凤姐、元春、袭人，都影响他们的离合悲欢。《红楼梦》是爱情的悲剧，真诚的失败，权谋的成功。《红楼梦》为了表现这个主题，努力于环境的描写，怎样才合乎情理。这个创作方法是现实主义的创作方法，纠正了以往才子佳人小说的唯心的创作方法。作者表现了人生的缺憾，情天未补，“天若有情天亦老”的思想。不但贫贱的人不能得到爱情自由，就是富贵家庭、上层社会中人物，一样的有愿难偿。“叹人间美中不足今可信，纵然是齐眉举案，到底意难平！”爱情的悲剧比之喜剧更真实，更深刻动人。

六、贾宝玉的叛逆性及其爱情悲剧

宝黛的爱情悲剧是《红楼梦》的中心故事，而歌颂自由恋爱，反对父母之命、媒妁之言的包办婚姻是《红楼梦》的主题思想之一。这部长篇小说具体描写宝黛爱情发展过程，他们所处的环境，矛盾斗争和悲剧结局，成为中国爱情小说中最深刻动人的一部。

书中主角贾宝玉是正面人物，作者通过贾宝玉的形象来表达他的思想感情，和对于封建礼教、封建制度的强烈反抗。贾宝玉的形象是鲜明的。

作者开始描写宝玉用两首《西江月》词：

> 无故寻愁觅恨，有时似傻如狂。纵然生得好皮囊，腹内原来草莽。　潦倒不通庶务，愚顽怕读文章。行为偏僻性乖张，那管世人诽谤。
>
> 富贵不知乐业，贫穷难耐凄凉。可怜辜负好韶光，于国于家无望。　天下无能第一，古今不肖无双。寄言纨袴与膏粱：莫效此儿形状。

表面看,似乎批判。胡适认为作者在深自忏悔,其实完全误看。这是似贬实褒的笔法。宝玉有文才,腹内并不草莽。所谓“草莽”,不过说他不喜欢谈经济文章,不喜欢作八股文而已。“不通庶务”,指不治生产,像贾琏那样才是庶务人才。宝玉反对做忠臣,认为“文死谏,武死战”都是强为邀名的事,所以于国无望。他不愿做肖子顺孙,兴家立业,就是不愿守家产,或者加紧剥削,所以于家无望。词云“寄言纨袴与膏粱,莫效此儿形状”,本来他虽出身于纨袴膏粱而性格不同,根本就厌恶纨袴与膏粱的生活。《儒林外史》借别人骂杜少卿作为不肖子弟的榜样而赞美杜少卿这个人物。曹雪芹的用笔也相同。吴敬梓又借另一人来反驳这句话,以明示作者的倾向性,曹雪芹没有反驳,用笔更为含蓄。

读者可以自己体会。没有一个《红楼梦》的读者不同情宝玉,而认为宝玉是花花公子、是腹内草莽、是不肖子孙的。

曹雪芹在写小说。每部小说都有倾向性,都包含有道德教训。《红楼梦》的倾向性是反封建的,可是他也用些封建道德的教训作为烟幕,以免不利于众口。他在歌颂贾宝玉,而不是在批判贾宝玉。曹雪芹本人的思想感情是和贾宝玉一致的,不过他本人的经验不完全与贾宝玉相同。曹雪芹本人是诗人、画家、狂放之士,崇拜陶潜、阮籍、嵇康、刘伶、倪云林、唐伯虎等。贾宝玉的性格内也有诗人、画家和这些人的性格。在第二回中,借贾雨村的话说明:天地间有正气,有邪气。秉正气而生者,如尧、舜、文、武、周、孔之类;秉邪气而生者,如桀、纣、王莽、曹操、安禄山、秦桧之类。另有秀气逸出,非正非邪,其邪正两气,矛盾冲突的。人秉此灵秀逸出之气而生的,则其聪俊灵秀之气在千万人之上,其乖僻邪谬不近人情之态又在千万人之下。若生于公侯富贵之家,则为情痴、情种;若生于诗书清贫之族,则为逸士高人;偶生于薄祚寒门,必为奇优名娼,并举陶潜、阮籍、嵇康、刘伶、倪云林、唐伯虎、文君、薛涛、李龟年、黄幡绰等,谓“此皆异地则同之人也”。(正邪两气是封建统治阶级内部斗争的正反人物。逸秀之气是封建社

会的浪子,逃出封建统治、包含有反抗性的人物)

曹雪芹自己是逸士高人,而贾宝玉则生于富贵之家,为情痴、情种。两人表现不同,而性格则一。

陶潜、阮籍、嵇康等是不见容于封建礼教之世者。贾宝玉也是封建大家庭的一个逆子,一个浪子。他的思想是开朗的、解放的,和封建秩序、封建礼教不相容的。生在封建礼教压力很严重的家庭里便变成这样一个在家人心目中不可理解、如痴如呆的人。

他的痴情和乖僻,首先表现在他喜欢接近女孩子,说女子是水做的,男子是泥做的,男人恶浊。这是他在孩童时代对于女性的爱好的天真的表现。他经过一个泛爱女性的阶段,慢慢发展为对黛玉的专情。这是很合理的、近乎人情的。

宝黛两人的爱情有它的基础:

(1)先天的:

神瑛侍者和绛珠仙草的天上因缘,还泪的情债。还泪的思想很奇(在封建时代,女性是被压迫的,因而敏感的人容易多愁善感)。因而在人世间有一见倾心的情景。书中描写宝黛初见时彼此都好像是见过的一般。有夙缘。

一见倾心,一见钟情,是中世纪浪漫文学中常见的母题。

三生因缘,夙缘。

《西厢记》、《牡丹亭》都有一见倾心和梦里因缘的观念,这是《红楼梦》接受传统的爱情哲学的思想,这是文学持久于传统影响的表现。但是《红楼梦》深进一步的写法是天定夙缘并不能在人世间得到圆满的结果,木石前盟为金玉良缘所夺,而金玉之缘实在是人为的,不是先天的。《红楼梦》接受传统而不庸俗。

(2)后天的:

先天的因缘是唯心的爱情观,后天的才合乎唯物的思想,合乎人情。《红楼梦》书中写宝黛爱情的生长经过几个阶段:①两小无猜。因为是姑表兄妹,从小在一起生活着,因为贾母所钟爱,自然发生天真而纯洁的不可分离的感情，为后来的宝钗所不易离间的。②渐进为青春期的爱情。借同看《会真记》、黛玉听《牡丹亭》曲子的描写，表现青年男女情爱的生长。③思想相同。宝玉是个人自由主义的思想，反对庸俗，反对功利主义，不喜欢八股文、科举、和士大夫交际。黛玉也是重性灵、任性率真的人，两人情投意合。表现在第三十二回，宝钗、湘云都曾劝过宝玉留意经济学问，宝钗大概是成心要说些大道理的话，湘云不过是开玩笑无可无不可的，唯有黛玉从来不说这些话，她是能够欣赏宝玉的顽皮性格的。宝玉说："林姑娘从来说过这些混帐话不曾？若他也说过这些混帐话，我早和他生分了。"④互相怜惜。黛玉多愁善感，由于她早年失去母亲，以后又失去父亲，寄居在亲戚家里，孤苦伶仃。宝玉对她有极大的同情心（宝钗是有母亲的）。宝玉对黛玉的身体屡屡关心。黛玉在宝玉被打后的慰问，两个眼睛肿得如桃儿一般，满面泪光。黛玉待人好处，不在表面上，例如贾政回来，要问宝玉功课，黛玉摹仿宝玉笔迹替他写了许多字偷偷送给他，让他可以混过去，即是一例。怜惜也是爱情的一种。黛玉以争取宝玉的感情为唯一的安慰，而宝玉也只有黛玉是知己。⑤心心相印，互相了解。例如黛玉偷听到宝玉说林姑娘决不说那些混帐话，便知宝玉确乎是个知己。宝玉挨打后命晴雯送两条旧手帕给黛玉，晴雯道："这又奇了，他要这半新不旧的两条帕子，他又要恼了，说你打趣他。"宝玉笑道："你放心，他自然知道。"果然黛玉并不恼，反而体贴出手帕子的意思来。这些地方，写儿女私情，细腻之至，入情入理，也是所谓痴情，所谓"满纸荒唐言，一把辛酸泪。都云作者痴，谁解其中味"。八十二回写黛玉听了薛姨妈派来的婆子几句混话，说"怨不得我们太太说这林姑娘和你们宝二爷是一对儿，原来真是天仙似的"，以后做了一个梦，梦中听说他父亲升了湖北粮道，娶了继母，继母作主，把黛玉许了亲，有人来接回南方去。黛玉着慌，急求贾母，贾母不管，黛玉跪下去哭求留在贾府，不要回南，贾母始终不理。忽然见到宝玉，宝玉道："我说叫你住下。你不信我的话，你就瞧瞧我的心。”说着，就拿着一把小尖刀子，往胸口上一划，只见鲜血直流。同时，宝玉梦中也觉得剜空了心，醒来觉得心疼。另外第九十六回“泄机关颦儿迷本性”，写宝玉失玉后疯癫，同时，黛玉听见傻大姐的话，知道宝玉订亲，迷了本性，来找宝玉，两人相对傻笑，黛玉问宝玉：“你为什么病了？”宝玉笑道：“我为林姑娘病了。”这两段文字是高鹗续写的，努力借梦、借疯癫写情爱，但毕竟太露骨，非雪芹笔墨。

所以，思想上的接近，精神上的契合，为宝黛爱情的基础。《红楼梦》对于爱情这一题材的处理比之《西厢记》、《牡丹亭》来得深刻。

宝玉开始有泛爱女性的倾向，而他的感情是天真的，既非好色，也并无婚姻主张（他开始有一种乖僻的思想，认为女子不宜出嫁）。在广泛用情上，他慢慢觉悟到“各人得各人的眼泪”与“任凭弱水三千，我只取一瓢饮”的思想。这是宝玉的进步。对于黛玉有专挚的唯一的感情了。《红楼梦》写得很细，读者自可领会。

宝黛爱情悲剧的原因：

宝玉、黛玉都是任性的人，性灵，不俗，不依附封建势力的。两人都不自由。黛玉是寄居的闺女，她不便自己表达情意，是听人选择的，自己不能有所主张；宝玉也不自由，首先他对黛玉之爱，就遭到袭人的反对。他怕袭人，送手帕特地差晴雯，就可以明白。

宝钗的为人大不相同，表面上很稳重、大方，内里深谋远虑，用种种手腕取得一般人的好感。她笼络袭人，笼络凤姐、王夫人等。滴翠亭扑蝶一幕，假祸于人。笼络湘云，甚至笼络黛玉。最重要的是她有母亲。姨表虽不如姑表的亲近，但是王夫人和薛姨妈是亲姐妹，黛玉父母双亡、孤立无助。由于薛姨妈的活动，取得了王夫人、凤姐的支持，最后又取得贾母的支持（贾母是贾府的最高统治者），在大众目光中认为宝钗有贤惠媳妇的资格，取得了宝二奶奶的地位。贾政、王夫人虚伪、糊涂，维持礼教，抹煞真诚的爱情,不允许私情。贾母虽多少还抱有一点自由主义思想,黛玉早先也得她的疼爱,但是为宝玉打算,为贾府实际利益打算,终于不肯成就宝黛的婚姻,生生地拆开他们。而且还应看到,贾母虽然有很高的威信,但是宝玉的亲事,王夫人和凤姐是可以左右的。黛玉虽然很好,而且也是至亲,但是她的性格和王夫人、凤姐的作风大不相同。她的心直口快,甚至也为袭人所忌。袭人也做了不少功夫,排斥黛玉,帮助宝钗。袭人不能与黛玉合,东风不压西风,西风要压东风,有点怕黛玉。实际上黛玉不过口头厉害,宝钗更为阴险。所以宝钗成功之后,袭人不能不外嫁的。

宝玉用情,起初是泛爱主义,崇拜女性、体贴女性,公子哥儿的性格,精致的淘气,后来有了觉悟,懂得专情。他屡次表示心迹,教黛玉放心,从多情到专情。宝钗也很美,但他认为是别人家的人,不是自己的配偶,心中不觉得很亲近的。多情的人,所谓意淫,虽然对于女性没有什么恶意,但是婚姻制度下,多贪女性的好感,对人对己是无益的,走不上正轨。

女性固然也喜欢大家所认为好的人,但是她们是要求专情的。小红、彩霞、龄官等可以为例。她们都觉得宝玉好,但是没有份儿,宁可专情于别人。

宝玉思想上有矛盾,他觉得女性不出嫁是可爱的,嫁人以后女子便变坏了,没有诗意。宝玉爱美、爱真,但是,婚姻制度是人为的,是人合不是天合,“天作之合”不过说说而已。这也是人生的矛盾。

《红楼梦》深刻揭露了封建大家庭的内部矛盾,明争暗斗的局势。《红楼梦》描写了封建大家庭的婚姻问题的复杂性。

宝黛的爱情悲剧表现了自由恋爱与家长制的封建势力的矛盾。不单是爱情与礼教的冲突,乃是新的思想与真诚的感情与整套封建制度、封建秩序的冲突。是新旧的斗争,性灵与功利的斗争,真与伪的斗争,美好与丑恶的斗争,善良与奸邪的斗争。《红楼梦》写出了这个大悲剧,深刻地批判了封建家庭的罪恶与残酷。

黛玉是被封建势力折磨而死的、侵蚀而死的。不过薛宝钗也没有成功,结果是宝玉愤而出走(第一一九回,宝玉仰面大笑道:走了,走了!不用胡闹了,完了事了!)这是自由意志的最后胜利,是对于封建势力坚强不屈的反抗。宝玉脱离了这个封建社会,与他们割断关系,精神是积极的。此后出家也好,不出家也好,成仙成佛,不过是传说,是虚写,非现实的事。总之,他走向了自由,走向光明。

黛玉虽然失败,但她是成功的。我们想像如果她做了宝二奶奶,做了王夫人的媳妇,也无聊。"质本洁来还洁去",保存了纯洁的本质,维持了理想的爱情。正如意大利诗人但丁和恋人贝雅特丽齐虽然没有结婚,但始终保持着对她的精神上的纯真的热烈的爱情一样。

七、《红楼梦》中的女性形象

《红楼梦》不依靠热闹的传奇性的情节来吸引读者。曹雪芹的崇高的艺术手腕表现在人物性格的雕塑上。各个不同性格的女性典型,在小说里是空前的。作者虽然依托作为"亲见亲闻的女子",事实上是在生活经验的素材中,抽出典型性格来描写的。

黛玉和宝钗的对比。她们的性格绝然不同。宝钗也有诗才,但毕竟是庸俗的。她有一套女子无才便是德的教条,表面上稳重大方,内里圆滑狡狯,是依附实力派的人物。是能够应付环境、深谋远虑、达到成功之路之一个人物。她能够笼络所有的人,让人觉得她可爱可亲,甚至林黛玉也入其彀中。作者描写她阴险狡诈的地方,如滴翠亭扑蝶的一幕,暗中陷害了黛玉,嫁祸于人。她并不真爱宝玉,在思想上并不一致,而爱着宝二奶奶这个地位(也不完全符合封建道德观念,有市侩气)。

黛玉是诗礼之家所培养出来的人物,从小就知礼,识大体。极度聪明,有才情。但是从小死了父母,寄居人家,孤苦伶仃,所以多愁善感。她的性格,从她的家庭出身与所处的环境完全能够理解的。黛玉是看不起功名利禄的。她不肯依附实力派。虽然尖刻俏皮而没有机心。

宝钗与袭人、黛玉与晴雯，在本质上有相同之点，不过因为出身不同，所以她们的态度不同。

晴雯在《红楼梦》中是极可爱的人物。美丽、聪明、有情、勇敢，嫉恶如仇。对于王善保家的抄检，敢于反抗。晴雯出身于穷苦家庭，因父母双亡被卖为婢的。一切善良的人被迫害而死，晴雯不免于一死。此为宝玉所最伤心的。宝玉无法袒护，足见封建家庭家长的恶势力之大。

《红楼梦》于这么多的人物，通过艺术描写，有褒有贬。读者莫不喜爱黛玉、晴雯、尤三姐、鸳鸯这一类人物，而憎恨凤姐、宝钗、袭人这一派人。李纨、薛宝琴、李纹、李绮等无可议之处。探春、史湘云、平儿也非完人。妙玉矫情，惜春乖僻，迎春庸懦。尤二姐善良而软弱。秦可卿实是无辜者，也是被牺牲的人物。香菱是一个可怜虫。

《红楼梦》的完整的结构，与女性形象的美妙、细腻，深刻的心理的描写，已经创造了严密的近代小说了。

《水浒传》写英雄，《儒林外史》写儒林，《红楼梦》写女性，各擅一场。

八、《红楼梦》的艺术性

(一)《红楼梦》的艺术结构的特点：真真假假，虚实相融

《红楼梦》在结构上有虚实两条线索：写贾府兴衰，众多女子的悲剧命运，此为实；说太虚幻境，预示着十二金钗的结局，此为虚。曹雪芹以现实生活为依据，描写贾府的腐朽、没落，以“亲见亲闻的这几个女子”的故事为基础，描写了以宝黛爱情悲剧为中心线索的众多女子的悲剧，此现实主义手法之体现；而整个故事又以宝玉梦游太虚幻境为开场而展开，太虚幻境册子中的诗和曲子中的词成为预示十二金钗命运遭遇的纲领，且始终以梦幻般的虚线而存在着。虽虚，但总揽全局。虚实相融，成为结构一大特色。而讲爱情故事，又披上“因缘”外衣，当然内里也包含着作者

的出世思想。因缘故事,设想之奇,超出了以前诸作。说太虚幻境,讲因缘故事,不免有宿命论色彩,但作者实为弥补现实描写之不足,借太虚幻境中诗、词、曲,更多加入主观品评。

小说之要,在创造一 imaginary world(虚构的世界),给人 illusion(幻觉),也属于 poetry(诗意),此 imaginary world 必须半真半假。半真方能使人信,如太属离奇,读者认为荒诞不经,亦不能移情其中,此写实派之立场也;半假则可使读者感觉人生通常所要感而不能感之部分,如此方与刻板、枯寂之人生有异,而提取人生之菁华以享受之,使读者能 enrich life experience(丰富人生经验),此理想派之立场也。最好之小说为陶熔两种,此《红楼梦》设真假、人世与太虚幻境两地,实为最高之艺术。

小说必须讲 unity(统一性、整体性),无数小故事缠绕于一主要之故事上,而对于主要的故事是有帮助的,是推进的。《红楼梦》叙尤三姐、柳湘莲、鸳鸯、司棋、秦可卿各个故事,均于宝黛之主要故事有益,不虚设也。写小红之梦,贾瑞之梦境,以宝玉之梦甄宝玉、梦黛玉,均与太虚幻境一梦有关。

大小说之大情节,必须预为计划好,如《红楼梦》十二支曲子,即包括十二金钗之结局,预为注定,是作者的整部机轴,但零碎情节却宜随处点缀、敷色,任许多 character(事情的特性)自己 develop(逐步发展),还有看 circumstance(情况、形势)之需要者,如赏中秋、赏芍药之类。

(二)典型环境中的典型人物

《红楼梦》写了典型环境中的典型人物。贾府作为封建礼教和封建秩序的代表的贵族之家,是人物生活的典型环境,它又通过错综复杂的人物关系表现出来。以宝黛钗的恋爱与婚姻为中心线索,推动着故事的发展,各种有典型性格之人物塑造出来。贾府日常生活从表面看风平浪静,但矛盾冲突的暗流也在慢慢汇聚和发展,矛盾冲突的结果是发生了以宝黛爱情为代表的种种悲剧,非常真切。

当然，平静的水流遇风也会翻起浪花，点滴的矛盾的积累也会爆发激烈的冲突。《红楼梦》中宝玉挨打和抄检大观园是矛盾冲突激化的两大事件，是故事发展之转折点。前一件“不肖种种大受笞挞”，贾政欲置宝玉于死地，震动贾府，其结果是宝玉清醒感到环境的不相容，而坚定与“仕途经济”决裂之心。如果说这前一件是因宝玉而起的话，那么，“抄检大观园”则是各种矛盾的集中爆发，引发了更多悲剧，也预示着贾府的彻底走向没落。

前面在谈及《红楼梦》中女性形象时曾说过，各个不同性格的女性典型在小说中是空前的。《红楼梦》中写了二百多位女性，出身在各个阶层，生长在不同环境，但都真实，都写得栩栩如生。

就思想性格而言，《红楼梦》里的女性，维护封建思想的和反抗封建思想的有明显的两路人，宝钗、袭人、麝月为一路，黛玉、晴雯、柳五儿为另一路，迥然有异。此外，紫鹃与鸳鸯同类；尤二姐与迎春相似。虽为姐妹，尤二姐与尤三姐的懦弱和刚烈形成鲜明对比。凤姐、探春、李纨相同之点是都管过家，而性格与思想品位明显不同。

总体而言，《红楼梦》中的众多女性可以作为男性的一面镜子。

（三）现实主义的创作手法

前面谈《红楼梦》的自传性问题时，说到曹雪芹的《红楼梦》超过以往小说创作的成就，就在于他深切地体验生活，用“按迹循踪”的现实主义方法进行创作。尽管《红楼梦》中有作者的影子，尽管作者在写作中有留恋与幻灭的矛盾心理。但是，在作者的笔下，封建贵族家庭的腐朽与没落，众多人物的悲欢际遇，全赖现实主义手法一一展现。前已分析，此不赘述。

从中外现实主义作家创作实践来看，“形象大于思维”者不乏其例。现实主义的作家，甚至违反自己的主观的企图。尽管巴尔扎克宣称“在王权和宗教这两种永恒真理的照耀下写作”，但是他是伟大的现实主义作家。曹雪芹亦如此。

苏联中国文学专家波兹聂也娃在谈到《红楼梦》时说,“作者的观点和他的小说的现实主义在某种程度上是有矛盾的,正如列宁所指出,托尔斯泰和他的作品的矛盾一样。”“这一类矛盾,是社会主义现实主义以前的伟大的现实主义者所固有的,丝毫不能减低这一部小说的巨大的艺术价值和认识价值”。

(四)精彩的心理描写

《红楼梦》小说中的心理描写也异常精彩。“牡丹亭艳曲警芳心”,使黛玉始而“感慨缠绵”,继而“心动神摇”,最后“如醉如痴”,流露出对自由恋爱神往的心绪;而在听了宝玉“林妹妹不说这样混帐话,若说这话,我也和他生分了”的话,“不觉又惊又喜,又悲又叹”,喜、惊、悲、叹,深切地表达了黛玉此时此境复杂的心理过程。《红楼梦》中还写了诸多梦境,解读出来也是奇妙的心理篇章。

长篇近代小说(novel)是资本主义时期的产物。曹雪芹和英国的社会人情小说家 Henry Fielding(亨利·菲尔丁)差不多同时,和法国的自由民主思想家 Voltaire(伏尔泰)和 Rousseau(卢梭)也是同时代的人。可是明代嘉靖年间中国已经有手工业工场的发展,这资本主义的萌芽,一经被封建统治者所遏抑,清代统治更延缓了中国封建社会内部所孕育着的资本主义的萌芽的发展。到了康雍乾时代,是封建经济发展到烂熟的时期,同时也是它的内在矛盾和外部矛盾开始充分暴露的时期。《红楼梦》鲜明地反映了当时的社会情景,具有巨大的历史意义。

《红楼梦》第五回警幻仙子说:“偶遇宁荣二公之灵,嘱吾云:‘吾家自国朝定鼎以来,功名盖世,富贵流传,已历百年,奈运终数尽,不可挽回。’”运终数尽不单是属于贾府,第四回说:金陵的贾、史、王、薛四大家是连络有亲,一损俱损,一荣俱荣的。曹雪芹并非历史家、哲学家,他是艺术家。通过他的形象思维,我们可以看到整个封建社会趋向崩溃的这个社会现实。

《红楼梦》是封建社会的一面镜子。

吴敬梓和曹雪芹同时,他们都是现实主义的伟大艺术家,同样反映社会现实。不过吴敬梓的思想最集中表现在反对科举制度,讽刺知识分子的庸俗无聊上,而多少保留了儒家思想,提倡礼、乐、兵、农的实学,也颂扬了孝道。曹雪芹把封建社会作了另外一个剖面,攻击了宗法社会,反对忠孝,反对儒家思想。贾宝玉说:“说了半天,并没个明心见性之谈,不过说些什么文章经济,又说什么为忠为孝,这样人可不是个禄蠹么?”在贾宝玉看来,礼、乐、兵、农也属于经济文章之类。《红楼梦》的反封建,更其彻底,也达到更深广的程度。

宗法社会和儒家思想是封建制度的支柱,在旧社会里是更其不道德的。

贾宝玉的出走,走出了这个大家庭是有革命性的。

至于出走以后,作者实在不曾写下去。做和尚和成仙成佛乃是虚写。太虚幻境也是似有若无的。

我们不能把曹雪芹这样一位伟大的现实主义作家的世界观看成是完全唯心论的。曹雪芹不见得是全信佛教哲学的。太虚幻境是小说中浪漫主义的手法。要是真的是色空思想,他也不写小说了。

《红楼梦》也有不足之处。作者反抗礼教,反抗庸俗,追求艺术的生活,性灵的生活,追求个人自由主义,超脱了封建社会的功利主义。作者批判了封建社会,但不彻底。一方面忏悔,一方面还有不自觉的留恋心情。如写秦可卿临终托梦给凤姐,虑及家族盛衰荣辱,要凤姐懂得“月满则亏,水满则溢”的道理,要有由盛而衰的退步思想,多置祭祀产业,“能于荣时筹划下将来衰时的产业,亦可以常保永全”。而凤姐乃至贾府并没有这样做,以致一败涂地。这临终遗言的退步观念也多少反映了作者对封建家族衰败的惋惜心理。

作者深刻地描写了封建社会的悲剧，否定了封建社会，但作者没有能够想像出另外一种社会，没有找到出路，于是否定了人生，产生一切是“命运”的命定思想、人生如梦的消极观念。

附录一　北大中文系邀请校内外专家讨论《红楼梦》的座谈记录[①]

出席：杨晦、冯至、何其芳、吴组湘、季镇淮、浦江清、林庚、徐士年

浦：　今天这个座谈会的性质是为了中文系的功课“元明清小说戏曲选”的小说部分，在讲《红楼梦》之前，特请大家来谈一谈，以便吸收各位专家的意见。

今天拟采取漫谈方式。中心问题在于怎样分析《红楼梦》的主题。我的意见认为《红楼梦》的主题主要在于暴露一个贵族家庭的本质，另外也被作者的思想所渗透；另外也可能是表现爱情，反抗封建的婚姻制度。这两个中心问题——暴露贾府，和反映对婚姻制度的不满——这两者何者是中心和主要的问题？请各位先生发表意见。其次，《红楼梦》产生的原因和效果如何，也是我们今天的题目。

吴：　《红楼梦》主要是写爱情。贾府的没落只是故事产生的一个环境。主要写了个人自由主义和封建主义的矛盾。作者是生长在封建家庭里的，他必须受封建制度的羁绊，而作者是要求自由的，因此他非常憎恨封建社会里的人物。在封建主义的社会里，只有像贾赦、贾政、贾雨村之类才是合乎社会的要求的。贾宝玉和林黛玉的恋爱正是对于封建制度的一种反抗。宝黛爱情有思想基础，发展到高潮是在贾雨村来，要宝玉去陪客，史湘云也劝他去。《红楼梦》里曾写贾宝玉和史湘云

---

① 这是浦江清先生任“元明清小说戏曲选”一课时请校内外专家进行专题讨论的记录，时间大约在1953年。

的一段对话,贾宝玉讽刺了史湘云、宝钗的庸俗的做官干禄的思想,说林妹妹不说这些混帐话,若说这话,我也和她生分了。这话被林黛玉听到了,自此以后,林黛玉和贾宝玉的感情就更巩固了。宝黛恋爱的基础是个人自由的要求,黛玉恋爱的失败就由于她不肯屈服于封建制度。由于这种爱情在封建社会里不能成功,而成功的爱情是贾琏式的或者宝钗式的,但这是作者所不满的。因此,作者采取了否定爱情的态度。

正如作者给他的理想的主人公叫"贾宝玉",而把他作品里所不满的人物称之为"甄宝玉"。他企图否定他自己所喜爱的人物和感情,用封建的世界观来批判了现实。曹雪芹与巴尔扎克一样,他的世界观与创作方法是不一致的。他基于他的现实主义创作方法,他反映了现实。他把社会问题当作一个人生问题来写了,他虽然否定了人生,但实际上是否定了社会。

林: 曹雪芹虽然没有希望封建制度垮台,但事实上他用现实主义的手法,反映了封建制度的必然垮台;另一方面,他也通过爱情表现了他对封建制度的憎恶。贾府没落与爱情主题这两者并不矛盾。不是两个主题而是一个。

尽管曹雪芹的世界观有限制,但实际上起了很大的进步作用。正如巴金的《家》影响了很多青年人走向革命一样。巴金的《家》是学《红楼梦》的,但在不同的时代,所以主角去革命,而雪芹的时代不能见到此,所以宝玉去出家。

《红楼梦》所反映的"因缘"思想,是否资本主义初期的思想?(《牡丹亭》也有这种宿命思想)资本主义为了要坚固它自己的恋爱自由的主张,因而故意造作了一些"夙缘"思想,以坚定自己的说法。

爱情为主题,影响最大的是《西厢记》、《牡丹亭》。《红楼梦》与《牡丹亭》有共同点,就是夙缘观念。

吴: 夙缘思想在《安娜·卡列尼娜》中也有表现,而《红楼梦》

里，宝黛初见，觉得面熟，则可能是一种敏锐的直觉。因为在封建社会中，求知己之爱很难，因而特别敏感。虽然作者把这种直觉理解作宿命，但事实上这是客观存在的事实，并不由于什么“宿命”。

浦： 小说的“因缘”观点是中国小说的传统，从变文以来就一向如此。《红楼梦》的因缘观念已经是处理得最灵活的了。一见倾心是有客观根据的，是现实的。

吴： “因缘”观念不是资本主义初期的思想，因为还没有到资本主义社会。

冯： 同意浦先生的说法，因缘观念是小说的传统。不能说是作者的主导思想。

《红楼梦》主要是作者自传。这些“因缘”思想只是为结构需要而添上去的，是点缀。和尚道士的出现，也是为了结构、为了呼应，是技巧上的艺术手法。

乾隆时，封建贵族败落的很多，曹雪芹所表现的正是一个封建家庭的败落。他对当时的社会是厌恶的，也是留恋的，是矛盾的。一方面厌恶，但回忆过去的繁盛，写书的时候，又有留恋的情绪。

杨： 对贾宝玉是肯定还是否定呢？

何： 今天对贾宝玉应该是肯定的。《红楼梦》的内容是非常丰富深刻的，其艺术的成就高于《水浒传》、《儒林外史》，在中国小说史上是最高的，艺术上也是最成熟的。

《红楼梦》的主题主要就是写封建社会的不合理，写贵族的腐败、虚伪和没有出路。作者的主观企图和客观效果是有区别的。《红楼梦》的主题不一定为作者所自觉，但他知道要写得真实，如作者就曾借贾母的口来反对才子佳人小说。至于对封建社会的批判，虽然不彻底，但多少有不满。这是古典作家必然的情况。他的世界观和创作方法是矛盾的。不管对封建社会和对爱情的看法都是矛盾的。对封建社会一方面不满，一方面又留恋；对爱情一方面欣赏，一方面否定。作者的思想有唯心论的一面和唯物论的一面。唯物论的一面表现在他的现实主义的成分，而唯心论的一面就表现为作品里的封建思想的限制，认为人生如梦，一切如梦幻泡影。至于太虚幻境之类，可能是作者对于恋爱所寻的一个解释，是当时所不能避免的。这种宿命的解释并不是主要的。

《红楼梦》所表现的封建社会的不合理表现在下列各方面：

(1)腐败：表现于贾赦、贾琏之类的封建社会的坏分子身上。

(2)虚伪：贾政、宝钗、王夫人，是这一性格的代表。作者不是写这些人性格的虚伪，而是写他们不自觉地虚伪，写出了这种虚伪是被社会所造成的。《红楼梦》的深刻在此。

(3)正面的人物当然是宝黛，他们反对封建社会视为“正当”的东西，如八股文、男女授受不亲之类。但作者有时又以正统观念来批评一下他自己所欣赏的人物。但这些人物是没有出路的，是凄凉的，婚姻也不能成功。

贾宝玉不是浅薄的，他的爱情还是比较专一的，有些真正的爱情的，如他就恨宝钗的膀子不生在黛玉的身上，可见他还是重视感情的基础的，不是仅仅追求肉体的诱惑。

主要地作者从这三方面表现了三种人来揭露了封建社会的不合理。其余对封建社会里人与人的关系、剥削都写到一些。可以说是封建社会生活的百科全书。

《红楼梦》以爱情故事为中心线索，但这个中心故事是在封建社会的环境里进行的。封建社会不仅作为背景而存在，而且也变成主要的内容。正如托尔斯泰、高尔基一样，他们写的社会环境不仅是背景，而是作品的内容的有机构成了。这就是所谓表现了“典型环境中的典型性格”。

《红楼梦》由于写了纯洁的爱情，它并不诲淫。《红楼梦》

是在封建社会回光反照的时代产生的，它预言了封建社会的崩溃。它也表现了要求个性的发展，特别在爱情问题上，发挥得很深刻。《红楼梦》对爱情的看法是要求专一的，要求不建筑在纯粹的肉体的“美”上面。这一点是类似于资本主义社会的思想的。这也许和当时商业资本的发达有关。

浦：　《红楼梦》也表现了封建思想：(1)秦可卿要凤姐置坟庄，立家塾，保持财富，培养后人；(2)他自己认为没出息，批判自己。为自己不适合封建社会而感到自己不行；(3)崇拜处女。

《西厢》是浪漫故事，其悲欢离合靠许多外因，《牡丹亭》写青春性欲的升华，很深刻，但《红楼梦》则是更真实地从共同生活当中写出了爱情。宝玉对爱情的看法，初期童年是比较随便的，谁都爱的。见到彩云和贾环的相好，他悟到了“各人得各人的眼泪”，才渐渐趋向于专一。

吴：　作者的爱情思想，不能和社会环境分开。封建社会看不起女性，《红楼梦》则特别尊崇女性，表现了民主自由思想。因此，对一切封建社会的“正当”女性，他都有所贬。他的爱还是以感情为基础的。

浦：　欧洲中世纪对女性的观念有些宗教性的崇拜，而中国的封建社会则有两种，一种是色欲，一种是怜惜、钟情(这也是词曲中所表现的传统)。贾宝玉的爱似是钟情。

杨：　一般青年人读《红楼》，易受不好的影响。因此，肯定《红楼梦》哪些方面必须先予确定，如(1)语言。这是现代所尚不能超过的；(2)人物形象的成功。《红楼梦》的人物，多数是成功的，这一点在中国小说里是突出的。但这必须和评价分析人物相结合。过去在分析人物上，意见是很分歧的。如贾宝玉这个人物，他有许多特点，如(1)他爱美，如他讨厌李嬷嬷；(2)他爱真，追求真实。他把肉体的关系和精神上的爱分开了，而把精神的爱认作真实。他的爱情的条件就是“真”和“美”。对宝玉的分析这是一个主要的问题，也是一个复杂的问题。作者本身对于贾宝玉是批判的。贾宝玉有许多无限的追求,而碰到许多有限的限制。一方面在封建社会中受限制,一方面本来应该受限制的。对林黛玉的分析,也是费力的。黛玉母亲去世,寄居贾府,得到贾母的钟爱。林黛玉的身上反映了贾母的威信,但贾母的威信后来也成问题。她对和宝玉的关系,对自己的前途,没有信心。感到宝玉感情可靠又有可怀疑之处。不但是身体的病,也是心理的病。对黛玉的评价,也是复杂的。

这部作品反映了当时整个的现实社会。在那个时代,统治者正在追求表面的文治武功,而其实是漏洞百出。《红楼梦》写的家庭也是如此。全书有完整的结构,其情节发展合乎社会环境发展的规律,了不起。封建社会表面繁华,内中空虚,外强中干,贾府亦如此。读者读《红楼梦》反应也是复杂的,陶醉的、留恋的、清醒的都有。由于作者写得好,艺术性高,因此许多腐烂的生活也被写得有诱惑性了,这一点必须明确认识。在他写矛盾的地方必须多加分析。

《红楼梦》前八十回和后四十回的关系问题如何看?

浦: 我们很难断定后四十回中有或者没有曹雪芹的原作。

何: 贾宝玉的爱情最主要的条件还是思想感情,不是“美”。

林: 《金瓶梅》是写妇人,《红楼梦》则写少女,这可见作者是欣赏青春的,欣赏天真和纯朴的,认为人成年就坏。

何: 作者对贾宝玉的批判,可能是一种“掩护”,以便此书能在封建社会中流行。批判不是主要的。

浦: 贾宝玉是“逸气”所成。

杨: 作者写《风月宝鉴》主要有写癞蝦蟆想吃天鹅肉之意,不能表现主题。

何: 对于凤姐,作者是贬的,他爱凤姐之“美”,但恨其“不真”。

浦: 他还是同情凤姐的,如册子中诗有“哭向金陵事更哀”之句。

何： 基本上他感情上同情一切不向封建社会投降的人；而对向封建社会投降的人，虽有同情，但贬多于褒。

吴： 《安娜·卡列尼娜》的悲剧性是可以挽救的，而《红楼梦》的悲剧性更深刻，更无法挽救，因为作者否定了人生，其实也应该是否定了社会。他还不可能看到资本主义社会的萌芽。

何： 《红楼梦》还只能是一个封建社会内部的反对物，而不能算作“萌芽”。它还是在旧的基础上产生的。

在艺术上，人物写得成功的、有性格的是中国小说中最多的，心理描写《红楼梦》也是最好的。

浦： 《红楼梦》受戏剧的影响很大。如许多场面的描写。

吴： 今天，在无产阶级领导之下，在革命思想引导之下，《红楼梦》不会有副作用，而是作为宝贵的文化遗产，作为好的现实主义作品影响今天的文艺创作。

何： 《红楼梦》是无比的中国封建社会的图画，就如列宁称托尔斯泰的作品是无比的俄罗斯生活的图画一样。

附录二　读红札记①

之一（1925 年）

江浙风云紧急，家人均出避难，惟余与澄弟二人守舍。秋窗寂寞，遂复翻读《红楼梦》一过。忆余第一遍读《红楼》在辛酉（1921年）春，忽忽已四年矣。

重读《红楼》，如访故园，亭台楼阁，宛似当年，花笑鸟啼，犹想见昔日之徘徊眺瞩也。

第三回，书中引后人批宝玉《西江月》云：“富贵不知乐业，贫穷难耐凄凉。可怜辜负好韶光，于国于家无望。”

---

① 浦江清先生在读《红楼梦》时作了一些笔记，此处选录了不同时期的三种。

既有“贫穷难耐凄凉”句，则后文难免须畅写宝玉落魄，今乃不然，当是高续之失。

《红楼梦》只四回，已将 Chief characters（主要人物）挪聚在一处矣。

贾宝玉梦中见许多册子，他便捡出本乡的来看，上面题曰“金陵十二钗”。贾府固然原籍金陵，但册中最主要人物林黛玉却不是金陵的籍贯，何以题名在这册内？

第六回刘姥姥说：“如今咱们虽离城住着，终是天子脚下，这长安城中遍地皆是钱，只可惜没人会去拿罢了。”可知《红楼梦》的 setting（背景）在长安。

第十七回说及妙玉，“因听说长安城中有观音遗迹，并贝叶遗文，去年随了师父上来，现在西门外牟尼院住着……。”亦可知大观园设在长安。

秦钟病后，贾琏方回。贾琏回后，大观园始动工。秦钟死后不多时，宝玉题园，大观园已落成。偌大一座大观园，即使有些楼阁，不是新造起来的，也断非一二个月可以竣工。书中叙来太骤。

三十六回，贾宝玉道：“只是各人得各人的眼泪罢了！”的是千古名论。

四十八回，香菱问诗于黛玉，黛玉道：“我这里有《王摩诘全集》，你且把他的五言律一百首细心揣摩透熟了，然后再读一百二十首老杜的七言律，次之再把李青莲的七言绝句读一二百首。肚子里先有了这三个人做了底子，然后再把陶渊明、应、刘、谢、阮、庾、鲍等人的一看……”黛玉确是诗学速成科的良教授了。

香菱为贾雨村恩人之女,被卖为妾,雨村曾有心拯出。其后数至荣府,何以始终未提及?此是漏笔。

贾琏为贾赦之子,熙凤为贾琏之妻,而贾琏、熙凤则处处办贾政一房之事。虽因贾珠之夭,实亦理所欠通。虽熙凤与王夫人有娘家之密切关系,于大体亦不可通。

贾琏称琏二爷,熙凤称琏二奶奶。琏之嫡兄何名?书中未见叙明。

七十四回,熙凤说:“还有那边太太常带过几个小姨娘来,嫣红、翠云那几个人也都是年轻的人……。”(1)翠云前未见,或系漏笔;(2)邢夫人是自己的婆婆,何云“那边太太”?

七十五回回目中“新词得佳谶”未知何指。回中宝玉、贾环、贾兰三人诗均未写出。

八十六回,薛蝌的呈文云:“窃生胞兄薛蟠,本籍南京,寄寓西京。于某年月日备本往南贸易……。”西京云云,恐即指长安,故《红楼》setting(背景)恐作者拟在长安。

后四十回中叙宝玉失玉神思恍惚,何以通灵未归而竟与宝钗和好,再无癫态;且黛玉死后,宝玉既不作诔,亦不填词,一恸以后,竟而忘怀,虽云宝钗之羁縻,亦出乎人情之外矣。

元春薨时年纪未免太大。

一百零五回回目“锦衣军查抄宁国府”,回中却详叙查抄贾赦家,不合。

前八十回回目中，有“因麒麟伏白首双星”句，则结束应设法使宝玉、湘云联合，高鹗何以全然不顾。

后四十回写诸人全无生气，写宝玉太呆，写黛玉太肉麻，写宝钗太像圣贤，写熙凤软弱无能，写贾母太昏愦，写湘云、迎春、探春均如木人，随人开发。

后四十回书中开口说话的人很少，一说话便露马脚，太不像前八十回，故贾府中人此时非病即死，非死即嫁，总使许多能将不在跟前，以便打发，此亦作者藏拙护短之妙法欤？

后四十回写一妙玉差胜。

巧姐列在十二金钗中而全书中叙来无声无臭，毫无事业，恐亦高续之失。

7 月 11 日开读，时时间断，直至 10 月 8 日始读完。

读胡适《红楼梦考证》一遍，觉所说均精确不磨之论。

(1)惟胡适以《红楼梦》(前八十回)之书成于乾隆三十年左右(即曹雪芹死时)，《随园诗话》卷二(不知确撰在何年，待查)语气中似谓雪芹书已盛行于世。

(2)袁枚作《随园记》在乾隆十四年己巳，此时曹雪芹正流浪在北京，恐《红楼》一书尚未撰作。

(3)袁枚和曹雪芹差不多同时，何以竟误记为曹寅之子？

有闲当考袁枚年表以解释以上诸点。

后四十回由种种考察知道非曹雪芹所作，但何以知道是高鹗所续的呢？胡适之断定有以下几种证据：

(1)俞樾《小浮梅闲话》里考证《红楼梦》的一条，《船山诗草》有《赠高兰墅鹗同年》一首云“艳情人自说《红楼》”，注云“《红楼梦》八十回以后，俱兰墅所补。”“然则此书非出一手。按乡会试增五言八韵诗，始乾隆朝。而书中叙科场事已有诗，则其为高君所补，可证矣”。

(2)高鹗自己的序，说得很含糊。

(3)程伟元本出处不明。

(4)内容与前八十回不合。

但是：

(1)船山之诗及注很含糊。“艳情人自说《红楼》”，非艳情人自续《红楼》。其注云“《红楼梦》八十回以后，俱兰墅所补”。按，散佚之卷帙，一旦为之整理，以合于通行本，以成完璧，自可称“补”，如云补钞等等，并不必含“补撰”、“续作”之义。

至五言八韵，则胡先生亦自知其靠不住。

(2)高序并没含糊。除了神经过敏的人，也不见得起疑。倘使高鹗有这样一篇序，便疑心后四十回是高鹗续，那么，在程本中，程伟元的位置至少要比高鹗重要。因为引言是双署名的，而小泉在上，兰墅在下。序呢，也是程序在前，高序在后。市上通行的程甲本，却只有程序，连高序一字都没有。不过没有张船山送程伟元一句诗，不然，我们岂不是更应该疑心后四十回是程续的吗?

(3)程本的出处确然说得很蹊跷。他的从鼓担得来，差不多是和曹雪芹的从石头上抄来一样。可是我们没有证据，只能信他。胡先生的“世间没有这样奇巧的事”只是度理之词，并不是三段论法中推下来的结论。

(4)内容不合只能证后四十回非曹作，不能证是高作。

我以为后四十回的著作问题有下列几种可能的答案：

(1)后四十回是程高二人续作的。程是主动者，高是程请的客师。“原本目录有一百二十卷”是程序中的话，故知大体计划出自程手。高的引言不过说“一旦颠末毕具，大快人心，欣然题名”，显系助手。

(2)程伟元全得的二十余卷是曹雪芹的散稿，曹雪芹自云披阅十载，增删五次，则除整个的八十回外，自然有许多散漫的稿子，大概曹雪芹死后（或是生前，待考），八十回已经整理好，所以先刊出，后面一部分没有做，一部分已做好而原稿散漫没有整理。程伟元第一次所得的二十余卷，大概是曹雪芹散漫的原稿，而有许多他人的伪作羼在里头，以致不接榫。至于他所称鼓担上得的十余卷则完全靠不住了。决非曹作而是一二人所伪托者（所以尚属接榫），或是程伟元被人所欺，或是程伟元自己与高鹗杜撰。

胡先生谓高鹗亦不欲埋没他的著作，所以在引言中露出马脚。然而高鹗既不欲埋没他的著作，何以要托之于程伟元的故纸堆中、程伟元的鼓担呢？他不怕程伟元冒了功去吗？他尽可以自己作序，说自己从鼓担上得来。

胡先生的考证最大的缺憾就是没有调查程伟元的这一个人。倘使这一个人是真有的（胡先生考证里并没有否认程伟元），那么说后四十回是高鹗一个人的续作，去取之间非常武断。

之二（二十世纪四十年代）

石头＝神瑛侍者，与戚本不同。

贾雨村在苏州，甄士隐资其路费，劝其"作速入都"。云"买舟而上"。

雨村入都后，改任金陵应天府。此书中言金陵非都城，但自金陵至都中道路，从不描写，似极近者。

甄府亦在"金陵省"。

第一回楔子，第二回副末登场说家门，第三回正旦家门，第四回使宝钗入贾府，旦儿家门，第五回小生家门，又是总叙家门。如此布置:(1)先使闲角登场;(2)使主角逐一登场,各付一场写之,从传奇体例来,如《桃花扇》、《长生殿》。前五回均是“序”及“布置”,六回以下方入正文,入“幻梦”境矣。

年龄。元春生后次年生宝玉。依书中,宝玉比元春小一岁,不可能。第二回应改过。一本改“次年”为“后来”,是也。

英莲三岁时,甄士隐梦游太虚,见一僧一道方携顽石下去投胎,则香菱应比宝玉大二岁。英莲于下年元宵节丢失,时年四岁。第四回葫芦僧对雨村说:“八九年来就忘了我了?”则是时英莲十一二岁。书中也说拐子卖幼女,十二三岁大致相合,但卖去做妾未免年龄太小。

第四回说宝钗比薛蟠小两岁。批者云“是时宝钗十二岁”,则与宝玉同庚。

同回说“贾兰今方五岁”,批者云“当系八岁”。

第二回时,黛玉五岁,从贾雨村读书,一载有余。母死,年六七岁。雨村见冷子兴,冷言宝玉七八岁,是宝玉长黛玉一岁,合也。但下文即接雨村送黛玉入都,其时描写黛玉光景,非七八岁模样。批者云据后文,黛玉入贾府时为十一岁,其死时为十七岁。宝玉在第三回中为十二岁。

至于英莲年龄,则丢失时四岁。士隐依岳父二三年后出家,已六七岁。出家后一二年,雨村放知县,则英莲七八岁,雨村官不上一年即掉,英莲八九岁。掉官后至扬州教黛玉书,黛玉五岁,故香菱比黛玉大三岁,比宝玉大二岁,合也。(“大如州”待考)

如使雨村在扬再耽搁几年,至黛玉十一岁时入都,出任应天府,此时香菱十四岁,被买最合,一无破绽。至于大观园中写香菱也写得年龄太小。

《红楼梦》结构或受《桃花扇》影响,但其书中屡言唱戏,皆明人元人之本,不见《长生殿》及《桃花扇》,竟似康熙时笔墨。(按:

书中有《长生殿》的《弹词》、《乞巧》，但《弹词》可为《女弹》、《乞巧》则《紫钗》亦有。）

书中只言都城，第一回雨村买舟“西上”，第六回刘老老（戚本作“姥姥”）言“长安城中遍地皆是钱”，言长安。

第二回言贾雨村到京中了进士，不言其中过举人，亦是假定古制，不要落明清人样。后八十回使宝玉捐监中举，落明清时代（但书中早已提及八股文）。

后四十回薛蝌状子又出“西京”字样。书中屡言金陵省，历来无此省名。

第五回副册上，香菱判词云：“自从两地生孤木，致使香魂返故乡。”香菱应被金桂磨折致死，而后四十回不然。王熙凤判词云：“一从二令三人木，哭向金陵事更哀。”“二令”是“冷”，“三人木”疑是“三人禾”，“秦”也。王熙凤之卒与“冷”与“秦”有关，而后四十回中亦不见此等事，亦不能解矣。又按，第二十一回贾琏对平儿道：“你两个（指凤姐及平儿）一口贼气，都是你们行的是，我凡行动，都存坏心，多早晚才叫你们死在我手里呢。”这并非是闲文，暗示以后情事。又下文贾琏道：“我躲开你们。”凤姐道：“我看你躲到那里去？”贾琏道：“我有处去。”均暗示以后情事，并非闲文，惟后四十回作者未曾利用之耳。

第二回，冷子兴说贾蓉今年才十六岁，批者云：“何隔得两年后便云二十岁耶，前后不合。”按此必以后两年之事，实乃四年，被雪芹删节，使成两年模样耳。故若依今本，则黛玉入都是七八岁，实则据批者云乃十一岁（据以后年龄逆数可得），故冷子兴谈论与黛玉入都中间应隔三年。

第三回云“黛玉只带了两个人来，一个是自己的奶娘王嬷嬷，一个是十岁的小丫头名唤雪雁。贾母见雪雁甚小，一团孩气，王嬷嬷又极老，料黛玉皆不遂心，将自己身边两个丫头名唤紫鹃、鹦哥的，与了黛玉。”此段文章：(1)雪雁年十岁，很小。但依书中黛玉到贾府不过七八岁，则雪雁尚比黛玉大二三岁，此与当时及以后情景皆不合，此时黛玉应是十一岁；(2)紫鹃即是鹦哥改名，此处原文必是“贾母将自己身边一个丫头名唤鹦哥的与了黛玉。”鹦哥下必有人注“紫鹃”两字。后来阑入正文，便有人把一个改成两个了。贾母身边四个大丫头鸳鸯、琥珀、鹦哥、珍珠。珍珠给了宝玉，改名袭人，鹦哥给了黛玉，改名紫鹃也。后文黛玉在大观园住时，只见紫鹃，不见鹦哥(后四十回有见鹦哥者，绝不重要，乃后人见此第三回中紫鹃、鹦哥两人，故尔于没紧要处添此一人，实则又无事可叙。假如鹦哥亦为贾母所赐，岂能不占重要位置，一无事实可叙耶?)(须查后四十回中有无鹦哥其人。)贾母所以以自己丫头给宝黛两人，是珍惜之意，亦因宝黛两人小时即住贾母处也。何以黛玉将鹦哥改名紫鹃，不见明文，必是原稿残失。

批者云：“黛玉入荣府是己酉年之秋晚冬初，查黛玉之死在乙卯年为十七岁，则初入荣府黛玉方十一岁也。”故《红楼梦》一部书，详叙六七年之事。

第三回叙黛玉入京，第三回末说黛玉到王夫人处，王夫人与凤姐在一处拆金陵来的书信，议论薛家之事，说薛蟠打死人命，王子腾意欲唤取进京。下面紧接第四回薛姨妈同薛蟠及宝钗来京，借住梨香院中。文章固在紧凑。看来黛玉入京是己酉年秋晚冬初，而宝钗入京亦在此年之冬。第五回宁国府花园赏梅花可证。如此则钗黛之与宝玉相晤，相隔不到三个月，何以后文总说宝黛是从小在一处，耳鬓厮磨惯的，宝钗是后来的。倘在第四回中点明薛姨妈入京为下年之事，便觉好些。最好在第三回末(黛玉)次早起来往王夫人处一段，改为："且说黛玉在贾府住着，不觉过了两三个月，已是冬尽春回，一天省过贾母，因往王夫人处来……"如此方可。第四回把宝钗引入贾府，又到年底，梅花盛开，方接宝玉神游太虚境，刘姥姥因过年要借钱入荣国府，事方合。

此书第三回黛玉入荣府是秋末冬初。第四回宝钗来荣府亦是是年冬天。第五回会芳园赏梅，第六回刘姥姥入荣府，第七回宝玉会秦钟亦在冬天。第八回记宝玉到薛姨妈处吃酒，外面已下了半日雪，仍是深冬。第九回宝玉上学，茗烟闹书房，时间不明。大某山民批云，"已入第二年庚戌"，但文中无过年明文也。第十回说秦可卿病，张太医道："依小弟看来，今年一冬是不相干的，总是过了春分，就可望痊愈了。"仍是冬天。此处可见，增删之无办法，前后所叙皆是秋末至残年时事，说在一年则事情太多，说在两年则何以春夏之间无一事可叙。大某山民说宝玉读书时过了一年，亦勉强弥缝耳。

十一回贾敬生辰，宁府排宴，仍是此年之冬。其时可卿病着也。于是引起王熙凤毒设相思局。第十二回说贾瑞病云："诸如此症，不上一年，都添全了"，则贾瑞至少也病了半年光景，而那边秦可卿之病是捱不到春分的。此书反把可卿之卒叙在后面。此十二回乃系"秦可卿淫丧天香楼"一节被删，而以"王熙凤毒设相思局"一段事补插于此，年代遂不相合。

第十二回末云："谁知这年年底，林如海因为身染重疾，写书来特接林黛玉回去。"贾母叫贾琏送她去。第十三回秦可卿卒，在冬末。第十四回"人来回苏州去的昭儿回来了，凤姐急命唤进来……。昭儿道：'二爷打发回来的，林姑老爷是九月初三巳时没的，二爷带了林姑娘同送林姑爷的灵到苏州，大约赶年底就回来……叫把大毛衣服带几件去。'"有眉批云："按第十二回云林如海冬底病重，而此云九月初三巳时没的，大不斗榫。况凤姐处置贾瑞之时明明点出腊月天气迟之久而秦氏始死，即秦氏之死已在十一月三十日冬至之后，且此时又过五七，按派时令是入新年二月中光景，而昭儿回来犹云赶年底回来，还要大毛衣服，何作者不顾前后如此，吾不能为之原谅也。宜改正之"云云，是林姑娘之回南应是秋间事，直宜放在第九回中，可以点清时令，使读者明白黛玉于己酉年到贾府，宝玉于庚戌年春起上学，黛玉于庚戌秋回南，林如海于是年九月去世，辛亥年春天黛玉重到贾府(时年十三岁)。昭儿回来对凤姐说要大毛衣一节应插在第十回或第十一回秦可卿病时。

假定如大某山民所说，第九回宝玉上学过了一年即庚戌年，则第十回金寡妇到宁国府及张太医看秦可卿病有一冬无碍的话，是庚戌年九月底。第十一回庆贾敬寿，"黄花满地，白柳横坡"之句，点明仍是九月底天气。秦可卿得病是八月底，所以尤氏说："上月中秋还跟着老太太玩了半夜，回家来好好的。二十日以后，一日比一日觉懒了。"至十一回下半回，明点时令，已到了十一月三十日冬至左右。第十二回"王熙凤毒设相思局"是冬至后，如把第十二回"诸如此症，不上一年"改为"不上一月"可以掩饰过去。如此则贾瑞与秦可卿皆死于辛亥年之春初也。

细按之，秦可卿秋间病，死于冬末或春初，贾敬生辰在九、十月间，贾瑞见凤姐而起意，亦死于冬末或春初。林黛玉回南应在中秋左右，林如海在南方病故，贾琏及黛玉赶年底回来。三件事同时进行，书中穿插未妥。所以然者，乃几经删改，一时偶失检察耳。

照十三回书中所写，到秦可卿死于残冬，张太医所谓一冬无碍的话，妄也。故十二回之林黛玉回南决不能残冬时，而十四回昭儿回来说时已在秦可卿五七以后，当在新年二月，如何能赶年底回来耶。

依书中所叙，则十五回亦在残冬，可卿之停柩于铁槛寺，贾政之生日亦在残冬。贾元春之封贤德妃亦是冬时传出，贾琏闻此喜信昼夜兼程而进，本该出月到家的，竟能于月内到达（不知此月是何月）。若依上十四回赶年底到家之说，则岂非亦在十二月底以前乎？实则绝不可能，因可卿卒时已在腊月，过五七入新春二月中，贾政生日书无明文，照此亦应出二月中。

第十三回写宁国府秦可卿之丧，已总束一句"只这四十九日，一条宁国府街上白漫漫人来人往，花簇簇官去官来"。下面又详叙凤姐协理丧事，到十四回中又提五七时情景。疑原本可卿之丧，无凤姐协理之事，故用得着为此总束一句之文。如今加意补了这回为凤姐生色，则此总束之句可去，而未曾删尽者也。又十三回中彼句下文又有"四十九日销灾洗业平安水陆道场等语，亦不及繁记"，下文应直接出殡事，反添出凤姐协理宁国府一事。

史湘云见于十三回，非常突兀。不见其来，何以忽言迎出。实则本文写"忠靖侯史鼎的夫人来了"，恐有注云史湘云的什么人，后来阑入正文，变成"史湘云、王夫人、邢夫人、凤姐等刚迎入正房"。史湘云又何能冠于诸夫人之前乎？

可卿出殡如在七七后，则当在二月中。秦钟到馒头庵生出智能一段情事，将秦邦业气死，秦钟被打后亦得病，此时两府中在议论省亲之事，拆会芳园起造省亲别墅。秦钟病日甚一日，其卒最快当在春三月中。十七回接写宝玉题园，竟是春花烂漫时节。夫以大观园工程之大，即使原来有现成材料，不能造得如此之快。叠石、种花木亦要半年工程，何能于春间动工春间即成耶？因题园游园非在春天不可，作此回时，或作此回者，不曾替旁处着想也。此犹雪中芭蕉，何不疑写意。

第十八回接写至是年（辛亥）十月，大观园工程完竣，布置停当，于是奏本，诏允下年（壬子）正月十五日元妃省亲。十八回省亲一回写太监十来对马排场以及升殿试诗等情,排场非小,非亲见亲闻不能写,或是南巡接驾影子。第十六回,赵嬷嬷道,江南甄家接驾四次,是曹家影子。

第十八回眉批(必亦是大某山民)云,贾妃是年为二十九岁,宝玉年十五岁。宝玉三四岁时,元妃已十七八岁,故能教幼弟之书,想元春此时尚未入选为女史也。按此为不可能之事。宫廷选女当在十三四岁时,岂能以十七八岁入者乎?贾妃戌初方来,竟是晚上游园。虽是灯火灿烂,白天风景不能领略亦殊可惜,作者何不使其提前出来,白天游园,晚上看灯乎?此周围三里半之花园,走一遍也要半天。观前回贾政游园,未能看毕已觉疲倦,今贾妃竟到处游遍,中间又赴宴,自己题诗,又命宝玉及众姊妹作诗,又看四出戏,又谈家常,丑正三刻即回,如何来得及?大某山民曰,自十八回起为壬子年正月半,至五十三回方过是年之冬,是两府极盛之时。

十八回贾妃省亲时,湘云实应到场,且必加入赋诗。因湘云时来时往,于替宝玉梳头及贾母留她过了宝姐姐的生日再去等语可知。岂有省亲时反不来凑热闹之理?此是漏笔,抑湘云一个人物乃雪芹所添耶。

第十九回袭人口中提及史大姑娘,而湘云尚未出场,闷甚。湘云决不能于二十回中方出场。其前稿恐已遗失。第二十回,幺二三四赶围棋,不懂。我意史湘云应在第八、九回无可叙时补出,否则竟似黛玉到荣府后尚未见过,则二十回初见亦何能即时打趣,太唐突亲戚否。观湘云替宝玉梳头问何以珠子只剩三颗,则其前常与宝玉梳头可知。

二十一回巧姐出痘,贾琏搬出半月,应已到二月中了,但二十二回正月二十一日是宝钗生日,此亦是小毛病。

二十二回元妃差人送出灯谜来，按时令当即在元宵归省返宫之后，叙来却在宝钗生日后，已到正月底矣，殊违节令。

二十三回，二月二十二日是好日子，宝玉搬进大观园去，来了一段宝玉在园中生活的总叙，读书、写字、弹琴、下棋、作画、吟诗等等，其中弹琴与后文不识琴谱抵触，且作四时即事诗，此当是旧稿，而雪芹不能删。又买进许多书来看，时间当已过得不少，而下面乃接叙三月中浣看《会真记》事，不甚好。

二十四回，小红因动情于贾芸而一梦，梦手帕为芸所拾，后来竟是为芸所拾，岂非梦中通灵乎？二十五回魇魔法是恶俗笔，但雍乾间清宫中常有此等事，满人尤信之。可见贾政待宝玉之劣，赵姨娘平时必有撺掇处。二十六回云五月初三薛蟠生日，蟠是年十七岁，此回是四月望后事。二十七回四月廿六日芒种节，黛玉葬花。二十八回诸曲均佳，堪比美关卿、实甫。《红楼梦》书中诗词多而曲文少，但曲文最妙，不知是抄现成的否？元春赏出端午节礼物独宝玉与宝钗一样，不无深意，宝玉乃问："怎么林妹妹的倒不同我一样，倒是宝姐姐的同我一样，别是传错了吧？"真是传神之笔。先是钗黛两人势均力敌，从这回起钗占优势了。

二十九回，五月初一日清虚观打醮，贾母所带丫头四个，鸳鸯、鹦鹉、琥珀、珍珠。按鹦鹉当即鹦哥，已与黛玉，改名紫鹃，珍珠即袭人，何以此处又补上乎？如补人不叙，为漏笔。抑此回是原稿，而其事在宝玉幼时事乎？宝玉何以未带一个丫头。但下文接叙张道士要替宝玉提亲，则又非幼时事矣。黛玉所带丫头，紫鹃、雪雁而外，忽又多一春纤。

三十一回"因麒麟伏白首双星"，戚本有注云指示湘云结局。

湘云带来四个戒指其中一个与金钏，但此时金钏已出，未见人提及，后来此戒指如何，未见着落，给鸳鸯给平儿二个戒指均暗写，妙极。惟有给袭人的明写，而又引起“我只当林妹妹送你的，原来是宝姐姐给了你”的妙文。提此笔湘云亦叹服宝钗了，足见宝钗之用心笼络袭人，无微不至。下面便逗出做鞋的事情来，文细如发。经济学问骂为混帐话奇极。此处乃提及“举人进士”。此回文章写得悲壮，宝黛剖心、金钏投井均是大事，大手笔。借金钏事宝钗笼络王夫人。

三十四回，写宝玉被笞后各人探病情形，如凤姐、宝钗等皆是表面，惟黛玉最有真情。三十三回及此回，用笔大风暴雨，非常有力。

三十五回与三十六回不接，见护花主人摘误。绛芸轩回目亦欠妥。情悟梨香院是全书大旨。

三十六回为全书之转关。宝钗之笼络怡红院中人已到成熟地步，而宝玉梦中之言非常刺心，仍向木石姻缘，始终不变(观三十五回写莺儿打络，末了以送果子给林姑娘亦可知也)。“各人得各人的眼泪”是参透一重情关。夹批云:“千古名论，此书揭出古之伤心人”是也。宝玉碰钉子在彩霞(彩云)、龄官二人身上。三十六回后护花主人之评迂腐之至，此人如何能读《红楼》耶？宝钗湘云不免有劝宝玉事学问经济语，惟黛玉不说此类混帐话，故为知己。此书写情，已重视精神上之契合。

三十七回探春一信、贾芸一信，摹仿两人笔致均佳，可悟书中诗词亦是此类，非雪芹最高之作品也。李纨云云及后文凤姐为监社一段议论皆调侃俗人结社等情事，用笔诙谐。凡《红楼》中诗社等等乃文人易作之文章，非最高处。

四十一回写“刘姥姥听了,心下战敠道:我方才不过是趣话取笑儿,谁知他果真竟有。”此回前后尚有两“战敠”,皆别处未见。四十一回写袭人战敠道:“一定是她醉了,迷了路。”四十四回写“平日素昔只闻人说宝玉专能和女孩儿接交……今见他这般,心中也暗暗的战敠:果然话不虚传,色色想得周到。”“战敠,音颠掇,称量也。

四十一回,大姐儿的柚子给了板儿,板儿手里的佛手给了大姐,并四十回薛姨妈酒令中说“织女牛郎会七夕”,及下文凤姐请刘姥姥题名,姥姥说大姐儿生在七月七日,就叫巧姐。此伏巧姐将来嫁与板儿,惜后四十回未利用之耳。

四十二回宝钗说黛玉“更有颦儿这促狭嘴,她用‘春秋’的法子,将市俗的粗话,撮其要,删其繁,再加润色比方出来,一句是一句”。是本书作者自述。

文章写到黛玉亦受宝钗笼络,黛玉那边的力量已没有了,去死不远矣。

四十五回,黛玉对宝钗说:“我长了今年十四岁,竟没有一个人像你前日的话教导我,怪不得云丫头说你好。”(注:原本作十五岁,见总评)(大某山民评曰:按黛玉以十七岁死在乙卯年,逆推是年壬子,则为十四岁,原刻是年作十五岁,则与宝玉同庚矣,宝玉生月在四月,黛玉在二月十二,何以宝呼黛为妹?……)

四十八回,黛玉教香菱学诗:读王摩诘五言律一百首、老杜七言律一百二十首、李青莲七言绝句一二百首做底子,再把陶渊明、应、刘、谢、阮、庾、鲍等人一看。此与黛玉自己诗格不类(且李白也难有七言绝句一二百首)。香菱三首咏月诗,第一首措词不雅,第二首太穿凿，咏了月色，第三首浑成，新巧有意趣，自是学诗者三个境地，一定不易的。

五十二回，真真国女子诗五言律一首，比书中他诗竟佳，有老杜味。蝦须镯、雀毛裘，妙对，因欲对而选此事也。

五十三回，除夕祭宗祠，借宝琴眼中看出，贾府过年必须如此写。可见前第九回、第十三回皆过年，糊涂过去。

五十六回，写贾宝玉梦见甄宝玉，乃宝玉先听甄府婆子说他家的宝玉和他模样儿性情一般无二，是为梦因，后来放在心中乃入梦境，醒后又说床前镜套忘了放下照见自己的影子，psychoanalysis(精神分析)。

五十七回，“慧紫鹃情辞试莽玉”，写宝玉听说黛玉要回南而发痴病，先写其呆呆地坐在石上，已着风凉，然后写其发烧口角流涎，方不突兀，乃生理心理兼写法。

五十八回，“谁知上回所表的那位老太妃已薨”。前无明文。

五十九回，贾母之丫头鸳鸯、琥珀外，又有翡翠、玻璃，何时所补，书无明文。

回目对仗工整。此处“绛芸轩里召将飞符”，实是怡红院。绛芸轩当是最初住在贾母处宝玉所题，不在园中也。三十六回“绣鸳鸯梦兆绛芸轩”亦不甚合。宝玉结婚又不在其原住之贾母处也。

六十一回，叙柳家及厨房中事。六十三回于怡红院群芳开夜宴前叙林之孝家的查夜事，此皆逐日之情形，借端表出，是“表笔”,非临时发生之事也。

六十一回中,司棋可恶,八十回后将司棋写成烈女,不知是雪芹意否?司棋可恶处,一是捣乱厨房,骄横之至,二是以自己的婶子秦显家的荐于林之孝家的,以代柳家的之地位。

六十一回及六十二、六十三、六十八回中有“叨登”两字,意义不易明白。六十一回中有叨光、唠叨意。六十八回“叨登”等于“啰唆”。

六十二回,因宝玉等做生日随夏季时令而出芍药栏中红香圃,有三间小敞厅,则亦非小地方。只见筵开玳瑁、缛设芙蓉,此皆以前叙园中布置所未见,而突然增入者。

写诸人或睡在芍药圃中,或下棋,或观局,或斗草,或在花下唧唧哝浓闲谈,绝妙一卷仕女画。眉批云:“笔笔有画意。”诚非虚语,雪芹本善画也。

六十三回,“纵有千年铁门槛,终须一个土馒头”亦全书主旨。

“翠凤毛翎扎帚叉……”一曲非[赏花时]也。

宝钗、香菱、晴雯、袭人同庚,算来宝钗当比她们小,与宝玉同庚也。

贾蓉道:“连那边大老爷这么利害,琏二叔还和那小姨娘不干净呢。”此事书中所无,小姨娘不知何人,贾赦之妾也。

六十四回,黛玉如何祭奠,竟未说出。

六十五至六十六回,借兴儿说园内姊妹情事、性格及宝玉。衬笔。

六十七回。宝钗论尤、柳事,“‘天有不测风云,人有旦夕祸福’,这也是他们前生命定。”定命论。

写尤二姐事发，凤姐那边要询问家童。先写薛蟠送土仪到各处，各处接到土仪后的情形。连续几段，皆是小段。而各处换写，是同一时间里的事，好比电影之换景。都觉得凤姐那边有事出来而不知何事，有山雨欲来风满楼之概。

六十九回，凤姐后悔将刀靶付与外人，必欲使旺儿治死张华以灭口。旺儿认为何必如此大做，谎说张华已死，为下文一百零五回御史弹劾贾赦、查抄宁国府张本。可证一百零四回、一百零五回亦曹雪芹原作，如续作想不到用此条。

尤二姐梦见三姐云一同归至警幻案下。定命论。

七十回，贾琏送尤氏殡，有王姓夫妇，不知何人，书中未及提及。

宝黛两人均系作者化身，如见土仪思乡及七十回说黛玉“曾经离丧，作此哀音”。

七十五回，新词得佳谶，诗均略而不录，另是一种写法。贾环或其后袭世封亦未可知，从贾赦口中逗出。眉批：“赦老与环三真可谓臭味相投，可拔帜自成一队者。”妙！

甄家抄家是曹雪芹家中之事。

七十八回，林四娘事见《池北偶谈》，乃明时事，而此书乃言当今皇上褒扬，疑用不知何人所作之《姽婳将军词》入其中。

林四娘事又见《聊斋》、《虞初志》。顾宁人有诗曰：“四入郊圻躏齐鲁，破道层城不可数。”

之三(二十世纪五十年代初)

高鹗未必知秦可卿淫丧天香楼事，而一百十一回写鸳鸯上吊，隐约见蓉大奶奶，这应该是雪芹原文。平伯认为后四十回皆高鹗所续，非也。

戚本第六十三回耶律雄奴一段甚为奇怪。清代是异族入据，雪芹何能有此一段文字，说："既这等，再起个番名，叫'耶律雄奴'。'雄奴'二音，又与匈奴相通，都是犬戎名姓。况且这两种人，自尧舜时便为中华之患，晋唐诸朝，深受其害。幸得咱们有福，生在当今之世，大舜之正裔，圣虞之功德仁孝，赫赫格天，同天地日月亿兆不朽。"竟像是明代人口气，非清朝人语。

"其间离合悲欢兴衰际遇，俱是按迹循踪，不敢稍加穿凿，致失其真。"

"因见上面大旨不过谈情，亦只实录其事"。

以上证《红楼》是写实的书。但所谓文艺上之真实性与历史事实的真实并非一事。前者是人物个性的发展，客观环境所决定；历史事实反而有些偶然的事。例如一人忽然得病而死，或被汽车辗死，是 accident（意外事故），不是他个性的发展。黛玉之死是文艺上的真实，不死才怪。

俞平伯说："《红楼梦》的人物，我已说过都是平凡的。""宝玉亦慧、亦痴、亦淫、亦情"，"十二钗都有才有貌，但却没有一个是三从四德的女子；并且此短彼长，竟无从下一个满意的比较褒贬。"

试问李纨如何？似乎没有缺点，合于封建道德观念的？《红楼》中不见缺点的如薛宝琴等，人物是不显著的。

《水浒传》写英雄，《儒林外史》写儒林，《红楼》写女性，各擅一场。

第四节 《镜花缘》

《镜花缘》一百回，李汝珍著。

李汝珍(约1763—约1830)，字松石，直隶大兴人。生在乾隆中叶，死在道光十年左右。他不喜欢八股文，在功名上没有什么成就。早年跟他的哥哥到苏北海州。他的哥哥李汝璜在乾隆四十七年(1782)到海州，做板浦场盐课司大使。李汝珍在海州拜凌廷堪为师，研究些考据杂学，于音韵学最有心得。后来他到过河南，做某县县丞，赶上黄河决口，十万民伕在那里从事疏浚和修堤工作。

李汝珍学问杂博，著有《李氏音鉴》，是音韵学的专著。亦通医学，亦能诗词，"诗名籍甚"，可是没有保存下来。于学无所不窥，如天文、星象、算术、地理、博物之类，可惜限于书本上的知识。亦善围棋，有《受子谱》著作。于灯谜、酒令、文人娱乐，都所爱好。在《镜花缘》中表现其才学。

《镜花缘》一百回分两个部分。前五十回写武则天时徐敬业、骆宾王等起兵，企图恢复唐帝国政权，但全部失败。有一天，在残冬大雪严寒的天气里，武则天乘醉下诏书，要游御花园，使百花齐放。管百花的花神百花仙子不在洞府，找麻姑下棋去了。百花神无从请命，只得顺从下界帝王的命令，在冬天放齐了花。因此，百花仙子与九十九位花神被罚下凡，生长为一百名女子。百花仙子降生于秀才唐敖家，为唐小山。唐敖进京赴试，中探花，因他曾经与徐敬业等结拜弟兄，经人告发，革去探花，仍降为秀才。唐敖心中郁闷，名心顿淡，乃欲作海外之游。唐敖家在岭南，其妻弟林之洋常跑海外经商。唐敖乃附船飘洋，与林之洋及舵工多九公(原亦为一位老秀才，博学多闻)三人游历海外各国。最后唐敖至小蓬莱山，入山不返，修仙去了。林之洋回家，唐敖女唐小山想念其父，再附海船至小蓬莱寻亲。未见唐敖本人，但得其指示于泣红亭中看见一个石碑，刻着一百名才女的金榜。又得其父书信，劝其先回中国，赴武则天新开的才女科考试，使其改名唐闺臣。前半部比较精彩，以唐敖、林之洋、多九公为主角，述他们的飘洋故事，海外见闻。

后五十回，武则天开科考试才女，录取百名，与唐闺臣在小蓬莱泣红亭所见的榜完全相同。才女们宴会，表演书、画、琴、棋、酒令、灯谜等诸般游戏，是盛大的文娱活动。唐闺臣后来再去寻父，也入小蓬莱不返。徐敬业、骆宾王等人的儿子起兵讨武则天，才女中有些人也参加在内，攻破武家军的酒色财气四关。武则天失败，中宗复辟，仍尊武则天为则天大圣皇帝。又下诏，明年仍开女试，并命录取的才女重赴红文宴。全书至此结束。

李汝珍原定计划尚有续书，未成。

《镜花缘》尽管借武则天朝的史事，其实不符唐代的历史事实的。书中出现有自鸣钟、眼镜、鼻烟壶等类的东西，也有取笑八股文的片段，还有双陆、马吊、象棋等类的近代东西。是古今混杂的一部小说。

《镜花缘》表现浓厚的前资本主义色彩。当时广东、福建沿海的飘洋商人一定很多。此书反映海外交通、国外贸易的发达这个社会现实。以海外奇谈作为小说材料，是前期资本主义时代的小说所有的。《镜花缘》出现在 Defoe（笛福）（1661—1731）的《鲁滨孙飘流记》与 Swift（斯威夫特）（1667—1745）的《奥利佛游记》之后差不多一百年，可见中国的社会是落后得多了。但是在乾嘉时代，这部小说是有新鲜的思想内容的。

李汝珍本人没有海外游历的经验，其人有学究气。《镜花缘》中的外国国名既非明清时代的海外国名、地名，也非唐代的海外国名，乃是取材于古代的《山海经》、《神异经》、《博物志》等书的。其中奇怪的鸟兽和奇花异草也是取材于这些古代小说书的。读者看了觉得奇奇怪怪而且决不可能实有的，可是作者可以引证古书，都有所本的。作者有了书本上的知识，加以许多的幻想，便写出这些故事。所写虽不真实,而有趣味的是讽刺,借海外见闻讽刺中国社会。

《镜花缘》的海外奇谈也有它的现实主义精神、它的进步思想内容。(1)扩大一般知识分子的见识,追求新奇的世界知识。(2)借自由想像的海外国家的风俗来讽刺中国的社会人情风俗。例如第十一回、十二回写君子国,首先写他们的谦让,甚至于买物者愿意多花钱,卖物的反而愿意少取钱。反复议价,谦让不定。又写两个君子国的宰相,对天国风俗提出许多意见:①为了讲究风水迟葬的恶习;②为子女满月、周岁多设酒筵、多靡费,烧香还愿、舍身空门等迷信恶习;③争讼;④三姑六婆,后母的虐待前妻子女;⑤妇女缠足,合婚靠星相家推算;⑥嫁娶、殡葬的奢华。作者借君子国的谦让和君子国宰相的意见批评中国风俗人情,批评了迷信风水、迟葬、妇女缠足等陋习,以纠正中国人自高自大、守旧迷信、轻视“外夷”的思想。

再如两面国。这个国度里的人都有两张面孔,表面一张和善的面貌,浩然巾里隐藏着一张恶脸,一反过来便吓死人。深刻地讽刺了人性的虚伪,善良的表面下隐藏着阴狠丑恶。

黑齿国的百姓虽然通身如墨,可是无人不重学问,无论男妇,满脸有书卷秀气。一路看来,倒觉得美丽无比。“那种风流儒雅光景,倒像都从这个黑气中透出来的。”林之洋带去的脂粉货物,一点也推销不掉。唐敖与多九公到一个书塾中坐坐,被两个十四五岁的女学生请教学问,问难经学、小学,起初是多九公侃侃而谈,后来被她们考倒,弄得汗如雨下。经书上“敦”字的读法,多九公举了十音。二女除此十音之外,又举了几个。再问音韵学上的反切,多九公茫然莫对,被她们取笑为“吴郡大老倚闾满盈”(按反切而论,即“问道于盲”)。最后是多九公信口开河夸说《易经》的注本有一百余种,二女说只知道九十三种,自称陋狭,把九十三种名称、作者、卷数都列举出来了,要请教多九公再举十部,十部不可,五部,五部不可,一部也好。多九公热汗直流,耳聋的书塾老师以为他怕热，递给他扇子。二人狼狈不堪，幸遇林之洋来买货，解危而出。这段专门为傲慢大意、自命博学的人痛下针砭。表示人不可以骄傲自满，海外尽多能人，而女孩子的聪明超出了老师宿儒。

淑士国是专讽刺秀才们的酸气直冲的。这个国度里连酒楼上的酒保也是“之乎者也”，满口掉文。酒保儒巾素服，戴着眼镜，手中拿着折扇，斯斯文文，向三人打躬陪笑：“三位先生光顾者，莫非饮酒乎？抑用菜乎？敢请明以教我。”林之洋在淑士国里卖货赔了本，因为那些淑士们说话多，也恭维货色好，只是不肯出多价，也不肯放走货色，纠缠半天，只能很贱卖了。

李汝珍取笑陋儒，也取笑俗士。唐敖吃了一种仙草，名为“朱草”。初吃下去，觉得耳聪目明，记忆力极好，竟能使平时所作诗文，也都如在目前。既而觉得腹痛，腹中响了一阵，一阵浊气下降，昔日所作诗文，十之八九再也想不起来了。

前资本主义色彩的第二点，是集中表现了男女平等的思想。李汝珍极力夸奖女性的才能，提出女子应该同男子一样，也应该读书，也需要教育。所以《镜花缘》中有一百才女之多，而且其中也有文武全才的。唐敖在女儿国里治河，说：“众工人虽系男装，究竟是些妇女，心灵性巧，比不得那些蠢汉，任你说破舌头，也是茫然；这些工人只消略为指点，全都会意。”李汝珍认为女性才能不但不在男子之下，而且在男子之上。指出了社会的不平等。对于女性最残酷的摧残莫大于缠足。《镜花缘》写女儿国中皇帝、大臣、官吏都是女的，一概男装，面目清秀异常。男人反穿妇女服，涂脂抹粉，在家里管小孩子。林之洋去卖货，进入宫里，被国王识破，认为是妇女，因而扣留起来，把他封为王妃，穿耳环、缠足，备受苦痛。这段文章，不完全是诙谐滑稽，是强烈的讽刺。此段是即以其人之道，还治其人之身的意思，是代表当时一般开明的知识分子为妇女界呼吁、鸣不平的。揭露了缠足的残酷与丑恶，实在是女性做成了男性的玩物，而男性不知道身受者的苦痛。

恩格斯说:“在每一个社会中,妇女解放的程度,是一般解放的天然尺度。”

李汝珍的时代,是十八世纪末叶、十九世纪初期,在鸦片战争以前,也还是资本主义萌芽时期。长时期被压迫的妇女,只有呻吟于自己的命运,认为女子必须缠足,是天经地义(有赛小脚的风俗,以大脚为羞耻)。女子只有烧香念佛,愿后世投胎脱离女儿身。甚至妇女文学中如弹词小说,也还不能去除小姐必须三寸金莲的思想,而女子读书出门必须女扮男装。妇女不能自己解放自己。直到中国资产阶级革命,方始把妇女缠足的陋习去除,方始使女子同样进学校受教育。中国兴起女学是在清末,同时就开始放足运动,约在李汝珍死后六七十年。

李汝珍走在时代的前面,《镜花缘》为妇女解放运动开了先声,尽了宣传的力量。

《镜花缘》也受时代的限制,在某些方面没有脱离封建思想。唐敖的厌世求仙,也是作者消极思想的一个表现。在艺术方面,结构比较松懈,而作者说教、批评社会风气不完全通过形象,往往就在书中大发议论。不过它在封建社会中起了良好作用。在破除迷信,提倡妇女教育上,对于那个时代的读者,都很有益。尤其是妇女们,她们极爱读《镜花缘》。

《镜花缘》在文学遗产中应该列为现实主义的文学作品。

【后　记】

在整理出先父的中国文学史明清部分后，我和老伴书麟终于舒了一口气。这一部分接续已出的《中国文学史讲义（宋元部分）》，使先父二十世纪五十年代初在北大讲授文学史第三段的风貌，得到了基本完整的体现。

1952年10月，高校院系调整，先父由清华调到北大。新的北大中文系将"历代韵文选"、"历代散文选"、"小说戏曲选"三课融合在"中国文学史"一课中，每周五课时，三年，分三段：一、上古至汉末；二、建安至五代；三、宋至五四。一面教文学史，一面选授代表作品。刚开始，教学大纲由教师自拟，教到第三遍时，有了教育部拟订的大纲，所以家中保存的几种讲稿内容、体系不尽相同。这次整理，仍采用与宋元部分同样的原则，综合各稿（并适当补入在清华、北大及西南联大时"元明清小说戏曲选"、"古代戏曲史"等课的讲稿），使之成为内容较全的一种。晚清部分没有系统遗稿，所以本书只到清中叶为止。

这时父亲的胃病已很严重，体力日衰，但他向来把教课视为第一要务，仍勉力写下了详尽严谨的讲稿，甚至引用资料也十分准确，极少有误，我们在查对原文时常不由得为此而叹服。明请多大部头戏曲小说，且不说备课费时费力，摆在他面前的新课题是如何分析评价作品、人物。他在1952年10月10日致胡宛春(士莹)的信中说：

> 弟对于“戏曲选”较有把握，而“小说选”一无经验(不是小说史，也不重考据，重在思想批判、人物分析等)，不知《水浒》、《红楼梦》搬上讲台如何讲也。吾兄如有经验，乞为指示。……弟胃痛、脊骨痛依旧，体力衰弱。教课同学要求颇高，当勉力耳。

父亲在青年时代即已擅长运用中西方文艺理论评介各类文艺作品，何以此时反觉“一无经验”？这与那特定的时代是有关的。当时，在对待古代文学遗产方面，存在着文化虚无主义的倾向，生硬、粗暴、乱贴阶级标签的分析成为风气，实事求是地评价反倒不易进行了。解放后，父亲怀着虔诚之心学习马列主义，经历了思想改造运动，批判自身残留的资产阶级思想意识。他力图运用新观点来研究古典文学，同时也不能认同庸俗社会学和机械唯物论。这就不免要反复斟酌，感到难以把握了。因此这一时期的讲稿，不可避免地会留下那一波又一波政治运动频起时代的印迹。我们本着尊重历史的态度，保留其本来面目，从中或能折射出老一辈知识分子在新社会思想改造过程中的心态吧。

父亲研究《红楼梦》，开始得很早。1928年，他就在《王静安先生之文学批评》一文中论述了王国维运用西方哲学思想和美学观念对《红楼梦》进行文学批评的意义。在此前后，他也研读了索隐派、考证派等的红学论著，并写有札记。在此，我们抄录了他的部分读《红》札记。这些评点，都是“学而思”的记录。诸如1925年

(当时他还在东南大学读书)对胡适《红楼梦考证》的质疑和对后四十回作者的推测,就显示了一个青年学子面对学术权威,勇于独立思考的精神。晚年在北大讲《红楼梦》,为慎重起见,他特邀校内外专家座谈讨论,听取大家意见。会议记录未注明年月,但从发言来看,未涉及对俞平伯和胡适的批判,可知应在1954年9月运动开始之前,所以尚能心平气和地进行学术讨论。时至今日,这已是难得的史料了,故而现一并整理出来,附在《红楼梦》一节之后。

难能可贵的是,在以阶级和阶级斗争为中心的年代,父亲在教学中坚持从文学的本质出发,并未摒弃"文学是人学"的观念,始终关注人的本性、不讳言"情"。此时讲《红楼梦》,在全面论述红学研究涉及的重要问题之后,他仍把重点放在人物评论上,深入剖析宝玉的性格、宝黛爱情的基础及其悲剧的必然性,揭示人性之美。讲到《长生殿》,他明确提出,全剧以天宝年间的政治军事斗争社会动乱为背景,"主题是杨李情爱"。他将剧中对杨妃之死的处理与杜诗作比较,以见二者对李杨褒贬态度之不同,肯定剧作"以传情为主,同情女性"。有人说,这是"美化帝王后妃"。他予以批驳,说"《长生殿》是将李杨帝妃之爱情作为一般人的爱情一样处理的","文学以感情为主",并用洪升与妻子之间同生同死之情以证此剧"乃有谓而作"。他的观点,既无"女人祸水论"的封建迂腐气息,也不滥用阶级分析,敢于将帝妃视为常人。在那时是不多见的。而这正是他遵从文学自身规律,对作家、作品认真深入研究,准确把握的结果。

论及作家,他"知人论世",根据作者生活的时代和家庭背景、社会经历来阐释其思想性格、创作道路,给作家、作品以中肯评价和准确定位。比如著有《闲情偶寄》的李渔,就曾使一些研究者迷惑不解,何以他能开创性地提出系统的戏曲理论,自己的剧作却是平庸的? 历来毁誉不一。父亲在充分肯定其理论建树的同时,也尖锐地指出,李渔的戏剧批评"只谈技巧,不涉及剧本的思想内容,是教人怎样写剧本,没有教人写什么。……实在没有接触戏剧的本质”。“李渔代表资本主义萌芽时期有资产阶级色彩的批评家。他的理论是形式主义的、注重个人创造的、主张文艺是趣味性的娱乐的东西。他一方面反道学,另方面却不避庸俗”。正是在这种世界观和戏曲理论的指导下,李渔创作了粉饰太平、供人娱乐的滑稽幽默的喜剧,其创作与理论并无本质矛盾。他的缺点不是如人所批评的“鄙俚无文”,相反地,浅显通俗倒是他的优点,缺点在于“太落轻薄,且涉秽亵”。父亲将他与莫里哀比较而感遗憾:“笠翁与莫里哀为同时人。彼不能为莫里哀之深刻,徒为滑稽轻薄而已。”褒贬甚为切当。

讲文学史,父亲习惯于追根溯源,作纵向横向的比较。他界定《聊斋志异》在文言小说史上的地位,就从它继承志怪、传奇两大类小说的优秀传统谈起,同时又注意了通俗话本小说对它的影响。“《聊斋志异》可谓集笔记小说之大成”,“虽是文言,但很接近于口语”,“有文言的简炼,又有语体的生动”,所以父亲给以高度评价,说它“总结文言小说的优点,是空前的,而且是绝后的,正如杜甫于诗”。同样地,介绍《三国演义》,也从中国小说史的角度,说明其诞生标志着中国白话小说从人民口头创作进入了天才作家加工编定阶段。父亲强调,它由讲史类话本发展而来,是中国古典的民族形式的历史小说,与西方文学中的历史小说有性质上的差别。他认为,《三国演义》不是如前人所评的“七实三虚”,而是“三实七虚”。罗贯中在史书里用过功夫,做了史书材料和人民口头创作双方融合统一的重编工作,又渗透了自己的理想抱负。全书“文艺的部分多于历史;是文艺,不是历史。是通俗小说而非历史教本,小说书与历史书应该区别开来。尤其在今天,必须分开,否则会纠缠到孰为进步的问题”。这话很有预见性。事实上,后来有些批评,恰恰就是忽略了它是小说而不是正史了。

虚与实本是我国传统的审美范畴。父亲结合西方艺术创作理念,将这一范畴运用于艺术欣赏的不同理论层面:《三国演义》

的三实七虚是恰当处理历史真实与艺术真实的关系;《聊斋志异》的"避实就虚"是"无中生有,而又合于情理",擅长虚构的艺术笔法;《红楼梦》中的"真真假假,虚实相融",既是虚境与实境两条线索的结构特色,又是理想派、写实派两种创作方法的结合。他说:"最好之小说为陶熔两种,此《红楼梦》设真假、人世与太虚幻境两地,实为最高之艺术。"

综上所述,无论是追根溯源,用"史"的眼光观察文学现象,在比较中厘清来龙去脉,阐释继承发展,还是"知人论世",历史地辩证地观照作家、作品,给予准确的评价和定位;无论是以文学的本质为立论的出发点,剖析作品的人道主义精神、褒扬作品人物人性之美,还是运用传统的艺术审美范畴从不同理论层面极富新意地论述多种艺术创作境界,无不体现了父亲治文学史一以贯之的特点。父亲有进步的文学史观、文艺观、审美观和丰厚的理论修养,又熟读历代典籍,掌握了作家、作品的大量资料,目击而道存。这使他能在传道、授业、解惑的讲坛上,摒弃人云亦云,保持独立的精神,不但成竹在胸,游刃有余,而且时有精辟独到之论。

这部分讲稿是父亲逝世前最后几年写成的。那时他胃病屡屡大发,但仍坚持上课。1956年3月,十二指肠溃疡穿孔,并发腹膜炎住院。因身体虚弱,不宜手术,用保守疗法。出院后按医嘱应休息两月,他怕耽误功课,只休息了二十天,就上课赶进度。回想在清华园时,父亲用一辆女车学骑自行车,我还笑过他,年纪这么大了还学年轻人。不料他正色回答:"我是走不动路了才骑车的呀!"到了这时,他车也骑不动了。每次上课前,都要在床上躺很久,积攒体力。看着他憔悴瘦弱的样子,我难以想象他还能去上课。但到了课堂上,他便不顾病痛,又使出浑身解数,讲得兴起,有时忘了下课。父亲的生命,真像燃烧的蜡烛,是一点一滴地融化在他许以终身的事业里了。愿这本讲义,能再发出些微光和热,使青年学子的心感到明亮和温暖。

程毅中先生始终关注并指导着先父遗稿的整理出版。他治学严谨，令我们深受教益，现又为本书撰写题记。这份深情我们一直铭记在心。责编窦永丽、彭莘先生再度与我们合作，付出辛勤劳动，谨表示诚挚的感谢！

浦汉明
2008 年 5 月于涿州